TRAVAUX DE L'INSTITUT ZOOLOGIQUE DE LILLE
ET DU LABORATOIRE DE ZOOLOGIE MARITIME DE WIMEREUX (Pas-de-Calais)
TOME V.

CONTRIBUTIONS A L'ÉTUDE

DES

BOPYRIENS

PAR

Alfred GIARD,

Professeur à l'École Normale Supérieure,
Directeur du Laboratoire de Zoologie maritime de Wimereux,

ET

Jules BONNIER,

Préparateur au Laboratoire de Zoologie maritime de Wimereux.

LILLE,
IMPRIMERIE L. DANEL.
1887.

CONTRIBUTIONS A L'ÉTUDE

DES

BOPYRIENS.

TRAVAUX DE L'INSTITUT ZOOLOGIQUE DE LILLE
ET DU LABORATOIRE DE ZOOLOGIE MARITIME DE WIMEREUX (Pas-de-Calais).
Tome V.

CONTRIBUTIONS A L'ÉTUDE

DES

BOPYRIENS

PAR

Alfred GIARD,

Professeur de Zoologie à la Faculté des Sciences de Lille,
Directeur du Laboratoire de Zoologie maritime de Wimereux,

ET

Jules BONNIER,

Préparateur au Laboratoire de Zoologie maritime de Wimereux.

LILLE,
IMPRIMERIE L. DANEL.
1887.

A

Fritz Mueller,

à BLUMENAU, SANTA CATARINA (BRÉSIL),

En témoignage de notre admiration pour
l'auteur de « *Für Darwin* » et de « *Bruchstücke
zur Naturgeschichte der Bopyriden* », nous
dédions ce travail,
                        A. GIARD,
                        J. BONNIER.

AVANT-PROPOS.

En 1873, l'un de nous fut amené par ses recherches sur les Rhizocéphales à s'occuper des Isopodes parasites du genre *Cryptoniscus*. Cette étude poursuivie pendant plusieurs années fut complétée par celle de divers Bopyriens appartenant aux genres *Bopyrus*, *Phryxus*, *Pleurocrypta*, etc. Enfin la découverte en 1878 de représentants du curieux groupe des Entonisciens sur les côtes de France permit de projeter et d'annoncer un travail monographique sur l'ensemble des Epicarides. Des obstacles pratiques et des diversions de nature variée retardèrent longtemps l'apparition de cette monographie.

Depuis dix-huit mois nous avons repris activement nos recherches en unissant les efforts de deux cerveaux et de quatre mains et cependant nous ne publions encore, dans les pages suivantes, que quelques fragments relatifs aux familles des Ioniens et des Entonisciens. Ceux qui pourraient s'étonner de ces lenteurs nous jugeront, pensons-nous, avec moins de sévérité s'ils essaient de répéter eux-mêmes ou de compléter nos observations.

Il n'y a pas bien longtemps, parler des Bopyriens parasites des Décapodes Brachyoures eut paru quelque peu paradoxal. Cependant nous avons signalé une quinzaine d'espèces différentes de ces parasites infestant les Crabes les plus communs des côtes de France, ceux qui, disséqués journellement dans les laboratoires ou même consommés comme objets d'alimentation, sont ouverts par milliers chaque année dans tous nos ports de mer.

Le fait que ces animaux étaient demeurés inaperçus, malgré leur taille considérable, indique suffisamment leur rareté : c'est par dizaines de mille qu'il faut compter les Crabes que nous avons sacrifiés pour nous procurer les éléments de notre travail. Mais cette première difficulté de la récolte d'un matériel suffisant devient insignifiante, si on la compare à toutes celles qui se présentent dans les observations anatomiques ou embryogéniques sur les Bopyriens.

Nous ne suivrons pas l'usage qui semble se généraliser en France dans une certaine école et qui consiste à mettre le public dans la confidence des petites mésaventures inévitables pour quiconque veut pousser à fond l'étude d'un groupe zoologique. L'erreur est multiple, la vérité est une ; on ne l'atteint souvent qu'en suivant le chemin des écoliers, après bien des détours et des tâtonnements ; mais la trace de ces hésitations ne doit pas se retrouver dans l'œuvre achevée et c'est une vanité puérile que de donner comme exemple au lecteur le récit pompeux des obstacles surmontés pour arriver au but.

Nous essaierons aussi de réagir contre les abus de la technique : on tend de plus en plus aujourd'hui à confondre le procédé avec la science et l'on néglige beaucoup trop les observations suivies sur l'animal vivant. On se moque volontiers du spécificateur qui enrichit la science d'espèces nouvelles, mais l'on considère comme un titre de gloire l'application d'un colorant nouveau ou le perfectionnement d'un compresseur. Tel ne travaille plus qu'au *vert lumière*, et tel au *brun Bismarck* ; pour tel autre enfin il n'est que le chlorure d'or, encore bien qu'il le déclare un réactif *fantasque!*

Pour nous, toutes les techniques sont bonnes pourvu qu'elles réussissent ; la meilleure est la plus simple et nous nous méfions de ces *thériaques* histologiques à la confection desquelles certains zoologistes consacrent un temps précieux, sans tenir compte bien souvent des lois élémentaires de la chimie.

Nous nous sommes efforcés de saisir sur le vif les rapports éthologiques si curieux des parasites qui font l'objet de notre étude. Englober et débiter en tranches minces l'objet qu'un pêcheur apporte sur une table de laboratoire nous paraît une méthode insuffisante pour bien connaître l'organisation et les mœurs des animaux marins. Autant que nous l'avons pu, nous avons suivi en toutes saisons, même durant les mois d'hiver, pendant lesquels le séjour aux bords de la mer n'est pas toujours agréable sur les côtes septentrionales de France, les transformations des parasites Bopyriens et les migrations de leurs hôtes.

Nos recherches ont été faites pour la plus grande part à Wimereux. Cependant nous avons travaillé plusieurs mois au Laboratoire de Concarneau où l'hospitalité la plus libérale nous a été offerte par le très regretté ROBIN et, plus tard, par notre ami, le professeur POUCHET. Nous avons également exploré plus ou moins complétement les plages de Roscoff, St-Waast la Hougue, Fécamp, le Pouliguen, le Croisic, etc.

Notre zélé correspondant JEAN PRIÉ, du Pouliguen, nous a fait à diverses reprises des envois fort utiles d'animaux vivants ou conservés dans l'alcool.

Nous devons encore remercier tout particulièrement M. EUGÈNE CANU, licencié ès-sciences, qui nous a prêté un concours dévoué dans la besogne ingrate de la recherche du matériel de nos études, et MM. LOUIS et PIERRE BONNIER qui, avec une compétence spéciale, ont surveillé la partie artistique de ce mémoire.

Il ne nous reste plus qu'à réclamer du lecteur sa plus grande indulgence pour les lacunes de notre travail. Mieux que personne, nous en connaissons le nombre et l'étendue. Essayer de les combler eut exigé de nouvelles années de labeur. Or, la rapidité des progrès de la science, le perfectionnement continuel des méthodes d'investigation et la multiplicité des travailleurs qui explorent aujourd'hui un même terrain, rendent de plus en plus nécessaire qu'on ne retarde pas indéfiniment la publication de recherches arrivées à un certain degré de maturité. C'est pourquoi nous livrons cette première partie de notre œuvre à l'appréciation des zoologistes, avec la persuasion qu'ils y trouveront d'utiles matériaux pour l'étude du parasitisme sous ses formes les plus variées.

Wimereux, 1er août 1887.

I

I.

Le Genre CEPON

et la Famille des IONIENS.

BIBLIOGRAPHIE DU GENRE *CEPON*.

I. 1841. DUVERNOY. Sur un nouveau genre de l'ordre des Crustacés Isopodes et sur l'espèce type de ce genre, le Képone type. (*Annales des sciences naturelles, 2ᵉ série, t. XV, p. 110, pl. IV, fig. 1 à 11*).

II. 1855. LEIDY. Contributions towards a knowledge of the marine Invertebrate Fauna of the coasts of Rhode-Island and New-Jersey. (*Journal of Academy of natural sciences of Philadelphia, p. 150, pl. XI, fig. 26-32*).

III. 1861. CORNALIA et PANCERI. Osservazioni zoologiche ed anatomiche sopra un nuovo genere di Isopodi sedentarii *Gyge branchialis*. (*Acad. R. delle Sci. di Torino, 2ᵉ sér., tom. XIX, p 114 et 115*).

IV. 1871. MUELLER, FRITZ. Bruchstücke zur Naturgeschichte der Bopyriden. (*Jenaische Zeitschrift für Naturwissenschaft, VI Bd, p. 68*).

V. 1880. KOSSMANN. Zoologische Ergebnisse einer Reise in die Küstengebiete des Rothen Meeres. III, Malacostraca, p. 119-124, pl. IX, fig. 1-7.

VI. 1881. KOSSMANN. Studien über Bopyriden. III. *Jone thoracica* und *Cepon Portuni* (*Mittheilungen aus der Zoologischen Station zu Neapel*, III Bd. 1.2 Heft. p. 170, *Pl. VI*).

VII. 1882. WALZ. Ueber die Familien der Bopyriden mit besonderer Berücksichtigung der Fauna der Adrias. (*Arbeiten aus d. Zoologischen Institute der Univers. Wien, t. IV. p. 59*).

VIII. 1886. GIARD et J. BONNIER. Sur le genre Cepon. (*Comptes rendus de l'Académie des Sciences, 8 novembre*).

IX. 1887. GIARD. Sur la castration parasitaire chez *Eupagurus Bernhardus*, etc. (*Comptes rendus de l'Académie des Sciences, 18 avril*).

X. 1887. GIARD et J. BONNIER. Sur la phylogénie des Bopyriens. (*Comptes rendus de l'Académie des Sciences, 2 mai*).

2

GENRE CEPON.

HISTORIQUE.

Le 12 octobre 1840, Duvernoy présentait à l'Académie des sciences, un mémoire « *Sur un nouveau genre de crustacés Isopodes et sur l'espèce type de ce genre, le Képone type.* » On ne connaissait à cette époque que deux Bopyriens, le *Bopyrus* parasite des Palæmons, et l'*Ione*, parasite de *Callianassa subterranea*. Milne Edwards avait montré les rapports qui unissent ces animaux entre eux et les liens qui les rattachent aux autres Isopodes sédentaires. Duvernoy assigna aux Képones une place intermédiaire entre les Bopyres et les Ione. Il ne put d'ailleurs étudier que fort imparfaitement ces animaux dont il n'obtint qu'un petit nombre de spécimens conservés dans l'alcool.

« Les quatre exemplaires que j'en possède, dit-il lui-même, se sont trouvés parmi quelques autres crustacés Isopodes qui m'ont été remis pour mes recherches d'anatomie comparée avec une rare obligeance, par le fondateur de la première société d'Histoire naturelle de l'île Maurice, feu M. Julien Desjardins dont la science regrette la perte récente. Je propose, pour ce genre, la dénomination de *Képóne*, du mot grec Κῆπος, jardin, afin de le consacrer au souvenir du naturaliste auquel la science devra d'en avoir recueilli les premiers individus, et qui est d'ailleurs connu par de bonnes observations sur la zoologie de l'île Maurice. » (1. (1) p. 113).

Sur les quatre exemplaires, trois étaient des femelles adultes, le quatrième que Duvernoy considère à tort comme un mâle, n'était qu'une femelle plus jeune.

---

(1) Les chiffres romains renvoient à l'index bibliographique du genre *Cepon* (p. 9).

Nous n'avons malheureusement aucune indication sur l'hôte chez lequel ce crustacé vivait en parasite; les mâles évidemment de taille fort réduite, ont passé inaperçus ou ont été perdus au milieu des autres Isopodes qui accompagnaient les *Képones*, et aujourd'hui encore nous n'avons sur cette forme curieuse que les renseignements donnés par DUVERNOY.

Quinze ans plus tard, en 1855, LEIDY (II, p. 150), rencontra dans la cavité branchiale de *Gelasimus pugilator*, à Atlantic City, un spécimen d'un Isopode parasite qu'il nomma *Cepon distortus* et dont il donna une courte description. LEIDY reconnut parfaitement les deux sexes et signala en passant l'erreur de DU-VERNOY; mais il en donna lui-même une correction imparfaite en déclarant que l'individu figuré par son devancier comme étant le mâle de *Cepon typus* est évi-demment la femelle d'une autre espèce (is evidently the female of another species).

CORNALIA et PANCERI (III, p. 115), font un nouveau pas vers la vérité lors-qu'ils écrivent : « Con tutta probabilita quest' individuo è il typo femmina di altra specie, *oppure una larva della femmina* del *Cepon typus*. » De plus ils établissent pour le *Cepon distortus* un genre nouveau (*Leydia*) insuffisamment caractérisé.

D'ailleurs, les diagnoses données par les premiers zoologistes qui se sont occupés des Bopyriens, sont tellement imparfaites qu'il serait parfois impossible de reconnaître les espèces dont ils ont parlé, si l'hôte n'était nommé. Aussi FRITZ MUELLER pouvait-il encore, même en 1871 (IV, p. 68), mettre en doute la valeur des coupes génériques *Ione*, *Phryxus*, *Gyge*, etc., créées par ses prédécesseurs pour les Bopyriens parasites de la branchie et de l'abdomen des crustacés Déca-podes, et proposer de les réunir toutes dans le seul genre *Bopyrus*.

FRITZ MUELLER découvrit une nouvelle espèce de *Cepon* parasite d'un *Grapsus*, qu'il rapporte avec doute au *Leptograpsus rugulosus*, mais il cite seulement en passant ce parasite dont il ne paraît pas avoir fait une étude approfondie.

C'est en 1880 que KOSSMANN (V. p. 119) décrivit avec quelque détail une espèce de *Cepon* (*C. messoris*), parasite du *Metopograpsus messor* de la Mer Rouge. Dans ce travail, KOSSMANN rectifie complètement l'erreur de DUVERNOY relativement au mâle de *Cepon typus* et donne une caractéristique plus précise du groupe. Malheureusement il n'eut en sa possession qu'un exemplaire unique (femelle adulte), ce qui explique les lacunes encore bien nombreuses de cette description.

En 1881, le même zoologiste put, pendant un séjour au laboratoire de Naples, étudier une nouvelle espèce de *Cepon*, la première qui ait été rencontrée dans es Crustacés Décapodes des mers d'Europe (VI, p. 170). Pour la première fois aussi le parasite fut obtenu en un certain nombre d'exemplaires ; toutefois il paraît être très localisé , car avant de découvrir le premier couple, dix mille Brachyoures environ furent ouverts par SALVATORE LO BIANCO , l'habile employé de la station zoologique. Le *Cepon portuni* KOSSMANN , est parasite de la cavité branchiale de *Portunus arcuatus* LEACH.

Dans un travail antérieur (1), KOSSMANN avait étudié avec soin un type fort intéressant de Bopyrien, très voisin de *Cepon*, et nommé par lui *Gigantione Moebii*. Le mémoire dont nous parlons est rempli de faits intéressants et nous aurons souvent à le citer. Malheureusement la rédaction hâtive de ce travail en rend la lecture difficile. La crainte d'être devancé par WALZ paraît avoir préoccupé outre mesure le savant professeur d'Heidelberg et l'a déterminé à publier sans ordre et parfois sans esprit de suite d'excellentes observations. Depuis, KOSSMANN n'a pas encore fait paraître la monographie des Bopyriens qu'il annonçait en 1880 , comme l'un de nous l'avait annoncée en 1878 (2). Ce sont là de beaux projets et de larges ambitions de jeunesse que la dure expérience vient bientôt contrecarrer lorsque l'on passe à l'exécution.

Les travaux de KOSSMANN sont, avec les mémoires cités de DUVERNOY et de LEIDY, les seuls documents que nous aurons à utiliser d'une façon critique et comparative dans notre révision du genre *Cepon*.

Pour ne rien omettre , nous devons encore citer, parmi les zoologistes qui se sont occupés de ces animaux , un élève de CLAUS , RUDOLF WALZ (VII, p. 59), auteur d'une « Monographie des Bopyriens de l'Adriatique. » Ce travail contient des renseignements utiles sur l'anatomie et l'embryogénie de *Bopyrina* et d'un petit nombre de formes du genre *Phryxus*. Mais WALZ a eu le tort de parler à la légère de types qu'il n'avait pas étudiés et sans avoir lu d'une façon attentive les publications antérieures. Aussi toute la partie taxonomique de son mémoire , et en particulier tout ce qui a rapport au genre *Cepon* , n'est-il qu'un tissu d'erreurs et d'absurdités.

---

(1) KOSSMANN, Studien über Bopyriden, I. *Gigantione Moebii*, und Allgemeines über die Mundwerkzeuge der Bopyriden, 1881 , *Zeitschrift f. wiss. Zool.* XXXV Bd, p. 652, pl. XXXII et XXXIII.

(2) GIARD. Notes pour servir à l'histoire du genre *Entoniscus*. *Journal d'Anatomie et de Physiologie* , nov. déc. 1878, p. 675.

ÉTHOLOGIE.

Nous avons été assez heureux pour rencontrer, sur les côtes de France, deux espèces nouvelles du genre *Cepon* : l'une, *Cepon pilula*, se trouve à Concarneau dans *Xantho floridus* ; elle nous a paru très rare et nous n'en avons pu faire qu'une étude incomplète ; l'autre, *Cepon elegans*, est assez abondante à Wimereux, où elle vit en parasite dans la cavité branchiale de *Pilumnus hirtellus*. C'est elle que nous prendrons comme type dans les observations qui vont suivre. Les deux formes, d'ailleurs, sont très voisines et réunies par des liens de parenté beaucoup plus étroits que ceux qui les rattachent l'une et l'autre aux espèces du même groupe antérieurement décrites.

Depuis nos publications préliminaires (VIII, IX et X) sur ces animaux, nous avons poursuivi d'une façon ininterrompue nos observations et nous avons pu ainsi rectifier certains points erronés et combler quelques lacunes. Trop nombreuses sont celles qui demeurent encore malgré nos efforts continus.

Le *Pilumnus hirtellus* Linné vit sur les côtes du Boulonnais dans des conditions bien différentes de celles où on le trouve en Bretagne. Partout où affleurent les grès calcaires du Portlandien, ces roches sont recouvertes par d'énormes amas formés par les tubes de Hermelles (*Hermella alveolata*, Sav.), En se recouvrant et en s'enchevêtrant les uns dans les autres, ces tubes forment des rochers artificiels, hauts parfois de plus d'un mètre, d'une structure caverneuse, dont les grandes cavités servent d'abri aux Poulpes, aux Congres, aux Homards, etc. La voute de ces cavernes est tapissée d'Ascidies, de Bryozoaires, d'Hydraires, d'Alcyons, de *Salmacina*, etc. En les brisant à coups de marteau, on en fait sortir une foule d'autres animaux, Annélides, Némertiens, Siponcles, *Tapes*, etc. ; et l'on y trouve, blottis dans les moindres anfractuosités, des *Pilumnus hirtellus* de toutes dimensions. Il est facile, lorsque la mer se retire suffisamment, de recueillir en quelques heures des centaines de ces crustacés.

Les exemplaires qui ont servi à nos recherches provenaient tous des rochers de la Tour de Croy (Wimereux). Nous précisons la localité parce que l'expérience nous a démontré que les Isopodes parasites sont, comme les Rhizocéphales, des animaux à habitat très limité. Ils produisent de véritables endémies en certains points mieux abrités de la côte, souvent dans les petites baies ou les anses aux eaux calmes. KOSSMANN a déjà émis cette opinion qu'il ne faut pas parler d'une manière absolue de la fréquence ou de la rareté d'un Bopyride : il a observé comme nous que souvent la découverte d'un premier individu est suivie de celle de beaucoup d'autres lorsqu'on a trouvé, après des essais souvent très longs, une localité favorable.

Dans la note préliminaire que nous avons publiée sur *Cepon elegans*, nous disions : « Nous avons ouvert 1061 *Pilumnus*, et ces Décapodes nous ont fourni 22 *Cepon* femelles dont 21 portaient leur mâle. Parmi ces parasites, 17 se trouvaient sur des crabes mâles, 5 sur des femelle. »

Nous avons depuis examiné un nombre bien plus grand de *Pilumnus*, mais il nous a paru préférable de nous en tenir comme renseignement statistique au premier mille recueilli en dehors de toutes les influences perturbatrices dont nous parlerons ci-après.

Le *Cepon* est placé dans la partie supérieure de la cavité branchiale du crabe, le ventre en haut, la tête tournée vers la base de la carapace (1). En un mot le *Cepon* occupe chez *Pilumnus* une position *homothétique* à celle de *Bopyrus* chez *Palæmon*, d'*Ione* chez *Callianassa*, etc. Un certain nombre de fois, (une fois sur dix, environ) nous avons trouvé le parasite des deux côtés d'un même *Pilumnus*. Dans l'un de ces cas, les deux parasites étaient encore immatures, l'un portait un mâle à la deuxième forme larvaire (stade *Cryptoniscus*), l'autre était une jeune femelle sans mâle (Pl. 1, fig. 5 et 6.) Une seule fois nous avons observé la coïncidence, dans un même Crabe, de *Cepon elegans* et de *Cancrion miser*, Bopyrien nouveau du groupe des *Entione*, parasite viscéral de *Pilumnus hirtellus*.

Comme la plupart des autres Bopyriens, le *Cepon* se trouve principalement sur les crabes jeunes, le parasite arrivant à maturité au moment où le crabe lui-même serait mur, s'il n'était infesté. Nos observations sur les Rhizocéphales nous permettent de généraliser ce rapport éthologique et peut-être pourrait-on l'étendre à d'autres classes de parasites. P. J. VAN BENEDEN, dans son admirable livre *Commensaux et Parasites*, dit (page 166), en parlant des parasites des poissons : « Géné-» ralement l'animal s'infeste dans le jeune âge des parasites qu'il héberge pendant

---

(1) Dans notre communication préliminaire, nous avons dit : *la tête tournée vers la tête du Crabe*. Cette expression pourrait être mal comprise : nous avons voulu seulement indiquer par là que la tête du *Cepon* est dirigée vers le côté où se trouve la tête du Crabe, c'est-à-dire vers le bas, chez le *Pilumnus*, qui est légèrement catométope.

» toute la vie. Pour connaître le mobilier de plusieurs poissons, il faut les visiter
» peut de temps après leur éclosion. »

Lorsque le *Cepon* est adulte, il produit une déformation , parfois très visible, de
la carapace du crabe. Avec un peu d'habitude il est facile ainsi de distinguer, même
à la plage, les crabes infestés. Le fait est intéressant à noter, car il ne paraît pas se
produire chez tous les Décapodes parasités par des Bopyriens, Leidy ne l'a pas
observé chez *Gelasimus pugilator* infesté par *Cepon distortus* : « The parasite pro-
duces no deformity visible externally of the animal it infest. » Kossmann ne signale
non plus rien de semblable chez *Portunus arcuatus* infesté par *Cepon portuni*. Il
est probable au contraire que la déformation de la carapace existe chez *Rüppellia
impressa* et que c'est ainsi que l'attention de Moebius aura été attirée sur *Gigantione*. Une déformation doit également se produire chez *Metopograpsus messor*
sous l'influence de *Cepon messoris*. En effet, Kossmann a observé sur le dos du
Décapode un trou mettant en communication la cavité branchiale avec l'extérieur.
Ce trou était sans aucun doute le résultat de l'usure d'une saillie causée par le
parasite.

La connaissance de cette déformation et celle de la taille ordinaire des Crabes
infestés fut bientôt pour nos statistiques un élément perturbateur : la proportion
des parasites trouvés dans une centaine de crabes s'éleva considérablement. Si
pour remédier à cet inconvénient nous faisions recueillir les *Pilumnus* par des per-
sonnes incompétentes, des enfants ou des pêcheurs, nous rencontrions une autre
cause d'erreur; car, malgré nos recommandations, ces chercheurs inexpérimentés
s'obstinaient à nous apporter surtout des crabes de grande taille , chez lesquels les
Cepon sont excessivement rares. Voilà comment nous sommes amenés à considérer comme s'approchant le plus de la vérité, les nombres que nous a fournis le
premier millier de crabes recueillis par nous à une époque où notre œil n'était
pas encore dressé à la recherche du parasite et où nous ramassions indistinctement
tous les *Pilumnus* qui nous tombaient sous la main.

MORPHOLOGIE ET ANATOMIE

DE

CEPON ELEGANS

DESCRIPTION DE LA FEMELLE ADULTE.

I.

FORME GÉNÉRALE.

La femelle adulte des *Cepon* (Pl. I, fig. 1 et 2) est asymetrique et c'est à tort que WALZ a tout récemment encore affirmé le contraire. Le corps peut se diviser en deux parties : 1° la partie céphalothoracique ; 2° la partie abdominale. La longueur totale de l'animal depuis le *limbe céphalique* jusqu'à l'extrémité des appendices du *pygidium* est de 7 millimètres, et la largeur prise à la hauteur du troisième anneau thoracique, d'une épaulette à l'autre, est de $3^{mm},5$. La longueur de la partie thoracique est de 4^{mm}, et celle de la partie abdominale, non compris les appendices du pygidium, est de $1^{mm},3$.

Comme chez tous les Bopyriens qui vivent dans la cavité branchiale des Décapodes, l'axe du corps est courbé tantôt vers la droite, tantôt vers la gauche, selon le côté du crabe sur lequel l'animal s'est développé. Chez un Bopyre *droit* (nous nommons ainsi celui qui s'est développé dans la cavité branchiale droite), le côté convexe est le côté *droit*. La femelle figurée (Pl. I, fig. 1) est un Bopyre *gauche*. Deux Bopyres tirés l'un de la cavité branchiale droite, l'autre de la cavité bran-

3

chiale gauche sont donc, comme les deux mains de l'homme, symétriques mais non superposables (1).

La forme de la femelle des Bopyriens branchiaux est donc, comme le dit RATHKE, celle que les botanistes appellent chez les feuilles *folium oblique ovatum*. D'une manière plus générale, c'est la forme *dysdipleure* de HÆCKEL et la rapidité avec laquelle cette forme se produit chez les Bopyriens sous l'influence de causes absolument actuelles est intéressante à noter, car elle nous permet de supposer que chez les Poissons Pleuronectes, une cause actuelle agissant dans l'ontogénie, peut aussi déterminer la symétrie droite ou gauche sans qu'il soit nécessaire de faire intervenir un atavisme plus ou moins mystérieux.

Vue de profil (Pl. I, fig. 2,), la femelle de *Cepon elegans* est légèrement concave du côté dorsal, fortement convexe du côté ventral, et, comme ce côté est le plus visible à cause de son volume et de sa coloration, le parasite apparaît, quand on ouvre le crabe, sous la forme d'une petite boule d'un rouge plus ou moins intense, selon l'état de développement des œufs dans la cavité incubatrice. La *tête* ou *bouclier céphalique* est enchassée par sa partie postérieure dans le premier anneau thoracique. Elle est formée de deux masses contiguës, irrégulièrement sphériques qui renferment l'estomac, d'où le nom de *cephalogaster* que nous avons proposé pour cette partie du corps, étudiée chez les Entonisciens ; ce nom peut s'appliquer également à tous les autres Bopyriens.

Sur tout son bord libre la tête est entourée par un *limbe* membraneux (Pl. I, fig 1, 7, *l*). Une lame identique encadre en avant et sur les côtés la tête de *Cepon typus*. DUVERNOY la compare à un chaperon et la considère comme formant le premier segment de la tête. Le *limbe* céphalique ne paraît pas exister chez les autres *Cepon* antérieurement décrits. Nous reviendrons dans un instant sur la valeur morphologique de cette pièce qui présente un certain intérêt.

Le thorax ou *pereion* est formé de sept anneaux ; le premier est le plus court et le plus étroit ; les deuxième, troisième et quatrième segments sont de plus en plus développés. A partir du cinquième, les anneaux vont en décroissant. La partie tergale des quatre derniers segments thoraciques présente une saillie

---

(1) CORNALIA et PANCERI ont parfaitement indiqué ces rapports chez *Gyge branchialis* : « Il corpo e asimmetrico ; e tale dissimetria dispende dal lato della corbola su cui la *Gyge* s'è fissata. Imperocchè se ne occupa il lato sinistro, il capo è ripiegato sul margine destro, che riesce quindi piu breve e meno convesso dell' altro ; si invece è fissa sulle branchie destre, il capo è ripiegato sul margine sinistro, che alla sua volta e men curvo e più raccorciato dell' altro. Quindi ne sorge che il margine più longo e più converso della *Gyge* corrisponde sempre al margine inferiore libero del cefalotorace della Corbola, e il più breve e men curvo all' alto della cavità branchiale. »

recourbée en crochet du côté postérieur. Ces saillies ou *bosses dorsales* (Pl. I, fig. 2, *bd.*) vont en croissant du quatrième au septième segment. De semblables pointes dorsales ont été signalées et figurées par KOSSMANN chez *Cepon portuni*, mais seulement sur les *trois* derniers anneaux thoraciques (VI, pl. XI, fig. 5.)

Chaque anneau thoracique porte une paire de membres conformés selon le plan typique des pereiopodes de tous les Thoracostracés et des Arthrostracés, c'est-à-dire formés de sept articles : Coxopodite, Basipodite, Ischiopodite, Meropodite, Carpopodite, Propodite et Dactylopodite.

L'*abdomen* est presque symétrique et beaucoup moins condensé que chez *Cepon portuni* et surtout chez *Gigantione*. Il a gardé la forme *phryxoïde* et peut être superposé au pleon de *Phryxus resupinatus* FRITZ MUELLER. Les anneaux qui le composent sont au nombre de six dont les cinq premiers *semblent* porter trois appendices de part et d'autre et le sixième un appendice unique. En réalité l'appendice supérieur des cinq premiers anneaux, celui désigné dans la planche I par la lettre *a*, *a*¹, *a*², etc, n'est que le prolongement de la surface dorsale de l'anneau, c'est un *pleopleuron*. Ces appendices sont les homologues des organes ramifiés coralloïdes du pleon des *Ione*. DUVERNOY les a nommés *lames branchiales principales* et KOSSMANN *épiméroides*. Quant à l'appendice du sixième segment, nous l'avons d'abord considéré comme homologue des précédents et désigné par la lettre *a*⁶, mais cette opinion est discutable ainsi que nous le verrons plus loin en étudiant les membres du pleon.

Tous les anneaux du thorax et de l'abdomen sont mobiles les uns sur les autres et permettent à l'animal des mouvements qui, pour ne pas être très étendus, sont cependant parfaitement perceptibles.

La coloration générale de l'animal est d'un blanc grisâtre tranchant vivement sur celle de la cavité incubatrice qui est rouge cerise quand les embryons sont à peine segmentés et qui passe au violet vineux quand ceux-ci sont près d'éclore. A la face dorsale du thorax, sur deux lignes latérales, se voient de part et d'autre sur chaque anneau de petits îlots de cellules pigmentaires (Pl. I, fig. 1, *chr*) rouges et vertes qui sont surtout développées dans les premiers segments. Outre ces chromatoblastes, on aperçoit une teinte rose pâle due à l'ovaire vu par transparence, et de chaque côté de la ligne médiane les deux cœcums hépatiques qui se manifestent par leur teinte brune (Pl. I, fig. 1, *ov* et *he*).

BORDS DE LA RÉGION THORACIQUE.

Avant de passer à l'étude des appendices, nous devons dire quelques mots de certains organes situés sur le bord des anneaux thoraciques, à la base des membres, et sur lesquels les divers zoologistes qui se sont occupés des Bopyriens sont loin d'être d'accord. Nous nous efforcerons de jeter quelque clarté dans cette question et pour cela nous n'hésiterons pas à donner à nos idées une forme tranchée, alors même qu'il nous resterait quelques doutes dans l'esprit sur certains points : *magis emergit veritas ex errore quam e confusione*. Or, la confusion est grande et très grand l'effort qu'il faut faire pour comparer entre elles les descriptions des auteurs.

Les organes dont nous voulons parler sont de quatre sortes. Nous les désignerons sous les noms suivants :

1° *Epaulettes* ou *Pelottes coxales*,

2° *Lames pleurales*,

3° *Bosses ovariennes*,

4° *Impressions coxo-dorsales*.

A part les bosses ovariennes, aucun de ces organes ne présente son maximum de développement chez *Cepon elegans*. Nous serons donc forcés pour rendre cette étude plus facile de recourir à divers types de Bopyriens, tous d'ailleurs assez voisins de celui que nous étudions.

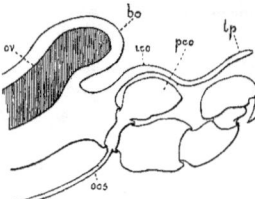

FIG. 1.

Schéma du bord de la région thoracique (en coupe transversale) d'un Bopyrien idéal, présentant également développés les quatre organes suivants :

pco : PELOTTES COXALES OU ÉPAULETTES.
lp : LAMES PLEURALES.
bo : BOSSES OVARIENNES.
ico : IMPRESSIONS COXO-DORSALES.

ov : ovaire. — *oos* : oostégiste.

1° *Épaulettes ou Pelottes coxales.* — Nous prendrons comme type pour la description de ces organes, *Cepon typus* DUVERNOY. Chez cette espèce l'extrémité externe de la hanche (coxopodite) des membres thoraciques supporte un singulier appendice qui, dit DUVERNOY, sert selon toute apparence à fixer l'animal du côté supérieur en même temps que les pieds l'accrochent du côté inférieur. (Fig. 11, page 65, d'après DUVERNOY).

Le premier de ces appendices, se présente à chaque angle du chaperon comme un petit tubercule à surface granuleuse. Le second, le troisième et le quatrième vont en augmentant de grosseur et forment une pelotte à peu près hémisphérique de petites verrues qui sont quelquefois séparées en deux groupes par un sillon oblique, ce qui leur donne une apparence de main ou du moins d'organe préhensile ayant deux parties opposables. Ces pelottes tiennent à la hanche par un pédicule cylindrique qui subsiste seul dans les cinquième et sixième paire de pieds, avec les mêmes dimensions que dans les précédents, et qui n'est plus que rudimentaire dans le septième.

Duvernoy appelle ces organes *pelottes épimériennes*. Cependant il indique clairement leur insertion sur la hanche, et, tout en signalant les rapports de continuité de cette dernière avec l'épimère, il l'en distingue nettement puisqu'il dit que *la hanche s'articule avec la pièce épimérienne de chaque segment thoracique* (loc. cit. p. 119).

Chez *Cepon messoris*, Kossmann a retrouvé les *pelottes coxales* qu'il a appelées *Haftkissen*. Mais ici ces organes ne sont plus pédiculés; ils sont parfois encore divisés en deux masses et recouverts par une cuticule squammeuse. Chez *Cepon portuni*, les pelottes coxales présentent la même disposition. Dans son dernier mémoire (VI, p. 174) Kossmann leur donne le nom de *Haftpolster* ou de *Coxalposter*. Il les regarde comme les homologues de la partie du coxopodite aplatie en feuillet et désignée sous le nom d'épimère chez les Arthrostracés. Avec juste raison, il considère comme absolument impropre l'appellation d'épimère appliquée soit à ces organes, soit aux formations analogues des autres Edriophthalmes, la désignation d'épimère devant être réservée aux prolongements des parties dorso-latérales des segments.

Chez *Cepon elegans*, ces organes sont moins développés encore que chez les deux formes étudiées par Kossmann, Nous les avons désignés par les lettres *ep* (Pl. I, fig. 5), et nous leur donnons le nom d'*épaulettes* qui ne préjuge en rien leur signification morphologique. Nous discuterons cette signification en parlant du membre thoracique. Quant à leur rôle physiologique, leur surface papillaire ou tout au moins squammeuse nous porte à supposer avec Duvernoy et Kossmann que ces organes contribuent à la fixation du parasite dans la cavité branchiale de son hôte.

2° *Lames pleurales*. — Les lames pleurales ont été désignées par Milne-Edwards sous le nom de *branchies thoraciques* et par Dana sous celui de *appendices branchiales ad basim pedum thoracis* (1). Elles sont surtout développées chez les *Ione*. Pour MILNE-EDWARDS et pour DANA, ces organes devaient être considérés comme des dépendances du membre thoracique. « Chaque patte thoracique, dit le premier de ces auteurs, porte deux » appendices : l'un est la lamelle incubatrice, l'autre a la forme d'une lanière » membraneuse qui flotte sur le côté du corps et ressemble exactement aux » appendices respiratoires placés de la même manière chez les Amphipodes ». Le dessin de MILNE-EDWARDS est en harmonie avec cette description : le contour de chaque segment du pereion est figuré par un trait net sous lequel les branchies thoraciques se prolongent figurées en pointillé. SPENCE BATE (Brit. Sessil-Eyed Crustacea, II, p. 253) adopte la même opinion : « We saw nothing of the » delicate narrow membranous appendages attached to the legs that Professor » M. EDWARDS suppose to be branchiæ, like those of the Amphipoda. »

Dans son « Voyage à la Mer Rouge », (V, p. 119 et 120) KOSSMANN refuse d'admettre le rôle respiratoire des prétendues branchies thoraciques ; il les considère comme des organes de fixation et les nomme *Haftbeutel*, mais il les considère encore comme un simple prolongement des pelottes coxales. Cela ressort clairement de la diagnose qu'il donne du genre nouveau *Gigantione*.

« Epimeren der ersten vier Pereiopodenpaare zu Haftkissen entwickelt, *welche sich nach aussen in einen mæssig langen flachen Haftbeutel fortsetzen . . .* ».

De même pour le genre *Ione*, il dit :

« Epimeren der vordern Segmente *zu überaus lange Haftbeutel* entwickelt aber ohne vorliegenden Kissen ».

Cependant par une étrange contradiction, KOSSMANN observe que chez *Gigantione* des formations analogues se produisent sur les côtés de la tête et du pléon, où il ne peut être question de *pelottes coxales* : « Solche *Haftbeutel auch am Kopf und an allen Segmenten des Pleon (mit Ausnahme des letzen) jedoch unter geringer oder fehlender Ausbildung des vorliegenden Kissen* ».

Plus tard, dans son travail sur *Gigantione* (2), il reconnaît son erreur et

---

(1) C'est par erreur que KOSSMANN (VI, p. 171) attribue cette dernière appellation à CORNALIA et PANCERI. Toute la partie systématique du mémoire des zoologistes italiens, et en particulier les diagnoses latines, sont une reproduction presque textuelle du travail de DANA. Il est vrai qu'ils ont eu le tort de ne pas indiquer cet *emprunt*.

(2) Studien über Bopyriden I. *Zeitschrift f. wiss. Zool.* XXXV, 1881, p. 657.

déclare qu'il faut distinguer d'avec les *pelottes coxales* les lobes latéraux du bouclier dorsal (Seitenlappen des Rückenschildes) qu'il appelle aussi *lobes épimériens* (Epimerenlappen) « Chez le genre Ione, j'ai pu, dit-il, par la comparaison des divers âges, constater comment se forment ces lobes : l'animal jeune est très aplati et les membres sont insérés à la surface ventrale de la bête assez loin du bord latéral. Un repli de la peau dorsale, comparable au manteau d'un grand nombre de Crustacés, fait saillie de chaque côté au-dessus de la hanche et se trouve divisé par les espaces intersegmentaires en une série de lobes latéraux flottants correspondant à peu près à ce que Milne-Edwards appelle *épimères* chez les Thoracostracés. Peu à peu le coxopodite vient aussi faire saillie à la partie dorsale dans l'espace intersegmentaire, *en avant* du lobe épimérien, tandis que celui-ci devient de plus en plus long ».

Cette description n'est pas encore absolument conforme à la réalité. Comme nous le verrons plus loin, il est inexact de dire que chez *Ione*, les hanches viennent faire saillie dans l'intersegment en avant des lames épimeriennes. De plus à cette expression de *lames épimériennes* nous croyons utile de substituer celle de *lames pleurales*. Avec Huxley nous réservons le nom d'*épimère* à la portion de la région sternale comprise entre le point d'attache des appendices et le pleuron, et nous appelons *pleuron* la partie latérale du tergum, celle qui forme le repli ou *branchiostégite* du thorax des Thoracostracés.

Si l'on suit la formation des *lames pleurales* chez *Ione thoracica*, on voit que ces organes sont les prolongements de la partie antérieure du *pleuron* des premiers segments thoraciques, ainsi que cela est figuré par Kossmann lui-même (V, Pl. X, fig. 4), et ce n'est que par suite de déformations ultérieures qu'il peut y avoir quelque doute sur ce point. Quant aux *coxa*, on les voit ou plutôt on voit leurs traces à la partie postérieure ou à la partie moyenne du pleuron sous forme d'*impressions coxo-dorsales* (voir ci-dessous, page 25), mais jamais en avant des lobes pleuraux.

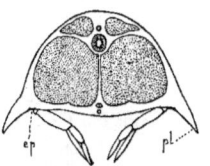

Fig. 2.

Coupe du cinquième somite abdominal d'*Astacus fluviatilis*, (d'après Huxley).

ep : épimère. — *pl* : pleuron.

Chez *Ione*, les lobes pleuraux existent également sur la tête et sur les segments abdominaux. Sur la tête ils forment de chaque côté un prolongement assez aigu qui se continue antérieurement en un limbe frontal. Sur les segments abdominaux, les lames pleurales deviennent très fortement arborescentes et donnent naissance aux appendices coralloïdes décrits par tous les auteurs.

Chez *Gigantione*, les lames pleurales du pleon restent au contraire rudimentaires.

Chez *Cepon elegans*, les lames pleurales céphaliques forment un limbe régulier continu qui encadre toute la partie antérieure et les côtés de la tête (Pl. I, fig. 1, 7, *l*) ; les lobes pleuraux de l'abdomen sont médiocrement ramifiés et constituent les appendices *a* du pléon (Pl. I, fig. 1, 8). Enfin les lobes pleuraux thoraciques sont complètement avortés.

Sans homologuer, comme le faisait MILNE EDWARDS, les lames pleurales des *Ione* avec les branchies thoraciques des Amphipodes, il est difficile de refuser tout rôle respiratoire à ces organes ; on pourrait même rappeler à l'appui de cette opinion que des parties de même valeur morphologique sont considérées comme des organes respiratoires sur le pleon des *Cepon* et des *Ione*; mais ici, moins encore que partout ailleurs, on ne doit conclure de l'identité morphologique à l'identité physiologique. La cuticule des lames pleurales est au moins aussi épaisse que celle des autres régions du corps, parfois même elle est quelque peu squammeuse et KOSSMANN en avait conclu d'abord que ces lames devaient servir à la fixation du parasite dans la cavité branchiale de son hôte. Nous pensons que cette dernière fonction peut être admise également. Enfin KOSSMANN a plus récemment accordé un nouvel usage aux lames épimériennes : ces organes seraient destinés, suivant lui, à remplir l'espace laissé libre entre les branchiostégites et la face ventrale du parasite, dans l'intervalle compris entre deux griffes consécutives. Sans cette protection, *Ione* serait exposée à être décrochée par la dernière paire de pattes thoraciques de *Callianassa*, celle qu'on appelle patte balayeuse, et qui sert à faire la toilette de la cavité branchiale. On peut constater, en effet que souvent, l'une des lames pleurales du deuxième segment thoracique est plus développée que l'autre et que la lame la plus développée est toujours celle qui correspond au bord libre du branchiostégite, c'est-à-dire celle du coté droit, si le parasite est fixé dans la cavité branchiale droite ; celle du coté gauche, s'il est logé dans la cavité branchiale gauche.

Souvent les lames pleurales paraissent avoir été déchirées, sans doute dans la lutte qu'elles ont à soutenir contre la patte balayeuse. La dernière opinion de KOSSMANN nous paraît donc indiscutable, mais c'est peut-être se montrer bien exclusif que de dénier toute autre fonction aux lames pleurales.

3°. — *Bosses ovariennes*. — Après avoir parlé des lames pleurales (*lames épimériennes*, K.) KOSSMANN ajoute : « Il en est de même chez *Cepon* où toutefois les lames épimériennes restent courtes et sont remplies par un prolongement de l'ovaire, ce qui leur donne un aspect rebondi, tandis que les coxa renflés en une pelotte puissante sont reportées à la surface dorsale entre les segments.

« Que l'on jette un coup d'œil sur la figure que nous donnons de *Gigantione* et l'on retrouvera sans peine en *e* les lobes épimériens, en *c* les pelottes coxales du genre *Cepon*. Ces dernières font saillie en avant des lames épimériennes à la partie dorsale et par la pointe de leur extrémité postérieure repoussent ces lames en arrière. »

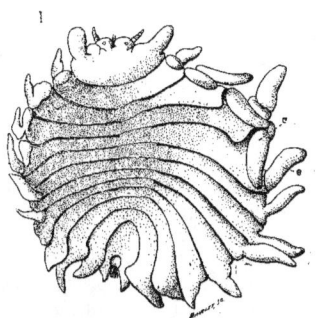

Toute cette interprétation est absolument erronée. En ce qui concerne *Cepon*, les renflements dorsaux qui renferment une partie de l'ovaire et que pour cette raison nous appelons *bosses ovariennes* n'ont rien de commun avec les pleurons ou les épimères. Ils correspondent à la partie postérieure des *terga* et sont, par conséquent, situés beaucoup plus dorsalement que les lobes pleuraux.

FIG. 3.

Gigantione Ma'bii (d'après KOSSMANN).

e : lobes épimériens ou lames pleurales.
c : pelottes coxales.

Pour bien comprendre leur signification, il faut les étudier de préférence chez les Bopyriens qui, vivant dans l'étroite cavité branchiale des Carides, sont plus fortement aplatis, par exemple chez *Bopyrus*, ou mieux encore chez *Bopyrina*. La figure donnée par WALZ de *Bopyrina virbii* (VII, Pl. I, fig. 1) est très instructive à cet égard, en montrant nettement que les bosses ovariennes dorsales, désignées par les lettres *ov*, sont situées dans la partie postérieure du tergum et n'ont aucun rapport avec la partie pleurale.

Cette interprétation conforme aux faits, a de plus le mérite de permettre une comparaison plus complète du somite des Arthrostracés avec celui des Thoracostracés. On voit en effet que dans le schéma d'HUXLEY (fig. 2) les organes génitaux occupent à la partie dorsale absolument la même situation que chez les Bopyriens.

Quant à la disposition attribuée par KOSSMANN aux pelottes coxales de *Gigantione*, nous allons voir maintenant ce qu'il faut en penser.

4°. — *Impressions coxo-dorsales*. — D'après KOSSMANN, les pelottes coxales des membres thoraciques chez *Gigantione*, comme d'ailleurs chez *Ione*, viennent faire saillie dans l'intersegment en avant des lames pleurales qu'elles repoussent en arrière en les recouvrant en partie (au moins chez *Gigantione*) de leur extrémité postérieure pointue.

CORNALIA et PANCERI indiquent la même organisation chez *Gyge branchialis*. « I primi quatro anelli toracici hanno gli epimeri molto sviluppati (Tav. I, fig. 27, *e, e, e, e,*) e che lasciano un solco tra loro e l'estremità degli anelli cui corrispondono ; ognun de' quali presenta nel suo angolo posteriore un piccolo prolungamento che oltrepassa l'epimero (c'est à dire la *pelotte coxale*). » En citant ce passage, KOSSMANN remarque déjà que ces épimères de *Gyge* n'ont pas l'aspect spécial (*kissenartig*) des pelotes coxales des *Cepon*. Cela tient, selon nous, à ce que chez *Gyge*, comme d'ailleurs chez *Ione*, et probablement chez *Gigantione* (que nous n'avons pu étudier en nature), ce n'est pas la pelotte dorsale elle-même que l'on voit du coté dorsal, mais l'impression de cette pelotte sur le repli pleural. L'étude des Bopyres aplatis et en particulier de *Pleurocrypta galatheæ* HESSE est très intéressante à ce point de vue. Elle montre que les pelottes coxales s'impriment en relief sur la partie dorsale du Bopyre, comme les caractères de Braille qui forment l'alphabet des aveugles. Ce sont ces impressions que nous nommons: *impressions coxo-dorsales*.

Chez les *Cepon* qui vivent plus à leur aise dans la cavité branchiale des Brachyoures et qui sont moins aplatis et moins comprimés que les autres Bopyres, les replis pleuraux sont moins étendus de chaque coté, les pelottes coxales arrivent librement à la partie dorsale du parasite et il ne peut être question d'*impressions coxo-dorsales*. Le dos des *Cepon* ne montre que les *bosses ovariennes* et les *pelottes coxales*.

II.

APPENDICES.

Contrairement à ce qui a lieu pour *Gyge* et pour *Bopyrus*, les appendices de la femelle adulte de *Cepon elegans* sont en partie visibles dorsalement : les pattes thoraciques du coté convexe et un certain nombre d'appendices abdominaux sont en évidence ainsi que nous l'avons représenté Pl. I, fig. 1.

ANTENNES ET ORGANES DES SENS.

Les antennes ne sont visibles que du coté ventral. Elles sont au nombre de quatre : les deux internes ou antérieures (Pl. I, fig. 7, *an¹*) sont plus rapprochées de la ligne médiane que les externes ou postérieures (fig. 7, *an²*). Les premières très courtes, sont formées de trois articles qui vont en décroissant de la base au sommet et qui sont pourvus de quelques soies tactiles : les externes présentent quatre articles également pourvus de soies, l'article basilaire forme un léger renflement dont la base d'insertion s'étend assez loin sur les cotés du rostre et se confond insensiblement avec le bord véritable de la tête. Ces quatre appendices sont dorsalement recouverts par le limbe (Pl. I. fig. 7, *l*) qu'ils ne dépassent pas. Leidy, chez *Cepon distortus*, décrit les antennes comme petites et indistinctes. Kossmann, chez *Cepon messoris*, leur attribue le même nombre d'articles que chez *C. elegans*, mais ces antennes n'auraient ni soies ni filaments sensoriels d'aucune sorte, elles seraient au contraire revêtues d'une forte cuticule squammeuse (voir fig. 13, p. 70, d'après Kossmann). Chez *Cepon portuni*, les antennes externes ont cinq articles également dépourvus de soies. Chez *Gigantione*, la base des antennes internes prend un développement exagéré et vient recouvrir en partie l'appareil buccal. Cette curieuse disposition est très intéressante à noter comme passage aux formes plus insolites que prennent les antennes chez les Entonisciens.

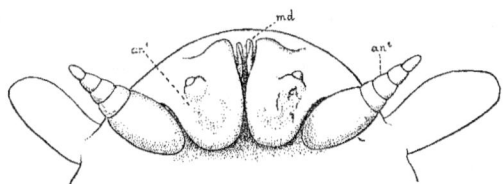

Fig. 4.

Gigantione Mœbii (d'après Kossmann).

Tête de la femelle, vue par la face ventrale.

an¹ : antenne interne.
an² : antenne externe.
md : mandibule.

En suivant le contour à peine visible qui sépare la tête proprement dite du limbe qui l'entoure, un peu en arrière de la base élargie des antennes externes, on aperçoit assez difficilement de part et d'autre deux petites masses d'un noir violet : ce sont les yeux (Pl. I, fig. 7, *œ*) réduits à de simples taches pigmentaires, sans cristallin.

APPAREIL BUCCAL ET PATTES-MACHOIRES.

Immédiatement en arrière des antennes internes , se trouve la lèvre supérieure qui limite vers le haut l'ouverture buccale ; son contour très net est régulièrement semi-circulaire. En face et limitant la bouche du côté postérieur, se trouve la lèvre inférieure (*Hypostome*, SCHIOEDTE; *Paragnathe*, CLAUS) qui se relève en une pointe fendue légèrement sur la ligne médiane. Entre ces deux pièces impaires se trouvent, placés latéralement, les deux premières paires d'appendices masticatoires qui méritent plus spécialement le nom d'appendices buccaux : 1° les *mandibules*, 2° les *premières maxilles*. La réunion de ces quatre pièces latérales et des deux pièces médianes forme une sorte de cône saillant que l'on peut désigner sous le nom de *rostre*. Un peu au-dessous du rostre et par conséquent en dehors de cet appareil buccal proprement dit, on observe une paire de *secondes maxilles* réduites à des saillies rudimentaires et la paire de *pattes-mâchoires* bien développées.

Les *mandibules* (Pl. I, fig. 7 *md*) forment chez *Cepon elegans*, comme chez tous les Bopyriens en général, la partie la mieux développée de l'appareil masticateur : elles sont constituées par une portion basilaire, sorte de manche fortement renflé qui se termine par un cuilleron, muni de stries dans l'intérieur de sa concavité ; ces stries engrènent avec celles de l'appendice opposé.

Les mandibules des Bopyriens sont absolument dépourvues de palpe (exopodite); elles sont donc réduites à l'endopodite de l'appendice.

Les *premières maxilles* sont insérées immédiatement au-dessous des mandibules: leur partie basilaire est renflée et porte un prolongement styloïde qui passe au-dessus du manche de la mandibule. Comme on examine ordinairement l'appareil buccal en l'observant du côté ventral, la partie moyenne de cette maxille est généralement rendue invisible par la mandibule. D'autre part la partie terminale est parfois recouverte par la lèvre supérieure, de sorte qu'on ne voit bien que le renflement basilaire de la maxille. C'est ce qui explique pourquoi KOSSMANN a considéré ces maxilles comme rudimentaires chez *Gigantione* bien qu'il les ait entièrement figurées (loc. cit. Pl. XXXII, fig. 5; reproduite ci-contre).

Dans ses *Zoologische Ergebnisse*, Koss-
MANN avait commis une erreur plus grave en
considérant la lèvre inférieure (*hypostome*)
comme formée par la coalescence des deux
maxilles de la première paire. Mais il a
rectifié lui-même cette assertion dans ses
publications subséquentes, sans toutefois
reconnaître exactement la forme et les rapports de ces appendices.

Chez le mâle de *Gigantione*, chez *Ione
thoracica*, etc, KOSSMANN désigne encore par
la lettre *r* ce qu'il appelle *le rudiment douteux
des premières maxilles* (zweifelhaftes Rudiment der ersten Maxille) ce qui n'est, à notre
avis, que la base de ces organes. Au reste,
chez *Cepon* et chez plusieurs autres Bopyriens, les maxilles sont en effet rudimentaires
et réduites à leur partie basilaire, et ce que

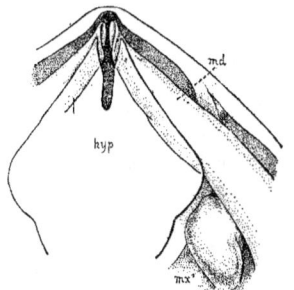

FIG. 5.

Gigantione Moebii (d'après KOSSMANN).

Appareil buccal de la femelle :

md : mandibule.
mx¹ : maxille de la première paire.
hyp : hypostome.

nous critiquons surtout c'est l'épithète de *douteux* appliquée à ce rudiment.

Entre la lèvre inférieure et le labre se trouve une pièce transversale chitineuse
qui passe sur la mandibule et que nous retrouverons beaucoup mieux développée
chez les *Entione*, KOSSMANN l'a figurée dans son dessin de l'appareil buccal de
Cepon messoris (Voir fig. 13, page 70).

Les *deuxièmes maxilles* sont absolument rudimentaires, comme chez tous les
autres Bopyriens et réduites à une simple éminence chitineuse composée cependant
encore de deux articles : l'un. inférieur, très long en forme de bouton et au centre
duquel se trouve le second qui forme sur le premier une petite masse hémisphérique. Elles sont situées au-dessous du rostre et au-dessus des pattes-
mâchoires.

Les *pattes-mâchoires* sont parfaitement développées et leur forme très variable
chez les divers types, même dans un même genre, peut fournir d'excellents
caractères pour la spécification.

On peut y distinguer trois parties : 1" un article basilaire latéro-externe ; 2° un
lobe supérieur de forme irrégulièrement quadrangulaire (le côté supérieur du
quadrilatère est garni de dents) ; c'est ce lobe qui chez d'autres Bopyriens
(*Bopyrus*, *Ione*) porte l'organe appelé *palpe* par certains auteurs ; 3° enfin un
lobe inférieur et interne à peu près triangulaire,

Nous considérons ces trois parties comme correspondant respectivement aux *coxopodite*, *exopodite* et *endopodite* des membres des Thoracostracés.

Chez *Ione*, *Bopyrus*, *Gyge*, on trouve en outre à la base de la patte-mâchoire et près de son point d'insertion un petit lobule (*ep*) parfois finement découpé (*Gyge*) que nous considérons comme un *epipodite*.

Une expansion de même nature existe à la base de la patte-mâchoire des Entoniscicns ; nous ne l'avons pas observée chez les Ceponiens, mais il est très possible qu'elle nous ait échappé, tant à cause de sa petite taille qu'en raison des difficultés de la dissection.

Comme tous nos prédécesseurs ont négligé de rechercher les homologies des diverses parties de la patte-mâchoire, et que la plupart d'entre eux ont mal com-

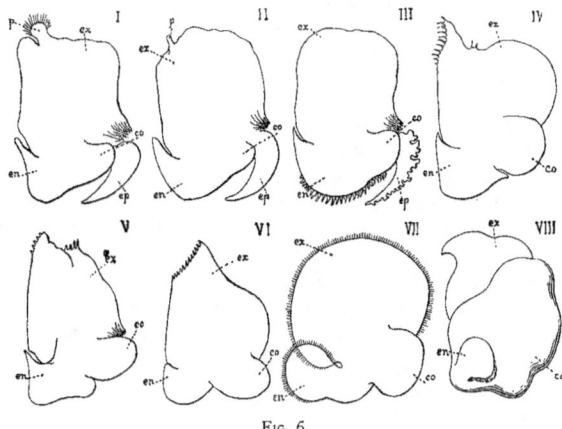

Fig. 6.

Pattes mâchoires de quelques Bopyriens. — Femelles.

I.	*Bopyrus squillarum* (d'après Kossmann).	V.	*Cepon messoris* (d'après Kossmann).
II.	*Ione thoracica* (d'après Kossmann).	VI.	*Cepon elegans* (d'après nature).
III.	*Gyge branchialis* (d'après Cornalia et Panceri).	VII.	*Gigantione Mœbii* (d'après Kossmann).
IV.	*Pleurocrypta porcellanœ* (d'après nature).	VIII.	*Portunion Mœnadis* (d'après nature)

co : coxopodite. — *ex* : exopodite. — *en* : endopodite. — *ep* : epipodite. — *p* : palpe.

pris les rapports de cet organe, nous croyons utile de donner ici une série de schémas empruntés aux différents travaux relatifs aux Bopyriens, mais rendus comparatifs par la façon dont nous les disposons et les interprétons.

Nous ne discuterons pas ici la question de savoir, s'il ne conviendrait pas de séparer de la tête l'anneau qui porte les pattes-mâchoires et de le considérer comme faisant partie du thorax qui comprendrait ainsi *huit* paires d'appendices au lieu de *sept*. Bien qu'Huxley ait donné certaines raisons pour justifier ce mode de division chez les Thoracostracés, nous préférons conserver l'ancien numérotage de Milne Edwards. Chez les animaux qui nous occupent si l'on voulait établir une ligne de démarcation sur le bouclier céphalique, il faudrait la placer entre la première et la deuxième paire de maxilles, ces derniers appendices étant, comme nous l'avons dit, situés en dehors du rostre et à quelque distance en arrière. Les deuxièmes maxilles et les pattes-mâchoires sont au contraire très rapprochées. Enfin la tête ou *cephalogaster* forme un ensemble très net, qu'il n'y a aucun intérêt à disjoindre.

Au surplus, cette question de numérotage n'a, comme le déclare Huxley lui-même, qu'une importance très secondaire. Nous reconnaissons d'ailleurs très volontiers que le nom de *pattes-mâchoires* convient assez mal à des parties qui ne jouent qu'un rôle très effacé et probablement nul dans l'acte de la nutrition. Elles sont animées d'un mouvement continuel d'élévation et d'abaissement qui a pour résultat de produire un courant d'eau dans la chambre incubatrice et dans les branchies et d'assurer ainsi la respiration des embryons et de la femelle qui les porte.

PATTES THORACIQUES.

Les *pattes thoraciques* sont au nombre de sept paires et construites suivant le type normal des membres des Thoracostracés et des Arthrostracés. Elles sont donc formées de sept articles que nous désignerons en suivant la nomenclature généralement admise (celle de Milne-Edwards et Huxley), sous les noms de :

> *Coxopodite,*
> *Basipodite,*
> *Ischiopodite,*
> *Meropodite,*
> *Carpopodite,*
> *Propopdite,*
> *Dactylopodite ;*

le coxopodite occupe l'extrémité proximale, le dactylopodite l'extrémité distale de l'appendice.

Chez la femelle des Bopyriens ces articles ne sont pas à beaucoup près aussi nettement visibles que chez le mâle, et plusieurs d'entre eux sont réunis et peuvent passer inaperçus. L'article terminal n'existe pas, d'après DUVERNOY, chez la femelle de *Cepon typus* ; il serait très réduit d'après KOSSMANN chez la femelle de *Cepon messoris* ; il est suffisamment développé chez celle de *Cepon elegans*.

Rien de plus facile, semble-t-il *a priori*, que de compter les articles dont se compose une patte de crustacé ; cependant rien de plus variable que les appréciations des auteurs relatives au nombre et à la disposition des parties qui constituent le membre thoracique des Bopyriens.

RATHKE, chez *Bopyrus*, compte quatre articles à chaque patte (« Uterque e quatuor constat articulis ») ; il est vrai qu'il considère l'article terminal comme formé par la soudure de trois parties (« tribus partibus vel articulis intime inter se coalitis est constructus, ») et comme d'autre part il admet que chez la femelle l'ongle existe, mais à l'état rudimentaire, cela porterait à sept le nombre réel des articles, sans compter la hanche.

DUVERNOY, chez *Cepon typus*, décrit et figure les pieds thoraciques comme formés de cinq articles, y compris le dernier, mais il ne compte pas la hanche et considère l'ongle comme disparu. CORNALIA et PANCERI n'admettent que quatre articles chez les femelles de tous les Bopyriens en comprenant la griffe terminale, mais en laissant la hanche en dehors du membre.

L'absence d'accord entre les auteurs et les difficultés d'une comparaison entre les divers types se font sentir encore plus vivement quand on entre dans le détail. La complication de la nomenclature est extrême et augmente singulièrement

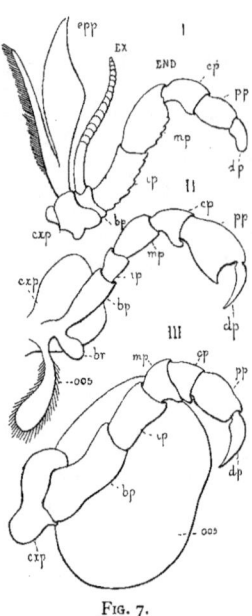

FIG. 7.

I. 3ᵉ Maxillipède de *Homarus* (d'après PACKARD).
II. 2ᵉ Gnathopode d'une Amphipode typique (d'après SPENCE BATE et WESTWOOD).
III. 2ᵉ patte thoracique de *Cymothoa* d'après HUXLEY).

EX : exopodite.
END : endopodite.
cxp : coxopodite.
bp : basipodite.
ip : ischiopodite.
mp : meropodite.
cp : carpopodite.
pp : propodite.
dp : dactylopodite.
epp : epipodite.
oos : oostegite.
br : branchie.

l'embarras du lecteur : nous citerons quelques exemples en ne parlant que des articles sur la valeur desquels il ne peut y avoir de doute pour personne, tant à cause de leur forme que de leur position.

L'article terminal, que nous appellerons septième article ou dactylopodite, a été nommé *unguis* (RATHKE), *ongle* (DUVERNOY), crochet, *uncino* (CORNALIA et PANCERI), griffe terminale ou griffe d'adhérence, *Endklaue*, *Haftklaue* (KOSSMANN), *tarse* (MILNE-EDWARDS, non RATHKE), *dactylus* (R. WALZ.)

Le sixième article ou propodite a reçu les noms de *tarse* (RATHKE, non MILNE-EDWARDS), *main* (CORNALIA et PANCERI), *pulvillus* (DANA), *jambe* (MILNE-EDWARDS), *metacarpus* (R. WALZ), etc.

La hanche ou coxopodite est tantôt comprise dans le membre, tantôt considérée comme appartenant au corps du segment thoracique.

Enfin, aucune idée de morphologie générale ne se dégage des descriptions du membre thoracique des Bopyriens données par les anatomistes du commencement du siècle.

Les zoologistes qui se sont occupés plus récemment de ces animaux ont figuré avec plus de soin que leurs prédécesseurs les pereiopodes des types qu'ils étudiaient, mais, chose étonnante, un seul d'entre eux, R. WALZ, s'est préoccupé de rechercher les homologies de ces appendices en les comparant aux mêmes organes chez les crustacés Amphipodes. L'article basilaire *(coxa)* se confond, dit-il, avec le segment thoracique ; le premier article libre est la cuisse *(femur)*, qui est le plus long ; vient ensuite le *tibia* qui est un peu plus court et se dirige du coté dorsal chez la plupart des femelles de Bopyrides ; puis le *carpe* formé de un et peut-être même de deux articles et enfin le *métacarpe* plus ou moins régulièrement oviforme et terminé par la griffe *(dactylus.)*

La description de WALZ est très exacte et elle convient également au mâle adulte et à l'embryon cryptoniscien de *Cepon elegans*, comme on peut s'en convaincre en jetant les yeux sur les figures 4 et 7 de notre Planche II.

Si l'on admet, comme d'ailleurs le suggère WALZ lui-même, que le carpe est formé de deux parties (carpopodite et meropodite), la patte thoracique des Bopyriens est absolument conforme au schéma donné par HUXLEY pour le même membre chez *Cymothoa* (1) et chez les Amphipodes (fig. 7, p. 32).

---

(1) HUXLEY, Anatomy of Invertebrated animals, 1877, p. 360 et 363, fig. 81 VIII, et fig. 82 IX.

En adoptant cette interprétation et en nous conformant à la nomenclature de MILNE-EDWARDS et d'HUXLEY, nous pouvons résumer dans le tableau suivant les opinions des principaux zoologistes sur le sujet qui nous occupe :

FIG. 8.

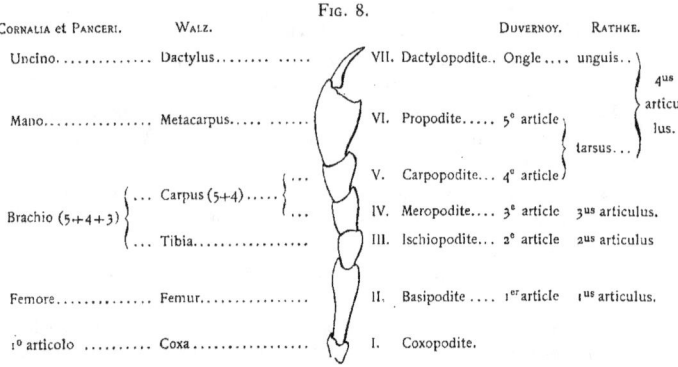

CORNALIA et PANCERI.	WALZ.		DUVERNOY.	RATHKE.
Uncino............	Dactylus..........	VII. Dactylopodite.. Ongle .... unguis..		
				4ᵘˢ articulus.
Mano..............	Metacarpus.....	VI. Propodite..... 5ᵉ article		
			tarsus...	
	... Carpus (5+4).....	V. Carpopodite... 4ᵉ article		
Brachio (5+4+3)		IV. Meropodite.... 3ᵉ article	3ᵘˢ articulus.	
	... Tibia...............	III. Ischiopodite... 2ᵉ article	2ᵘˢ articulus	
Femore............	Femur.............	II. Basipodite .... 1ᵉʳ article	1ᵘˢ articulus.	
1° articolo	Coxa...............	I. Coxopodite.		

Dans cette hypothèse, le membre thoracique est constitué par le *protopodite* et l'*endopodite* de l'appendice du pereion ; il n'y a pas trace de l'*exopodite* ; l'*épipodite* est peut-être représenté par l'*oostegite* (lamelle incubatrice).

Mais on pourrait encore proposer une autre interprétation : en admettant que les deux divisions du carpe ne répondent morphologiquement qu'à un seul article (et certains types semblent justifier cette manière de voir (1)), le membre thoracique paraît ne plus comprendre que six divisions : mais on le ramène facilement au schéma normal en supposant que la partie coxale résulte de la soudure de deux articles. Des formes telles que *Cepon messoris* se prêtent parfaitement à une semblable explication. Le tableau que nous venons de donner devrait alors être modifié de la manière suivante :

---

(1) D'après MILNE EDWARDS, les pattes thoraciques de la seconde paire chez *Nika edulis* présentent un semblable fractionnement du carpopodite qui est représenté par une série de petits articles (*Atlas du Règne animal*, CRUSTACÉS, pl. 52, fig. 1, *d*).

FIG. 9.

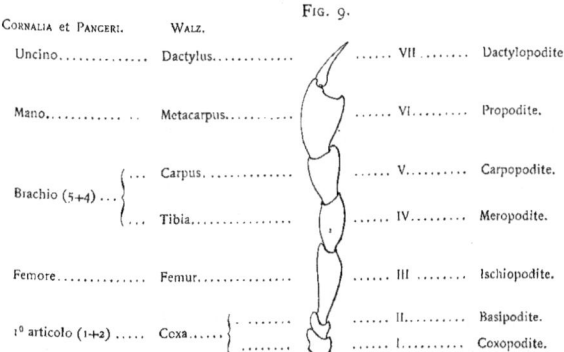

CORNALIA et PANGERI.	WALZ.		
Uncino.............	Dactylus.............	...... VII........	Dactylopodite
Mano............ ..	Metacarpus...........	...... VI........	Propodite.
Brachio (5+4) ... { ... Carpus.	...... V..........	Carpopodite.
... Tibia...............	...... IV........	Meropodite.
Femore.............	Femur...............	...... III	Ischiopodite.
1° articolo (1+2) ..... Coxa...... {	...... II..........	Basipodite.
....	...... I..........	Coxopodite.

Cette dernière interprétation présente certains avantages. D'abord l'ischiopodite devient l'article le plus long du membre et le basipodite au contraire est le plus réduit, ce qui rend plus complet le parallélisme entre le membre des Arthrostracés et celui des Thoracostracés; (voy. ci-dessus fig. 7, I., représentant d'après PACKARD le troisième maxillipède du Homard.)

De plus, le pédicule qui porte la pelotte coxale ou épimérienne, s'insère, non plus sur le coxopodite, mais sur le basipodite, par suite la pelotte peut être considérée comme représentant l'*exopodite* des membres thoraciques.

En développant les considérations précédentes nous avons voulu seulement poser une question sans avoir la prétention de la résoudre. On n'a déjà que trop abusé à notre avis, dans les études de morphologie relatives aux Arthropodes, de la facilité que l'on a de supposer chez ces animaux des soudures ou des segmentations de pièces chitineuses : les travaux d'AUDOUIN sur le thorax et ceux plus récents de LACAZE-DUTHIERS sur l'armure génitale des Insectes peuvent être cités comme de beaux exemples de ces *jeux de patience* prétendus scientifiques. C'est évidemment l'embryogénie comparée qui doit donner la solution de ces problèmes de morphologie, en s'aidant quand la chose est possible, des données de la paléontologie. La morphologie de l'adulte, modifiée parfois très profondément par les conditions d'existence et les actions de milieu, ne fournit que des renseignements tout à fait insuffisants, surtout quand le zoologiste purement empirique n'est guidé dans ses descriptions par aucune idée générale.

LAMES INCUBATRICES.

Les lames incubatrices ou *oostégites* sont au nombre de *cinq* paires dépendant des cinq premiers anneaux thoraciques. Cette disposition est sans doute propre à tous les Bopyriens et on la retrouve également chez les Cymothoadiens. Si Cornalia et Panceri n'ont indiqué que quatre paires chez *Gyge branchialis*, c'est qu'ils ont considéré la première paire comme une seconde patte mâchoire.

La constance du nombre de lamelles et la grande ressemblance de forme que présente la première paire de ces organes chez tous les Isopodes parasites fournit d'excellents points de repère pour l'étude des types dégradés et particulièrement pour la morphologie des Entonisciens.

C'est par erreur que Milne-Edwards, dans l'*Atlas du Règne animal*, figure un nombre de lamelles supérieur à cinq chez *Ione thoracica*. Une erreur semblable a, sans aucun doute, été commise par Kossmann dans la figure qu'il donne de *Gigantione Mœbii*.

Les lamelles incubatrices représentent une partie de l'*exopodite* ou appendice flabelliforme des pattes thoraciques des Bopyriens ; on sait que chez les Amphipodes, cet organe comprend en outre une portion branchiale (*vésicule respiratoire*). Cette dernière a disparu chez les Isopodes parasites, mais la structure des lamelles permet de supposer qu'outre leur rôle de protection pour les œufs, elles contribuent dans une large mesure à l'exercice de la fonction respiratoire. Chacune des lamelles est en effet formée de deux lames épithéliales très fines, qui forment la couche mère de la cuticule, et qui comprennent entre elles un tissu conjonctif lâche et lacunaire dans lequel le sang circule librement. Lorsque l'animal meurt, il se produit bientôt des substances gazeuses qui éloignent l'une de l'autre les deux faces de la lamelle et lui donnent un aspect ballonné, par suite de la rupture des trabécules conjonctives. L'appareil lamellaire est d'ailleurs consolidé par des nervures chitineuses, visibles même à l'œil nu, et dont l'opacité contraste, ainsi que l'ont déjà remarqué Cornalia et Panceri, avec le réseau transparent formé par les espaces lacunaires.

Chez *Cepon*, les *oostégites* ne présentent jamais une asymétrie aussi grande que chez *Gyge* et surtout chez *Hemiarthrus abdominalis* (*Phryxus*, Kroyer) (1).

---

(1) Il est absolument impossible de laisser dans le genre *Phryxus* les parasites de l'abdomen des *Virbius* et des *Hippolyte*. Ces animaux diffèrent beaucoup du type *Phryxus*, soit dans le sexe femelle, soit dans le sexe mâle qui a tous les anneaux du pléon libres et munis de membres rudimentaires. Nous avons créé pour ces Bopyriens le genre *Hemiarthrus*

Cependant les lamelles sont loin d'être égales chez la femelle adulte et l'asymétrie se manifeste par la façon dont elles se recouvrent. Dans un *Cepon droit* les lames du côté *droit* recouvrent celles du côté *gauche*, et inversement dans un *Cepon gauche*, les lames du côté *gauche* recouvrent celles du côté *droit*. Il en est de même chez *Gyge* et chez *Ione*.

Enfin, comme chez tous les Bopyriens, *les lames inférieures recouvrent celles qui leur sont immédiatement supérieures*, c'est-à-dire que la cinquième paire recouvre la quatrième, la quatrième recouvre la troisième, etc. Dans ce qui précède, en disant qu'une lamelle recouvre une autre lamelle, nous n'entendons pas signifier qu'elle cache absolument cette dernière ; cela ne serait vrai que pour les plus développées, et même chez *Cepon elegans* toujours une portion de la lamelle recouverte reste visible. Il serait plus juste de dire que les lames *imbriquent* les unes sur les autres.

Si l'on se reporte à la figure 6 de notre planche I, qui représente une jeune femelle de *Cepon* vue par la face ventrale, on voit que chez celle-ci, sauf la première paire, toutes les lames incubatrices sont sensiblement égales et de formes presque semblables : leur bord supérieur est presque rectiligne, tandis que l'inférieur est semi-circulaire et garni de petites épines très délicates ; l'extrémité libre, opposée diamétralement au point d'insertion, se termine par un petit angle émoussé. Cependant la quatrième paire (IV) est déjà la plus grande, la cinquième (V) la plus petite et les dents qui garnissent son bord inférieur sont plus longues et plus solides. Chacune d'elles présente une nervure médiane qui part du point d'insertion et qui va en diminuant vers l'extrémité libre. Déjà à ce stade, les lamelles se recouvrent d'arrière en avant, et, comme le Cepon était logé dans la cavité branchiale gauche du crabe, l'extrémité des lamelles gauches recouvre les lamelles du bord opposé.

La première paire de lames (I) est, déjà à cet âge, fortement modifiée et adaptée au rôle physiologique qui lui est dévolu ; elle ressemble, sauf la taille, à celle de l'adulte que nous allons décrire plus loin.

Chez la femelle adulte, ces lamelles incubatrices qui chez le jeune atteignent à peine la ligne médiane ventrale, ont pris un énorme développement qui en rend la dissection assez délicate. Pour en faciliter l'étude, nous les avons représentées (Pl. I, fig. 3) avec leurs dimensions relatives et dans leur position à peu près normale, mais en les écartant beaucoup plus qu'elles ne le sont en réalité, de façon à rendre toute confusion impossible.

La *première paire de lames incubatrices* (Pl. I, fig. 3-4, 6-7, I) déjà peu visible chez la femelle jeune, ne l'est pour ainsi dire plus chez l'adulte, où les lamelles suivantes la recouvrent ; il faut enlever celles-ci pour la mettre en évidence. Les deux lames sont d'inégales grandeur : la plus développée étant située du côté correspondant à celui occupé par le parasite dans le crabe ; chez un *Cepon droit*, c'est, par conséquent, la lamelle *droite* qui est la plus grande.

Cette première lame semble se développer dans un sens perpendiculaire à celui des autres : elle est longue au lieu d'être large ; nous verrons que cette disposition, déjà très accentuée chez les Ioniens, atteint son apogée chez les Entonisciens. La lamelle est divisée en deux parties à peu près égales par un repli médian qui est renforcé par l'épaississement chitineux de la nervure (fig. 4, *n*). Si l'on examine la surface externe de cette lamelle (fig. 4, *se*), on remarque sur la partie antérieure au-dessus du repli médian, un autre repli, très accentué, une sorte de crête externe (fig. 4, 7, *cr. e.*) qui, chez l'adulte, devient une véritable poche dont le fond dépasse le repli médian ; cette poche délimite postérieurement la partie antérieure et libre de la lamelle ; au-dessous se trouve la partie inférieure qui est recouverte par la lamelle II. Le bord postérieur libre de cette dernière partie se termine par un angle (assez prononcé dans la lamelle qui est la plus grande des deux) et est armé de cinq ou six petites épines chitineuses à peine visibles. La surface externe de la partie supérieure, non recouverte par la lamelle II, est garnie de petits poils chitineux très fins, très rares ou absents sur la partie postérieure recouverte.

Si nous examinons maintenant la face interne de cette première lamelle, nous voyons que postérieurement au repli médian se trouve une autre crête, interne celle-là (fig. 4, *cr. i.*) qui est irrégulièrement découpée et forme d'inégales digitations, accentuées surtout vers le point d'insertion.

La partie antérieure de la première lame incubatrice recouvre la base des pattes-mâchoires, de façon à ne laisser visible que l'exopodite ; la partie inférieure, recouverte par la deuxième lame, flotte librement dans la cavité incubatrice. Quand on examine ces organes sur l'animal vivant, on voit qu'ils sont constamment agités d'un double mouvement ; le premier tend à rapprocher et à éloigner alternativement la lamelle entière de la surface ventrale, tandis que le second abaisse et relève tour à tour la partie antérieure et la partie postérieure. Pour bien comprendre ce mécanisme, il faut enlever délicatement toutes les lamelles incubatrices, sauf la première paire qui, n'étant plus entravée par rien, se meut rapidement ; rien n'est plus facile alors que de se rendre compte du mouvement que nous venons de décrire.

Ce mouvement, très énergique chez l'animal bien portant, a pour but de déterminer un courant d'eau continuel qui vient baigner la cavité incubatrice et les branchies et assurer ainsi la respiration des embryons et de la femelle qui les porte. Comme ce courant entre par la partie supérieure de la cavité incubatrice et sort par la partie inférieure, on voit, si l'on se rappelle la position du *Cepon* dans la cavité branchiale de son hôte, qu'il est de même sens que celui qui baigne les branchies du Crabe : on sait en effet que l'eau pénètre chez les Décapodes par la partie postérieure de la cavité branchiale pour en sortir par la partie antérieure.

Cornalia et Panceri ont désigné les lamelles incubatrices de la première paire sous le nom de pattes-mâchoires externes ou postérieures (zampe-mascelle esterne o posteriori o del 2° pajo), tout en reconnaissant qu'elles appartiennent au premier anneau du thorax; les pattes-mâchoires proprement dites étaient nommées par eux pattes-mâchoires internes ou de la première paire (pajo interno di zampe mascelle o zampe mascelle del 1° pajo).

Il est certain que, au point de vue physiologique, ces lamelles, comme les pattes-mâchoires, concourent à régler le courant d'eau dans la cavité incubatrice; il est certain aussi que leur apparition dans l'embryon se fait avant celle des autres lamelles, mais leur homologie avec les oostégites des quatre pattes thoraciques suivantes ne peut être mise en doute un seul instant.

Les lamelles suivantes sont beaucoup plus simples : elles ont pour rôle unique, outre leur fonction respiratoire évidente, de maintenir close la chambre incubatrice, où se développent les embryons.

La *deuxième lamelle incubatrice* (Pl. I, fig. 3, II) a une forme irrégulièrement ovalaire, la partie postérieure étant plus développée que l'antérieure ; elle est renforcée par une nervure chitineuse (*n*) qui part du point d'insertion et s'étend jusque vers l'autre extrémité. Cette lame est environ deux fois plus grande que celles de la première paire et forme en réalité la partie antérieure de la cavité incubatrice, qui, débordant fortement sur les premiers oostégites et la partie céphalique, ne permet plus de les apercevoir quand l'animal est vu ventralement. La partie antérieure de cette lame est recouverte à l'extérieur de petits poils chitineux très fins qui manquent à la partie recouverte par la lamelle suivante ; son bord postérieur est garni de petites dents chitineuses courtes et délicates : on peut faire les mêmes marques pour les oostégites de la troisième et de la quatrième paire

La *troisième lamelle incubatrice* (Pl. I, fig. 3, III) est en tout point semblable à la deuxième, qu'elle recouvre à moitié ; elle est seulement beaucoup plus grande. La *quatrième* (IV) qui ressemble aux deux précédentes et est un peu plus grande que la troisième, forme extérieurement la plus grande partie du toit de la chambre incubatrice (Pl. I, fig, 1 et 2), car elle recouvre presque complètement celles qui la précèdent et n'est-elle même recouverte que sur une très minime partie de sa surface par la dernière lamelle : elle est donc presque entièrement externe.

La *cinquième lame incubatrice* (Pl I, fig. 1, 2, 3, V) est très réduite, contrairement à ce qui arrive chez beaucoup de Bopyriens ; sa surface est à peine plus grande que celle de la première lamelle, mais sa forme est la même que celles des deuxième, troisième et quatrième lamelles, sauf qu'elle a, plus que celles-ci, conservé le contour ovalaire des lames jeunes (Pl. I, fig. 6, V). Elle seule est tout à fait externe ; sa surface libre est garnie dans sa partie postérieure de tubercules et de granulations chitineuses (fig. 3, V. *gr*) et son bord postérieur présente huit ou dix filaments chitineux très rapprochés. Grâce à cette disposition la dernière lamelle peut laisser librement passer le courant d'eau déterminé par le mouvement des lamelles de la première paire et des pattes mâchoires, tout en empêchant les embryons de sortir de la cavité incubatrice.

APPENDICES DE L'ABDOMEN (LAMES PLEURALES, BRANCHIES, ETC.)

L'abdomen se compose, comme nous l'avons dit, de six anneaux, dont les cinq premiers *semblent* porter trois paires d'appendices et le sixième une seule paire. L'étude de ces organes chez *Cepon elegans* est merveilleusement propre à jeter quelque lumière sur la morphologie du pleon des autres Bopyriens. Or, il suffit de lire les auteurs les plus récents pour voir combien il est nécessaire de débrouiller un peu ce petit chaos.

Rien n'est plus facile si l'on a la bonne chance de rencontrer de jeunes femelles encore au stade *phryxoïde*, telle que celle que nous figurons (Pl. I, fig. 5, 6).

En désignant par le mot vague de *pléopodoïdes*, les membres des cinq premiers segments abdominaux, on voit que chacun d'eux présente du côté ventral un appendice lancéolé (c, c^1.... c^5) tout à fait comparable à celui qui existe dans la même position chez *Ione*; puis latéralement et dorsalement deux appendices cylindriques tuberculés dont l'un, inférieur, dirigé un peu vers la partie postérieure de l'animal (b, b^1.... b^5), correspond, à la rame externe d'*Ione*, tandis que l'autre, supérieur et dirigé (chez l'animal jeune) vers la partie antérieure du corps (a, a^1.... a^5) présente absolument l'aspect d'un epiméroïde dorsal (lame pleurale) et doit, d'après son origine, être considéré comme tel.

Le sixième anneau porte deux longs appendices qu'on peut à volonté désigner par a^6 ou b^6 ; leur direction chez la femelle jeune est une présomption en faveur de cette deuxième notation ; jamais, en effet, ces appendices ne sont relevés vers le thorax comme dans la série $a^1 \ldots a^2$ . . D'autre part Spence Bate (1) ayant eu l'occasion d'observer une espèce d'*Ione* (*Ione cornuta*), dont la grande taille rend l'étude plus facile, décrit ainsi les appendices abdominaux :

« Les appendices du pleon sont de trois espèces, savoir : d'abord une branche primaire divisée dans toute sa longueur en petites articulations ; l'article basal, qui représente probablement la *coxa* ou le premier article dans un pléopode normal, supporte deux appendices, l'un grand et sacculaire, rétréci à la base et pointu au sommet, l'autre long , cylindrique, symétrique, acuminé. Ces deux appendices sont constants sur chaque paire de pléopodes ; mais ils sont inversement développés l'un par rapport à l'autre. Dans la paire antérieure, la branche sacculaire est la plus importante ; mais elle diminue graduellement sur chacune des paires postérieures et elle devient à peu près complètement obsolète ; l'autre branche, au contraire, l'appendice digitiforme, est le plus petit sur la première paire, mais il grandit progressivement sur les paires suivantes et forme sur la dernière paire les longs prolongements caudaux si considérables à l'extrémité de l'animal, prolongements auxquels le mâle est fixé dans cette espèce par les pinces préhensiles de la dernière paire de pereiopodes. A tous les segments du pleon, excepté au dernier sont attachées les branches arborescentes dont la masse constitue les branchies ».

Il est évident, d'après cette description, que l'appendice *sacculaire* et l'appendice *digitiforme* de Spence Bate correspondent respectivement aux appendices c et b du *Cepon* et comme les appendices digitiformes vont en croissant vers l'extrémité du pleon, on peut trouver en ce fait un nouvel argument pour attribuer à la série b l'appendice terminal de *Cepon elegans*.

Quant aux appendices *arborescents* ou *coralloïdes* des *Ione*, leur homologie avec les appendices a de *Cepon* ne peut être douteuse un seul instant et nous n'hésitons pas non plus à les homologuer avec les lames pleurales (*lames épimériennes*) du thorax des *Ione*, *Gigantione*, etc. On sait que chez *Cepon* ces lames pleurales restent rudimentaires dans la région thoracique ; elles prennent au contraire un beau développement dans la région abdominale.

(1) Spence Bate et Westwood, British sessile eyed Crustacea, II, p. 254.

La comparaison entre le pleon de *Cepon* et celui d'*Ione* se poursuit donc jusque dans les moindres détails et nous pouvons ajouter que les mêmes parties et les mêmes homologies se retrouvent dans l'abdomen de *Pleurocrypta* : seulement dans ce dernier genre, les lames pleurales *a* sont peu développées et non ramifiées, et les appendices *b* et *c* sont également fort réduits.

Chez *Gigantione*, la masse branchiale paraît constituée par l'ensemble des appendices *b* et *c* mais de nouvelles études seraient nécessaires pour établir une comparaison détaillée avec *Cepon*. Les lames pleurales *a* sont développées mais non ramifiées.

Il est surprenant que Kossmann, qui paraît avoir compris l'importance de cette question des appendices pléaux, n'ait réussi qu'à augmenter l'obscurité et la confusion.

Kossmann a cru trouver (VI, p. 180, 181) dans la constitution du pleon un caractère distinctif important entre les genres *Cepon* et *Ione*. D'après lui, chez *Ione* femelle, les appendices du pleon se composent de six paires d'épiméroïdes ramifiés (nos lames pleurales), plus six pléopodoïdes (1) biramés dont la rame interne lancéolée se recourbe vers la ligne médiane ventrale, tandis que la rame externe cylindrique et couverte de protubérances, s'étend latéralement. Enfin un septième segment abdominal porterait non plus un pléopodoïde mais un véritable pléopode, l'appendice recourbé couvert de denticules qui termine le corps d'*Ione*.

Chez *Cepon*, au contraire il y aurait une paire terminale de pléopodes uniramés et cinq paires de pléopodoïdes biramés, les épiméroïdes n'existant pas. Cette opinion de Kossmann est le résultat d'une double erreur : 1° erreur d'interprétation, 2° erreur de fait.

L'erreur d'interprétation consiste en ce que Kossmann considère les appendices observés par lui sur le pleon de *Cepon portuni*, comme correspondants aux appendices *b* et *c*, alors qu'il est évident par la comparaison des figures 1 et 2 de notre planche I avec les fig. 2, 3 et 4 de la planche XI de Kossmann que ces appendices doivent être homologués avec les appendices *a* et *b* de *Cepon elegans* et d'*Ione*.

---

(1) Kossmann appelle *pléopodoïdes* les appendices abdominaux de nouvelle formation nés aux points où se trouvaient des pléopodes embryonnaires mais ne résultant pas d'une transformation directe de ces derniers. Il garde le nom de pléopode pour les organes qui, d'après lui, sont le résultat de la transformation plus ou moins complète d'appendices embryonnaires non disparus.

Chez *Cepon portuni*, le professeur d'Heidelberg n'a pas vu les appendices *c*. Il est très possible que ces appendices n'existent pas dans cette espèce où le pleon est très dégradé, même chez le mâle.

Nous avons constaté l'absence de ces appendices dans d'autres genres de Bopyriens (*Phryxus*, par exemple). Ils n'existent pas non plus, d'après Duvernoy, chez *Cepon typus*.

L'erreur de fait provient sans doute de la hâte avec laquelle Kossmann a publié ses *Studien über Bopyriden* et de l'examen trop rapide des exemplaires d'*Ione* qu'il a figurés : le pleon des *Ione*, comme celui des autres Bopyriens se compose de *six* segments et non de *sept*, et ces six segments sont absolument comparables, comme nous l'avons vu, aux six segments correspondants de *Cepon elegans*. Les figures 3 et 4 de la planche X de Kossmann sont donc inexactes en ce sens qu'elles indiquent un segment de trop à l'abdomen. Il est vrai que par une étrange compensation la figure 1 de la même planche est inexacte en sens contraire, l'abdomen n'ayant que *cinq* segments !

La caractéristique différentielle donnée par Kossmann pour les genres *Ione* et *Cepon* est donc absolument fausse et l'on peut dire qu'au point de vue de la morphologie du pléon il y a plus de ressemblance entre les *Ione* et les *Cancricepon* (*Cepon elegans* et *Cepon pilula*) qu'entre les *Cancricepon* et les *Portunicepon* (*Cepon portuni*).

Cornalia et Panceri ont fait chez *Gyge branchialis* une observation intéressante : sur la femelle jeune (III; p. 94, pl. I, fig. 93) correspondant à ce que nous appelons stade phryxoïde, ils ont trouvé les appendices *b* et *c* bien développés ; *linghe triangulari e bilobe*, tels sont les caractères qu'ils attribuent aux pléopodes de ces jeunes femelles. Plus tard, chez l'adulte, ces organes se réduisent à une lame discoïdale ou ovalaire comparable aux branchies des Bopyres : *nell'adulta ridesconsi ad una piccola lamina discoidea ed ovale attacata per un punto della superficie inferiore libera pel resto*. Des faits analogues s'observent chez *Bopyrina* et permettent d'établir des conjectures scientifiques sur la phylogénie des Bopyriens.

Nous avons peu de chose à dire de l'organisation interne de *Cepon elegans* femelle : la petitesse de l'animal et sa déformation en font un type très peu favorable pour les recherches anatomiques. Comme d'autres Bopyriens se prêtent beaucoup mieux aux dissections par leur taille plus considérable ou leur déformation moins accentuée, nous en ferons l'objet d'une description plus complète. Pour le moment, nous nous bornerons à quelques brèves indications sur les principaux organes.

A la suite de la cavité buccale, le tube digestif prend la forme d'un double renflement, visible dorsalement, qui constitue le *cephalogaster* et dont la surface interne est tapissée par de longues villosités ; il se rétrécit ensuite et, très réduit et comprimé entre les masses de l'ovaire, il se continue par un intestin qui débouche à la face ventrale du dernier segment abdominal par un anus saillant (Pl. I, fig. 6, *an.*). Derrière le cephalogaster, à la surface dorsale des trois premiers anneaux thoraciques, on voit par transparence, surtout chez la femelle jeune, deux masses allongées d'un blanc mat, les *corps graisseux* (Fettkörper) très réduits dans cette espèce et qui atteignent un développement si considérable chez d'autres Bopyriens, les Entonisciens par exemple. Au niveau du deuxième anneau thoracique, débouchent dans le tube digestif les deux lobes du foie (fig. 1, *he*) de couleur brune qui s'étendent en arrière jusqu'au deuxième segment abdominal sous forme de deux cœcums étroits, moniliformes : leur paroi externe est munie de fibres musculaires qui leur impriment des mouvements alternatifs de contraction et de dilatation. Entre les extrémités postérieures de ces deux cæcums, est situé le cœur (*cœ*) muni de quatre valvules ; sa structure est la même que celle du cœur des autres Bopyres ; il se continue antérieurement par un vaisseau dorsal dont il est séparé par une autre valvule.

Les ovaires (*ov*), qui remplissent chez l'adulte presque toute la cavité thoracique, ont la forme de deux masses symétriques, d'un beau rose quand les œufs sont mûrs ; ils envoient de part et d'autre des prolongements dans les trois paires de bosses ovariennes (*bo*). Les produits génitaux femelles sont expulsés dans la cavité incubatrice par deux ouvertures situées ventralement à la partie inférieure de cette cavité, au niveau du cinquième anneau thoracique.

La description qui précède, s'applique à la femelle adulte ; mais il nous a été donné une fois de trouver sur le même *Pilumnus* deux femelles beaucoup plus jeunes que nous avons figurées dans notre première planche (fig. 5 et 6). Quoique déjà légèrement asymétriques, elles présentaient une forme beaucoup plus régulière que l'adulte, rappelant celle des Bopyriens abdominaux, comme le *Phryxus*, aussi avons nous appelé cette phase de l'existence de la femelle *stade phryxoïde*. L'un de ces individus mesurait, dans sa plus grande longueur, depuis le bord supérieur du limbe jusqu'à l'anus, un peu plus de trois millimètres et dans sa plus grande largeur, au niveau du troisième segment thoracique , un millimètre et demi.

Le premier segment thoracique est alors moins réduit que chez l'adulte ; les trois suivants présentent déjà les trois paires de bosses ovariennes et les quatre bosses dorsales sont parfaitement visibles sous la forme de tubercules arrondis.

La figure 6 de notre planche I représente les lamelles incubatrices que nous avons déjà décrites en les comparant avec celles de l'adulte. Quant à l'abdomen, ses appendices (lames pleurales et pléopodes) encore très symétriques, offraient la remarquable disposition, signalée plus haut, qui nous a permis de les homologuer avec les organes correspondants des autres Bopyriens.

DESCRIPTION DU MALE.

Comme chez tous les Bopyriens, le dimorphisme sexuel est très accentué dans *Cepon elegans*. Le mâle adulte, de taille infiniment plus réduite que la femelle, (Pl. I, fig. 1) a gardé la forme typique des Isopodes : c'est un petit animal rappelant à première vue par sa forme étroite et allongée les Idotées, et toujours fixé sur quelque point du corps de sa femelle : le plus souvent on le trouve adhérent aux appendices du pléon, à la face ventrale, à la limite inférieure du thorax ; sa coloration vive le fait découvrir facilement au milieu des pléopodes d'un blanc grisâtre, sur lesquels il se maintient solidement fixé par les fortes griffes mousses qui terminent ses pattes thoraciques. Toujours, sur tous les *Cepon* femelles que nous avons recueillis, nous avons trouvé en un point quelconque du corps, un mâle unique, soit à l'état adulte, soit jeune, soit encore à l'état larvaire (*Stade cryptoniscien*). Une fois seulement sur une femelle jeune ; celle-là même qui est figurée Pl. I, fig. 5 et 6, nous n'avons pas trouvé trace du mâle.

La longueur d'un mâle adulte (Pl. II, fig. 3) prise dans l'état d'extension, depuis le front jusqu'au pygidium est de $1^{mm},4$ et sa plus grande largeur, au niveau du quatrième anneau thoracique, est de $0^{mm},4$. Dans un individu de cette taille, la tête mesure $0^{mm},14$ de longueur, le thorax $0^{mm},8$, et les six anneaux de l'abdomen $0^{mm},46$. Mais ces dimensions n'ont rien d'absolu et ne sont que des moyennes ; la taille du mâle varie souvent en raison directe de celle de la femelle.

La tête, vue dorsalement (Pl. II, fig. 1), a une forme semi-circulaire régulière ; aux deux angles latéro-postérieurs se trouvent les yeux constitués par deux taches pigmentaires noires. Le thorax comprend sept anneaux dont les bords latéraux se recourbent du côté ventral (fig. 4) de façon à protéger l'insertion des pattes. Ces segments vont en augmentant de largeur jusqu'au quatrième à partir duquel ils diminuent graduellement. Ils ne sont pas soudés l'un à l'autre et peuvent, en s'éloignant ou se rapprochant, permettre à l'animal de modifier sa longueur dans une notable proportion. — Au thorax font suite les six anneaux abdominaux qui, bien distincts les uns des autres et ne se confondant pas comme dans les genres *Portunicepon* et *Phryxus*, ne peuvent cependant pas s'écarter comme les anneaux du thorax, mais sont soudés entre eux. Ils vont en diminuant de largeur jusqu'au pygidium ou dernier anneau abdominal : celui-ci a une forme de lamelle aplatie que dépassent de chaque côté deux bouquets de poils raides.

La surface dorsale est parsemée de chromatoblastes bruns, jaunes et rouges (fig. 1, *chr*.) irrégulièrement disposés sur les bords antérieurs et latéraux des segments et accumulés principalement sur les premiers anneaux du pléon. Les lobes hépatiques (*he*), d'un rouge vif, se voient par transparence sous forme de deux cæcums réunis à leur partie antérieure et s'étendent du deuxième anneau thoracique aux premiers anneaux du pléon.

Si on examine l'animal par la face ventrale, on trouve, de chaque côté du rostre conique (fig. 1, 3, *r*) contenant les mandibules et les maxilles de la première paire, deux paires d'antennes dont les extrémités dépassent le bord supérieur de la tête. Les antennes internes (fig. 1 et 3, *an*^{1}) se composent de trois articles courts, garnis de poils raides, dont les deux derniers dépassent le bord frontal. Les antennes internes (*an*^{2}) sont plus longues et se composent de cinq articles également garnis de poils. Près du bord inférieur du segment céphalique, à la base du rostre, sont situés les rudiments des pattes-mâchoires, deux petits tubercules à peine visibles.

Chacun des sept segments thoraciques présente une paire de pattes, trapues, robustes, terminées par une puissante griffe mousse qui sert au mâle à se maintenir solidement sur sa femelle. Le bord latéral de l'anneau se recourbant ventralement protège l'insertion de l'appendice. La patte thoracique (Pl. II, fig. 4) se compose des sept articles typiques. Au coxopodite, à peine visible, font suite le basipodite, qui est l'article le plus long de la patte, puis l'ischiopodite, élargi et ramassé, qui est séparé du propodite par un article très court provenant sans doute de la soudure du méropodite et du carpopodite. Le propodite est très large et rempli par les muscles puissants qui font jouer le dactylopodite en forme de griffe mousse : quand ces muscles se contractent, la griffe vient appliquer son extrémité sur un petit mamelon garni de tubercules chitineux placé à l'angle inférieur du bord interne du propodite : grâce à cette disposition, le mâle saisit les appendices du pléon de la femelle sans les percer ni les déchirer et s'y maintient énergiquement, comme on s'en aperçoit quand on veut lui faire lâcher prise.

Au dernier anneau du thorax, sous l'insertion de la dernière paire de pattes, débouchent, de part et d'autre sur le bord postérieur, les glandes génitales par deux petites ouvertures circulaires.

Sur chacun des cinq segments du pléon, se trouve latéralement une paire de petits mamelons arrondis qui vont diminuant de volume jusqu'au dernier anneau (Pl. II, fig. 2, 3, *pl*) : ce sont les pleopodes qui, chez le mâle adulte, restent ainsi rudimentaires. Le pygidium, formé par un segment quadrangulaire, présente latéralement deux petits renflements à peine visibles et garnis de six poils raides en deux touffes séparées ; ces renflements représentent les uropodes, si développés dans l'embryon.

Sur la ligne médiane ventrale, depuis le premier segment du thorax jusqu'au deuxième anneau du pléon, sont situés neuf gros tubercules arrondis (fig. 3, *bv*) qui vont en augmentant de volume jusque vers le milieu du corps, puis diminuent et disparaissent à partir du troisième segment du pléon.

L'anatomie interne du mâle adulte est peu compliquée. Au rostre fait suite un tube digestif droit, visible surtout à la partie antérieure et dans les derniers segments du corps, qui se termine postérieurement par un anus situé sur une petite éminence, au milieu du bord postérieur du pygidium. Dans ce tube digestif, au niveau du deuxième segment thoracique, débouchent les deux cœcums hépatiques (*he*) irrégulièrement annelés et fortement pigmentés en rouge vif; ils s'étendent en arrière jusqu'au deuxième segment du pléon. Entre leurs deux extrémités se trouve le cœur (Pl. II, fig. 1, *cœ*) très nettement visible par transparence au niveau des trois premiers anneaux abdominaux. Il se continue antérieurement par un vaisseau dorsal situé entre les deux lobes du foie. Dans les parties latérales des anneaux thoraciques sont situés les muscles des hanches qui s'insèrent à la partie interne de la surface dorsale.

Quand l'animal est arrivé à la maturité sexuelle, les testicules (fig. 3, *t*.) remplissent toute la cavité des cinq derniers anneaux thoraciques; ils tranchent sur le fond gris rose de l'animal par leur blancheur mate et compriment fortement tous les autres organes. Ceci est surtout visible pour les cœcums hépatiques

qui, à ce niveau, n'apparaissent plus que comme deux minces filaments peu colorés, tandis que les extrémités libres, antérieurement et postérieurement, sont
larges et vivement pigmentées (Pl. II, fig. 3, *he*).

Les spermatozoïdes sont d'une extrême petitesse et se présentent sous la forme
de petits corpuscules réfringents doués de mouvements vifs et irréguliers qui font
présumer l'existence d'un filament caudal ; mais nous n'avons pu, avec les plus
forts grossissements, constater *de visu* sa présence.

Une seule fois, sur une très jeune et très petite femelle dont les lamelles incubatrices déjà bien développées ne contenaient cependant pas encore d'embryons,
nous avons trouvé un mâle qui différait par d'importantes particularités de
l'adulte que nous venons de décrire (Fig. 10). Placé comme d'ordinaire entre
les pléopodes de la femelle, il était à peine visible à l'œil nu, tant sa taille était

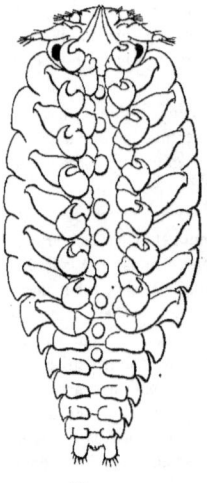

réduite et sa pigmentation faible. Il mesurait dans
sa plus grande longueur $0^{mm},35$. Sa forme, beaucoup
plus ramassée rappelait celle de l'embryon à la phase
cryptoniscienne. La tête ne différait de celle de l'adulte
que par les antennes plus épaisses et garnies d'un
plus grand nombre de poils sensitifs; les anneaux
thoraciques plus larges et moins distincts les uns
des autres portaient des pattes semblables à celles de
l'adulte ; au contraire les pléopodes et les uropodes en
différaient considérablement. Les pléopodes n'avaient
pas la forme de simples tubercules, mais celle de
lamelles quadrangulaires rappelant absolument par
leur contour et leur mode d'insertion l'article basal
des pléopodes de l'embryon cryptoniscien (Pl. II,
fig. 8). Quant aux uropodes, représentés chacun par
un seul article, ils avaient la forme de lamelles
aplaties s'insérant à la face interne du pygidium, de
part et d'autre de l'anus, et présentant à leur extrémité
libre des poils plus nombreux et plus forts que ceux
qui chez l'adulte garnissent le pygidium et rappellent
seuls les uropodes si développés de l'embryon.

FIG. 10.

Cepon elegans. Mâle jeune.

Par son aspect ramassé, par la forme des antennes, des appendices du pléon
et de ceux du telson, cette forme jeune du mâle permet de rattacher l'adulte à
l'embryon cryptoniscien que nous décrirons plus loin.

DÉVELOPPEMENT DE CEPON ELEGANS.

La reproduction de *Cepon elegans* paraît se faire pendant toute l'année. Pendant les mois de septembre et d'octobre 1886, nous avons trouvé, dans les femelles que nous examinions, des œufs à tous les degrés de développement ; les premiers stades de segmentation faisaient seuls complétement défaut. Il y a lieu de croire que la ponte et le développement des œufs subissent un temps d'arrêt durant la mauvaise saison, car au premier printemps, les femelles dont la cavité incubatrice est vide sont plus nombreuses et un certain nombre de pontes semblent avoir été tuées par le froid. Les grandes marées de février et de mars laissent exposés à la gelée tous les animaux qui vivent dans les massifs de Hermelles dont nous avons parlé, et, lorsque l'hiver est rigoureux, l'effet de ces gelées est parfois très meurtrier pour les hôtes de nos plages du Nord. La richesse plus grande du littoral de la Bretagne tient sans doute à des causes multiples, mais l'un des facteurs qui agissent le plus favorablement et qui permettent à certaines espèces méditerranéennes de remonter jusqu'a Roscoff et même au delà, est, sans contredit, l'absence de gelées causée par le passage d'un rameau du Gulf-Stream.

L'étude embryogénique de *Cepon*, comme d'ailleurs celle de tous les autres Bopyriens, présente de grandes difficultés. A la rareté des exemplaires vient s'ajouter ce fait que , dans une femelle mûre , tous les œufs contenus dans la cavité incubatrice sont identiquement au même stade : pour observer une nouvelle phase du développement de l'embryon il faut trouver une autre femelle avec des œufs à un autre stade. De plus le développement embryonnaire présente certaines phases qui durent beaucoup plus longtemps que d'autres ; aussi rencontre-t-on presque toujours les mêmes stades sur des femelles différentes. Les stades que nous avons figurés (Pl. III, fig. 1-2, et 5-7) sont très fréquents. Par contre, les premiers phénomènes de la segmentation, par exemple, étant très rapides, sont très rarement observés.

Il ne faut pas songer à faire développer les embryons que l'on a en sa possession : car, par une circonstance fâcheuse , aussitôt que la femelle est retirée de

7

son hôte, même sans que cette opération l'ait endommagée en aucune façon, le développement des embryons s'arrête net ; la femelle peut vivre très long-temps hors de son hôte, mais les embryons sont encore, après plusieurs jours, au même stade que lorsqu'on a extirpé le parasite.

On doit aussi se garder d'examiner les embryons qui sont sortis accidentellement de la cavité incubatrice depuis un temps même très court, car ils présentent très rapidement des phénomènes pathologiques qui peuvent tromper singulièrement l'observateur. Il faut donc toujours prendre les œufs que l'on veut examiner dans l'intérieur de la cavité incubatrice, en écartant délicatement les lamelles.

D'après ce que nous avons observé chez d'autres Bopyriens et d'après l'examen des stades embryonnaires les plus jeunes (Pl. III, fig. 1, 2), nous avons tout lieu de supposer que la segmentation de l'œuf de *Cepon* est complète et inégale et qu'elle a pour résultat la formation d'une *amphigastrula (gastrula* par épibolie). Les blastomères exodermiques sont incolores et ont un noyau bien visible ; les blastomères endodermiques plus volumineux et opaques ont une teinte d'un rose assez vif.

Au stade le moins avancé que nous ayons pu observer (Pl. III, fig. 1, 2) l'œuf est absolument sphérique et sa couleur rosée ; l'endoderme s'approche de la surface en trois points, où il n'est recouvert que par une mince couche exodermique unicellulaire. Ces trois points sont : une ligne dorsale *ld* et deux proéminences latérales qui correspondent respectivement à l'organe dorsal et aux deux organes latéraux de l'embryon d'*Asellus aquaticus*. Il en résulte qu'à ce stade l'embryon de *Cepon* est déjà parfaitement orienté et sa courbure dorsale est déjà très accentuée. L'embryon, figuré Pl. III, fig. 2, est vu de profil, la partie désignée par la lettre *ex* correspond à la future tête, les cellules marquées *cv* représentent la partie ventrale de l'animal.

La différenciation est un peu plus avancée chez les embryons figurés figs 3 et 4. La tête (*c*) et le thorax sont nettement visibles ; l'antenne interne très réduite (*a'*) et l'antenne externe (*a²*) repliée et doublement coudée, empêchent de voir les pièces buccales, mais les rudiments des six premières pattes thoraciques (7 à 12) sont très visibles de profil ; la septième thoracique (13) dont le développement tardif est si caractéristique de l'embryon des Isopodes, n'est pas encore formée.

Au stade suivant (Pl. III, fig. 5, 6, 7) que nous avons représenté vu dorsalement, ventralement et de profil, l'embryon a pris une forme ovoïde par suite de l'allongement de la partie thoracique : il est déjà recourbé dorsalement sur lui-même. Les antennes (*a'*, *a²*) sont complètement formées et laissent apercevoir les pièces buccales (3, 4, 5, 6) formées par de petits tubercules situés de part et d'autre de la ligne médiane ventrale ; les trois premières paires d'appendices représentent les mandibules (3), les maxilles de la première paire (4), les maxilles de la deuxième paire (5), l'appendice suivant, plus allongé et biramé (6), représente la patte machoire. Les six paires de pattes thoraciques (7 à 12) sont bien formées et se rejoingnent sur la ligne médiane ventrale ; le septième anneau thoracique (13) est maintenant visible et sépare le thorax de l'abdomen, dont on peut compter les six paires d'appendices ; les cinq premières (14 à 18) sont déjà biramées (pl^1, pl^2). Enfin, sous la tête de l'embryon, le pygidium (pg) apparaît avec ses deux appendices simples. Au milieu se voit par transparence la masse endodermique (en) colorée en rose qui atteint presque la surface externe entre la tête et le pygidium.

Première forme larvaire. — Les dernières figures de la planche III, (8 à 13), représentent l'ensemble et les détails de l'embryon libre, tel qu'il sort de la cavité incubatrice de la femelle et nage librement dans la mer. Les figures 8, 9 et 10, qui le représentent ventralement, de profil, et dorsalement, donnent une idée suffisante de sa forme extérieure qui rappelle celle d'un petit *Sphæroma*, ressemblance encore accentuée par la posture de la larve qui se tient et nage en arrondissant sa surface dorsale et en baissant la tête.

Cet embryon est d'un blanc mat sur lequel se détachent les deux yeux d'un rouge vif et les deux lignes latérales de chromatoblastes (chr), bruns foncés et verts, qui s'étendent parallèlement depuis le premier anneau thoracique jusqu'au pygidium. Il mesure depuis le milieu du front jusqu'à la naissance du stylet $0^{mm}18$.

La tête qui se prolonge fortement en avant, se recourbe ventralement et forme une sorte de visière frontale (f) qui vient recouvrir l'appareil buccal et l'insertion des antennes. Sur la ligne médiane, on remarque une masse granuleuse (gl) quelquefois divisée en deux qui représente probablement l'ébauche du système nerveux. Les antennes internes (a^i) sont rudimentaires ; elles se composent de deux articles courts dont le dernier est terminé par un bouquet de poils raides; elles sont à peine visibles sous le prolongement recourbé de la tête. Les antennes externes (a^e) qui s'insèrent immédiatement au-dessous, sont beaucoup plus fortes et débordent largement des deux cotés de l'animal quand il nage (fig. 10) ; elles sont composées d'un fort pédoncule de quatre articles et d'un flagellum rudimentaire formé de deux articles presque soudés, et terminé par deux longs poils chitineux, dont le plus long atteint le pygidium.

Entre ces deux paires d'antennes se trouve le rostre (fig. 11, r et fig. 12) qui contient les mandibules (md) et les maxilles de la première paire. (mx^1) La mandibule est renflée à la partie postérieure et se termine, comme d'ordinaire, par un cuilleron qui s'applique sur celui de la mandibule opposée ; immédiatement au-dessous et la cachant à la base, se trouve la première maxille terminée par une pointe très aiguë. Les extrémités libres de ces quatre pièces sont protégées par la lèvre supérieure (*lab*, fig. 12,) qui se recourbe en avant. A la base du rostre se trouvent de part et d'autre deux petites éminences représentant sans doute les maxilles de la seconde paire (*mx²*). Nous n'avons pu voir les pattes-mâchoires ; elles doivent cependant exister puisqu'on en trouve le rudiment chez l'embryon jeune.

Les six premiers anneaux thoraciques sont munis de six paires de pattes robustes, construites sur le même type que celle du mâle, sauf que le dactylopodite est beaucoup plus aigu. L'animal les ramène d'ordinaire sous son thorax, en demi cercle, comme nous l'avons figuré dans les figures 8 et 9. Le septième anneau thoracique (VII, fig. 8,) seul est complètement apode ; il est moins large et moins développé que les précédents.

L'abdomen se compose de six anneaux munis chacun d'une paire d'appendices ; quand on examine l'animal ventralement (fig. 8) ou de profil (fig. 9), on voit qu'il fait une forte saillie (*bv*). Les cinq premiers segments sont munis de pléopodes (fig. 13, *pl*) insérés sur le bord latéral de l'anneau et composés de deux articles : le premier quadrangulaire et aplati, est armé d'une seule soie à son angle inféro-interne ; à l'angle inféro-externe s'insère le deuxième article qui est allongé et présente à son extrémité libre trois longues soies.

Le dernier anneau abdominal ou pygidium est très caractéristique ; vu dorsalement (fig. 10) il a la forme d'un triangle dont le sommet inférieur se prolonge en un stylet (fig. 8, 9, 10, 13, *t*) ou tube creux, dont l'extrémité libre est tronquée de bas en haut, comme on s'en aperçoit quand on le voit de profil (fig. 9). Dans cet organe singulier semble venir déboucher l'intestin (*in*). Mais ce n'est là qu'une apparence. Aux deux angles supérieurs du triangle que forme ce dernier segment, est insérée la dernière paire de pléopodes ou *uropodes* (fig. 13, *ur*.) Ceux-ci sont infiniment plus forts que les autres appendices abdominaux et se composent d'un article basal et de deux articles terminaux égaux, exopodite et endopodite, le premier garni de trois longues soies, tandis que l'autre n'en présente que deux.

La transparence de l'embryon est suffisante pour qu'on puisse se rendre compte de son organisation interne ; le tube digestif est surtout visible à la partie postérieure où il est fortement pigmenté de noir. Le foie (*he*, fig. 10) se compose de deux cœcums confondus à la partie antérieure ; il est brun et fortement contractile ; il s'étend du cinquième anneau thoracique au troisième anneau du pléon ; il est surmonté par le cœur (*cœ*) que l'on voit battre au niveau des premiers segments de l'abdomen.

De part et d'autre du septième anneau thoracique apparaissent quand l'embryon est bien développé, deux petites masses granuleuses (*gen*, fig. 9 et 10) d'aspect glandulaire : ce sont les premiers rudiments des glandes génitales.

L'embryon de *Cepon elegans* ressemble beaucoup à celui de *Phryxus paguri* ; le stylet médian qui termine le pygidium est toutefois beaucoup plus long, et l'exopodite et l'endopodite de l'uropode sont plus courts que dans l'embryon de *Phryxus*.

Il est assez difficile de comparer cette première forme larvaire des Bopyriens à quelque autre type de crustacés ancien ou actuel. Elle relie évidemment l'ancêtre *Nauplius* aux Protisopodes. Nous verrons que la haute antiquité de cette forme nous est démontrée par l'embryon de certains Entonisciens (*Grapsion*) qui présente encore les vestiges de l'œil Nauplien. Le prolongement impair médian du pygidium rappelle l'organe similaire des embryons de Cirripèdes et de certains Merostomata.

Les embryons de *Cepon* vivent très bien lorsqu'on les place dans une eau bien pure. Ils sont très actifs et se portent constamment du coté de la lumière ; ce qui indique qu'en liberté ils doivent quitter bien vite les cavernes de Hermelles où ils sont nés, pour se porter à la surface de l'eau. On trouve fréquemment dans les vases où on élève ces embryons, un certain nombre d'entre eux flottants à la surface et s'efforçant péniblement de rentrer dans le liquide qui paraît ne pas mouiller leur carapace. Nous avons d'ailleurs observé fréquemment le même fait sur des crustacés amphipodes ou isopodes adultes, par exemple sur *Urothoe marinus* : il semble qu'une secrétion de substance grasse recouvre et protège le tégument.

Pendant vingt et un jours, nous avons gardé vivants des embryons de cette première forme larvaire de *Cepon elegans*. Ils n'ont subi pendant ce laps de temps aucune transformation et se sont montrés rebelles à tous nos essais d'infestation. Ces embryons, après avoir acquis pendant plusieurs jours une vigueur croissante, sont tous morts brusquement en quelques heures, sans doute au moment critique de la transformation en *larves cryptonisciennes* ou larves de la seconde forme. Toutefois nous devons avouer qu'aucun indice ne pouvait indiquer que cette transformation fut sur le point de s'accomplir : nous étions à la fin d'octobre et la mauvaise saison approchait.

Nous ignorons absolument où et comment s'accomplit la première métamorphose.

Larve cryptoniscienne ou de la seconde forme. — Nous appelons la larve de seconde forme de *Cepon elegans* larve cryptoniscienne à cause de sa ressemblance avec le mâle adulte du genre *Cryptoniscus*. Nous n'avons trouvé qu'un seul exemplaire de cette forme sur l'une des deux jeunes femelles au stade *phryxoïde*

(Pl. I, fig. 5 et 6) que nous avions recueillies sur un même *Pilumnus* ; l'une était seule, l'autre avait sur ses pléopodes une larve cryptoniscienne aux lieu et place où se trouve le mâle chez la femelle adulte.

Cette larve était un petit animal blanchâtre, très faiblement pigmenté, mesurant dans sa plus grande longueur $0^{mm},53$, et dans sa plus grande largeur $0^{mm},2$; sa forme générale était étroite et élancée (Pl. II, fig. 5).

La tête (fig. 6) a une forme semi-circulaire et aux angles externes et inférieurs se trouvent les yeux noirs et très hautement différenciés. Les antennes internes (an^1) très courtes et très compliquées, rappellent étonnamment celles des *Cryptoniscus*. La base en est formée par un article aplati, semi-circulaire, bordé d'un repli chitineux épais, orné de deux poils raides, qui paraît appliqué sur la face inférieure du sommet de la tête ; cet article n'est retenu à cette surface qu'en un seul point et peut avoir des mouvements de latéralité à droite et à gauche ; sur le bord externe de cette base s'insère le second article court, arrondi et garni de quelques longs poils épais et transparents ; un troisième article encore plus court se termine par deux petits prolongements entre lesquels il s'en trouve un plus long ; ces trois prolongements sont munis à leur extrémité libre de ces mêmes poils transparents, sans doute des organes sensoriels.

Immédiatement, sous la base de cette première antenne, s'insère l'antenne externe (an^2) formée d'une pédoncule de quatre articles et d'un flagellum composé de quatre petits articles garnis de poils raides. Cette deuxième antenne est beaucoup plus grande ; elle atteint jusqu'au troisième segment thoracique.

Entre les deux paires d'antennes se trouve le rostre (fig. 5 *r*). Il est très large à la base et se termine par une extrémité très aigue par où font saillie les mandibules *(md)* et les maxilles de la première paire *(mx¹)*. Antérieurement le rostre est formé par une grande pièce impaire, triangulaire, qui est l'*hypostome* (Pl. II, fig. 6 *hyp.*) ; elle est fortement échancrée en son milieu par une fente étroitement triangulaire ; la paroi postérieure est formée par le labre ou lèvre supérieure dont on aperçoit, dans la fig. 6, l'extrémité pointue, entre la base des antennes internes et dépassant les pièces buccales proprement dites. Celles-ci se trouvent renfermées entre ces deux pièces chitineuses impaires. La paire supérieure est composée des deux mandibules *(md)* : ce sont des stylets très aigus à leur extrémité libre et dont la base est élargie ; près de la base, sur le bord interne, se trouve un petit talon pointu qui sert à l'articulation de la mandibule et qui se retrouve très souvent dans les pièces homologues, chez les autres Bopyriens ; postérieurement à cette paire de stylets, il s'en trouve une autre qui représente les maxilles de la première paire *(mx¹)* : elles sont plus simples et plus robustes que les mandibules et ne présentent pas de talon.

A la base du rostre, de part et d'autre de la ligne médiane, se trouvent deux petits tubercules situés très près du bord inférieur du segment céphalique. Nous les avons désignés dans la fig. 6 par les lettres mx^e, les considérant comme les rudiments des maxilles de la seconde paire. Depuis, une étude plus approfondie de l'embryon cryptoniscien d'un autre Bopyre (*Phryxus paguri*) nous a montré que c'étaient là en réalité les rudiments des pattes-mâchoires, et que les maxilles de la seconde paire, quand elles existent, sont représentées par deux petits poils chitineux situés un peu plus bas que l'insertion des premières maxilles.

Des deux côtés de la surface antérieure de la tête, entre les yeux et l'insertion de l'antenne externe, se trouvent de part et d'autre, deux angles chitineux saillants (*ac*) qui dépendent probablement de la base du rostre.

Le thorax de l'embryon cryptoniscien se compose, comme celui de la larve de la première forme, de sept anneaux ; mais tous les sept sont pourvus d'une paire de pattes. Tous ces segments sont sensiblement égaux.

La patte thoracique (Pl. II, fig. 7) a une forme plus élancée, moins trapue que celle de l'adulte. Comme dans le genre *Cryptoniscus*, son insertion est protégée par un large repli chitineux (*rp*) qui dépend très probablement du coxopodite. Ce repli est couvert à l'extérieur de nombreux petits poils chitineux et son bord libre épais et simple, ne présente pas les dents aigues qui ornent souvent cette région chez les *Cryptoniscus* typiques. Le basipodite est très long et très mince; l'ischiopodite plus court est séparé du propodite ovalaire par un double article, résultat probable de la fusion du carpopodite et du méropodite. Le dactylopodite est très aigu et quand il se referme sur le propodite, il rencontre sur celui-ci une double rangée de petits tubercules chitineux, destinés à faciliter l'acte de la préhension.

L'abdomen se compose de six segments dont le dernier est à peine visible et porte les uropodes. Les cinq premiers de ces anneaux ont des bords latéraux terminés des deux côtés en pointes très aigues et sont munis chacun d'une paire de pléopodes (fig. 5, *pl.*) dont il est assez difficile de déterminer la forme exacte. Nous les avons représentés fortement grossis sur la fig. 8 de notre planche II.

Le pléopode, qui s'insère latéralement sur le pléon, est composé de deux articles : le premier est formé d'une plaque à peu près rectangulaire qui présente à l'angle opposé à l'insertion, quatre longs poils chitineux sur son bord inférieur : à l'autre angle, inféro-externe, s'articule le deuxième article en forme de palette qui s'élargit à son extrémité libre pour permettre l'insertion de quatre autres longs poils chitineux.

La dernière paire de pléopodes ou uropodes (fig. 9, *ur*) est très différente et beaucoup plus considérable : sur une base renflée, s'insèrent deux articles dont l'externe (exopodite) est un peu plus long et orné de quatre poils, et dont l'interne (endopodite) un peu plus court n'est garni que de trois poils inégaux.

Nous avons retrouvé cette deuxième forme embryonnaire chez presque tous les Bopyriens que nous avons étudiés et elle a été figurée, souvent très sommairement, mais encore d'une façon reconnaissable par la plupart des zoologistes qui se sont occupés de ce groupe ; toutefois aucun d'eux n'en a soupçonné l'importance. Il est infiniment probable que c'est sous cette forme que le parasite pénètre dans la cavité branchiale de son hôte. Le corps allongé, le développement remarquable des organes sensitifs, la pointe aïgue qui termine ses dactylopodites, l'extrême agilité de l'embryon à ce stade, tout milite en faveur de cette hypothèse.

Dans la seconde partie de ce mémoire, à propos de l'hermaphrodisme des Entonisciens, nous examinerons de plus près la signification de cette phase très intéressante de la vie des Bopyriens.

FAMILLE DES IONIENS.

TAXONOMIE.

Milne-Edwards avait divisé les Bopyrides, qu'il appelait *Isopodes séden-taires* en deux familles (1° les *Bopyriens*, 2° les *Ioniens*) caractérisées surtout par la forme des appendices abdominaux.

Duvernoy crut devoir établir une nouvelle famille, les *Képoniens*, pour y placer le genre *Cepon* qu'il venait de découvrir. Cette dernière famille était aussi caractérisée par ces mêmes appendices. Il reconnut l'homologie de la partie dorsale de la branchie (celle que nous désignons par la lettre *a*) chez les Ioniens et les Képoniens ; il ne vit pas la partie la plus interne (celle que nous désignons par *c*) et distingua les Ioniens des Képoniens par la forme de la partie moyenne (*b*) simple chez les premiers, ramifiée chez les seconds. Duvernoy s'exagérait évidemment l'importance de ce caractère. tout au plus de valeur générique, et la famille des Képoniens n'a été admise par aucun zoologiste.

Cependant, à notre avis, Milne-Edwards et Duvernoy avaient bien compris sur quelles bases devait être établie la taxonomie des Bopyrides.

Au contraire Dana (1) introduisit dans la science une idée erronée en attri-buant une importance taxonomique de premier ordre au caractère tiré de la

---

(1) Dana, United States exploring expedition. Crustacea, II, p. 793.

8

présence des lamelles épimériennes thoraciques chez la femelle des *Ione* et en proposant la classification suivante :

BOPYRIDÆ.

Subfamilia 1ᵃ : BOPYRINÆ. .

Thorax appendicibus branchialibus carens.

Genres : 1. *Bopyrus*,
               2. *Phryxus*,
               3. *Cepon*,
               4. *Dajus*.

Subfamilia 2ᵃ : IONINÆ.

Pedes thoracis feminæ, appendices branchiales ad basim gerentes.

Genres : 1. *Ione*,
               2. *Argeia*.

Nous avons déjà montré qu'il était inexact de considérer les lames épimériennes comme des dépendances des pieds thoraciques ; mais , sans insister sur cette erreur anatomique, le groupement proposé par Dana est mauvais à deux points de vue : 1° il écarte des Ioniens les genres *Cepon* et *Leidya* dont les affinités avec *Ione* sont tout à fait proches ; 2° il réunit dans un même ensemble les genres *Ione* et *Argeia* qui n'ont absolument de commun que ce caractère tiré des lamelles thoraciques.

Par un entraînement regrettable tous les zoologistes subséquents ont admis sans discussion l'opinion de Dana (1). Seul , Kossmann a compris combien on traduisait mal la parenté des divers groupes en séparant les *Cepon* des *Ione*. Cependant il n'a pas donné, à notre avis, la vraie caractéristique des Ioniens.

Mais avant de discuter la classification de Kossmann qui se rapproche le plus de celle que nous admettons, nous devons dire quelques mots des idées extraordinaires émises par un élève de Claus, le Dʳ R. Walz, sur la systématique des *Bopyridæ*.

---

(1) Cornalia et Panceri n'ont fait que reproduire la classification de Dana (III, p. 112) en intercalant dans la *subfamilia* des *Bopyrinæ* les nouveaux genres *Leidya* et *Gyge*. Les *Bopyrinæ* comprennent ainsi les genres : 1. *Bopyrus*. — 2. *Gyge*. — 3. *Phryxus*. — 4. *Dajus*. — 5. *Leidya*. — 6. *Cepon*.

W<small>ALZ</small> divise les Bopyrides en trois groupes caractérisés de la manière suivante :

I. — Branchies formées de feuilles simples, indivises, aplaties. Femelles asymétriques, plates, larges, oviformes.

Dans la cavité branchiale des Macroures.

Genres : 1. *Bopyrus*,
      2. *Gyge*.

II. — Branchies foliiformes composées de lamelles doublement ou triplement ramifiées et alors en forme de baguettes ; corps souvent très irrégulier ; larges feuilles incubatrices ; chez les femelles, le dernier segment abdominal est déjà beaucoup plus étroit que le dernier segment thoracique. Les antennes externes du mâle sont au moins une fois aussi longues que les antennes internes et composées de quatre articles.
Fréquemment sur l'abdomen des Décapodes.

    3. *Phryxus*.

(Dans ce genre *Phryxus*, ainsi délimité de bizarre façon, W<small>ALZ</small> comprend des espèces appartenant aux genres *Dajus, Pleurocrypta, Leidya, Cepon*, des Auteurs).

III. — Branchies ramifiées, tubulaires ou filamenteuses ; les femelles (symétriques) possèdent de longs appendices foliacés (branchies ?) à la base des six premières pattes thoraciques.
Dans la cavité branchiale des Décapodes.

    4. *Argeia*,
    5. *Ione*.

Par sympathie pour l'auteur, et par respect pour le maître qui a dirigé son travail nous supprimons les détails de ce tableau qui n'est qu'un tissu d'absurdités. Nous y voyons, par exemple, que les mâles de *Phryxus paguri*, de *Phryxus cladophorus*, de *Phryxus distortus* (*Leidya*) ont des branchies comme les femelles (*änhlich wie bei Weibchen*) ! que le mâle (inconnu !) de *Phryxus typicus* (sic) (*Cepon typus* Duv.) a six branchies simples ! que l'*Argeia* n'a de languettes épimériennes que sur les *six* premiers segments thoraciques, que les antennes antérieures de *Bopyrus* sont plus longues que les postérieures (1).

---

(1) Et cependant R<small>ATHKE</small> avait déjà dit :

« Pone anteriorem capitis marginem cum inferiore ejusdem partis facie quatuor cohœrent tentacula per paria disposita. Quæ primum vel anterius par constituunt, haud procul invicem distant, inter reliqua vero majus intercedit intervallum. *Illa his dimidio fere minora sunt* ......» (De Bopyro, p. 4) etc., etc., le *Cepon typus* et *Leidya distorta* sont placés dans deux sections différentes du genre *Phryxus* !

Cette invraisemblable élucubration est pourtant postérieure au mémoire de Kossmann sur les Crustacés de la mer Rouge, mémoire dans lequel sont exposées des vues beaucoup plus judicieuses sur la classification ds Bopyrides.

Pour en venir à ce qui concerne la famille des Ioniens, Kossmann la caractérise et la subdivise de la manière suivante :

SUBFAMILIA : IONINÆ.

Caractères. — Les épimères des pereipodes, au moins ceux des quatre premières paires, sont développés en grosses pelottes et souvent pourvus en outre, au-dessous de l'articulation, d'appendices particuliers, qui, dans un genre, égalent en longueur la moitié du céphalothorax.

A. — Pleon du mâle segmenté et pourvu d'appendices.

a. — Pelottes épimériennes simples ou garnies de papilles qui leur donnent un aspect muriforme, fortement développées seulement sur les quatre paires antérieures de pereiopodes, très faiblement sur les suivantes, nulles au pléon ; les pléopodes frangés dépassant longuement de chaque côté les bords du pléon. .... *Cepon* DUVERNOY.

b. — Epimères des quatre premières paires de pereiopodes développées en pelottes adhésives qui se prolongent extérieurement en de longs lobules aplatis ; de semblables prolongements lobulaires sur tous les segments du pléon (à l'exception du dernier), mais avec un développement moindre ou même nul des pelottes épimériennes. Les pléopodes très fortement ramifiés sont invisibles du côté dorsal, excepté la dernière paire rudimentaire. .... *Gigantione* KOSSMANN.

c. — Epimères des segments antérieurs prolongés en très longs filaments mais sans pelottes. Les pléopodes ramifiés dépassant largement le pléon.

Ione LATREILLE.

B. — Pleon du mâle non segmenté et sans appendices. Epimères des segments antérieurs développés en lobes allongés, mais sans pelottes. Pleopodes courts, non ramifiés. .... *Argeia* DANA.

Comme on le voit, Kossmann a eu sur les affinités des *Cepon* et des *Ione*, et sur la manière générale de comprendre la famille des Ioniens, des vues beaucoup plus justes que celles de ses prédécesseurs, mais il n'a pas su se dégager entièrement de la fausse direction imprimée par DANA et suivie par CORNALIA et PANCERI et il a donné une trop grande valeur au caractère tiré de l'existence des lamelles épimériennes.

De plus, dans ce travail, Kossmann ne paraît pas avoir encore suffisamment distingué deux organes anatomiquement bien différents : les pelottes coxales et les lamelles épimériennes, puisqu'il considère ces dernières comme étant formées par des prolongements de la hanche. Enfin il n'attribue de lamelles épimériennes qu'aux premiers segments thoraciques de *Gigantione* et d'*Argeia*. Or, les figures données antérieurement par Dana pour *Argeia* et celles publiées plus tard par Kossmann lui-même pour *Gigantione* montrent que ces prolongements existent sur tous les segments.

Les lames épimériennes (nos lames pleurales) n'ont, comme nous l'avons déjà dit, qu'une importance morphologique très mince. Ce sont des organes de fixation développés pour assurer la position du parasite dans la cavité branchiale de son hôte et le protéger contre les pattes balayeuses de celui-ci. Leur forme, leur nombre, leurs dimensions sont donc en rapport uniquement avec les particularités que présente la cavité branchiale, et l'on sait que rien n'est plus variable chez les crustacés décapodes que l'organisation de la branchie. Nous refusons donc au caractère tiré des lames épimériennes la valeur taxonomique de premier ordre qu'on leur a attribuée et il nous est impossible de maintenir le genre *Argeia* parmi les Ioniens. Qu'on se reporte à la description de Dana (*l. c.*, p. 803) et aux excellentes figures qui l'accompagnent (*l. c.*, Pl. LIII, fig. 7, *a*, *b*, *c*, etc.), et l'on se convaincra sans peine que les *Argeia* sont des Bopyriens typiques ; la présence des lamelles pleurales chez ces animaux n'est évidemment qu'un fait de convergence adaptative et l'on ne doit pas en tenir compte dans l'appréciation des relations phylogéniques du groupe.

Le genre *Argeia* étant donc écarté, sur quels caractères établirons-nous la famille des Ioniens, en y réunissant les Céponiens de Duvernoy qui ne peuvent donner lieu à la création de groupes ayant une valeur supérieure à celle de genres ?

Pour nous, ce qui caractérise surtout les Ioniens, c'est le pléon, et ce qui les distingue des Bopyriens, c'est que chez ces derniers la portion abdominale du corps est très dégradée dans les deux sexes. Dans le sexe mâle, cette dégradation des Bopyriens se traduit par l'absence complète d'appendices au pléon et ar la soudure des segments de l'abdomen. Dans le sexe femelle le pléon est proportionnellement plus court que chez les Ioniens et ne porte jamais d'appendices ramifiés.

Ces appendices ramifiés sont au contraire la règle chez les Ioniens et de plus, chez ces derniers, les mâles présentent parfois des membres abdominaux ou des rudiments plus ou moins complets de ces membres (*Cancricepon*, *Gigantione*, *Leidya*).

On pourrait nous objecter que les mâles de certains *Gyge* (**G. branchialis** et G. *Galatheæ*) ont des anneaux distincts au pléon et que le mâle de **G. branchialis** possède même des appendices rudimentaires ; que les mâles de certains *Phryxus* ont aussi parfois quelques segments abdominaux distincts et des rudiments de branchies. Mais nous répondrons que les genres *Phryxus* et **Gyge** sont précisément les points d'origine des deux rameaux qui forment les familles des Bopyriens et des Ioniens ; les *Phryxus* sont les plus voisins des Ioniens ; mais les uns et les autres constituent évidemment des types de transition.

Or, les Ioniens sont les parasites spéciaux des *Reptantia* (Boas) et les Bopyriens les parasites des *Natantia* (Boas). Il est remarquable de voir que les *Phryxus* et les *Gyge* ont pour hôtes principalement des *Anomala* ; c'est-à-dire des formes voisines de la souche, d'où ont divergé les deux grandes divisions des Crustacés Décapodes.

Les rapports des Ioniens avec les familles voisines des Bopyriens et des Phryxiens pourront donc, selon nous, être exprimés par le diagramme suivant :

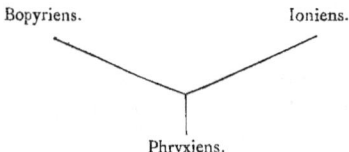

Bopyriens.   Ioniens.

Phryxiens.

Les *Gyge* se trouveraient dans ce diagramme à la base de la ligne qui conduit aux Bopyriens.

TABLEAU

DES GENRES ET DES ESPECES DE LA FAMILLE

DES

IONIENS.

GENRES.	ESPÈCES.	HÔTES.	HABITAT.
I. CEPON Duvernoy	1. *Cepon typhus* Duvernoy	Brachyoure inconnu	Ile Maurice.
II. LEIDYA Cornalia et Panceri	2. *Leidya distorta* Leidy	*Gelasimus pugilator* Bosc.	Atlantic-City (Amérique du Nord).
III. GRAPSICEPON Giard et Bonnier	3. *Grapsicepon messoris* Kossmann	*Metopograpsus messor* Forskal	Mer Rouge.
	4. *Grapsicepon Fritzii* Giard et Bonnier	*Leptograpsus rugulosus ?*	Brésil.
IV. CANCRICEPON Giard et Bonnier	5. *Cancricepon elegans* Giard et Bonnier	*Pilumnus hirtellus* Linné	Wimereux (Pas-de-Calais).
	6. *Cancricepon pilula* Giard et Bonnier	*Xantho floridus* Montagu	Concarneau (Finistère).
V. PORTUNICEPON Giard et Bonnier	7. *Portunicepon portuni* Kossmann	*Portunus arcuatus* Leach	Naples.
VI. GIGANTIONE Kossmann	8. *Gigantione Moebii* Kossmann	*Rhypellia imbricata* de Haan	Ile Maurice.
VII. IONE Latreille	9. *Ione thoracica* Montagu	*Callianassa subterranea* Montagu	France, Angleterre, Italie.
	10. *Ione cornuta* Spence Bate	*Callianassa longimana* Spence Bate	Colombie anglaise.
VIII. PSEUDIONE Kossmann	11. *Pseudione callianassae* Kossmann	*Callianassa subterranea* Montagu	Naples.

I, — Genre CEPON, Duvernoy.

Femelle. — Péreiopodes terminés par un article renflé, sans griffe ; pelottes épimériennes des quatre premières paires très développées, couvertes de papilles, celles des trois dernières paires réduites à une saillie rudimentaire. Appendices du pléon grossièrement pinnés.

Mâle. — Inconnu.

1. CEPON TYPUS, Duvernoy.

1840. *Kepon typus* Duvernoy, Comptes rendus de l'Académie des Sciences, 12 octobre.

1841. *Kepon typus* Duvernoy, Annales des sciences naturelles, 2ᵉ série, t. XV, p. 10, pl. IV, f. 1-11.

1855. *Cepon typus* Leidy, Journal of Natural Sci. of Philadelphia, p. 151.

1861. *Cepon typus* Cornalia et Panceri, Accad. R. delle Sci. di Torino, 2ᵉ sér. tome XIX, p. 115.

1880. *Cepon typus* Kossmann, Mittheil. aus. der Zoolog. Station zu Neapel, III Bᵈ 1 Heft, p. 122.

1882. *Phryxus typicus* (sic) R. Walz, Arbeit. aus d. Zoolog. Instit. des Univ. Wien, t. IV, p. 59.

Habitat. Parasite d'un crabe inconnu de l'Ile-Maurice. Envoyé à Duvernoy, par J. Desjardins (quatre exemplaires dont trois femelles adultes et une plus jeune).

Nous résumons ci-dessous les indications fournies par Duvernoy en corrigeant les principales erreurs :

« Des trois femelles adultes la plus petite avait :

Pour la tête et le thorax .... 5^{mm}
Pour l'abdomen .... $1^{mm},5$

Longueur totale .... $6^{mm},5$

« Les deux plus grandes :

Pour la tête et le thorax .... 8^{mm}
Pour l'abdomen .... $4^{mm},5$

Longueur totale................. $12^{mm},5$

« La femelle jeune :

Pour la tête et le thorax................................... 4^{mm}
Pour l'abdomen... 2^{mm}

Longueur totale................. 6^{mm}

« Ce n'est pas la moitié de la longueur totale des femelles adultes. La tête vue par le haut se présente comme un gros tubercule cordiforme ayant l'apparence d'être composé sur les côtés de deux rondes-bosses et en arrière d'une pointe mousse.

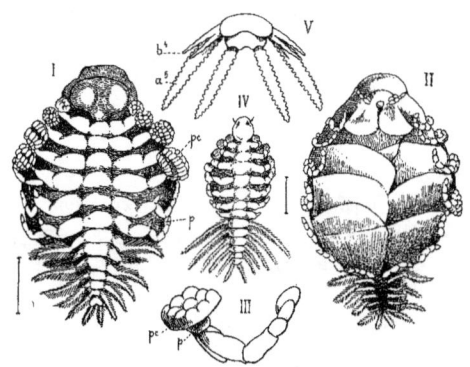

FIG. 11.

Cepon typus (d'après DUVERNOY).

I. Femelle adulte vue dorsalement; *pc* pelotte coxale, *p* pédicule de la pelotte coxale.
II. La même vue ventralement.
III. Patte thoracique de la femelle; *pc* pelotte coxale, *p* son pédicule.
IV. Femelle jeune (le ♂ d'après DUVERNOY) vue dorsalement.
V. Les deux derniers anneaux abdominaux de la femelle jeune ; *a⁵* lame pleurale du cinquième segment, *b⁵* pléopode du même segment.

« Une lame à bord relevé l'encadre en avant et sur les côtés, comme une sorte de chaperon. On voit latéralement et en dessous une très petite antenne rudimentaire composée de *deux* articles : c'est l'antenne interne ou antérieure. Plus en dehors et en avant paraît l'antenne externe qui est beaucoup plus développée, de forme conique et se compose de *quatre* articles, diminuant rapidement d'épaisseur du premier au dern

« La bouche est recouverte par les deux premières plaques d'incubation qui tiennent au premier anneau thoracique.

« Sous ces plaques, il en existe deux autres (les pieds-mâchoires) qui sont larges,

9

convexes en avant et se prolongent en arrière par leur bord interne en un pédicule grêle, large, renflé à sa terminaison. Le bord postérieur de ces mêmes plaques est fortement échancré. On observe en arrière de cette échancrure plusieurs bandes musculaires.

« L'angle interne et antérieur de ces pieds-mâchoires supporte un article crochu qui s'avance entre les antennes et croise sa pointe recourbée au dedans avec celle du côté opposé. Cette forme et cette composition des pieds mâchoires ont de l'analogie avec ceux de plusieurs Cymothoadés et même des Cloportides.

« Les autres parties de la bouche sont :

1º Un labre, bande étroite, en arrière du chaperon, échancrée au milieu et comme bilobée ;

2º Le petit orifice du pharynx qui se voit dans l'échancrure du labre ;

3º Une lèvre inférieure rectangulaire ; elle s'appuie sur une pièce assez large d'abord, sorte de hanche qui forme en se portant en arrière une carène assez saillante ;

4º De chaque côté de cette pièce en sont deux autres semi-lunaires, dont l'angle interne a un prolongement en crochet qui s'avance vers la lèvre, ce sont les mâchoires ;

5º Enfin, entre le labre et la lèvre postérieure sont les deux petites mandibules dirigées obliquement en travers, de forme conique, terminées par une pointe noirâtre, qui se glissent sous chaque angle de la lèvre et la dépassent en avant par leurs pointes de manière à faire paraître cette lèvre au premier coup d'œil comme fourchue.

« Les anneaux thoraciques présentent du coté dorsal une partie moyenne articulaire composée des deux pièces tergales et deux parties latérales épimériennes plus détachées qui s'articulent et semblent se continuer avec la hanche de chaque pied ; le septième segment seulement semble manquer de cette partie latérale ou de cette pièce épimérienne : elle s'y confond du moins, avec la partie articulaire ou moyenne de ce segment.

« Les pattes thoraciques (pattes ancreuses de Milne-Edwards) se composent de la hanche et du pied proprement dit.

« La hanche est une forte articulation qui se continue avec la pièce épimérienne de chaque segment thoracique, son extrémité externe (proximale) supporte un singulier appendice qui sert, selon toute apparence, à fixer l'animal du coté supérieur, en même temps que les pieds l'accrochent du coté inférieur.

« Le premier de ces appendices se présente à chaque angle du chaperon comme un petit tubercule à surface granuleuse ; le second, le troisième, le quatrième vont en augmentant de grosseur et forment une pelotte à peu près hémisphérique, couverte de petites verrues qui sont séparées quelquefois en deux groupes inégaux par un sillon oblique, ce qui leur donne l'apparence de mains ou du moins d'organes préhensiles ayant deux parties opposables. Ces pelottes tiennent à la hanche par un pédicule cylindrique, qui subsiste seul dans les cinquième et sixième paires de pieds avec les mêmes dimensions que dans les précédentes et qui n'est plus que rudimentaire dans la septième.

« Les pieds proprement dits sont grêles, courts, repliés en demi cercle sous les cotés du corps et composés chacun de cinq articles, y compris le dernier qui déborde l'avant dernier et forme comme une pelotte analogue à celle des Rainettes pour les Batraciens. *Cet article ne porte pas d'ongle.*

« Le coté ventral du thorax est garni de deux séries de grandes lames minces, demi transparentes, qui se recouvrent en partie les unes les autres. Il y en a cinq dans chaque série.

« Les branchies sont attachées aux anneaux de l'abdomen. Il y a six paires de lames branchiales principales, le dernier anneau abdominal en supportant une comme le premier. Elles sont assez épaisses, en forme de feuilles allongées et pointues dont les dimensions vont graduellement en diminuant de la première à la dernière, comme celles des anneaux de l'abdomen auxquelles elles sont attachées. Leur bord est comme frangé par de petites productions tubuleuses ou foliacées.

« Outre ces paires de lames branchiales principales, il y a cinq paires de lames branchiales plus petites, simples, élargies à leur base, et très affilées à leur extrémité, ayant aussi leur surface hérissée de quelques papilles ; elles sont plates ou épaisses et pyriformes selon la quantité de sang qui les gonfle. Ces branchies accessoires sont attachées sous l'abdomen, plus en dedans que les principales et *paraissent répondre aux lames operculaires du plan général des Isopodes.* »

Parmi les particularités assignées par DUVERNOY à la jeune femelle (le prétendu mâle) nous noterons seulement les suivantes :

1° Le développement plus grand de l'abdomen et des feuilles branchiales principales par rapport aux autres parties du corps.

2° La proportion plus petite des pelottes épimériennes des pieds thoraciques qui sont à peine verruqueuses.

3° La présence à la face supérieure de la tête de deux petits tubercules symétriques, peu distincts d'ailleurs, qui pourraient passer pour les yeux (?).

II. — Genre LEIDYA, Cornalia et Panceri.

Femelle. — Péreiopodes terminés par une griffe mousse ; à la base des sept paires, des pelottes épimeriennes à peu près égales et de forme trapézoïdale. Appendices du pléon ramifiés à rameaux aigus finement frangés.

Mâle. — Antennes internes courtes, triarticulées ; antennes externes formées de sept articles ; pléon segmenté portant cinq pléopodes rudimentaires et deux longs appendices au sixième segment.

2. LEIDYA DISTORTA, Leidy.

1855. *Cepon distortus* Leidy, Journal of Academy of nat. Science of Philadelphia, p. 150, pl. XI, fig. 26-34.

1861. *Leidya distorta* Cornalia et Panceri, Accad. R. delle Sci. di Torino , 2ᵉ sér. t. XIX, p. 114,

1880. *Cepon distortus* Kossmann , Zoolog. Ergb. einer Reise in die Küst. des Rothen Meeres, III, Malacostraca, p. 122.

1881. *Cepon distortus* Kossmann, Mittheil. aus der Zool. Station zu Neapel, III, Bᵈ 1 Heft, p. 182.

1882. *Phryxus distortus* Walz , Arbeit. aus d. Zoolog. Instit. d. Univers , Wien , t. IV, p. 59.

Habitat : la cavité branchiale de *Gelasimus pugilator* Bosc. Trouvé à Atlantic City par Leidy.

En voici la description d'après le naturaliste américain qui l'a découverte :

Femelle. — Corps comprimé et distordu , ovoïde , blanchâtre ; lamelles abdominales recouvrant complètement les œufs d'un blanc rosé ; tête proéminente portant deux larges disques ovales striés postérieurement ; bouche petite au sommet d'une papille trilobée. Antennes très petites et indistinctes. Divisions du thorax fortement marquées en arrière ; pieds des sept paires thoraciques courbés en avant et terminés en une griffe courte avortée. Abdomen profondément segmenté ; appendices branchiaux lancéolés, frangés.

Mâle. Corps long et étroit , divisé en quatorze segments. Tête subarrondie ; antennes internes à trois articles courts et robustes , garnis d'épines. Antennes externes longues formées de sept articles, les deux premiers garnis d'épines, les autres de soies. Premier article du thorax oblong transversalement, les autres déprimés à contour pyriforme. Sept paires de pieds thoraciques ; l'anté-pénultième article épineux, le pénultième large portant une griffe recourbée. Segments abdominaux déprimés à contour pyriforme, présentant chacun une paire d'appendices ventraux particuliers et, excepté le cinquième, une large cellule latérale irrégulière de pigment.

Longueur de la femelle.   4 lignes
Largeur..................   4 lignes
Longueur du mâle......... 1 ligne 1/4

Leidya distorta paraît assez rare. LEIDY raconte qu'ayant trouvé par hasard le premier spécimen, il ouvrit vainement pour en rencontrer d'autres une cinquantaine de crabes. Le parasite ne produit sur l'animal infesté aucune difformité visible extérieurement.

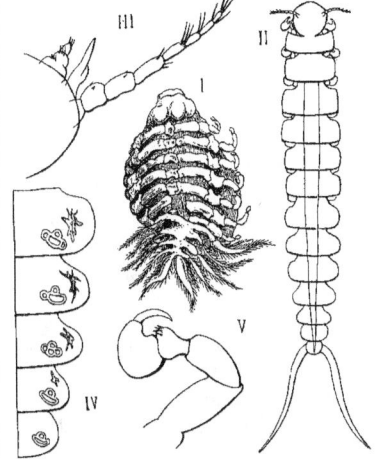

FIG. 12.

Leidya distorta (d'après LEIDY).

I.   Femelle adulte vue dorsalement.
II. Mâle adulte vu dorsalement.
III. Antennes du mâle.
IV. Les cinq segments abdominaux du mâle avec les pléopodes rudimentaires.
V.   Une patte thoracique du mâle.

III. — GENRE GRAPSICEPON, GIARD et BONNIER.

Femelle. — Péréiopodes terminés par une griffe courte aigue ; leur article basilaire élargi transversalement en une épaulette (*pelotte coxale*) ovalaire, sans verrues. Appendices des *quatre* premiers segments triramés : ceux du cinquième segment biramés, tous grossièrement frangés.

Mâle. — Inconnu.

Deux espèces.

3. GRAPSICEPON MESSORIS, Kossmann.

1880. *Cepon messoris* Kossmann, Zoolog. Ergb einer Reise in die Küst. des Rothen Mecres, III, Malac. p. 122, pl. XI, fig. 1-7.

Habitat.: Cavité branchiale de *Metopograpsus messor* Forskal.
Trouvé par Kossmann dans la mer Rouge.

4. GRAPSICEPON FRITZII, Giard et Bonnier.

1871. *Bopyrus sp?* Fritz Mueller, Ienaische Zeitschrift für Naturw., VI Bd p. 68.

Habitat.: Cavité branchiale d'un *Grapsus (Leptograpsus rugulosus?)*
Trouve par Fritz Mueller, sur la cote du Brésil, à Desterro.

De ces deux espèces, la première seule est décrite avec quelques détails, du moins pour ce qui concerne la femelle.

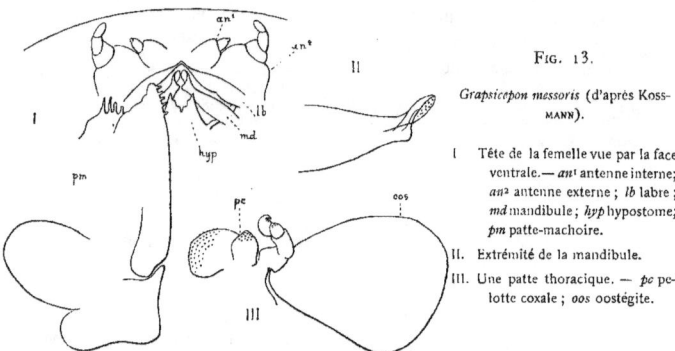

Fig. 13.

Grapsicepon messoris (d'après Kossmann).

I   Tête de la femelle vue par la face ventrale.— *an¹* antenne interne; *an²* antenne externe ; *lb* labre ; *md* mandibule; *hyp* hypostome; *pm* patte-machoire.

II. Extrémité de la mandibule.

III. Une patte thoracique. — *pc* pelotte coxale ; *oos* oostégite.

A la diagnose donnée plus haut, nous ajouterons, d'après Kossmann, les caractères suivants :

Le segment céphalique est à demi enchassé dans la concavité du premier segment thoracique comme chez les *Cepon typus* et chez les *Cancricepon* ; on sait qu'il n'en est pas ainsi chez *Leidya*. Les pelottes coxales, couvertes de lignes d'écailles chitineuses , ne suivent pas en grosseur l'ordre croissant des segments 1, 2, 3.... 7 ; mais doivent être rangées dans l'ordre suivant : 4, 3, 2, 1, 5, 6, 7. Le crochet terminal des peréiopodes est très court, mais tout à fait aigu et s'applique contre un coussinet proéminent couvert de lignes écailleuses. La ligne médiane dorsale forme une crête saillante dans la moitié postérieure du thorax. L'ensemble de la forme générale du corps rappelle *Cepon typus*.

Les antennes antérieures sont très petites, triarticulées, mais l'article terminal forme une petite verrue à peine visible ; l'article basilaire cylindrique est deux fois aussi large que le médian ; l'insertion de ces antennes se fait près de la ligne médiane, immédiatement en avant de la lèvre supérieure. L'antenne postérieure est d'une longueur double environ et composée de quatre articles ; le basilaire est très large, le terminal bien développé ; cette antenne s'insère extérieurement et tout contre l'antérieure. Les deux antennes sont cachées par le bord frontal. elles ne portent ni soies ni filaments sensoriels mais sont couverts d'une épaisse cuticule squammeuse. Derrière les antennes, s'étend la lèvre supérieure dont le contour bien net délimite en dessus l'ouverture buccale. Dans cette ouverture apparaissent les extrémités des mandibules creusées en gouttière, et si bien appliquées l'une sur l'autre qu'elles forment un court suçoir dont le bord supérieur, correspondant aux *processus incisivi*, est finement dentelé. Sous la mandibule une pièce chitineuse s'étend de chaque côté entre la lèvre supérieure et la partie qui délimite la bouche en-dessous, partie que nous regardons comme une lèvre inférieure, mais que Kossmann considère comme formée par la soudure des deux maxilles de la première paire par analogie avec ce qu'il a observé dans le mâle de *Gigantione*. Cette lèvre inférieure présente une triple échancrure sur son bord.

On ne trouve pas trace de la deuxième paire de maxilles, qui, chez *Gigantione*, forme une saillie tout à fait rudimentaire entre la première paire et la base de la mandibule. Le pied-mâchoire (pied maxillaire interne de Cornalia et Panceri) est très grand, plus développé en longueur que chez *Gyge* et *Gigantione*. On y distingue un article extérieur basilaire, un article inférieur et un article supérieur ; l'inférieur est relativement beaucoup plus petit que chez *Gyge* et à bords lisses ; le bord antérieur de l'article supérieur porte des franges peu nombreuses.

Les peréiopodes, sont petits, ceux des paires postérieures un peu plus gros ; leur crochet terminal s'applique contre un coussinet rugueux. Les lamelles ovigères sont imbriquées ; la première (pied maxillaire extérieur de Cornalia et

Panceri) porte aussi, comme dans *Cepon elegans*, un bourrelet transverse qui sépare la cavité incubatrice de la région buccale.

Des trois rameaux des quatre premiers appendices abdominaux et des deux rameaux du cinquième, ceux du côté dorsal sont les plus larges et les plus longs; mais ils sont encore dépassés par les rameaux simples du sixième segment. Tous portent des pinnules de premier ordre avec des rudiments de franges de deuxième ordre.

IV. — Genre CANCRICEPON, Giard et Bonnier.

Femelle. — Limbe régulièrement développé autour du cephalogaster ; trois paires de bosses ovariennes sur les 2e, 3e et 4e segments thoraciques ; pelottes coxales rudimentaires ainsi que les lames pleurales du thorax ; bosses dorsales médianes très accentuées sur les quatre derniers segments de péréion, la dernière étant la plus longue ; peréiopodes terminés par une griffe courte et aigüe. Des six segments de l'abdomen, les cinq premiers sont triramés de part et d'autre, la rame dorsale (lame pleurale) étant couverte de tubercules plus gros et plus nombreux que les deux inférieurs ; le sixième anneau abdominal ne porte que deux appendices, mais beaucoup plus longs que ceux des autres segments.

Mâle. — Antennes internes triarticulées et courtes ; antennes externes plus longues et formées de cinq articles ; les sept segments du thorax sont munis chacun d'une paire de pattes courtes et terminées par des griffes mousses ; pléon segmenté ; les cinq premiers segments avec des pléopodes très rudimentaires ; le sixième anneau présente de part et d'autre quelques poils raides ou de petites écailles rugeuses. Sur la ligne médiane ventrale de chacun des sept segments du péréion et des deux premiers du pléon se trouve un gros tubercule saillant.

Deux espèces.

5. CANCRICEPON ELEGANS, Giard et Bonnier.

1886. *Cepon elegans* Giard et Bonnier, Comptes rendus de l'Académie des Sciences, 8 novembre.

1887. *Cepon elegans* Giard et Bonnier, Comptes rendus de l'Académie des Sciences, 9 mai.

Habitat : Cavité branchiale de *Pilumnus hirtellus* Linné habitant les rochers de Hermelles de la Tour de Croy, à Wimereux.

6. CANCRICEPON PILULA, Giard et Bonnier.

1886. *Cepon pilula* Giard et Bonnier, Comptes rendus de l'Académie des Sciences, 8 novembre.

1887. *Cepon pilula* Giard et Bonnier, Comptes rendus de l'Académie des Sciences, 9 mai.

Habitat : Cavité branchiale de *Xantho floridus* Montagu ; Baie de la Forest à Concarneau.

Cette dernière espèce est rare à Concarneau ; nous n'en avons trouvé qu'un seul exemplaire adulte sur un petit Xantho qui avait été recueilli à marée basse.

Nous n'insisterons pas sur les caractères de ces deux espèces qui ont été décrites dans la première partie de ce mémoire.

V. — Genre PORTUNICEPON, Giard et Bonnier.

Femelle. — Lobes épimériens courts, remplis par des culs de sac ovariens ; pelottes coxales fortes et musculeuses ; appendices abdominaux frangés, les cinq premiers biramés, le sixième uniramé. Pléon plus condensé que celui des *Cancricepon* et des *Leidya*.

Mâle. — Pas d'appendices au pléon. Pieds maxillaires rudimentaires.

7. PORTUNICEPON PORTUNI, Kossmann.

1881. *Cepon portuni* Kossmann. Mittheil. aus der Zoolog. station zu Neapel, III, Bd 1 Heft, p. 181, pl. XI.

Habitat : Cavité branchiale de *Portunus arcuatus*, Leach.

Trouvé à Naples par Kossmann. Dix mille Brachyoures environ avaient été ouverts par Salvatore Lo Bianco avant de rencontrer le premier spécimen de ce parasite ; un grand nombre d'exemplaires furent ensuite recueillis sans peine dans la localité infestée.

Les caractères donnés par Kossmann sont les suivants :

Mâle. — Sans pléopodes, mais pourvu de peréiopodes très puissants : antennes internes triarticulées ; antennes externes de cinq articles courts.

10

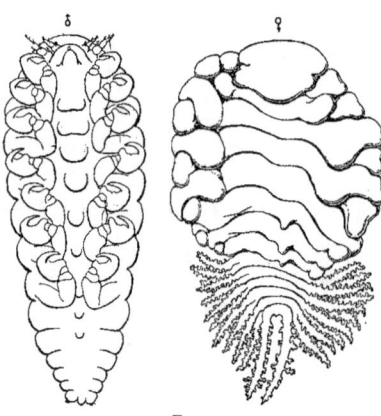

δ   ♀

FIG. 14.

Portunicepon portuni (d'après KOSSMANN).
Mâle et Femelle.
(Le mâle beaucoup plus fortement grossi).

Femelle. — Nettement asymétrique ; les trois derniers segments du thorax s'élèvent sur la ligne médiane du dos en trois fortes protubérances cornues et pointues. Les peréiopodes de la femelle adulte sont relativement très petits et beaucoup plus petits que ceux du mâle ou ceux d'*Ione*, ce qui est sans doute en rapport avec l'habitat dans la cavité branchiale d'un brachyoure ; les trois premiers articles (y compris la pelotte coxale ou épimérienne) sont très épais et puissants ; la main est petite mais armée d'une forte griffe ; les antennes internes sont triarticulées, les externes ont cinq articles ; elles sont courtes.

La couleur de l'ovaire et par suite celle de la plus grande partie du corps est d'un rouge carmin brillant.

VI. — Genre GIGANTIONE, Kossmann.

Femelle. — Contour du corps presque circulaire ; surface dorsale concave. Antennes internes triarticulées, le premier article élargi en un gros mamelon aplati qui retombe de chaque côté sur les pièces buccales , de sorte qu'on ne voit que la pointe des mandibules faisant saillie au milieu de la fente verticale entre les bases des antennes. (Voir fig. 4, p. 27). Antennes externes de cinq articles , pieds maxillaires d'une forme presque circulaire , ciliés sur tout leur pourtour. (Voir fig. 6, VII, p. 30). Peréiopodes garnis d'un ongle court et pointu , sans dents ni soies sur la main ; lame incubatrices recouvrant complètement les œufs ; sur les quatre premiers peréiopodes , l'article coxal présente un renflement couvert d'une cuticule squammeuse, qui agit comme organe d'adhérence et s'applique contre le dos. Sur tous les segments thoraciques ou abdominaux, les bords latéraux du bouclier dorsal se prolongent en forme de lamelles , ces lamelles latérales sont surtout développées sur les segments moyens du corps et ne sont jamais ramifiées. Les pléopodes de la première paire forment des sacs frangés présentant à leur surface un petit nombre de renflements ramifiés ; ceux des paires suivantes sont complètement rameux et fortement chitinisés Ils ne dépassent pas le contour du corps , de sorte qu'ils ne sont pas visibles quand on examine l'animal du côté dorsal. Longueur : 15^{mm}.

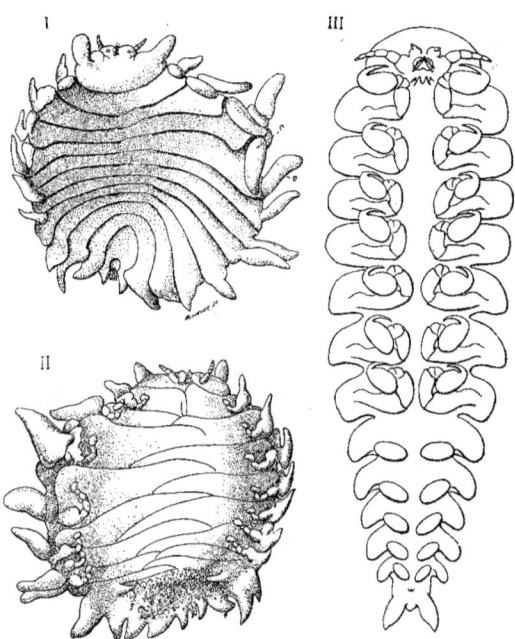

Fig. 15.

Gigantione Moebii (d'après KOSSMANN).

I. Femelle adulte vue dorsalement.
    c impression coxo-dorsale. — *e* lame pleurale.
II. Femelle adulte vue ventralement.
III. Mâle adulte vu ventralement et plus fortement grossi que la femelle.

Mâle. — Antennes externes de six articles : pléon nettement segmenté, garni de six paires de pléopodes ovalaires sacciformes.

8. GIGANTIONE MOEBII, Kossmann.

1881. *Gigantione Moebii* Kossmann, Studien über Bopyriden, Zeitschrift f. wiss. Zool.
XXXV Bd pl. XXXII, fig. 1-11.

Habitat : Cavité branchiale de *Rüppellia impressa* De Haan.
Recueilli à l'île Maurice par le professeur Moebius.

Caractères du genre. La fig. II est sans doute inexacte. Le nombre des lames
incubatrices ne doit pas dépasser cinq de chaque côté du corps d'après ce qui
existe chez tous les Bopyriens.

VII, — Genre IONE, Latreille.

Femelle. — Lames pleurales bien développées sur la tête et le péréion, appendices du
sixième anneau du pléon simples, cylindriques, recourbés à l'extrémité qui est squammeuse.
Lames épimériennes des cinq premiers anneaux du pléon arborescents, coralloïdes. Rames
des pléopodes composées de six articles.

Mâle. — Six paires d'appendices longs, cylindriques au pléon ; pieds-machoires composés
de deux articles Antennes externes longues composées de sept articles.

Deux espèces.

9. IONE THORACICA, Montagu.

1808. *Oniscus thoracicus* Montagu, Trans. Linn. soc. p. 103, pl. III, fig. 3, 4.

1817. *Oniscus thoracicus*, Latreille, Règne animal, édit. I, t, III, p. 54.

1818. *Oniscus (Ione) thoracicus* Latreille, Encyclop. meth. ; pl. 336 ; fig. 46.

1825. *Ione thoracicus* Desmarest, Consid. sur les Crustacés, p. 286. t. 46, f. 10 (d'après
Montagu).

1840. *Ione thoracicus* Milne Edwards, Hist. nat. des Crust. t. III, p. 280, pl. 33, fig. 14-15.

1849. *Ione thoracicus* Cuvier, Règne animal, édition Masson, Crustacés, pl. 59, fig. 1.

1868. *Ione thoracica* Spence Bate et Westwood. Brit. Sessile Eyed Crust. II p. 255.

1881. *Ione thoracica* Kossmann, Studien über Bopyriden, III, Mittheil. d. Zool. Station zu
Neapel, III, Bd 1-2 Heft. p.170, pl. X.

Habitat : Cavité branchiale de *Callianassa subterranea*, Montagu.
Estuaire de Kingsbridge (Montagu), Côtes de la Manche (Milne-Edwards),
Wimereux (Giard), Boulogne (Bétencout), Concarneau (Giard) Naples
(Kossmann), Adriatique (Heller, Stalio, Stossich)

Brebisson, (Catalogue des Crustacés du Calvados, Mém. de la Soc. Linnéenne du Calvados, Falaise, 1825, p. 30), dit qu'*Ione thoracica* se trouve sous les pierres baignées par la mer. Cette erreur provient sans doute, comme l'indique Spence Bate, d'une confusion avec les Pranizes par suite de la référence inexacte faite par Latreille (Encycl. méth.) de l'*Oniscus cœruleatus (Praniza)* à l'*Oniscus thoracicus* Montagu.

Nous réservons pour un travail monographique spécial de plus amples détails sur l'anatomie et l'embryogénie de ce curieux type de Bopyrien.

10. IONE CORNUTA, Spence Bate.

1864. *Ione cornuta* Spence Bate, Characters of new species of Crustaceans discovered by
    J. K. Lord on the coast of Vancover Island. Proceed of the Zool.
    Soc., p. 668.
1865. *Ione thoracica* Heller (pro parte), Carcinolog. Beitrag z. Fauna der Adriat. Meeres
    Verhand. Zool. Bot. Gesellsch. Wien. XV, p. 979-984, tab. 17.
1868. *Ione cornuta* Spence Bate et Westwood, Brit. Sess. Eyed Crust. II, p. 253.

Habitat : Cavité branchiale de *Callianassa longimana* Spence Bate, recueillie par M. Lord dans la Colombie anglaise.

Cette espèce, de grande taille, a été insuffisamment étudiée par Spence Bate, qui déclare toutefois avoir trouvé dans les deux sexes des caractères spécifiques distinctifs.

VIII. — Genre PSEUDIONE, Kossmann.

Ce genre très peu connu ne renferme qu'une espèce.

11. PSEUDIONE CALLIANASSÆ, Kossmann.

1881. *Pseudione callianassæ* Kossmann, Studien über. Bopyriden, Zeitschrift f. wiss
    Zool. XXXV, Bd p. 663, pl. XXXIII, fig. 37.

Habitat ; Cavité branchiale de *Callianassa subterranea* Montagu.
Recueilli à Naples par Kossmann.

Nous n'avons sur cette espèce, que les quelques renseignements donnés par KOSSMANN, relatifs au mâle, et accompagnés du dessin que nous reproduisons.

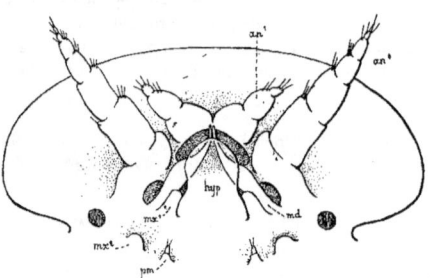

FIG. 16.

Pseudione callianassae (d'après KOSSMANN).
Tête du mâle vu par la face ventrale.

an[1] antenne interne ; *an*[2] antenne externe ; *hyp* hypostome ; *mx*[1] maxille
de la première paire ; *mx*[2] maxille de la deuxième paire ; *pm* patte-mâchoire.

« Chez une espèce également parasite de *Callianassa subterranea*, mais complètement différente d'*Ione* et nommée *Pseudione callianassae*, nous avons observé, dit le professeur d'Heidelberg, à la place des pieds mâchoires d'*Ione* une paire de petites protubérances qui, à cause des soies qui les terminent, nous paraissent indubitablement les homologues de ces pieds mâchoires. En avant de ces organes et un peu en dehors nous trouvons les organes rudimentaires que nous avons considérés chez *Ione* comme les restes de la seconde paire de maxilles (mx_2). Encore plus en avant et dans l'angle formé par le corps de la mandibule et la lèvre inférieure, on voit de chaque côté un renflement qui ressemble aussi à un appendice rudimentaire (mx_1) et qui représente la première paire de maxilles, sa signification comme telle devient encore plus vraisemblable par la comparaison avec le mâle dè *Bopyrus* ».

II.

LES ENTONISCIENS.

BIBLIOGRAPHIE DES ENTONISCIENS.

I. 1787. CAVOLINI (Ph.). Memoria sulla generazione dei pesci e dei granchi. Napoli.
— *Traduit en allemand par* ZIMMERMANN *en 1792.*

II. 1853. STEENSTRUP. Bœmerkninger om Slaegterne *Pachybdella* DIES. og *Peltogaster*
RATHKE (Oversigt over der Kongl. Danske Videnskabernes. Selskabs
Forhandlinger 1853, n⁰ˢ 3 et 4, p. 145-148, 155-158).—*Traduit par* CREPLIN
sous le titre Bemerkungen über die Gattungen *Pachybdella* DIES. und
Peltogaster RATHKE, u. s. w. (Archiv. für Naturgeschichte, XXI Jahrg.
1 Theil., S. 15-30, 62-63).

III. 1862. LILLJEBORG. Les genres *Liriope* et *Peltogaster* RATHKE, in Nov. Act. reg. soc.
scientif. Upsal., Ser. 3, vol. III, et supplém.—*Reproduit presque intégralement*
dans Annales des Sciences naturelles, 1864, p. 289, pl. 40.

IV. 1862. MUELLER (Fritz). *Entoniscus porcellanæ*, eine neue Schmarotzerassel. Archiv
für Naturg. Jahrg XXVIII, S. 10. Taf. II.

V. 1864. MUELLER (Fritz). Für Darwin. Leipzig. — *Traduit par* F. DEBRAY *dans* Bulletin
scientifique du Nord, 1882-83, fig. 41-42.

VI. 1871. MUELLER (Fritz). Bruchstücke zur Naturgeschichte der Bopyriden. Jenaische
Zeitschrift für Naturwissenschaft, VI Bᵈ, S. 53, Taf. III, IV.

VII. 1878. GIARD. Sur les Isopodes parasites du genre *Entoniscus*. Comptes rendus de
l'Académie des Sciences, 12 août.

VIII. 1878. FRAISSE. Die Gattung *Cryptoniscus*. Arbeiten aus dem zoologisch-zootomis-
chen Institut in Würzburg. IV Band, 3 Heft. (Aussi tiré à part).

IX. 1878. GIARD. Notes pour servir à l'histoire du genre *Entoniscus*, *in* Journal de
l'Anatomie et de Physiologie de ROBIN et POUCHET, nov.-déc. 1878, p. 675,
pl. XLVI.

X. 1878. FRAISSE. *Entoniscus Cavolinii* n. sp. nebst Bemerkungen über die Umwand-
lung und Systematik der Bopyriden *in* Arb. a. dem Zoolog. Inst. d.
Univ. Würzburg, Bᵈ IV.

XI. 1881. KOSSMANN. Die Entonisciden *in* Mittheilungen aus der Zoolog. Station zu
Neapel. III Bᵈ 1, 2 Heft, Pl. VIII, IX.

11

XII.   1882. Kossmann. Endoparasitismus der Entonisciden *in* Zoologischer Anzeiger. V. Jahrg. 6 Februar, n° 103, p. 57-61.

XIII.   1886. Giard. Sur l'*Entoniscus Mænadis*. Comptes rendus de l'Académie des Sciences, 3 mai.

XIV.   1886. Giard et J. Bonnier. Nouvelles remarques sur les *Entoniscus*. Comptes rendus de l'Académie des Sciences, 24 mai.

XV.   1886. Giard et J. Bonnier. Sur le genre *Entione* Kossmann. Comptes rendus de l'Académie des Sciences, 11 octobre.

XVI.   1887. Giard et J. Bonnier. Sur la phylogénie des Bopyriens. Comptes rendus de l'Académie des Sciences, 2 mai.

ENTONISCIENS.

HISTORIQUE.

Le genre *Entoniscus*, créé par FRITZ MUELLER en 1862, renferme des animaux qui avaient déjà été entrevus par CAVOLINI, il y a un siècle, en 1787. CAVOLINI avait observé des Sacculines sur plusieurs espèces de crabes, et il considérait ces parasites comme étant la ponte d'une petite espèce de Cyclope greffée par la mère sous la queue des Brachyoures. Après avoir rapporté les observations relatives à ce sujet, il ajoute :

« Outre le cyclope que nous venons de décrire, il y a dans la mer un autre insecte qui fixe sa couvée sur le corps de nos crabes, mais d'une façon beaucoup plus importune pour ces animaux. C'est, en effet, au milieu même de leurs viscères que les œufs sont attachés. Jusqu'à présent le *Depressus* (1) seul m'a

---

(1) Il est impossible de ne pas reconnaître le *Pachygrapsus marmoratus* FABRICIUS (*Grapsus varius* LATREILLE), dans la belle description que CAVOLINI donne de son *granchio depresso* :

« Questo granchio è copiosissimo per gli scogli del nostro cratere, e sembra godere piuttosto di stare in secco, massimassime quando, per calor della state, le acque presso i lidi si riscaldano, o si albanano : su di questi scogli di erbe vestiti e curiosa cosa vedere come in terra seduto, or con una, or con ambe le mani, colga quella verde conferva e alla bocca l'accosti. La forma del suo corpo è quadrilatera shiocciota, il colore di un verde cupo : le braccia son crasse e valide poco meno del paguro (*Eriphia spinifrons* des auteurs modernes) : la sua carne è mucilagginosa, e molto poca. Ma ciò che lo rende singulare, e la velocita del corso : bisogna esser destro per dargli sopra la mano ; altrimenti o fugge sullo scoglio fin che in mare precipiti, o vero in una prossima buca si rimpiatta : perciò dai nostri pescatori si chiama *granchio spirito*. »

Dans le même mémoire, CAVOLINI décrit et figure : 1° une grégarine parasite du *Grapsus*, et qu'il appelle tænia ; 2° la *Zoea* du *Grapsus* (Pl. II, fig. 7. 8 et 9). Déjà, en 1768, SLABBER avait, de son côté, découvert la

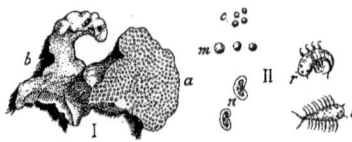

FIG. 17.

Fac simile des figures de CAVOLINI (I, pl. II, fig 17-18)
représentant l'*Oniscus squilliformis* PALLAS (*Grapsion Cavolinii*) et sa ponte.

I. Ovaire de l'*Oniscus squilliformis* extrait du Crabe
(grandeur naturelle).

   b : portion la moins mûre.

   a : portion la plus mûre, les œufs sont représentés
   plus grands que la grandeur naturelle.

II. *c* : œufs de l'*Oniscus*.

   m : les mêmes plus développés.

   n : les mêmes tout à fait développés.

   r : petits qui sortent de ces œufs (grossissement :
   64 fois).

paru affecté. Sur le côté de l'estomac, au point où se trouve le foie, on voit une masse très volumineuse, d'une couleur plus ou moins jaunâtre ou plombée, selon le degré de maturité, occupant la place du rameau ovarien du crabe. Ce corps avance à travers les côtes de la carapace, et s'insinue ainsi sous la paroi inférieure de la cavité branchiale. Il n'est pas difficile de le séparer du crabe, auquel on le voit attaché par du tissu cellulaire ; la portion antérieure de ce corps ovarien, celle qui est placée dans les viscères, murit d'abord, et par suite elle est beaucoup plus dilatée (*a*), tandis que l'autre (*b*) qui se trouve entre les côtes, est encore immature et garde l'impression de ces parties solides. Le sac ovarien est formé d'un tissu transparent, et contient à cet état la série graduée du développement des œufs qu'il renferme, les plus murs sont en *a*, et ne sont visibles à l'œil nu que comme une substance granuleuse ; cependant sur la figure ils ont été dessinés un peu plus grands pour éviter la confusion : les moins avancés sont en *b*. Vus au microscope, ces derniers sont d'une forme arrondie (*c*) ; ceux qui sont un peu moins immatures sont figurés en *m* ; ceux qui approchent le plus de la maturité sont réniformes, émarginés comme en *n* ; enfin les embryons éclos ont la forme représentée en *r*, et courent en tous sens dans la goutte d'eau placée sous la lentille du microscope. Ces insectes ont le corps divisé en un grand nombre d'anneaux dont le premier porte deux yeux ; la queue est bifurquée et le dernier article des quatre premières paires de pattes est claviforme.

« Cet insecte appartient à la race de l'*Oniscus squilliformis*, très bien décrit par

---

métamorphose des Décapodes, mais ce n'est qn'en 1823 que VAUGHAN THOMPSON généralisa ces observations complètement oubliées.

Enfin, dans une note qui est malheureusement restée inaperçue de tous les zoologistes subséquents, CAVOLINI signale de la façon la plus nette les curieux parasites des Céphalopodes connus aujourd'hui sous le nom de Dicyémiens. Il avait observé les deux formes qui correspondent aux deux sexes de ces animaux (*loc. cit.*, p. 147, *note*).

PALLAS : il présente une certaine analogie avec l'espèce décrite sous le nom d'*Oniscus locusta* (1) par cet illustre naturaliste, espèce très fréquente dans les ordures jetées sur le sable et baignées par la mer dans son mouvement de va et vient : c'est notre *puce de sable*. Toutefois l'espèce qui se développe dans les entrailles du crabe est beaucoup plus petite que cette puce de sable. Il est vrai que je n'ai pu voir cet insecte qu'au moment de son éclosion; mais la grandeur des œufs que j'ai trouvés attachés aux pattes de notre puce de sable m'a appris que les petits de cette dernière doivent être d'une taille beaucoup supérieure à celle de l'insecte que j'ai décrit et dessiné sortant des ovaires renfermés dans le corps des crabes.

» Maintenant, par quelle voie l'*Oniscus* mère introduit-il sa couvée dans le corps des crabes, quand ce corps est complètement défendu par une peau dure et crustacée ? Je dois ici raisonner par conjecture, mais par conjecture nécessaire, jusqu'à ce qu'il soit possible d'avoir la preuve oculaire du fait de cette pénétration. Nous avons déjà décrit plus haut les deux cavités, situées chacune sur un côté du corps du crabe, et dans lesquelles s'agitent les branchies. L'eau y entre et en sort par deux ouvertures pourvues de valvules, et situées sur les côtés de la bouche en avant de la commissure latérale de la portion supérieure avec la portion inférieure de la carapace. La partie antérieure de ces cavités est formée d'une membrane délicate qui tapisse les viscères du crabe. On comprend ainsi que l'insecte mère pénètre avec l'eau dans une semblable cavité et perforant cette mince membrane, introduit sa couvée dans le corps du crabe : l'insecte mère entre là de la même façon que les œufs de Serpules ou d'Huîtres que j'ai trouvés fréquemment éclos ou fixés contre les côtes qui existent dans ladite cavité branchiale.

» Nous avons donc chez les Crabes deux cas de greffes de parties animales; la couvée de ces deux insectes, qui ont besoin pour leur développement de sucs élaborés dans un corps animal, ne pouvait être conduite à son terme par la mère. La nature s'est chargée de lui fournir une nourrice grasse et dévouée, à savoir le corps de nos crabes. La mère fait une petite ouverture à la peau qui recouvre l'intestin : tantôt elle fixe à l'extérieur, tantôt elle introduit dans le corps du crabe, sa couvée renfermée dans une membrane jouant le rôle d'arrière-faix : et comme les œufs contenus dans cette membrane sont animés et tendent à se développer, il est certain que les canaux de cet ovaire sont des suçoirs absorbant l'humeur des vaisseaux du

(1) PALLAS, *Spicilegia Zoologica*. Fasc. IX, p. 50-55. BEROLINI, 1767.

crabe vivant. En s'inosculant dans ces derniers et formant avec eux des anastomoses, ils constituent un *système continu* entre le *corps vivant* du crabe et un autre *corps* également *vivant* qui tend à compléter son évolution. En somme, un fœtus étranger est devenu le véritable fruit du crustacé, et s'est développé chez cet animal de la même façon que, chez les Mammifères, les fœtus abdominaux se développent à peu près comme ils le feraient dans l'utérus, qui est leur demeure normale et véritable. Si, dans un végétal, on fait une incision et qu'on y introduise un rameau vivant d'une autre plante, il se forme une greffe par inosculation et raccordement des vaisseaux; la même chose exactement a lieu chez nos animaux.

» Je ne sais si jusqu'à présent on connaissait des animaux qui se greffent. Il me semble qu'on avait plutôt observé le contraire de ce que je viens de signaler; on avait vu que les œufs d'un animal déposés dans le corps d'un autre animal produisent des tumeurs qui en se rompant forment de véritables plaies. C'est le cas de ces mouches qui déposent leurs œufs sous la peau des bestiaux et qui occasionnent ainsi une tumeur puis une espèce de cautère dont la sanie nourrit leur progéniture(1). Certainement, les deux parasites des crabes dont nous venons de parler sont plutôt des *animaux greffés* que des *galles animales* : ces dernières ne se rencontrent que chez les végétaux attaqués par des animaux. L'œuf d'un insecte déposé sur une plante s'imbibe des sucs de celle-ci et s'accroit à ses dépens; mais il n'est pas rigoureusement exact de dire que les canaux de l'œuf s'abouchent avec ceux de la plante et font suite à ces derniers » (I, pp. 190-194) (2).

Il est évident, d'après la description de CAVOLINI et les figures qui l'accompagnent, que dans ce cas, comme dans celui de la Sacculine, le prétendu sac ovigère n'est qu'un crustacé dégradé par le parasitisme et la forme des jeunes permet de reconnaître immédiatement qu'il s'agit ici d'un Isopode appartenant au groupe des Bopyriens.

Les quelques erreurs de détail qui existent dans la description de la larve ou de l'animal adulte seront relevées plus loin : elles ne peuvent d'ailleurs modifier en rien cette première conclusion.

Comme on le voit, ces observations de CAVOLINI étaient bien remarquables, surtout si l'on tient compte de l'époque à laquelle elles ont été publiées.

---

(1) Œstri larvæ latent intra pecorum corpus, ubi per totam hyemem nutriuntur : fonticuli vice gerunt, etc. LINNÉ. Voir aussi les œuvres de VALLISNIERI et de RÉAUMUR.

(2) Nous avons cru devoir traduire *in extenso* ce curieux passage parce que le mémoire de CAVOLINI est devenu aujourd'hui presque introuvable en librairie et n'existe pas dans la plupart de nos bibliothèques publiques.

Malheureusement, dans cette question des Bopyriens comme dans celle des Rhizocéphales ou *Suctoria*, la bibliographie se complique d'une façon regrettable ; la difficulté très grande de réunir les mémoires originaux, écrits souvent dans des langues et dans des recueils peu connus, fait que l'on s'est contenté de les citer d'après des extraits incomplets ou des traductions infidèles. Il en résulte qu'on s'est donné plusieurs fois la peine de détruire des erreurs qui n'existaient pas dans les auteurs incriminés, de retrouver des vérités depuis longtemps connues.

C'est ainsi que dans son intéressant travail sur le genre *Cryptoniscus*, FRAISSE (VIII, p. 41), donnant une analyse des mémoires de CAVOLINI fait dire au naturaliste italien qu'il est très difficile de séparer l'*Entoniscus* (la prétendue bourse ovigère) d'avec les viscères du Crabe. Il est évident que, si FRAISSE avait eu en main le texte de CAVOLINI il n'aurait pas traduit *questo corpo non è difficile separare* par *er sagt* (CAVOLINI) *dasz er sehr schwer zu trennen sei*.

On ne comprend pas non plus pourquoi FRAISSE (VIII. p. 41) reproche à STEENSTRUP d'avoir faussé le sens des observations de CAVOLINI, en disant que les Isopodes observés par ce dernier se trouvaient dans la *Sacculina* et non dans la cavité du corps des crabes.

Voici, en effet, l'appréciation très judicieuse que donne STEENSTRUP, relativement aux faits découverts par CAVOLINI :

« Parmi les excellentes observations consignées dans le mémoire si riche de CAVOLINI, nous trouvons figurée une masse très bizarre d'une forme irrégulière remplie entièrement d'œufs plus ou moins développés. Cette masse a été trouvée dans un crabe : par une de ses extrémités, elle était fixée à la paroi interne stomacale ; de l'autre elle était encastrée entre les deux cloisons que limitent sur le côté les anneaux formant la cavité thoracique du crabe. Dans la figure 18 (*m, n,*) CAVOLINI a représenté des œufs pris dans la masse, à divers états de développement; dans la même figure (*r, r*) il a dessiné deux jeunes au moment où ils sortent de l'œuf. CAVOLINI compare ces jeunes avec l'*Oniscus squilliformis* décrit par PALLAS et les désigne sous ce nom. Il est impossible de ne pas reconnaître dans la description et le dessin de ces embryons une forme très voisine du *Liriope* de RATHKE, si voisine qu'on pourrait à peine l'en séparer; on est par suite amené malgré soi à une comparaison avec les larves de *Bopyrus*. La forme des jeunes nous apprend donc que cette masse remplie d'œufs n'est, selon toute vraisemblance, qu'un crustacé parasite dégradé et même un animal de la famille des Bopyriens ; seulement, cet animal est encore plus déformé et l'on pourrait dire plus monstrueux qu'aucun autre type de Bopyride et même que le *Peltogaster* et la *Pachybdella*. C'est plus qu'un *Epizoon* : c'est un *Entozoon*, une sorte de ver intravisceral, puisque, comme le singulier Gastéropode (*Entoconcha mirabilis*) découvert par JOHANNES MUELLER, dans la *Synapta digitata*, il est aussi solidement fixé sur un organe interne. »

En laissant de côté pour le moment la question de l'*endoparasitisme*, il est clair, d'après ce passage, que STEENSTRUP a parfaitement compris les rapports généraux de l'*Entoniscus* avec le crabe. Au lieu de recourir au texte danois ou à la traduction allemande de CREPLIN, qui est très exacte, FRAISSE n'a sans doute parlé du travail de STENNSTRUP que d'après ce qu'en dit LILLJEBORG. Ce dernier (III, p. 491. *Annales*) a, en effet, confondu l'*Entoniscus* observé par CAVOLINI avec le *Liriope* (aujourd'hui *Liriopsis*) décrit par RATHKE, et il a de plus attribué bien à tort à STEENSTRUP la même confusion.

Toutefois STEENSTRUP s'est trompé en considérant les *Entoniscus* comme des *Entozoa* véritables. Il n'y a, nous le verrons, qu'une apparence due à la situation topographique de ces parasites dans les crabes infestés. La même erreur a été tout récemment rééditée par KOSSMANN.

Même le savant carcinologiste SPENCE BATE n'a pas su se garer de plusieurs fautes dans la citation qu'il a faite du travail de CAVOLINI (1), à propos du genre *Cryptothir* DANA : « CAVOLINI a, dit-il, le premier, décrit et figuré deux crustacés différents dont l'un est rapporté avec doute par lui à l'*Oniscus squilliformis* de PALLAS et qu'il a trouvé vivant en parasites dans un sac attaché à la queue d'un crabe appartenant au genre *Portunus* ou *Carcinus*. » Il y a, comme on voit, presque autant d'inexactitudes que de mots dans cette courte référence.

Le premier zoologiste qui, après CAVOLINI, rencontra des parasites du genre *Entoniscus* fut FRITZ MUELLER, qui paraît n'avoir pas connu les observations du naturaliste Italien. C'est en 1862 que FRITZ MUELLER créa le genre *Entoniscus* pour un crustacé isopode qu'il avait trouvé dans la cavité viscérale d'une *Porcellana* (2) de la côte du Brésil et qu'il nomma *Entoniscus Porcellanæ*.

En 1864 et surtout en 1871, l'habile zoologiste de Desterro fit connaître une nouvelle espèce du même genre, *Entoniscus cancrorum*, parasite de plusieurs espèces de *Xantho*.

Outre ces deux espèces, FRITZ MUELLER a encore observé des *Entoniscus* dans les circonstances suivantes :

1° Dans une petite espèce de *Porcellana* qu'on rencontre rarement entre les

---

(1) SPENCE BATE et WESTWOOD, *British Sessile Eyed Crustacea*, vol. II, p. 262-264.

(2) D'après FRITZ MUELLER, cette espèce de Porcellane, d'un vert noir, est excessivement commune sous les pierres à Desterro (5 pour 100 de ces crustacés renfermaient le parasite).

Sertulaires et Bryozoaires sous les rochers (une seule femelle d'*Entoniscus*, qui n'a pu être étudiée, de sorte qu'il est impossible d'affirmer qu'elle appartienne à l'espèce parasite de la *Porcellana* commune) ;

2° Dans une *Porcellana* nommée par F. MUELLER *Porcellana (Polyonyx) Creplinii*. Elle est voisine de *Porcellana biungulata* DANA (*Polyonyx* STIMPSON), et se trouve communément par paires dans les tubes des *Chœtopterus*.

Trois fois seulement, MUELLER rencontra des individus isolés : une fois, une femelle ; deux fois, un mâle. Chacun des trois individus hébergeait un *Entoniscus* tandis qu'il ne s'en trouvait jamais chez les individus appariés. FRITZ MUELLER en conclut que la présence d'un *Entoniscus*, comme celle des Rhizocéphales (*Suctoria*), entraîne la stérilité de l'animal infesté, d'où l'abandon de celui-ci par son conjoint.

L'*Entoniscus* de *Porcellana Creplinii* diffère de celui de la Porcellane commune par la couleur des ovaires et la forme des lames ovigères ;

3° Dans un *Achœus* vivant sous les roches parmi les Bryozoaires et les Ascidies : un seul couple d'*Entoniscus* ; le mâle, très caractéristique, permet d'affirmer que cette espèce est distincte d'*E. porcellanæ* et d'*E. cancrorum*.

Cela fait au moins quatre, peut être cinq espèces distinctes de ce genre singulier, habitant toutes un petit coin de la côte du Brésil.

Une pareille abondance de formes parasites infestant des crustacés très vulgaires et de familles très diverses sur une étendue très restreinte du littoral, avait déjà porté FRITZ MUELLER à supposer que les *Entoniscus* devaient avoir une aire de distribution beaucoup plus vaste et se rencontrer dans toutes les mers. Il recommandait aux zoologistes qui voudraient se livrer à cette recherche de porter de préférence leur attention sur les femelles de crustacés dépourvues d'œufs pendant l'époque où leurs compagnes sont chargées de leur ponte.

En 1878, l'un de nous ayant passé quelques semaines au Pouliguen (Loire-Inférieure), localité où *Pachygrapsus marmoratus* (*Grapsus varius*) est très abondant, profita de cette occasion pour examiner avec soin le crustacé qui avait fourni naguère à CAVOLINI la première espèce connue du genre *Entoniscus*, dans l'espoir de retrouver ce curieux parasite sur les côtes de France.

Cet espoir ne fut pas déçu.

Les *Pachygrapsus* recueillis dans les petites anses que la grande côte très déchiquetée du Pouliguen forme du côté de la pointe de Penchateau sont, en effet, assez fréquemment infestés par un Entoniscien qu'on reconnaît sans peine être identique à l'espèce étudiée par CAVOLINI et que pour cette raison GIARD a proposé de nommer *Entoniscus Cavolinii*. GIARD découvrit de plus une nouvelle espèce parasite de *Portunus puber* qu'il appela *E. Moniezii*. Les premiers résultats fournis par l'étude de ces parasites furent publiés dans les *Comptes-rendus de l'Académie des Sciences* du 12 août 1878. Un mémoire plus détaillé parut quelques mois plus tard dans le *Journal d'Anatomie et de Physiologie* de ROBIN et POUCHET (numéro de novembre-décembre 1878). Nous précisons les dates parce que vers la même époque, mais un peu plus tard, FRAISSE redécouvrit de son côté l'*Entoniscus* du *Grapsus* dans la localité même où l'avait rencontré CAVOLINI. Le travail de FRAISSE fut publié dans le quatrième fascicule des travaux de l'Institut zoologique de Würzbourg. 4ᵉ année, 1878. Les tirés à part en furent distribués fin septembre 1878. Par une coïncidence très heureuse, mais en somme très naturelle, FRAISSE donna également le nom d'*Entoniscus Cavolinii* aux parasites qu'il avait étudiés à Naples (1). Depuis, certains zoologistes, notamment CLAUS, ont désigné l'*Entoniscus* du *Grapsus* sous le nom d'*Entoniscus Cavolinii* FRAISSE. Il est bien évident pour nous que FRAISSE, lorsqu'il fit paraître son mémoire, ignorait absolument la note de GIARD publiée le 12 août aux Comptes-Rendus. Mais ce dernier n'en a pas moins d'une façon incontestable la priorité et de plus il a seul distingué nettement l'*Entoniscus* du *Grapsus* d'autres espèces voisines, et décrit d'une façon exacte l'embryon si curieux des *Grapsion*.

Toutefois ni GIARD ni FRAISSE n'avaient réussi à trouver le mâle des Entonisciens d'Europe. En présence de ce résultat négatif, FRAISSE conclut à l'hermaphrodisme de ces animaux et crut même pouvoir décrire une glande mâle. GIARD, au contraire, frappé par les nombreuses ressemblances que les Entonisciens présentent avec les autres Bopyriens, s'exprimait comme il suit : « L'hypothèse de l'herma-
» phrodisme perd une grande partie de sa vraisemblance, si on réfléchit que
» FRITZ MUELLER a décrit le mâle de toutes les espèces d'*Entoniscus* qu'il a ren-
» contrées. Il est bien peu probable que, dans un même genre, des espèces aussi
» voisines présentent une dissemblance physiologique et morphologique de pareille
» importance et je préfère admettre que ma maladresse ou mon peu de chance
» m'ont empêché de rencontrer le mâle des *E. Cavolinii* et *Moniezii*. Il va sans
» dire que j'ai inutilement cherché une glande testiculaire..... »

L'insuccès de GIARD et de FRAISSE tenait sans aucun doute à la petitesse du mâle dont les dimensions dépassent à peine celle des embryons. Tandis que le

---

(1) Nous verrons que FRAISSE a confondu sous une appellation commune *E. Cavolinii* deux espèces bien distinctes : *Entoniscus (Grapsion) Cavolinii*, GIARD, parasite de *Pachygrapsus marmoratus* et *Portunion Mænadis*, GIARD, parasite de *Carcinus Mænas*.

mâle des autres Bopyriens est le plus souvent très nettement visible sur le corps de la femelle, celui des Entonisciens se perd facilement au milieu du contenu de la cavité incubatrice.

A Kossmann (XI, p. 150) revient le mérite d'avoir trouvé le mâle de l'*Entoniscus Cavolinii* qu'il étudia à son tour à Naples en 1881. En outre Kossmann rectifia les erreurs commises par Giard et par Fraisse relativement à la position des bosses ovariennes. Il fit connaître une nouvelle espèce, *E. Salvatoris*, parasite de *Portunus arcuatus* qu'il identifia à tort avec *E. Moniezii*. Enfin, il mit en évidence les caractères importants qui distinguent les Entonisciens parasites des *Porcellana* d'avec ceux qui infestent les Brachyoures proprements dits, et il proposa de créer pour ces derniers le genre *Entione*.

Si, à plusieurs points de vue, le travail de Kossmann réalisait un progrès sérieux dans l'étude des Entonisciens, il introduisait d'autre part certaines notions absolument fausses qui augmentaient encore les difficultés de l'étude de ces animaux.

L'enveloppe externe du parasite, la constitution de la chambre incubatrice, la structure du pléon, la morphologie de l'embryon étaient décrites d'une façon très insuffisante et sans aucun souci des homologies probables avec les autres Bopyriens.

Dans une courte note qui suivit de près son premier mémoire (XII, p. 5, 7 et suiv.), Kossmann corrigea quelques-unes des erreurs les plus grossières de cette publication, mais il ne fit qu'accentuer la manière de voir inexacte dont il interprétait la membrane d'enveloppe et il en tira des conclusions générales fort contestables sur le parasitisme dans les divers groupes du règne animal.

Au printemps de 1886, Giard (XII) fit connaître une nouvelle espèce d'Entoniscien, *Portunion Mœnadis*, parasite du vulgaire *Carcinus Mœnas* et il insista sur les rapports éthologiques des Entonisciens et des Rhizocéphales.

Depuis, dans une série de notes insérées aux *Comptes-rendus de l'Académie des Sciences* (XIV, XV, XVI), nous avons publié tout un ensemble de faits anatomiques et embryogéniques relatifs à des Entonisciens parasites des crabes les plus communs de la côte de France. Nous démontrions en même temps la nécessité de modifier la taxonomie de ces animaux et établissions les genres *Grapsion*, *Cancrion*, *Portunion*. Nous montrions enfin les liens phylogéniques qui rattachent les Entonisciens aux autres Bopyriens et le parallélisme qui existe entre la généalogie des parasites et celle des hôtes qu'ils infestent.

Mais ces publications fragmentaires faites dans un recueil où la place est étroitement mesurée et où la correction des épreuves est rendue impossible (1) aux auteurs qui n'habitent pas Paris, devaient être complétées par un Mémoire plus détaillé.

C'est à cette tâche que seront consacrées les pages qui vont suivre. Nous aurons à exposer un grand nombre de faits nouveaux et à discuter des questions encore peu connues de la morphologie des Isopodes. Nous nous efforcerons de mettre le plus de clarté possible dans nos descriptions et de faciliter à nos successeurs le contrôle des résultats de nos recherches. Mais, encore une fois, nous réclamons d'avance toute l'indulgence du lecteur qu'un premier examen du présent mémoire n'aurait pas satisfait. Ce n'est pas toujours du premier coup que nous avons compris les travaux de nos devanciers. C'est souvent après de laborieux efforts que nous avons surmonté des difficultés d'interprétation qui nous avaient arrêtés pendant plusieurs mois.

(1) Pour ne citer qu'un exemple de cet inconvénient, on nous fait dire dans nos *Nouvelles remarques sur les Entoniscus* (XIV, p. 1) que « la chambre incubatrice des Entoniscus est constituée par les *épiméroïdes* du thorax qui *chez les jeunes individus se montrent de chaque côté sous la forme d'un repli frangé* ». La fin de la phrase montre clairement que nous avions désigné les *oostégites* du thorax ; le mot épiméroïde venait deux lignes plus bas à propos des appendices du pleon.

MORPHOLOGIE ET ANATOMIE

ENTONISCIENS.

Comme sujet de notre étude de l'anatomie et de la morphologie des Entonisciens, nous prendrons *Portunion Mænadis*. Quoique ce type soit loin d'être aussi fréquent que certaines espèces du même genre, *P. Kossmanni*, par exemple, c'est celui qui dans des recherches de cette nature présente le moins de difficultés. Il n'est pas très rare puisqu'on en rencontre un exemplaire en moyenne sur une centaine de *Carcinus Mænas*; son habitat parait aussi étendu que celui de l'hôte qu'il infeste : nous en avons constaté la présence à Wimereux, à Fécamp, à Concarneau ; Fraisse l'a trouvé à Naples. Cette aire de dispersion considérable permettra donc aux zoologistes qui voudront vérifier les résultats de nos recherches, de le faire plus aisément que si nous nous étions adressés aux autres parasites du groupe qui infestent des hôtes plus rares et d'un habitat beaucoup plus circonscrit. Enfin la taille assez considérable qu'il peut atteindre à toutes les périodes de son existence, est un précieux avantage qu'il a sur les autres types qui, parasites de crabes de taille beaucoup moindre, ne peuvent forcément prendre un même développement.

Cependant, au cours de notre étude successive des différents organes de *Portunion Mænadis*, nous noterons, au fur et à mesure que l'occasion s'en présentera, les différences que ces organes peuvent présenter dans les autres genres ou les autres espèces. Nous reporterons à la fin de chaque chapitre les discussions des opinions émises par nos devanciers sur les points que nous traiterons. Nous avons préféré cette disposition qui permettra au lecteur, déjà au courant de la question par l'exposé de nos recherches, de juger en pleine connaissance de cause nos appréciations et nos critiques.

RECHERCHE DU PARASITE

La première difficulté qui se présente dans la recherche des Entonisciens est de ne pas endommager le parasite en ouvrant le crabe qu'il infeste. La manière d'opérer la plus simple et la plus commode est la suivante : on s'empare du crabe avec la main gauche par la partie dorsale dans la plus grande largeur du céphalothorax, à la façon bien connue des pêcheurs pour éviter les pinces de l'animal, et de la main droite on saisit en même temps toutes les pattes thoraciques que l'on ramène sur la face ventrale en les serrant fortement; le crabe ainsi maintenu, on exerce de lentes tractions en sens contraire qui séparent la carapace dorsale du céphalothorax de toute la partie ventrale dans laquelle restent les organes. Quand le tégument dorsal est ainsi soulevé, on voit assez vite, avec un peu d'habitude, si le crabe est infesté, et on détache alors délicatement la carapace de façon à n'enlever qu'elle seule et à n'entraîner aucun des organes de l'hôte. Quand on n'a pas acquis une grande habitude de ce procédé qui permet d'opérer relativement vite dans la récolte du matériel, il est préférable de couper avec la pointe d'un scalpel la membrane chitineuse mince qui réunit le bord postérieur de la carapace du cephalothorax au premier segment abdominal : on ne court aucun risque, de cette façon, d'entraîner les organes de l'hôte ou le parasite en ouvrant le crabe ; pareil accident est surtout à redouter quand le moment de la mue est proche.

Pour distinguer le parasite au milieu de tous les viscères du crabe, le mieux est de se familiariser d'abord avec l'anatomie interne de l'hôte ; il sera ensuite plus facile de s'apercevoir si une masse étrangère, plus ou moins grosse, est venue séparer les organes ou les remplacer. Quand le parasite est adulte et que sa cavité incubatrice est remplie d'embryons, il acquiert un tel développement qu'il ne peut échapper à un examen même superficiel. Il forme alors une grande masse jaunâtre qui remplit la majeure partie d'une des moitiés latérales du crabe, à droite ou à gauche de l'intestin. La partie supérieure de cette masse pénètre à travers les restes de la glande hépatique jusqu'au bord frontal de la carapace, et la partie postérieure s'étend jusque sous le cœur, en refoulant de part et d'autre tous les organes d'ailleurs très réduits. Dans l'autre moitié latérale du crabe il n'y a qu'une portion plus mince, allongée, qui se détache de la partie postérieure et se dirige en avant vers l'angle antérieur de la carapace. Elle est couverte de masses latérales formées de lamelles chitineuses plissées, repliées, enchevêtrées, dont la couleur d'un blanc mat éclatant attire tout d'abord l'attention sur le parasite.

Quand, au contraire, l'Entoniscien est jeune et que sa cavité incubatrice est vide, il devient beaucoup plus difficile à découvrir entre les viscères qui sont encore assez bien développés; sa forme allongée, sa couleur blanche peuvent le faire confondre, par exemple, avec les ovaires jeunes ou les organes testiculaires dont il occupe d'ailleurs la place.

Dans les crabes infestés par des Entonisciens du genre *Cancrion* l'œil est frappé de suite par une masse blanchâtre recouverte de petits renflements irréguliers de chitine épaisse et roussâtre : c'est l'enveloppe du parasite qui s'est épaissie et devient ainsi facilement discernable.

Le parasite une fois découvert, il s'agit de l'extraire du crabe, ce qui n'est pas sans présenter quelques difficultés. La première précaution à prendre est de couper et d'enlever le tube digestif de l'hôte. Le parasite, recourbé sur lui-même, forme une sorte de V dont les deux branches, fort inégales, sont situées l'une à droite, l'autre à gauche de la ligne médiane du crabe, et justement sa partie la moins résistante, celle qui représente l'angle inférieur du V, est placée sous le tube digestif. Si l'on a négligé de couper celui-ci, quand on tirera le parasite par l'une ou par l'autre extrémité, il se rompra infailliblement au point de moindre résistance. La meilleure méthode à suivre pour l'extraction, surtout quand l'Entoniscien est très développé, c'est d'enlever tous les viscères du crabe; ce qui est assez vite fait, car les organes génitaux sont presque complètement atrophiés d'ordinaire et les glandes hépatiques réduites à quelques pâles filaments qui entourent la masse du parasite. La partie la plus difficile à obtenir intacte est la région antérieure recourbée en forme de capuchon : elle est constamment située dans l'angle antérieur et externe de la carapace du crabe; il faut briser celle-ci et enlever avec beaucoup de soins le capuchon qui, à la moindre rupture, laisse échapper son contenu, œufs ou embryons.

On peut alors se rendre compte et de la forme générale de l'animal et de sa position dans son hôte. Nous avons représenté pl. IV, fig. 2, une femelle adulte de *Portunion Mænadis* de grandeur naturelle dans la carapace de *Carcinus Mænas*. Que l'animal soit à droite ou à gauche, les rapports sont les mêmes, un *Portunion droit* étant symétrique d'un *Portunion gauche*. D'un côté, remplissant presque toute la cavité, se voit une grosse masse jaune dont la région supérieure, en partie cachée dans la figure, est recourbée et forme le capuchon qui remplit tout le haut de la cavité; la région inférieure s'étend en un prolongement allongé jusqu'au bord postérieur de la carapace ; toute cette masse jaune n'est que la chambre incubatrice gonflée d'embryons qui dissimule la partie céphalothoracique de l'animal. De l'autre côté de la carapace, on voit, se détachant de la poche incubatrice, à la naissance du prolongement postérieur, une partie allongée, d'un blanc mat, couverte des replis des lamelles qui la bordent de part et d'autre ; cette région se dirige vers le haut de la cavité branchiale où elle est fixée : c'est la partie abdominale de l'Entoniscien.

Chez les espèces grégaires, quand le crabe est infesté par deux parasites, ceux-ci auront la même position, l'un à droite, l'autre à gauche, de façon à faire croire au premier abord à l'existence d'organes pairs parfaitement symétriques.

Nous avons quelquefois trouvé dans *Platyonichus latipes* jusque quatre *Portunion Kossmanni* de même âge : dans ce cas, ils se placent deux à droite et deux à gauche, de façon à ce que du côté droit se trouvent les deux parties céphalothoraciques des parasites droits séparées par les abdomens des parasites gauches, et à gauche les abdomens des parasites droits entre les parties cephalothoraciques des parasites gauches (1).

Quand l'Entoniscien est tout à fait débarrassé des organes du crabe et que rien ne le retient plus, on le fait glisser de la carapace dans l'eau de mer bien pure, et on peut ainsi le maintenir en vie pendant plusieurs jours.

Les dimensions de l'animal ne sont pas uniquement en rapport avec son âge mais aussi avec la grandeur du crabe infesté. Ainsi, on trouve dans de tout petits crabes des parasites adultes avec des embryons bien développés et dans de gros crabes de jeunes femelles d'une taille double de celle de ces adultes, et dont la cavité incubatrice n'est pas encore fermée. Les plus jeunes individus que nous ayons vus mesuraient à peine trois millimètres, tandis que les adultes bien développés dépassaient trois centimètres. On se rendra bien compte des différentes grandeurs moyennes d'un *Portunion Mœnadis* aux divers moments de son évolution, en comparant les traits qui accompagnent chacune des figures de la planche V et qui indiquent la grandeur naturelle de ces différents stades.

Comme nous l'avons vu, la coloration varie avec l'état plus ou moins avancé des œufs et des embryons contenus dans la cavité incubatrice. Quand elle est vide, (Pl. III, fig. 5), l'animal est entièrement blanc ; quand elle est remplie d'œufs

---

(1) Pour plus de simplicité dans le langage, nous désignons par *droits* et *gauches* les Entonisciens dont la partie céphalique se trouve respectivement du côté droit ou du côté gauche du crabe. Mais nous verrons que, en raison de la façon dont le parasite pénètre dans son hôte, il faudrait renverser ces désignations pour les rendre comparables à celles dont nous nous sommes servis chez *Cepon* et chez les Bopyriens branchiaux.

aux premiers stades du développement (pl. IV, fig. 1, 2 ; pl. V, fig. 5), l'animal est d'un beau jaune serin qui passe au lilas quand les embryons sont près d'éclore.

LE FOURREAU OU MEMBRANE D'ENVELOPPE

Tous les Entonisciens sont renfermés dans une fine membrane transparente intimement appliquée à la surface extérieure du corps dont elle moule les moindres détails. FRITZ MUELLER avait déjà reconnu que cette membrane n'est qu'une invagination de l'hypoderme du crabe dans lequel vit l'Entoniscien. FRAISSE et KOSS-MANN ont au contraire émis sur l'origine de ce fourreau des idées fort étranges ; FRAISSE appelle la membrane d'enveloppe *Epidermis* et la considère comme une sorte d'amnios formée aux dépens de la peau du parasite. KOSSMANN la considère comme le résultat de la solidification d'un exsudat inflammatoire, comme une sorte de couenne inflammatoire produite dans le sang du crabe par la présence de l'Entoniscien.

On comprend l'importance de cette question : selon qu'on lui donne telle ou telle solution, les Entonisciens sont de simples Ectoparasites, comme les autres Bopyriens, ou des Endoparasites. Dans un chapitre spécial nous discuterons ce problème avec tout le développement qu'il comporte.

Il nous suffit pour le moment d'avertir le lecteur que nous avons de bonnes raisons pour affirmer l'ectoparasitisme des Entonisciens.

Le fourreau présente la structure histologique de la couche hypodermique du tégument des Décapodes ; les cellules qui constituent cette membrane se colorent facilement par le carmin, surtout chez les jeunes individus où la sécrétion de chitine est peu abondante, sauf en un point particulier où se forme ce que nous appelons le *casque* ou *calyce chitineux*.

Ce point n'est autre que le pourtour de l'ouverture d'invagination, l'entrée du cul-de-sac que le jeune Entoniscien refoule devant lui en pénétrant dans son hôte.

Comme ce calyce appartient à l'hôte, le plus souvent quand on enlève l'Entoniscien, il reste adhérent au crabe et il passe inaperçu. Quand on procède plus délicatement, on l'enlève avec l'abdomen et il est très nettement visible à l'extrémité postérieure du corps sur laquelle il se moule exactement ; de plus sa couleur brune, parfois très foncée, le fait trancher vivement sur toute cette partie de l'animal qui est d'un blanc mat. Nous avons représenté cette pièce Pl. VII, Fig. 12 : c'est une sorte de petit casque, arrondi à la partie supérieure, présentant une face antérieure courte à bord nettement délimité et une face postérieure beaucoup

13

plus longue au milieu de laquelle se trouve une ouverture circulaire (*o*) à bord épaissi et très pigmenté. Autour de cette ouverture se voient quelques dépressions et épaississements réguliers qui reproduisent la forme des organes sousjacents du parasite.

Nous verrons plus loin comment cette unique ouverture peut servir à mettre en communication le parasite avec l'extérieur, pour l'entrée et la sortie de l'eau, l'entrée des mâles, la sortie des embryons, etc.

Dans certaines espèces du genre *Cancrion*, le fourreau acquiert une grande consistance et est encore renforcé par des épaississements irréguliers de chitine brune qui donne à la membrane un aspect particulier et décèle de suite la présence du parasite au milieu des viscères du Crabe.

MORPHOLOGIE ET ANATOMIE DE LA FEMELLE DE PORTUNION MÆNADIS.

Nous diviserons l'étude de la morphologie et de l'anatomie de la femelle adulte en trois parties correspondantes aux trois divisions de l'animal :

I° Région céphalique ;
II° Région thoracique ;
III° Région abdominale.

I.

RÉGION CÉPHALIQUE.

Quand on a extrait d'un crabe un Entoniscien et qu'on l'a préalablement débarrassé de la membrane d'enveloppe, au milieu de cette masse confuse de lamelles de toutes sortes et de toutes dimensions qui, au premier aspect, semble n'avoir pas de forme définie, une partie nettement délimitée attire tout d'abord l'attention : elle ressemble grossièrement à la masse bilobée d'un cerveau ou mieux, à une tête de libellule; elle est d'un blanc mat éclatant qui tranche sur les lamelles transparentes qui l'entourent et la cachent à moitié. Cette partie représente la face dorsale devenue convexe du segment céphalique.

Dans ses *Notes pour servir à l'histoire du genre Entoniscus*, GIARD a proposé de désigner sous le nom de *cephalogaster* la portion antérieure du corps des Entonisciens qui a été appelée *tête* par les premiers observateurs. Sans attacher plus d'importance qu'il ne convient à cette dénomination, nous ne comprenons pas les critiques dont elle a été l'objet de la part de KOSSMANN. A des choses nouvelles il convient d'appliquer des noms nouveaux ; or, le *cephalogaster* des Entonisciens nettement séparé du reste du corps et parfaitement distinct à première vue n'est nullement comparable à la tête ou à l'estomac des autres Crustacés et en particulier des Amphipodes et des Isopodes.

Cela est tellement vrai, que FRAISSE a admis comme GIARD, la nécessité de désigner cette partie par un nom spécial. Quand KOSSMANN (1) reproche à WALZ d'avoir attribué à FRAISSE le nom de *cephalogaster* employé pour désigner l'estomac des Entonisciens, il a raison *littéralement*. Mais FRAISSE s'est servi du mot *Kopfdarm* qui est la traduction germanique de *cephalogaster*, ainsi que WALZ l'a reconnu lui-même. Quant à l'observation grammaticale qui consiste à dire que *cephalogaster* est un mot mal formé parce qu'il désignerait non pas une espèce spéciale de *tête* mais une espèce d'*estomac*, c'est là, il faut en convenir, une vraie *querelle d'Allemand*. GIARD n'a pas écrit seulement la phrase que lui impute KOSSMANN : « Cette tête mériterait plutôt le nom de *cephalogaster*. » Mais voici textuellement comme il s'est exprimé à cet égard :

« La masse en forme de cerveau appelée *tête* par FRITZ MUELLER, est creusée
» à son intérieur d'une cavité dont les parois sont tapissées de replis et de villo-
» sités semblables à celle de l'estomac des Bopyres. Ces villosités ont déjà été
» signalées par RATHKE, CORNALIA et PANCERI. C'est donc une véritable cavité
» gastrique et l'ensemble de cet appareil serait mieux appelé *cephalogaster*. »
(IX, p. 688).

En raisonnant, comme le fait KOSSMANN, il faudrait rejeter également le nom de *cephalothorax* appliqué aux Crustacés Décapodes et aux Arachnides sous prétexte que ce mot désigne une espèce de *thorax* et non une espèce de *tête*. C'est d'ailleurs en parlant de l'estomac que GIARD a mis en avant le nom de *cephalogaster*.

Si l'on soulève la masse lamelleuse antérieure, le capuchon qui en se recourbant, recouvre et cache presque entièrement cette partie, ou mieux, si on

---

(1) KOSSMANN, *Studien über Bopyriden*, I. Zeitschrift f. wiss. Zoologie, Bd. XXXV, p. 672, note 1.

(2) WALZ, *Ueber die Familie des Bopyriden*, 1882, p. 19.

l'enlève en le coupant près de son insertion, on dégage le *cephalogaster* et l'on peut alors examiner sous toutes ses faces.

Il se présente sous la forme d'une masse blanche régulièrement arrondie, creusée en son milieu d'un sillon longitudinal très accentué qui la divise en deux sphères égales qui se coupent. La face qui se présente ainsi est celle que nous appellerons dorsale ; c'est celle que l'on voit tout d'abord et qui n'est pas enfoncée dans la cavité ménagée entre le capuchon antérieur et le reste de la masse du corps.

Sur la face opposée du *cephalogaster*, celle qui regarde l'intérieur de cette cavité, se voient à la partie supérieure, de part et d'autre de la continuation du sillon médian, deux paires de bourrelets symétriques, également d'un blanc mat, la paire interne beaucoup plus réduite que la paire externe. A la base de cette dernière, près du point où s'incurve le capuchon antérieur et semblant reposer dessus, se trouve une paire de petits organes arrondis du même blanc éclatant.

Quand l'animal est bien vivant et vient d'être extrait de son hôte, toutes ces parties se meuvent énergiquement : les deux sphères se gonflent et s'aplatissent d'une façon rhythmique, et les deux paires de bourrelets s'écartent ou se rapprochent à la manière de lèvres, tantôt également sur toute leur longueur, tantôt seulement dans leur partie supérieure, ou dans leur partie inférieure. Si on écarte délicatement ces bourrelets, on sent, juste au point central, une résistance au milieu de toutes ces masses molles, et l'on peut facilement isoler une pièce chitineuse en forme de chevalet triangulaire, acuminée vers le haut et terminée à sa partie inférieure par de longues pointes.

Tout cet ensemble, qui, à première vue, ne rappelle en rien ce que l'on connaît chez les Crustacés, représente cependant la tête d'un Isopode typique avec toutes ses parties esentielles.

Inversement de ce qui arrive pour le thorax, où nous verrons la partie ventrale se développer tellement que le dos semble y disparaître et n'être plus qu'un sillon, la face ventrale du segment céphalique se trouve très réduite si on la compare à la face dorsale qui, fortement développée, vient la déborder de part et d'autre. Cette face ventrale se trouve limitée, dans l'ensemble des formes que nous aurons à décrire, à la surface à peu près triangulaire comprise entre les deux lignes d'insertion des bourrelets externes et en bas par une ligne joignant la base des deux petites masses arrondies. Tout le reste, c'est-à-dire la surface des deux sphères contigues, représente la face dorsale que l'excès de son développement a ramené en partie du côté ventral.

La face dorsale entière s'est moulée sur un organe que nous examinerons plus en détail dans l'anatomie interne de l'Entoniscien, et qui a la forme d'une double ampoule à parois contractiles. Cet organe, qui n'est autre que l'estomac, a refoulé, en se gonflant, toute la surface dorsale du segment céphalique. Celui-ci a, comme nous l'avons dit, l'aspect de deux sphères sécantes suivant un plan qui coïnciderait avec le plan médian sagittal de la tête. Les deux sphères, quoique se confondant dans leur partie médiane, restent pourtant bien distinctes surtout en avant et en arrière, où elles se séparent nettement. On voit que le nom de *cephalogaster* convient parfaitement à toute cette partie.

La face ventrale est aux trois quarts recouverte par les deux paires de bourrelets longitudinaux (Pl. VI, Fig. 5). La paire interne *li* est située à la partie supérieure de la face ventrale telle que nous l'avons délimitée : ce sont deux petites masses allongées, régulièrement arrondies qui s'écartent ou se rejoignent sur la ligne médiane à la volonté de l'animal. Elles n'adhèrent pas dans toute leur longueur à la face ventrale, mais au contraire n'y sont fixées que par une base très restreinte qui se trouve vers la partie supérieure, comme on peut s'en rendre compte sur la Fig. 2 de la Pl. VII où cette partie *li* est représentée en coupe. Ce mode d'insertion leur permet non-seulement des mouvements généraux de latéralité, mais aussi des mouvements de bascule, les parties inférieures se rapprochant tandis que les supérieures s'écartent ou réciproquement.

Cette paire interne est comprise dans l'intervalle que ménagent entre eux les bourrelets externes *le* beaucoup plus considérables comme longueur et comme épaisseur. Leur extrémité supérieure dépasse celle de la paire interne et leur extrémité inférieure atteint la base de la paire d'organes arrondis que nous avons indiqués à la base de la face ventrale de la tête. Leurs insertions sont aussi singulièrement réduites ; elles sont situées dans le voisinage de l'insertion de la première paire, un peu en arrière et en dehors. Leurs mouvements sont identiques à ceux de la première paire, mais naturellement plus visibles. La structure interne de ces quatre appendices est absolument musculaire.

Supposons ces deux paires de bourrelets enlevées de la face ventrale et ne laissant que la trace de leurs bases d'insertion : nous aurons de part et d'autre de l'appareil chitineux, que nous verrons plus loin être le rostre, quatre bases d'appendices régulièrement disposées, une première paire antérieurement, une seconde paire un peu en arrière et en dehors des premières. Immédiatement ces positions respectives font songer aux antennes internes et externes, quelque difficulté que l'on ait à voir dans ces masses en forme de bourrelets les homologues des appendices allongés, minces, pluriarticulés que nous sommes habitués à désigner sous ce nom.

L'examen de certains autres types de Bopyriens va nous fournir des termes de passage entre ces deux formes si dissemblables. Dans *Gigantione Mœbii*, l'antenne interne, d'après KOSSMANN (1), est formée de trois articles, l'article basal acquiert un développement énorme au point de rejoindre, sur la ligne médiane de la tête, l'article correspondant de l'autre antenne, de façon à cacher presque complètement le rostre entier. Les deux autres articles de l'antenne ne forment plus, sur cette base, qu'un petit tubercule très réduit.

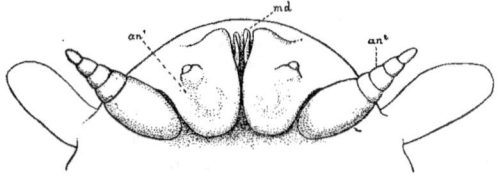

FIG. 18.

Gigantione Mœbii (d'après KOSSMANN).

Tête de la femelle, vue par la face ventrale.

*an*¹ : antenne interne.
*an*² : antenne externe.
md : mandibule.

Dans *Pleurocrypta porcellanæ*, c'est l'antenne externe qui se modifie d'une façon analogue : le second article, celui qui succède à l'article basal, se renfle énormément en une sorte de longue massue, sur le côté externe de laquelle se trouvent, très réduits, les deux derniers articles de l'antenne encore terminés par quelques poils raides. Supposons que dans ces deux cas, les derniers articles des antennes disparaissent et que celles-ci se trouvent, par suite, réduites à leur base renflée et nous aurons à peu près les formes réalisées chez notre Entoniscien.

Nous n'avons pas trouvé trace chez la femelle adulte, sur les deux paires de

___

(1) Il est bien étonnant de constater que KOSSMANN, auquel nous devons une belle monographie de *Gigantione* et qui a insisté sur la forme si curieuse des antennes internes de ce parasite, n'a pas su déduire de ses observations les conséquences qu'elles comportent pour la morphologie de la tête des Entonisciens. En effet, KOSSMANN n'a pas reconnu les antennes des *Entione* dans les organes qu'il appelle bourrelets en forme de ventouses : « wenigstens sehe ich nicht dass F. MUELLER für *E. porcellanae* die saugnapfähnlichen Polster am Kopfe zeichnet ober beschreibt die FRAISSE (Taf. II, fig. 6) GIARD (pl. 46, fig. 5) darstellt und die auf meiner Figur (Taf. VIII, fig. 3) zu sehen sind ». (XI, p. 155).

bourrelets, des derniers articles des antennes. Peut-être sur un individu très jeune, reste-t-il, comme dans *Gigantione* et dans *Pleurocrypta*, un tubercule plus ou moins rudimentaire témoignant de la forme primitive de l'organe, mais nous ne l'avons pas vu.

Quoiqu'il en soit, la place où s'insèrent ces organes, leur base d'insertion si réduite par rapport à leur masse, leurs proportions relatives, les internes étant beaucoup plus réduits que les externes, comme cela arrive pour les antennes de la plupart des Bopyriens, les modifications analogues chez d'autres types, tout nous autorise à homologuer avec certitude la paire interne des bourrelets avec les antennes internes, et la paire externe avec les antennes externes des Bopyriens moins déformés.

Quand l'Entoniscien est encore jeune, on voit par transparence de part et d'autre de la tête sous la partie inférieure des antennes externes deux petites taches pigmentaires noires, symétriques : ce sont les yeux rudimentaires qui disparaissent chez la femelle adulte.

Nous avons dit qu'entre les antennes, au point central de la face ventrale se trouvait une masse chitineuse résistante, à peu près triangulaire. Quand on parvient à isoler complètement cette partie des masses molles qui l'entourent, voici comment elle se présente : sa forme générale (Pl. VI, fig. 6), est celle d'un triangle isocèle sur la partie inférieure duquel viendrait s'appliquer une autre pièce chitineuse terminée vers le haut par un prolongement arrondi, et inférieurement par deux pointes symétriques. Entre ces deux pièces se trouve une fente horizontale dans laquelle se meuvent deux appendices symétriques appliqués l'un contre l'autre à la partie médiane. Tout cet ensemble forme l'appareil buccal.

La pièce triangulaire supérieure ou lèvre supérieure est le labre *lb* ; c'est une pièce chitineuse, épaisse, terminée en haut par un sommet aigü et dont la base s'articule avec les parties latérales de la pièce antérieure et inférieure qui représente l'hypostome ou lèvre inférieure *hyp*. Cette dernière pièce est solidement arcboutée par ses deux prolongements inférieurs, de façon à ménager une fente entre elle et la lèvre supérieure. Au milieu de cette fente se trouve l'ouverture buccale. Le prolongement antérieur arrondi de l'hypostome vient recouvrir l'extrémité supérieure des mandibules *md*. La mandibule a la forme typique qu'elle affecte chez la plupart des Bopyriens : c'est une pièce solide, à la base d'articulation élargie, renflée à la partie médiane et qui, après s'être amincie vers le haut, se termine par un cuilleron garni de petites dents aigues, engrénant avec l'extrémité semblable de l'autre mandibule.

Nous n'avons pas trouvé trace des maxilles ni de la première ni de la seconde paire.

A la base de la face ventrale du segment céphalique nous avons signalé la présence de deux masses arrondies d'un blanc mat, situées sous la partie inférieure des antennes externes. Elles sont très visibles chez l'animal jeune comme chez l'adulte et semblent reposer sur la surface supérieure de la cavité incubatrice.

Ces organes, assez difficiles à décrire, représentent les pattes mâchoires (Pl. VI, fig. 5, *pm*). Comme chez les Ioniens, nous pouvons encore y distinguer trois parties nettement visibles dans la Fig. 6 de la page 30 où nous avons représenté la patte mâchoire de *Portunion Mœnadis*.

La masse arrondie que l'on voit tout d'abord est fixée par une base assez large à la face ventrale de la tête et représente le coxopodite *co* qui, chez les Ioniens, est généralement renflé mais n'atteint jamais des proportions si considérables. De la face interne du coxopodite, vers la base se détache une lamelle délicate, difficile à voir derrière la masse arrondie qui la dissimule en grande partie, c'est l'exopodite *ex*. Irrégulièrement quadrangulaire il présente à son angle supérieur et interne une partie distincte rappelant de loin par sa forme, les petites lames qui chez les Bopyriens sont ordinairement garnies de minces prolongements dentelés (*Cepon elegans, C. messoris, Pleurocrypta porcellanæ*). De la masse du coxopodite, mais cette fois antérieurement, se détache une autre lamelle très réduite et très difficile à mettre en évidence qui représente l'endopodite *en*.

On voit que cette partie antérieure de l'Entoniscien, si extraordinaire au premier abord, présente cependant, quoique très profondément modifiés, les organes essentiels de la tête d'un Bopyre. Toutes les modifications s'expliquent d'elles-mêmes par le mode d'existence si spécial de l'Entoniscien dans le fourreau qu'il s'est formé aux dépens de la paroi membraneuse du crabe. La tête du parasite n'est plus qu'un appareil de perforation et de succion. Il lui faut en effet perforer la mince paroi qui l'enveloppe hermétiquement de toutes parts et attirer dans le tube digestif les liquides de la cavité du corps de l'hôte aux dépens duquel il doit vivre. Le mécanisme de la perforation est très facile à saisir quand on connaît la disposition des pièces buccales et des antennes. Ces dernières, devenues de puissants bourrelets musculaires, saisissent fortement entre leurs masses la paroi du fourreau et la maintiennent afin que les mandibules puissent la perforer tout à leur aise. Une fois la bouche du *Portunion* mise de cette façon directement en rapport avec la cavité du corps du crabe, le cephalogaster entre en jeu et par un fonctionnement que nous étudierons plus tard, force les liquides de cette cavité à pénétrer dans l'intérieur du tube digestif du parasite.

II.

RÉGION THORACIQUE.

L'étude de la région thoracique de la femelle adulte se divise en deux parties : nous décrirons successivement la chambre incubatrice (sa formation et son fonctionnement) ; et les organes génitaux externes. La forme réelle du thorax, invisible à l'extérieur, correspond exactement à celle de l'ovaire ; nous la décrirons plus loin, quand nous parlerons des organes génitaux, dans le chapitre consacré à l'anatomie interne.

CAVITÉ INCUBATRICE.

La *cavité incubatrice*, qui joue un rôle si considérable dans la morphologie externe des Entonisciens, *est formée exclusivement par les cinq paires d'oostégites thoraciques communes à tous les Bopyriens*. Elle se trouve consolidée extérieurement par la membrane appartenant au crabe, de même que chez les *Bopyrus, Gyge*, etc., la cavité incubatrice est complétée et fermée par le branchiostégite du Macroure infesté. Chez les *Entoniscus* des Porcellanes, la membrane du crabe paraît indispensable pour fermer complètement la cavité : c'est un cas parallèle à celui des *Bopyriens* proprement dits. Chez les *Entione* au contraire, même lorsque la membrane du crabe est enlevée, la cavité est complétement close comme chez *Ione, Phryxus*, etc., sans aucun secours étranger.

Une disposition si simple et si facile à homologuer avec ce qu'on savait déjà des autres Bopyriens, n'a pas été cependant reconnue sans peine ; mais tout zoologiste qui se trouvera pour la première fois en présence d'un Entoniscien se montrera bien vite indulgent pour les erreurs des anciens observateurs.

Avant de nous occuper des interprétations qu'ont données les auteurs, nous allons décrire la cavité incubatrice pour rendre intelligibles la critique de leurs opinions et mettre le lecteur à même de les apprécier. La complication du sujet est telle que la connaissance approfondie de cette cavité incubatrice est absolument nécessaire pour comprendre la morphologie générale des Entonisciens.

Lorsque la cavité incubatrice commence à se développer sur la femelle jeune, le parasite, qui est alors vermiforme et allongé, se recourbe en V en se pliant dorsalement sur lui-même ; la branche antérieure terminée par le cephalogaster se compose des sept anneaux thoraciques et la branche postérieure est formée par l'abdomen entier ; toute la face ventrale de l'animal est donc située entièrement du coté convexe, tandis que la face dorsale du thorax se trouve vis-à-vis de la face dorsale du pleon. Sur la branche de ce V formée par le thorax, à la face extérieure ou ventrale, se forme la cavité incubatrice qui prend bientôt un tel développement que tout le reste de l'animal, sauf l'abdomen, semble y disparaître. La face ventrale du parasite se développe outre mesure sous la pression de l'ovaire devenu très volumineux ; les insertions des lames incubatrices, qui naissent ventralement, sont rejetés d'abord sur les deux côtés, puis sur le dos lui-même qui semble se creuser, s'invaginer et disparaître à l'intérieur de la partie ventrale. La partie dorsale du thorax n'est plus dès lors qu'un petit sillon à peine visible entre les insertions des lamelles qui le recouvrent à droite comme à gauche.

Pour bien comprendre la cavité incubatrice, il faut examiner une femelle jeune qui n'ait pas encore pondu, car, après la ponte, les lamelles ont acquis un tel développement qu'il est très difficile de déterminer leurs insertions et leurs rapports. On doit commencer par débarrasser le parasite de la membrane chitineuse qui l'enveloppe complètement et qui appartient au crabe. Comme on l'a nécessairement endommagée en retirant l'animal de son hôte, avec un peu d'habitude, on la distingue très bien, grâce à ses déchirures et à son extrême minceur. Une fois cette délicate opération achevée et l'animal isolé, ce dernier présente un aspect net et luisant de chitine brillante (Pl V, fig. 3). On reconnaît encore parfaitement la courbure en V dont nous venons de parler, mais les deux branches sont maintenant bien différentes et inégales. L'une est restée allongée et mince, bordée par les lames branchiales frangées qui n'ont pas encore pris tout leur développement : c'est l'abdomen ; l'autre branche, plus longue, plus épaisse, et d'un volume beaucoup plus considérable que la première correspond au thorax ; elle présente à son extrémité supérieure une masse arrondie, irrégulièrement ovalaire, qui se recourbe en une sorte de casque ou de capuchon sur le cephalogaster encore bien visible, et à son extrémité postérieure un prolongement inférieur très accentué. Dans son ensemble, l'animal se montre alors comme formé par la cavité incubatrice qui laisse à son extrémité postérieure l'abdomen entièrement libre, et se termine à son autre extrémité par le capuchon antérieur recouvrant le cephalogaster.

Plaçons maintenant l'animal sur le dos de façon à ce qu'il présente à l'observateur la face ventrale de la cavité incubatrice : en saisissant délicatement les deux surfaces latérales de cette cavité avec deux pinces fines et en opérant une légère traction de part et d'autre, nous déterminons aussitôt une séparation très nette de ces deux surfaces suivant la ligne médiane. Si l'on répète à tous les niveaux cette même opération, on parvient à diviser la paroi de la cavité incubatrice depuis la naissance de l'abdomen jusqu'au cephalogaster, en comprenant le capuchon antérieur qui le surplombe, en deux grandes lames latérales entières, dont les bords restent nets et entiers.

Comme ces lamelles sont très minces et très délicates, on pourrait croire au premier abord qu'on déchire purement et simplement la surface externe de la cavité au niveau d'une nervure, d'une ligne plus mince ou de moindre résistance. Mais, si on a quelque habitude de ces sortes de dissections fines, on *sent* tout de suite qu'on a affaire à un véritable décollement et non pas à une déchirure. D'ailleurs, si l'on porte sous le microscope le bord libre des lames ainsi séparées, on voit qu'il est absolument intact, formé par une zòne plus claire, au niveau de laquelle se terminent les dernières ramifications des nervures qui sillonnent les lamelles.

Dans l'écartement de ces deux grandes lames latérales, on aperçoit d'abord la masse de l'ovaire (Pl. V, fig. 4, *ov.*) qui, alors presque à maturité, est d'un rouge vif ; sa forme, que nous décrirons avec plus de détail, est allongée et arrondie ; il remplit à peu près tout le thorax. Sur la ligne médiane centrale, au milieu et en dessous, se trouvent deux bosses longues et recourbées à leur extrémité bv^1, bv^2, la plus longue étant l'inférieure sur laquelle se moule l'extrémité postérieure de la chambre incubatrice. Latéralement, de part et d'autre, sous le cephalogaster, sont placées deux bosses *bl*, beaucoup plus réduites, mais qui soulèvent déjà visiblement l'oostégite, lorsque la cavité incubatrice est encore fermée (fig. 3, *bl*). C'est à la surface ventrale de l'ovaire, et *en apparence* à la surface dorsale thoracique que s'insèrent ces deux grandes lames qui *semblent* contenir tout le thorax, avec l'ovaire et ses prolongements.

La première paire de lames incubatrices. — Sur le fond rouge de la masse ovarienne, entre les deux grandes lames latérales qui constituent les parois externes de la cavité incubatrice, se détache une paire de très longues lamelles complètement internes qui occupent toute l'étendue de la cavité, depuis l'extrémité de la bosse inférieure de l'ovaire, sur laquelle elles sont appliquées, jusqu'au sommet du capuchon antérieur. Ces deux organes flottent librement et ne sont rattachés au corps de l'animal que par un point d'insertion, situé immédiatement sous le cephalogaster, à la surface ventrale, sous les renflements arrondis que nous savons être les pattes mâchoires. La forme de chacune de ces deux lames, absolument symétriques, est très compliquée : on se rendra facilement compte de leur aspect général en jetant les yeux sur la Figure 4 de la Planche V, qui représente un animal traité par la méthode indiquée ci-dessus. La cavité incubatrice a été ouverte, sauf dans la partie antérieure et dans la partie postérieure où les lames sont restées accolées ; les lames internes ont été dégagées, à l'exception de leurs extrémités antérieures encore enfermées dans le capuchon.

Ces lames peuvent se diviser naturellement en trois lamelles bien distinctes : l'une qui est contenue entièrement dans le capuchon antérieur et que nous appellerons *lamelle ascendante* (fig. 4, a^g et a^d), l'autre qui s'étend postérieurement jusqu'à la bosse ovarienne inférieure et que nous désignerons sous le nom de *lamelle récurrente* (r^g et r^d), et, entre elles deux, développée dans un sens perpendiculaire à la direction des deux autres, une troisième partie beaucoup plus réduite qui est la *lamelle transverse* (t^g et t^d).

La partie supérieure ou *lamelle ascendante* a la longueur et à peu près la forme de la lame externe qui, réunie à la lame correspondante de l'autre côté, forme le capuchon antérieur. Elle s'insère immédiatement sous la patte mâchoire et est soutenue à sa base par un axe chitineux, d'un blanc mât, très solide, qui se prolonge dans la lamelle et forme la nervure médiane d'où partent de chaque côté des nervures secondaires irrégulièrement ramifiées. La surface de cette lamelle ascendante est plus considérable que celle de la lame qui la recouvre extérieurement, car elle se replie sur elle-même à l'intérieur et forme une sorte de poche ou de gouttière largement ouverte à sa partie inférieure. Aussi, quand on ouvre la cavité incubatrice (Pl. V, fig. 4), ne voit-on pas le bord libre de la lamelle ascendante, mais seulement le fond de la poche ; le véritable bord n'est visible que quand on sépare entièrement la lame : on voit alors qu'il est légèrement ondulé et formé par une zône très nette de chitine transparente au bord de laquelle viennent se terminer les dernières ramifications des nervures.

Il faut donc se représenter l'intérieur du capuchon antérieur comme subdivisé par cette paire de lamelles ascendantes en trois cavités secondaires, deux latérales qui ont pour parois, à l'extérieur, la lame même du capuchon, à l'intérieur, la lamelle ascendante, et une cavité médiane qui a pour parois les deux lamelles ascendantes. Cette dernière se trouve à son tour subdivisée, partiellement du moins, en trois autres cavités plus petites, séparées dans leur partie supérieure par les replis internes des lamelles ascendantes, mais réunies à la partie inférieure où ces replis n'atteignent pas.

De la partie inférieure de cette lamelle ascendante se détache la *lamelle récurrente*, consolidée par une nervure médiane qui sort du tronc chitineux formant l'insertion de la lame entière. Cette lamelle récurrente a la forme d'un ruban allongé dont la longueur, chez l'adulte, est comprise entre la distance qui sépare la base du cephalogaster et l'extrémité de la bosse ventrale inférieure. Dans la figure 4 de la planche V, cette lame a été retirée de la cavité incubatrice, mais dans sa position normale, elle s'applique, à l'intérieur de la cavité, sur la dernière bosse de l'ovaire qu'elle suit jusqu'à son extrémité.

Cette seconde partie de la cavité est donc, comme le capuchon, subdivisée aussi en trois par ces sortes de cloisons mobiles; l'ovaire avec les bosses ventrales sont compris dans la cavité médiane qui a pour parois les deux lamelles recurrentes.

Enfin, perpendiculairement entre ces deux parties de la lamelle interne et de leur base commune, se détache une troisième lamelle arrondie, la *lamelle transverse,* beaucoup plus réduite que les deux autres et qui, au lieu d'avoir, comme celles-ci, son grand axe parallèle au grand axe de la cavité incubatrice, l'a, au contraire, perpendiculaire à cette direction. En rejoignant la lamelle transverse de l'autre côté, elle forme à la base du capuchon antérieur une cloison mobile entre la cavité de ce capuchon et le reste de la cavité incubatrice.

Cette lame, ainsi formée des trois parties que nous venons de décrire, représente la *première lame incubatrice* qui, chez les autres Bopyriens, montre déjà une certaine complication mais avec un développement bien moins considérable. Nous verrons plus loin que cette différenciation si particulière est en rapport avec le rôle très important que joue la première lame dans le fonctionnement physiologique de la chambre incubatrice.

L'étude attentive des lames incubatrices de la première paire chez les autres Bopyriens nous a démontré que la forme, si bizarre au premier abord, qu'elles prennent chez les Entonisciens, n'est que l'exagération de particularités de structure existant déjà chez les Ioniens, les Phryxiens et les Bopyriens proprement dits.

Dans ces trois groupes, la première lame est en partie interne; le lobe inférieur s'agite librement dans la cavité incubatrice, la partie supérieure seule est externe: il suffit d'imaginer un allongement antérieur des lames incubatrices suivantes dépassant la tête du Bopyre, pour que la première lame devienne tout à fait interne. Nous avons vu aussi que, chez *Cepon elegans*, cette lame présente plusieurs parties distinctes : l'une antérieure, arrondie et libre, l'autre inférieure, plus allongée et interne, séparées par un repli médian qui n'aurait qu'à se développer pour devenir une lobe transverse : les homologies de ces diverses formations avec celles que nous venons de décrire sont suffisamment frappantes pour qu'il ne soit pas nécessaire d'insister.

Mais chez *Phryxus paguri*, la comparaison devient plus facile encore. On sait que chez ce parasite du Pagure, l'un des oostégites de la première paire acquiert un bien plus grand développement que l'autre : il est formé d'une partie antérieure repliée sur elle-même, très allongée et recourbée, et qui, dépassant de beaucoup la tête du *Phryxus*, vient s'appliquer sur la surface de l'abdomen du Pagure : ce lobe correspond absolument, dans sa forme générale, à notre lamelle ascendante ; le repli médian est moins accusé que chez *Cepon*, mais, par contre, la partie inférieure est l'homologue évident, quoique de proportions très réduites, de la lamelle récurrente des Entonisciens.

Enfin, la naissance de cette lame sur le premier anneau du thorax, à la face ventrale et sous la patte mâchoire, origine de toute netteté sur l'animal jeune, démontre que nous avons bien affaire au premier oostégite.

Nous verrons plus loin, dans la partie taxonomique, que cette lamelle incubatrice de la première paire, tout en présentant chez la plupart des Entonisciens la même disposition fondamentale, montre néanmoins, dans les divers genres, des différences très nettes qu'on peut utiliser pour l'établissement des diagnoses génériques et spécifiques.

Les quatre dernières paires de lames incubatrices — On a vu plus haut que la paroi externe de la cavité incubatrice était formée de deux lames dont les insertions d'abord ventrales, sont repoussées plus tard jusque sur la face dorsale et qui se rejoignent à la face ventrale par leurs bords libres accolés l'un à l'autre. Ces deux grandes lames représentent l'ensemble des quatre dernières paires de lames incubatrices qui, de très bonne heure, se fusionnent et se confondent par leurs bords latéraux et n'ont plus que leur bord distal libre. Ce sont ces bords libres qui forment le pourtour des deux grandes lames et sont accolés comme nous l'avons dit le long de la ligne médiane. Ils ne chevauchent pas l'un sur l'autre, comme le font les lames incubatrices de beaucoup de Bopyriens, mais sont intimement joints par leur tranche. Le chevauchement était inutile dans le cas présent, car la cavité reste néanmoins hermétiquement close sur la ligne médiane ventrale et les lames, quand le parasite est dans son hôte, ne peuvent se séparer, soutenues qu'elles sont par la membrane chitineuse appartenant au crabe.

Les deux *lames incubatrices de la seconde paire* forment en se réunissant le capuchon ou partie antérieure recourbée de la cavité incubatrice. Elles s'insèrent sous le cephalogaster au-dessous des premières lames qu'elles recouvrent en venant se réunir l'une à l'autre devant la face ventrale de la tête. La nervure médiane qui les soutient naît du point d'insertion, contourne le côté antérieur du cephalogaster et le dépasse en le surplombant. La partie du bord inférieur qui avoisine le point d'insertion se confond, sur toute sa longueur, avec le bord latéral de la lamelle de la troisième paire ; le bord extérieur, recourbé, recouvre la lamelle ascendante de la première lame et s'accole au bord correspondant de la seconde lame opposée ; enfin le bord supérieur, qui contourne et dépasse le cephalogaster, présente un aspect très particulier au point où il cache l'insertion de la première lame, et avant de rejoindre le bord de la lamelle symétrique, là où a lieu la courbure du capuchon antérieur.

On se rendra facilement compte de la forme de cette lame en regardant la Figure 4 (Pl. V). La lame incubatrice gauche de la seconde paire *II g* a été séparée dans sa partie postérieure de la lame droite *II d* qui est restée en place : cette lame gauche est repliée extérieurement et laisse voir les deux lamelles ascendantes (a^g et a^d) dans leur position normale à l'intérieur du capuchon. La netteté du bord de la lame repliée montre bien qu'elle n'a été que séparée et non déchirée.

Dans l'animal jeune (Pl. VI, fig. 3), en avant du cephalogaster, les deux lames de la seconde paire ménagent, avant de s'unir sur la ligne médiane, une ouverture triangulaire qui met en communication la partie antérieure de la cavité incubatrice avec l'extérieur. Les bords de cette ouverture sont alors formés par les replis contournés *sp* des deux lames ; ces bords, d'abord simples et régulièrement frangés, ne tardent pas à se replier à l'infini, à s'enchevêtrer de façon inextricable, et finissent par constituer deux corps caverneux qui, bientôt, se confondent intimement et ne forment plus alors qu'une seule masse d'aspect spongieux (Pl. V, Fig. 4, *sp*) qui bouche l'entrée de la chambre incubatrice, immédiatement sous les renflements des pattes mâchoires. Cette masse caverneuse n'arrive à son entier développement qu'au moment où l'animal est adulte et va accomplir sa première ponte.

La surface externe des lames de la seconde paire, lisse et luisante dans *Portunion Mœnadis*, peut, dans certaines espèces du genre *Cancrion*, se charger (Pl. VI, Fig. 2, *Ch*) d'épaississements chitineux vermiformes et irrégulièrement disposés.

Les oostégites des trois dernières paires se moulent, lorsque la cavité incubatrice est encore vide, sur la forme du corps ou plus exactement sur la masse ovarienne qui en constitue la presque totalité. Les *lames de la troisième paire* (Pl. V, fig. 4, *III*), dont l'insertion est rejetée dorsalement, ne sont que la continuation de la partie postérieure de la lame précédente; elles s'étendent sur les bosses latérales *bl* de l'ovaire et sur la bosse ventrale supérieure bv^1. Les *lames de la quatrième paire* IV, beaucoup plus longues, recouvrent la bosse ventrale inférieure bv^2 dans toute sa longueur; on voit très bien leur nervure médiane qui est nettement parallèle à l'axe de cette longue protubérance. Enfin, les *lames de la cinquième paire* V, beaucoup plus réduites, forment de chaque coté des derniers anneaux thoraciques, deux petites expansions qui viennent s'appliquer sur la surface ventrale, près des pléopodes du premier segment abdominal et fermer la partie inférieure de la cavité incubatrice. C'est à la base de cette dernière lame, au pied de la deuxième bosse ventrale, que se trouvent les ouvertures génitales femelles sous forme de deux petits pores très difficilement visibles sur l'animal vivant.

Une coupe passant par les oviductes montre ces ouvertures avec la plus grande netteté (voir P. 123, Fig. 20, *ov*).

Il est difficile de se prononcer définitivement sur la délimitation exacte de ces trois dernières paires de lames : elles sont intimement confondues sur leurs bords latéraux et non plus accolées comme sur leur bord distal; elles ont à peu près la même forme. Ce qui nous fait croire que c'est la quatrième paire qui est la plus longue et la cinquième la plus réduite, c'est que, chez *Entoniscus Mülleri* (Pl. IV, fig. 6, IV et V), où les lames sont séparées, il en est ainsi. Dans d'autres Bopyriens (*Cepon elegans*, par exemple) la même disposition se présente Chez d'autres types, au contraire (*Phryxus*), c'est la cinquième qui est de beaucoup la plus grande; s'il en était ainsi chez *Portunion*, ce que nous avons appelé la cinquième paire serait une simple expansion de la lame de la quatrième paire qui deviendrait le dernier ou cinquième oostégite. Pour trancher définitivement cette question d'ailleurs très secondaire, il faudrait etudier un individu très jeune présentant les lamelles encore libres avec leurs insertions nettement séparées.

La structure des lames incubatrices est absolument la même que chez les autres Bopyriens ; nous l'avons déjà décrite à propos de *Cepon*, nous n'y reviendrons pas.

Notre interprétation de la chambre incubatrice des Entonisciens est confirmée par l'examen des individus jeunes où les lames incubatrices sont encore rudimentaires.

Chez la femelle très jeune que nous avons représentée entièrement Pl. V, fig. 1, et dont nous avons dessiné la tête plus en détail Pl. VI, fig. 4, on voit au niveau du premier segment thoracique une lame très réduite l_1 qui présente déjà la forme si caractéristique de la première lame incubatrice de l'adulte : elle est divisée en deux parties, la supérieure arrondie, l'inférieure allongée postérieurement : à ce stade la première lamelle est donc divisée en une partie ascendante (a) et une partie récurrente (r) parfaitement reconnaissables. Les lamelles suivantes l_{11}, l_{111} insérées ventralement de part et d'autre, ne sont bien visibles que dans les premiers segments; la deuxième montre déjà une tendance à se développer antérieurement et à recouvrir la première.

Dans l'individu plus âgé figuré Pl. V, fig. 2, la forme de la cavité incubatrice, encore ouverte ventralement, est absolument démonstrative : la première paire de lames (I) nettement divisée en lamelle ascendante a et en lamelle récurrente r se montre à l'intérieur du capuchon, encore très réduit, formé par les lames de la seconde paire (II). Celles-ci, qui ne sont pas encore réunies et accolées sur la ligne médiane ventrale, sont déjà soudées postérieurement avec les lames de la troisième paire, et antérieurement l'une avec l'autre; sous le cephalogaster se voient les premiers replis qui, en se subdivisant de plus en plus, formeront les corps spongieux. Les autres paires de lames montrent bien encore leur insertion sur la surface ventrale; mais quoique très peu développées, elles sont déjà confondues par leurs bords latéraux, et dessinent le contour de la base de la chambre incubatrice sur la surface ventrale de l'Entoniscien, de façon à enlever les derniers doutes.

Si nous examinons maintenant ce que devient la cavité incubatrice ainsi formée, chez une femelle adulte alors qu'elle a déjà pondu, nous voyons qu'il est relativement facile de retrouver toutes les parties que nous venons d'indiquer, bien que leurs proportions beaucoup plus considérables aient encore accentué leur déformation.

Nous avons représenté Pl. V, fig. 5, une femelle de forme exceptionnellement régulière qui n'a pas été déformée, comme d'ordinaire, par la pression des organes viscéraux du crabe.

Chez cette femelle, tout le corps de l'animal sauf l'abdomen a disparu dans la cavité incubatrice remplie d'œufs. Cette masse, d'un beau jaune quand les embryons sont peu développés et qui tourne au violet quand ils sont plus âgés, laisse encore deviner la morphologie externe de l'Entoniscien. A la partie supérieure, nous voyons toujours le capuchon antérieur sc, mais ses dimensions

15

se sont accrues et sa partie ventrale s'est fortement développée. C'est ce capuchon qui, dans l'hôte, emplit tout l'angle antérieur de la carapace d'où il est assez difficile de l'extraire sans déchirure ; il y prend la place des glandes hépatiques et génitales du crabe infesté. Le cephalogaster enfoncé entre les deux masses latérales *sl* n'est plus visible extérieurement ; les bosses de l'ovaire qui, elles aussi, se sont fortement développées, se manifestent seulement par de petites protubérances à peine visibles ; à la base du capuchon, nous voyons de part et d'autre les saillies correspondant aux bosses latérales, et sur la ligne médiane antérieure, les deux bosses ventrales, surtout l'inférieure de beaucoup la plus considérable.

En ouvrant cette cavité et en agitant l'animal dans l'eau, on l'a bientôt débarrassée des embryons qui la distendent, et en écartant les lamelles externes, on retrouve, à l'intérieur, les grandes lames de la première paire telles que nous les avons décrites.

Si le lecteur veut revoir toutes les parties que nous venons d'indiquer et véri-fier leurs homologies, il ne devra pas se laisser décourager par les premiers insuccès ; on jugera de la difficulté de cette dissection par ce seul fait qu'un zoologiste de la valeur de KOSSMANN, a naguère attribué au crabe toute la membrane de la chambre incubatrice formée par les quatre dernières paires de lames et n'a laissé à l'Entoniscien, comme organe lui appartenant en propre que la première paire de lames incubatrices.

La complication de la chambre incubatrice de l'Entoniscien est en rapport avec le genre de vie si spécial de l'animal.

Le Bopyre logé dans la cavité branchiale d'un crabe, arrive bien plus facilement que l'Entoniscien logé dans les viscères mêmes, à assurer le développement régulier des innombrables embryons que renferment ses oostégites : tout, dans le parasite, doit être sacrifié à l'exercice de cette importante fonction, la conservation de l'espèce. Le Bopyrien *branchial* se trouve logé dans une cavité dont les parois rigides ne le compriment pas dans leurs mouvements ; il est arrosé perpétuellement par le courant que crée l'hôte lui-même, pour baigner ses propres branchies ; il n'a qu'à en détourner une partie en la faisant passer dans sa cavité incubatrice. Nous avons vu, à propos de *Cepon elegans*, comment ce parasite *amorce* facile-ment une partie du courant par le mouvement de ses pattes-mâchoires et des lames incubatrices de la première paire, fortement modifiées déjà pour cette fonction.

Le Bopyrien *viscéral*, au contraire, n'est séparé que par une paroi d'une minceur extrême d'organes puissants, contractiles, comme le cœur ou l'intestin de son hôte, ou de glandes volumineuses et pesantes. Comme le parasite est lui-même mou et compressible, le voisinage de ces organes est, non-seulement pour lui mais encore pour les embryons, une menace perpétuelle d'écrasement ou du moins de compression qui deviendrait rapidement fatale à ces organismes délicats. Enfin, le parasite devra déterminer un courant d'eau toujours renouvelé et passant, non plus comme chez le Bopyre branchial dans une partie de la cavité branchiale, mais dans un diverticule entouré par les organes internes du crabe. Il lui faudra donc créer un appel bien plus énergique que celui du Bopyrien branchial.

C'est aussi aux lames incubatrices de la première paire qu'est dévolu chez l'Entoniscien le rôle fondamental dans le fonctionnement physiologique de toute la cavité incubatrice. L'importance fonctionnelle de ces organes s'est accrue en raison même du développement exagéré qu'ils présentent.

Ces deux lames si compliquées, forment, d'un bout à l'autre de la chambre incubatrice, deux cloisons qui la séparent en trois compartiments longitudinaux. Dans le capuchon antérieur, les replis de la partie ascendante divisent le compartiment central en trois autres secondaires ; dans la partie postérieure ces lamelles recurrentes sont maintenues écartées par les prolongements de l'ovaire qui se développent entre elles ; enfin ces deux parties, antérieure et postérieure

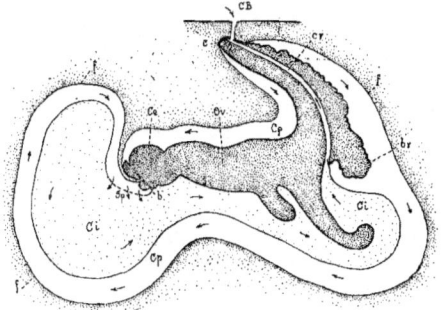

Fig. 25.

Schéma indiquant la position de l'Entoniscien dans la cavité viscérale de son hôte.

CB : Cavité branchiale de l'hôte.
c : Calyce ou casque chitineux.
ce : Cephalogaster.
ov₄ : Ovaire.
b : Bouche.
f : Fourreau ou membrane d'enveloppe appartenant à l'hôte.
br : Branchies.
cp : Cavité occupée par le parasite.
co : Cavité incubatrice du parasite.
sp : Corps spongieux.
cv : Canal aquifère ventral.

Les flèches indiquent le sens du courant d'eau qui pénètre par l'ouverture du casque chitineux, baigne les branchies et la cavité incubatrice, puis sort par le canal ventral.

de la cavité incubatrice, sont séparées par les lamelles transverses des premiers oostégites. La masse des embryons se trouve donc distribuée en une série de petites chambres, séparées les unes des autres par des cloisons mobiles, mais communiquant largement entre elles ; cette disposition suffit à empêcher toute compression dans les culs-de-sac de cette vaste poche si singulièrement conformée. Toutes ces lamelles internes sont mobiles et l'animal leur imprime perpétuellement dans la cavité incubatrice des mouvements de latéralité très visibles quand on enlève délicatement tous les autres oostégites : l'Entoniscien peut alors agiter les premières lames que rien ne gêne plus dans leurs mouvements, absolument comme *Cepon* agite les siennes, mais la dimension de ces longs rubans chitineux rend les mouvements bien plus évidents. Comme les mouvements ont lieu dans la cavité incubatrice close, on voit que la masse des embryons est perpétuellement agitée depuis la partie supérieure du capuchon jusqu'à l'extrémité de la bosse ventrale inférieure, et que l'eau circule entre eux et les baigne de tous côtés. La compression des œufs, au fond d'un cul-de-sac, est donc impossible.

L'énergie de ces mouvements continus des lames incubatrices de la première paire a encore pour effet de déterminer un courant perpétuel dans toute la longueur de la chambre incubatrice. Les contractions de tout le corps de l'animal viennent certainement aider au fonctionnement des lamelles internes. Le courant pénètre par la partie antérieure, en passant dans les interstices des corps spongieux de la seconde paire de lamelles : grâce à cet appareil, l'eau peut librement entrer débarrassée de toute impureté, et la sortie des embryons est mécaniquement empêchée. Le courant après avoir parcouru la cavité incubatrice dans toute sa longueur, sort à la partie postérieure par la petite ouverture ménagée entre les lamelles de la cinquième paire ; il suit le canal formé sur la face ventrale de l'abdomen par la réunion des pléopodes lamelleux et s'échappe enfin par la petite ouverture circulaire du casque chitineux, qui met en communication l'extrémité postérieure de l'abdomen du parasite avec la cavité branchiale de son hôte.

Telle est l'organisation de la chambre incubatrice des Entonisciens. Nous allons voir maintenant comment elle été décrite et interprétée par les divers zoologistes.

Fritz Mueller eut la bonne chance d'observer d'abord un *Entoniscus* proprement dit, *E. Porcellanæ*. Il distingua parfaitement la membrane d'enveloppe appartenant au crabe et les lamelles incubatrices (oostégites). « Ces dernières forment, dit-il, de larges replis à bords crépus, déchiquetés, difficiles à débrouiller ; j'en ai compté *six* paires. » (IV, p. 12). Plus tard chez l'*Entione* des *Xantho* du Brésil, il décrivit (VI, p. 55) « une chambre incubatrice fermée, » constituée par une seule paire de lamelles qui naissent immédiatement au- » dessous de la tête. La chambre incubatrice forme un sac de grandeur et de » forme variable, dirigé obliquement vers la partie antérieure et dont la face » supérieure s'applique contre la tête qu'elle dépasse plus ou moins. »

La description de la cavité incubatrice d'*Entoniscus porcellanæ* était très exacte, sauf en ce qui concerne le nombre des paires de lames qu'il convient de ramener à *cinq*. Au contraire, FRITZ MUELLER n'a compris que très imparfaitement la dis- position des lames incubatrices d'*Entione*. Il a négligé d'ouvrir le capuchon antérieur et n'a vu que la seconde paire de lames, au-dessous de la membrane du crabe. La première paire lui a complètement échappé parce qu'on ne la voit qu'en fendant le sac antérieur ; quant aux paires suivantes, il les indique comme des bourrelets latéraux et ventraux, représentant peut-être des membres avortés. Il faut remarquer d'ailleurs que chez les *Cancrion*, les troisième, quatrième et cinquième paires de lames sont beaucoup moins développées que chez les *Grapsion* et les *Portunion*. Or, l'*Entione* des *Xantho* décrit par FRITŻ MUELLER est un *Cancrion*.

GIARD (VII, p. 153) étudia d'abord, comme nous l'avons dit, *Grapsion Cavo- linii* et *Portunion Moniezii*, chez lesquels la chambre incubatrice devient d'une complication bien plus grande. La description qu'il donna de cette chambre était insuffisante et inexacte en plus d'un point ; cependant il eut au moins le mérite de reconnaître qu'il ne s'agissait pas d'un sac unique et continu, mais d'une série de chambres formées par des lamelles thoraciques et communiquant les unes avec les autres : le nombre des lamelles n'était d'ailleurs pas fixé.

FRAISSE (X, p. 11) toujours chez *Grapsion Cavolinii*, fit faire un nouveau pas à la question en découvrant, au moins en partie, la première paire de lames incubatrices : il est vrai qu'il ne se rendit nullement compte de ce qu'il observait et qu'il donna de la chambre ovigère une interprétation absolument erronée. FRAISSE ne vit que la partie récurrente de la première paire de lames et la considéra comme un organe de soutien pour la chambre incubatrice antérieure ; il la compare à une sorte de plume à rachis chitineux renfermée dans une mem- brane plissée, qui plus tard se gonflera quand les œufs viendront en remplir l'intérieur! L'entrée de cette poche incubatrice se trouverait à la base du tronc chitineux dans le voisinage d'une glande collétérique. FRAISSE considère les appendices pennés comme une transformation des membres de la larve ! (1) En dehors de ces plumes et de la paroi des chambres incubatrices qui les renferment, il paraît encore admettre un sac continu appartenant à l'Entoniscien. C'est du moins ce qu'on pourrait conclure de la phrase suivante qui précède la description des chambres incubatrices : « Praeparirt man nun die *Epidermis* ab, so ist » der eigentliche Brutraum dadurch noch nicht geoeffnet, denn man sieht jetz » zwei sonderbare Gebilde vor sich in denen erst die Eier oder Larven enthalten » sind. »

Il n'est pas facile de décider si cet *Epidermis* est la membrane du crabe, ou si Fraisse a désigné par ce mot la portion des deuxièmes lames incubatrices qui recouvre la partie ascendante des premières lamelles. La fig. 5 de la pl. XXI à laquelle il renvoie le lecteur indique, selon nous, d'une façon très claire, que Fraisse n'a pas vu cette partie ascendante des premières lamelles qu'on ne peut dégager qu'en ouvrant le capuchon antérieur. La partie récurrente, au contraire, est visible dès qu'on enlève la membrane du crabe, à la face ventrale de l'Entoniscien, parce qu'en ce point les lamelles incubatrices de la seconde paire sont moins fortement accolées que dans le capuchon. Mais Fraisse a cru à tort que cette portion récurrente penniforme de la première paire était contenue dans le capuchon et participait à la formation de la chambre incubatrice antérieure, tandis qu'elle est constamment appliquée à la face ventrale de l'Entoniscien et ne joue, comme d'ailleurs la partie ascendante et la partie transverse, qu'un rôle tout différent : celui d'organe irrigateur pour l'aération des œufs renfermés dans la cavité incubatrice.

Enfin Fraisse a décrit des chambres incubatrices postérieures qui seraient constituées, d'après lui, par une sorte de dédoublement des replis latéraux de la partie postérieure du thorax. Ces replis ne sont autre chose que les dernières paires de lames incubatrices. Supposer que le tissu conjonctif qui se trouve entre les surfaces épithéliales de ces lames peut se creuser pour recevoir les œufs et les embryons, c'est imaginer une disposition que Kossmann qualifie à bon droit de *stupéfiante* chez un Isopode, et même chez un Crustacé en général.

---

(1) « Ich halte diese federartigen Anhänge für umgewandelte Gliedmassen : denn in den von mir beobachteten jüngsten Stadien sind es einfache Wülste, welche an der Stelle Korpers sich befinden wo jedenfallsfr üher die Extremitäten des Vorderleibes engelenkt waren. So lange wir jedoch die 2te Larvenforme dieses interessanten Thieres nicht kennen, lassen sicht darüber ja nur Vermuthen zu aussprechen ».

Comme on le voit Fraisse n'avance cette opinion qu'avec des réserves très justifiées.

Comme on le voit par ce qui précède, FRAISSE en était arrivé à attribuer à la chambre incubatrice des Entonisciens une complication très grande et absolument invraisemblable. KOSSMANN (XI, p. 153, 154) a voulu réagir contre cette tendance, mais il a poussé beaucoup trop loin cette réaction et, s'il a simplifié considérablement la structure de nos parasites, c'est en opérant des mutilations qui les rendent méconnaissables. En comparant la figure de *Portunion Salvatoris* donnée par KOSSMANN (*l. c.*, pl. VIII, fig. 1) avec les fig. 3 et 4 de notre Pl. V, on voit immédiatement que, dans sa dissection, il a enlevé non-seulement la membrane d'enveloppe appartenant au crabe mais toutes les lames incubatrices de l'Entoniscien, à l'exception de la première paire. Puis, pour comble d'erreur, il a considéré la partie ascendante et la partie récurrente de cette première paire comme formant deux paires distinctes insérées toutes deux immédiatement au-dessous de la tête : « Le bord antérieur de la paire antérieure des lamelles devenu
» dorsal par la courbure de ces lamelles est légèrement godronné en dedans. Ces
» lamelles antérieures renferment les œufs entre elles; les postérieures, au con-
» traire, dont la nervation chitineuse est un peu plus faible, contiennent les œufs
» entre elles-mêmes et la paroi du corps. Naturellement la membrane d'enveloppe
» dans laquelle se trouve le parasite complète la cavité incubatrice comme le
» fait la paroi branchiale de l'hôte chez *Bopyrus*. Mais il ne peut être question
» de la moindre soudure, pas même d'un accollement entre les bords des lamelles
» du côté droit et de celles du côté gauche et la chambre incubatrice du parasite
» n'est donc par elle-même nullement fermée. »

On voit, sans que nous insistions davantage, combien est inexacte cette description de KOSSMANN. On ne comprend pas comment un zoologiste si habile a pu arriver à une semblable conception, après avoir étudié des états jeunes tel que celui qu'il a figuré Pl. VIII, fig. 2, et surtout après avoir examiné la première paire de lamelles incubatrices chez de nombreuses formes de Bopyriens. Évidemment les erreurs de KOSSMANN tiennent à la technique déplorable qu'il a employée. Les Entonisciens doivent être examinés et disséqués, autant que possible, à l'état vivant. En laissant macérer ces animaux pendant plusieurs jours dans l'eau de mer, ce n'est pas la membrane du crabe seule qui se désagrège, mais les lames incubatrices et même la paroi du corps subissent également un commencement de décomposition qui rend toute étude impraticable. Une observation faite par ce procédé ne peut fournir que des résultats décevants.

Nous ne nous arrêterons pas plus longtemps à réfuter les critiques que le savant professeur d'Heidelberg adresse à ses devanciers, notamment à FRITZ

Mueller et Giard, car ces critiques dérivent de la notion erronée que leur auteur possédait de la chambre incubatrice des Entonisciens.

Pour employer une expression vulgaire, mais qui s'applique à merveille quand il s'agit d'Entonisciens, Kossmann met *dans le même sac* Fritz Mueller, Giard et Fraisse. L'erreur de ces zoologistes s'explique, d'après lui, de la manière suivante : Fritz Mueller, ayant trouvé *Entoniscus porcellanæ* dans une enveloppe très mince, n'a pu se décider à attribuer à l'hôte la membrane beaucoup plus épaisse dans laquelle il rencontrait *E. cancrorum*. Il a regardé comme une dépendance du parasite cette enveloppe au point où elle recouvre la cavité incubatrice. Dès lors, le faux pas était commis, et Giard et Fraisse n'ont fait que suivre cette mauvaise piste (1).

En ce qui concerne F. Mueller, nous savons que l'illustre zoologiste croyait que la chambre incubatrice des *Entione* était formée par une seule paire de lames, mais il n'avait vu, par suite d'une dissection incomplète, que les lames de la deuxième paire et il les avait cru soudées, alors qu'elles ne sont qu'accolées par leur bord libre, à l'intérieur de la membrane du crabe.

Giard avait bien compris que plusieurs lames plus ou moins imbriquées formaient la cavité incubatrice, mais il n'avait pas suffisamment établi les homologies de ces lamelles avec celles des autres Bopyriens.

Quant à Fraisse, outre l'explication fantaisiste qu'il donne de la formation de la partie postérieure de la chambre incubatrice, on peut surtout lui reprocher de n'avoir pas compris la disposition de la première lame et d'avoir attribué à la portion récurrente de cette lame un rôle qu'elle n'a pas dans la formation du capuchon antérieur. Mais nous pensons qu'il est injuste de lui attribuer, comme le fait Kossmann, l'idée bizarre de considérer cette portion récurrente comme réduite à un rachis, pourvu de chaque côté de barbes chitineuses sans membrane intercalaire. Kossmann, qui fait des prodiges d'imagination, surtout pour expliquer les erreurs d'autrui, cherche à justifier de la manière suivante l'opinion qu'il prête à Fraisse d'une façon toute gratuite : « Quand on blesse un Entoniscien vivant, il s'écoule en abondance un fluide qui, selon toute vraisemblance, est

---

(1) « Fritz Mueller offenbar von der *E. porcellanæ* her daran gewöhnt den Schmarotzer in ein sehr zartes Gewebe eingebettet zu finden, konnte sich nicht entschlieszen den derberen Schlauch in dem *E. Cancrorum* lag, ebenfalls für einen Bestandtheil des Wohnthieres an zu sehen und abzupräpariren : und nach dem er einmal den schweren Schritt gethan hatte, diesen Schlauche da, wo er die Bruthöhle, überzieht, als die dem Parasiten selbst an gehörige geschlossene Wandung derselben zu deuten, konnten Giard und Fraisse ihm leicht hierin folgen. »

destiné normalement à agglutiner les œufs (??). Cet enduit ayant fait adhérer les lamelles de la première paire à l'enveloppe du crabe, FRAISSE aura arraché avec cette dernière toutes les parties tendres des lamelles et les aura ainsi réduites à l'état de plumes artificielles ! » (1).

Chose non moins surprenante, KOSSMANN trouve suffisante (deutlich genug beschreibt) la description donnée par FRAISSE de la première lame incubatrice. Or, cette prétendue première lamelle, comme il résulte de l'examen de la fig. 5, B. Pl. XXI du mémoire de FRAISSE, n'est que la partie récurrente de la première lamelle qui correspond par conséquent à la *deuxième* lamelle de KOSSMANN !

Quelques mois plus tard, le même zoologiste (XII, p. 59), ayant perfectionné sa technique, reconnut l'erreur qu'il avait commise, mais c'est d'une façon incidente et à l'occasion d'une question toute différente (le prétendu endoparasitisme des Entonisciens) qu'il rectifie en quelques mots ses précédentes observations. Voici tout ce qu'il en dit : « Die Zahl der Brutblätter steigt nunmehr auch bei « Entoniscus, wie bei den anderen Bopyriden, auf fünf Paar; die a. a. O. von « mir beschriebenen Stellen sich als ein einzige Paar heraus, das je einen vor- « deren und einen durch tiefe Ausrandung davon getrennten hinteren Lappen « hat. »

Nous en avons dit assez, pensons-nous, pour montrer quelle obscurité régnait dans ce sujet délicat au moment où nous avons entrepris les recherches dont nous publions dans ce mémoire les principaux résultats.

VÉSICULES SÉMINALES.

Immédiatement derrière l'ovaire, sur les cotés du septième anneau thoracique et un peu vers le haut, se trouvent de part et d'autre du corps deux petits tubercules géminés blanchâtres (Pl. IV, fig. 3, 4, 5, et Pl. VII, fig. 5, *rs*) Sur une coupe, ces organes présentent de l'extérieur à l'intérieur : 1° une cuticule hérisée de petites soies

---

(1) Pour prouver que nous n'inventons rien, voici textuellement cette extraordinaire explication : « Da aber die Wandung des Schlauches in dem der Parasit lag, mit der Aussenfläche verklebt war (dies geschieht, wenn man das lebende Thier verletzt durch die Absonderung einer schnell gerinnenden Flüssigkeit, vermuthlich des zur Vereinigung der abgelegten Eier dienenden Kittes), so scheint FRAISSE mit der Schlauchwand zugleich die zarteren Partien der Brutblätter von den verzweigten Chitinrippen, die dieselben gleich dem Geäder eines Blattes durchziehen, losgetrennt zu haben. Was somit freigelegt wurde, konnte wohl mit einer zweizeiligen Feder verglichen werden, wie er es thut, und es erscheint erklärlich, dass er diese federähnlichen Kunstproducte nun nicht für Brutblätter sondern für *umgewandelte Gliedmassen* hielt » (l. c., p. 153).

épineuses ; 2° une couche sous cuticulaire conjonctive, à trabécules disposées radiairement ; 3° un contenu d'aspect granuleux variable avec l'âge de l'animal et le moment où on l'examine. Sur les animaux adultes, mais dont la ponte n'est pas encore effectuée, le contenu de ces vésicules latérales est formé par des corpuscules agiles qui ne diffèrent en rien des spermatozoïdes obtenus par la dilacération du mâle.

Nous avons, sur nos planches, désigné ces vésicules par les lettres *rs* et nous les avons appelés *receptacula seminis* (XIV, p. 2). Il serait peut-être plus convenable de les considérer comme des vésicules séminales en rapport avec des glandes testiculaires qui ne fonctionneraient plus que chez l'Entoniscien encore jeune, c'est-à-dire avant la ponte.

PATTES THORACIQUES.

Nous avons cru longtemps que toute trace des membres thoraciques avait dis. paru chez les Entonisciens et que les pereiopodes n'étaient plus représentés chez ces animaux que par l'oostégite. Une atrophie complète d'organes si bien développés chez les autres Bopyriens nous étonnait profondément. Aussi est-ce sans aucune surprise que nous avons trouvé d'abord sur un jeune *Portunion Mœnadis*, sous les vésicules séminales, de part et d'autre du thorax, de petits appendices rudimentaires (pl. VII, fig. 5, *t*) qui, par leur forme et leur situation, ne pouvaient être que les représentants du septième péréiopode avorté.

Notre attention ayant été mise en éveil par cette observation, nous avons examiné avec le plus grand soin une série de coupes transverses faites dans un *Portunion* plus âgé et nous avons bientôt retrouvé les autres paires de pattes thoraciques que le développement de la chambre incubatrice et le déplacement des bords latéraux du corps empêchent de voir lorsqu'on dissèque l'animal.

Nous reproduisons ci-dessous une de ces coupes passant par la cinquième paire de pattes, qui n'est bien visible qne du côté droit *pt*, la coupe étant légèrement oblique. A gauche, l'oviducte *ov* et l'ouverture des organes génitaux femelles suffiraient à indiquer le numéro d'ordre de l'appendice si la coupe était isolée. Comme on le voit, les premiers péréiopodes sont encore formés de tous les articles normaux, seule la griffe terminale a disparu.

Kossmann (XII, p. 59) paraît avoir vu les rudiments des pattes thoraciques ou plutôt il a soupçonné la présence de ces organes, car la description qu'il en donne ne convient nullement à ce qui existe en réalité.

« Les membres ne sont, dit-il, que des masses recourbées sans articulations. »
Cette définition qui pourrait convenir peut-être à la septième paire de péréiopodes
ne peut nullement s'appliquer à des organes aussi compliqués que celui dont nous
donnons ci-dessous le contour (fig. 20 *pt*).

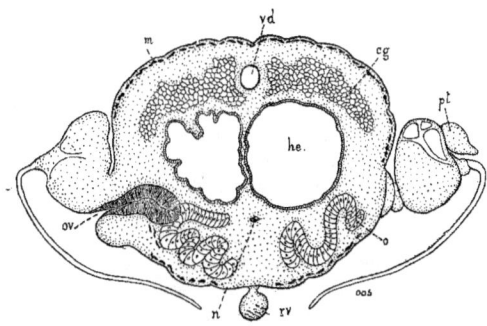

FIG. 20.

Coupe transversale d'une jeune femelle de *Portunion Mœnadis*,
au niveau du cinquième segment thoracique.

pt, patte thoracique de la cinquième paire.
oos, oostégite.
he, cavité hépatique.
cg, corps graisseux.
o, ovaire.
ov, ouverture génitale femelle et oviducte.
vd, vaisseau dorsal.
m, muscles sous cutanés.
n, système nerveux.
rv, raphé ventral.

A la partie inférieure de la coupe, on aperçoit un organe énigmatique *rv* que
nous appelons *raphé ventral*. Cet organe existe dans toute l'étendue de la région
thoracique ; son contour varie mais il présente toujours la même structure : une
enveloppe chitineuse qui n'est que la continuation de la paroi externe du corps et
un contenu conjonctif absolument semblable au mésenchyme qui remplit la cavité
générale.

III.

RÉGION ABDOMINALE.

L'abdomen ou pleon est une partie très distincte du corps des Entonisciens ; presque aussi long que le thorax, il est généralement relevé du côté dorsal et forme un angle de 45° environ avec l'axe du corps ; son aspect mousseux, d'un blanc mat, le fait reconnaître immédiatement ; il est d'ailleurs animé de mouvements assez étendus et c'est avec le céphalogaster, la partie la plus vivante du parasite.

Il comprend cinq segments plus le pygidium et présente une structure morphologique tout à fait comparable à celle de l'abdomen de *Cepon* ou d'*Ione*. On y trouve absolument disposées dans le même ordre les parties que nous avons désignées par les lettres *a, b, c,* dans notre travail sur le genre *Cepon* (p. 40).

Les lamelles *c* sont bien développées sur les quatre premiers segments (Pl. VIII, fig. 8, c_1, c_4) ; au cinquième anneau, elles sont très réduites et cachées par l'appendice b_5. — Les appendices *b* sont plus développées encore et ceux d'une moitié latérale du corps chevauchent sur ceux de l'autre moitié, comme on peut facilement s'en convaincre sur les coupes transversales. Chez l'adulte ils se recouvrent presque complètement l'un l'autre.

Enfin les appendices *a*, qui ne sont, comme nous le savons, que des prolongements des épimères dorsaux ou des lames pleurales abdominales, origine absolument nette dans la femelle très jeune (Pl. V, fig. 1 *ep*), prennent un développement énorme et forment les masses spongieuses latérales (Pl. VII, fig. 9, *a*)qui entourent l'abdomen et lui donnent cet aspect mousseux si caractéristique. Ces appendices *a*, sont surtout très grands sur le premier segment du pleon ; ils décroissent ensuite rapidement, sont très réduits sur le troisième segment et presque nuls sur le cinquième, comme on le voit sur les coupes transversales (Pl. VII, fig. 9, 10, 11).

Ces appendices *a* servent très certainement à la fonction respiratoire et leurs dimensions considérables s'expliquent par la nécessité d'augmenter la surface où se fait l'hématose chez ces animaux, dont la communication avec l'eau ambiante ne se maintient pas sans difficulté. Les lames *b* et *c* qui résultent de la transformation des pléopodes larvaires forment par leur ensemble un canal couvert qui mène jusqu'à l'ouverture du casque ou calyce chitineux les sécrétions de l'animal et sert aussi à la sortie des embryons et à l'expulsion de l'eau devenue impropre à la respiration.

En comparant les positions successives que prennent les pléopodes au moment de l'inspiration et de l'expiration, on se rend facilement compte du mécanisme qui permet à l'eau d'entrer ou de sortir par l'ouverture circulaire du casque chitineux. Cet organe (Pl. VII, fig. 12) n'est, comme nous l'avons vu, que l'épaississement de la membrane d'enveloppe. qui s'est moulé sur les deux derniers segments du pléon. Nous l'avons représenté vu par la face dorsale qui est la moins développée ; il recouvre le pygidium dont il prend la forme. A la face ventrale il s'applique sur les deux appendices du pygidium entre lesquels se trouve l'ouverture circulaire (o), à bord épaissi, qui met en communication la cavité branchiale de l'hôte avec le sac où est renfermé le parasite : sous cette ouverture se voit l'impression des deux pléopodes (b_5) du cinquième anneau. Si dans cet organe rigide les lames des pléopodes se rabattent sur la surface ventrale en chevauchant l'une sur l'autre, l'eau de la cavité branchiale de l'hôte fera irruption dans toute la cavité du parasite, dont elle baignera largement les branchies ; puis, après avoir parcouru tout l'espace conquis entre le parasite et la membrane d'enveloppe, appelée par le mouvement des lames incubatrices de la première paire, elle pénétrera dans la cavité incubatrice par les organes spongieux des oostégites de la deuxième paire. Au moment où elle sortira par la partie inférieure de la cavité, les pléopodes lamelleux s'écarteront et formeront un canal qui ne permettra plus que la sortie de l'eau, la communication de l'ouverture du calyce chitineux étant momentanément interrompue avec la cavité où est logé le parasite.

On voit donc que par ce mécanisme très simple la fonction respiratoire du parasite est assurée, et l'on comprend comment, par la petite ouverture du calyce chitineux, l'entrée et la sortie de l'eau s'opèrent aisément.

Dans le genre *Cancrion*, les appendices *a* sont moins développés sur le premier segment et moins rapidement décroissants sur les segments suivants. La forme du pygidium est caractéristique : il est plus aigu que dans les autres genres et

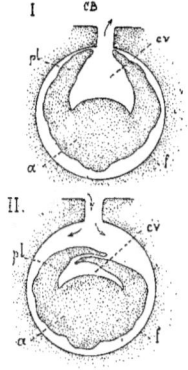

Fig. 21.

Schéma indiquant les positions successives des pléopodes au moment de l'expiration (I) et de l'aspiration (II) de l'eau.

CB : Cavité branchiale du crabe.

a : Coupe de l'avant-dernier somite du pléon.

f : fourreau ou membrane appartenant au crabe.

pl : pléopodes.
cv : canal ventral.

présente sur la ligne médiane une profonde échancrure qui s'étend jusqu'à la base. De part et d'autre de ce dernier segment se voient les appendices du quatrième anneau ; les appendices *c* de forme aïgue présentent un bord interne, épaissi, et ont leur partie inférieure recouverte par les appendices *b* plus considérables.

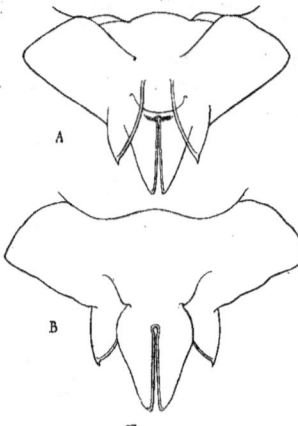

Fig. 22.

Portion terminale de l'abdomen de *Cancrion miser.*

A. Face ventrale.
B. Face dorsale.

Chez les *Entoniscus* proprement dits (*Entoniscus porcellanæ*, *E. Mülleri*) l'abdomen est assez long pour dépasser la tête ; il est grêle, cylindrique et ne présente pas les épimeroïdes plissés qui donnent au pleon des *Entione* son aspect caractéristique.

Le premier anneau est très long (Pl. IV, fig. 6) et porte à sa partie dorsale dans une sorte de poche herniaire le cœur dont les contractions sont, par suite, fort visibles. Chaque anneau est muni, à sa partie terminale d'une paire d'appendices en forme de sabre que nous avons désignés par la lettre *c*. Il nous reste toutefois quelque doute sur la valeur morphologique de ces appendices et nous les désignons ainsi pour nous conformer à la nomenclature de nos prédécesseurs et notamment de Fritz Mueller qui les appelle *pieds* ; peut-être ces prétendus pieds ne sont-ils que des lames pleurales ; ils paraissent en effet se continuer avec le bord des anneaux du pleon. Toutefois, la partie antérieure du bord des premiers anneaux de l'abdomen porte un repli frangé qui pourrait bien correspondre à l'appendice *a* des *Entione*. Vus au microscope, les segments abdominaux sont revêtus d'une couche cuticulaire couverte de denticules à la partie ventrale et tout autour du bord postérieur ; la partie latérale et les appendices sont lisses.

Nos prédécesseurs n'ont guère compris l'organisation de l'abdomen des Entonisciens. Il suffit pour s'en convaincre de jeter un coup d'œil sur les figures données par F. Muller (VI, Pl. III, fig. 1) et par Fraisse (X, Pl. XXI, fig. 5 et 7), de lire la description qui les accompagne, et de comparer avec les figures 8, 9, 10 et 11 de notre Pl. VII.

Kossmann lui-même, dans son mémoire *Die Entonisciden* (XI, p, 154) donne une figure très imparfaite (Pl. VIII, fig. 1) et se contente de la description suivante qui contient de grossières erreurs :

« Bei *Entione* dagegen ist das Pleon umgegliedert und statt der säbelförmigen trägt es blattförmige Anhänge, von denen die vorderen die grösten sind und einen stark gekräuselten Rand besitzen ; nach hinten zu nimmt Grösse und Kräuselung ab ; das letzte Paar in Fraisse's Abbildung mit L bezeichnet ist ganz glatt. »

Dans la courte note qu'il a publiée dans l'*Anzeiger* (XII, p. 59) Kossmann reconnaît que le pleon des *Entione* est segmenté, mais il ne donne aucun renseignement sur la signification des appendices.

A l'étude du pleon se rattache celle de la fonction respiratoire. Dans ses premières recherches sur les Entonisciens (IX, p. 690) l'un de nous insistait sur le rôle important que jouent dans l'exercice de cette fonction les lames pleurales frangées de l'abdomen des *Entione*. Leur développement, disait-il, s'explique de la manière suivante :

« L'*Entoniscien* dans le corps de son hôte est complètement entouré d'une
« fine membrane. Cette membrane n'appartient pas au parasite, c'est la conti-
« nuation de la membrane qui tapisse les viscères du crabe et les sépare de la
« cavité branchiale. Cette membrane est refoulée peu à peu par la croissance de
« l'*Entoniscus*, qui se trouve donc dans une sorte de poche formée par invagi-
« nation. Il en résulte que l'*Entoniscus*, comme le fait justement remarquer
« Fritz Mueller, est un parasite externe, bien qu'il paraisse en rapport avec les
« viscères les plus internes de son hôte.

« Que les Bopyriens aient besoin d'une eau bien aérée et sans cesse renouvelée,
« c'est ce qui résulte clairement de la position qu'ils prennent chez les divers
« animaux où on les trouve fixés. Les *Bopyrus* types se logent dans la cavité
« branchiale des Macroures et des Anomoures, où ils prennent à leur hôte un
« sang revivifié et où ils se trouvent eux-mêmes dans une eau sans cesse nouvelle.
« Aussi leur appareil respiratoire est-il en général peu développé. Les *Phryxus* se
« placent sur l'abdomen des Pagures à l'endroit où sont réunis les œufs chez la
« femelle de ces animaux : c'est-à-dire au point où les mouvements de l'animal
« infesté permettent également un renouvellement facile de l'eau. Cependant,
« comme ce renouvellement est moins parfait que dans le cas précédent, les
« lames abdominales sont déjà beaucoup mieux développées que chez les Bopyres
« proprement dits. »

» Chez les *Entoniscus* la position de l'animal dans une invagination profonde

« de la paroi interne de la cavité branchiale des crabes, rend la respiration beau-
« coup plus difficile. Aussi les lamelles respiratoires ont-elles acquis un dévelop-
« pement beaucoup plus considérable, et leur surface ondulée et crispée les
« transforme en de véritables éponges sans cesse imprégnées de liquide. Leur
« mouvement de contraction permet d'ailleurs de chasser ce liquide, et d'en
« appeler de nouveau quand le besoin s'en fait sentir.

« Il est clair d'ailleurs que ces diverses particularités sont profitables, non-
« seulement aux Bopyriens adultes, mais aussi à leurs embryons, qui, pour se
« développer dans les cavités incubatrices, ont besoin, comme ceux des autres
« Crustacés, d'une eau parfaitement aérée. Il suffit de placer une femelle de
« Bopyre isolée de son hôte dans un verre rempli d'eau de mer, même très pure
« et renouvelée plusieurs fois par jour, pour voir bientôt s'arrêter le développe-
« ment des œufs renfermés sous les lames ventrales. »

Chez les *Entoniscus* proprement dits, les appendices abdominaux en forme
de sabre sont évidemment impropres à l'exercice de la fonction respiratoire, mais
les lames incubatrices du thorax ont acquis un énorme développement ; leur aspect
plissé et frangé rappelle tout-à-fait celui des branchies abdominales des *Entione*
et il est probable qu'elles ont pris avec l'apparence morphologique le rôle physiologique de ces dernières.

ANATOMIE INTERNE.

L'étude des organes internes des Entonisciens, très peu faite jusqu'à présent, est
particulièrement intéressante, car elle vient éclairer d'un jour nouveau l'anatomie
interne de tout le groupe des Bopyriens. Les divers organes des Entonisciens
sont constitués sur le même type que ceux des autres familles du groupe, mais
ils en sont en quelque sorte l'exagération. Toutes les parties, plus ou moins
réduites par l'aplatissement ordinaire du corps des Bopyriens branchiaux se
développent chez nos parasites beaucoup plus librement ce qui permet de les
distinguer facilement,

Nous examinerons successivement les organes suivants :

Tégument,
Tube digestif,

Foie,
Corps graisseux,
Organes génitaux,
Système circulatoire,
Système nerveux.

TÉGUMENT.

Le système tégumentaire est constitué comme chez tous les Arthropodes par une mince cuticule de chitine secrétée par la couche sous-jacente, l'hypoderme ou couche matrice formée de petites cellules aplaties. La seule particularité de ce tégument est l'extrême minceur de la cuticule secrétée. La cuticule est incolore. Elle présente souvent à sa surface libre, de petits prolongements en forme de poils, ou de petites stries visibles seulement au microscope.

Les mues n'existent plus chez l'Entoniscien une fois qu'il a pénétré dans la cavité générale de son hôte, la cuticule s'accroît au fur et à mesure que le parasite grandit ; il serait d'ailleurs impossible à l'animal de se débarrasser, par l'étroite ouverture qui le met en communication avec l'extérieur, de la masse considérable que formerait sa dépouille chitineuse.

LE TUBE DIGESTIF.

Le tube digestif des Entonisciens se trouve tout entier compris dans le cephalogaster et les trois premiers segments thoraciques. Le genre de vie spécial du parasite l'a profondément modifié ; il est divisé en plusieurs parties bien distinctes difficilement comparables aux diverses portions du tube digestif des Isopodes typiques. Quoique cette différenciation soit déjà plus ou moins visible chez les autres Bopyriens, elle est loin d'avoir été élucidée par les auteurs qui les ont étudiés ; ceci tient d'abord à ce que la disposition des organes qui composent le tube digestif est moins apparente dans les autres familles et surtout à ce que l'on a trop négligé la dissection des animaux vivants.

Nous diviserons l'étude du tube digestif en trois parties :

Le cephalogaster,
L'organe chitineux ou typhlosolis,
L'organe contractile ou organe de RATHKE.

17

A l'appareil buccal tel que nous l'avons décrit plus haut, fait suite un œsophage court dont la paroi est formée par un épithélium de cellules allongées à noyau bien visible. Derrière l'appareil buccal et entre les muscles des appendices masticateurs, l'œsophage très étroit contourne une petite masse arrondie qui représente la coupe de la base de la mandibule; sous cette pièce viennent se terminer de part et d'autre les corps graisseux (Fettkörper). Le tube digestif s'élargit ensuite et débouche largement dans la cavité stomacale (Pl. VII, fig. 2) qui, formée de deux poches latérales sphériques à la partie dorsale du segment céphalique, constitue ce que nous avons appelé le cephalogaster. Ces deux cavités qui, comme le montrent les coupes figurées Pl. VI, fig. 8 et Pl. VII. fig. 1, sont nettement séparées sur la ligne médiane dorsale par un prolongement du tissu conjonctif qui entoure le tube digestif, communiquent largement entre elles au niveau de l'œsophage. Le revêtement interne de l'estomac se prolonge, dans presque toute sa surface, en une foule de longues villosités *vil* qui se disposent radiairement dans chaque cavité sphérique latérale. Très courtes et peu développées près de la ligne médiane où elles disparaissent même tout à fait, ces villosités acquièrent un grand développement sur le reste de la paroi des cavités qu'elles remplissent presque complètement.

La structure des villosités est très simple, et se résume en un mot : c'est celle de la paroi stomacale ; la partie centrale est formée de ce même tissu conjonctif qui remplit toute la cavité du corps de l'Entoniscien : c'est un tissu aréolaire constitué par un réseau plus ou moins serré de petites cellules à noyau bien visible après coloration par le carmin. La partie périphérique représente la paroi même du tube digestif, un épithélium typique de petites cellules cylindriques allongées dont le noyau se colore vivement. Walz a décrit sur cet épithélium du tube digestif des Bopyriens une couche chitineuse très mince, perforée de pores très nombreux et qu'on ne peut mettre en évidence qu'en traitant la paroi stomacale à chaud par la potasse caustique. Nous verrons plus loin cette cuticule s'épaissir et jouer un rôle très important dans la partie que nous désignons sous le nom d'*organe chitineux*.

Grâce à la présence des villosités, la surface absorbante de la paroi stomacale se trouve augmentée dans des proportions considérables ; la structure histologique de cette partie du tube digestif comparée à celle des autres régions montre bien que l'absorption des aliments ingérés par le parasite ne peut se faire qu'à ce niveau.

Cette disposition qui atteint son maximum chez les Entonisciens, est déjà réalisée, quoique dans des proportions bien plus réduites, chez les autres Bopyriens où les deux cavités du cephalogaster, à peine distinctes l'une de l'autre, sont couvertes de villosités moins nombreuses et assez courtes.

Autour de la masse doublement sphérique de l'estomac, le tissu conjonctif prend une disposition spéciale. Il se creuse (Pl. VI, fig. 8 et Pl.VII, fic. 1, 2) de grandes lacunes disposées à peu près régulièrement entre la paroi stomacale et celle du corps ; ces espaces lacunaires sont séparés par des piliers de faisceaux musculaires disposés radiairement autour de l'estomac à la partie externe duquel ils s'insèrent d'un côté, leur seconde insertion se fait sur la surface interne de la paroi du corps. Ce tissu caverneux renferme de nombreux vaisseaux sanguins et permet à la cavité stomacale, par le jeu de ses muscles, de puissantes contractions qui alternativement augmentent et diminuent sa capacité dans de fortes proportions. Grâce à ce mécanisme le parasite, mis en rapport direct par l'ouverture buccale avec la cavité générale du corps de son hôte, puise à volonté, comme par un jeu de pompe aspirante, le sang du crabe. De plus, les liquides absorbés par la paroi stomacale et qui emplissent le tissu conjonctif lacunaire pericéphalique, sont refoulés par ces mêmes contractions dans le reste du corps.

Après avoir formé la cavité stomacale, le tube digestif se continue directement par un organe singulier, que nous avons représenté vu par la face supérieure (Pl. VII, fig. 1, r), en coupe longitudinale (Pl. VII, fig. 2, r) et en coupe transversale (Pl. VI, fig. 9, r). Une masse compacte constituée par un renflement de la paroi supérieure du tube digestif, remplit presque toute la lumière du canal qui se trouve réduite à une fente semi-circulaire entre les parois inférieure et latérales du tube digestif et la paroi inférieure du renflement.

Quand on dissèque un Entoniscien frais, en ouvrant la partie dorsale (Pl. VII, fig. 1) on aperçoit une masse ovalaire blanchâtre, souvent visible par transparence à travers la paroi du corps, et située sous le cephalogaster. Vue ainsi, cette masse ne remplit pas exactement la cavité du tube digestif ; il semble que de part et d'autre il y ait deux canaux, et cette illusion est encore exagérée par la pression qu'exerce le couvre-objet quand on examine la préparation au microscope. Cette apparence trompeuse s'explique d'elle-même quand on connaît la véritable position du renflement ; c'est la projection des parties latérales de l'unique cavité semi-circulaire qui peut faire croire au premier abord, à l'existence de deux canaux latéraux appliqués contre la paroi du tube digestif.

Le corps ovalaire qui, antérieurement et postérieurement (Pl. VII, fig. 2, r) se continue sans interruption avec la paroi du tube digestif, est formé par une masse fibreuse et compacte de cellules allongées à noyau encore visible se colorant en rouge foncé par le carmin. Ce n'est en réalité qu'un épaississement considérable de la paroi supérieure du tube digestif, d'où le nom de *typhlosolis* que nous lui avons donné dans une de nos publications préliminaires (XV, p. 2). Le revêtement chitineux interne de la paroi stomacale, si peu visible sur les villosités, prend ici un développement considérable. Cette couche cuticulaire revet la lumière de toute cette partie du tube digestif et tapisse également le renflement dorsal et la paroi ventrale. On peut même la mettre en évidence par la dissection et l'enlever de cette paroi dont elle se sépare d'un seul coup, au niveau de la réunion de la masse centrale avec le bord latéral du tube digestif. Examinée au microscope, cette couche de chitine transparente présente à sa surface externe une infinité de longs poils sétacés raides et solides. Comme on le voit dans la coupe transversale de l'organe représentée Pl. VI, fig. 9, les soies de la surface inférieure du renflement s'entrecroisent avec celles de la surface ventrale de façon à former par leur réunion une sorte de tamis à mailles étroites. Il est évident qu'aucune particule solide ne pourra traverser cette lumière obstruée de poils raides, enchevétrés les uns dans les autres : seul un liquide pourra passer outre, mais encore faudra-t-il qu'il soit vigoureusement propulsé.

A la face dorsale de la partie postérieure de cet organe, s'insèrent de part et d'autre deux puissants muscles (Pl. VII, fig. 1, *m*) qui le fixent à la paroi du corps.

Après cet organe chitineux, le tube digestif se termine par une partie renflée (Pl. VI et VII, fig. *om*) arrondie antérieurement, atténuée à son extrémité postérieure, qui vient s'épanouir sur la masse du foie. Toute cette portion est située dans un plan supérieur à celui de l'organe chitineux ; elle se trouve presque directement sous la surface dorsale dont elle n'est même pas séparée par le vaisseau dorsal, qui, chez l'adulte, est refoulé à gauche.

L'aspect de cet organe doué de mouvements contractiles rhythmiques, rappelle tellement celui d'un cœur d'où partiraient deux vaisseaux (les apparentes cavités latérales de l'organe chitineux), que lorsque nous découvrimes cet appareil, notre première préoccupation fut de regarder à la place où se trouve le vrai cœur et de nous assurer que nous n'avions pas sous les yeux un individu tératologique, chez lequel le vaisseau dorsal aurait subi un raccourcissement considérable.

La découverte de cet organe pulsatile digestif éclaire d'un jour inattendu un point obscur de l'histoire des Bopyriens et permet de comprendre enfin un passage de RATHKE qui était demeuré une énigme pour tous les zoologistes.

RATHKE (*De Bopyro*, p. 13, Pl. III, fig. 1) décrit et figure le cœur des *Bopyrus* immédiatement derrière l'estomac. Citons la description de cet observateur ordinairement si clair et si exact :

« Cor in anteriore trunci parte locum habet , cum dorsi cute laxe cohæret atque
« in tres lobos vel ventriculos fere ovatos est divisum , qui omnes propemodum
« unius ejusdemque sunt magnitudinis et divergendo e communi centro varias
« regiones versus excurrunt (Tab. III, fig. 1. *d* et *e*). Duo eorum anteriora
« versus tendunt et posteriorem stomachi partem amplectuntur ; tertius autem
« qui illis paulo minor est, posteriora versus tendit et anticam intestini partem
« obtegit. Substantia cordis membranam constituit crassam, semi-pellucidam,
« mollem et partim e textu celluloso partim et fibris musculosis constructam.
« Cavum quod includit ad ejus crassitudinem perparvum est. »

Il nous semble évident que cette description et la figure qui l'accompagne se
rapportent à l'appareil que nous avons découvert chez les Entonisciens. Aussi
proposons-nous de désigner sous le nom d'*organe de Rathke* cette partie de
l'appareil digestif. KOSSMANN avait émis l'idée que peut-être le cœur de RATHKE
était une partie des corps graisseux. Notre interprétation paraîtra sans doute plus
vraisemblable.

La structure de cet organe (Pl. VI, fig. 10 et Pl. VII, fig. 1, 2, *om*) est absolument musculaire. Quand on le dissèque sur l'animal frais , il contraste par son
aspect brillant avec le *corps chitineux* qui est d'un blanc mat. La paroi présente
à sa partie externe une couche de muscles circulaires assez mince, mais sa partie
interne est constituée par une série de bandes musculaires longitudinales, nettement
striées et s'anastomosant entre elles. Cette couche interne remplit presque toute la
cavité du tube digestif, dont la lumière n'est plus, comme l'a fort bien remarqué
RATHKE, qu'un très étroit canal qui fait suite à la fente semi-circulaire située sous
l'organe chitineux. A sa partie postérieure, l'*organe de Rathke* se recourbe vers la
surface ventrale et vient déboucher dans la cavité hépatique par un canal d'abord
très étroit, mais qui peu à peu s'élargit.

Les divers faisceaux musculaires qui constituent cette partie recourbée viennent
se terminer sur la surface externe du foie en formant par leur épanouissement
une sorte de rosette dont l'aspect brillant tranche vivement sur la masse brune
hépatique.

Chez l'animal vivant , cet organe puissamment musculaire est animé de fortes
contractions rhytmiques, visibles même par transparence ; le tégument dorsal est
parfois soulevé d'une façon très perceptible. Ces contractions régulières déterminent, pendant la systole, un courant d'arrière en avant qui force le liquide de la
cavité hepatique à se rendre, en passant sous l'organe chitineux, dans la cavité
du cephalogaster. Le moment de la systole coïncide avec celui de la dilatation du
cephalogaster ; les antennes sont alors fermées comme des lèvres , le rostre est

projeté et détermine l'afflux du sang de l'hôte dans l'estomac du parasite. Au·
moment de la diastole de l'organe de RATHKE, le cephalogaster se contracte et
les lèvres s'écartent; c'est le moment où se produit la succion. Comme il n'y
a pas de *circulus* complet, il doit nécessairement exister un courant en sens
contraire, de la cavité stomacale à la cavité hépatique par l'organe chitineux et
l'organe de RATHKE. Mais, ce courant est infiniment moins énergique, comme
on le constate directement sur le vivant, et les matières solides accidentellement
ingérées, ne peuvent passer à travers l'espèce de tamis constitué par l'organe
chitineux; les matières liquides aspirées peuvent au contraire pénétrer dans le foie
où elles s'accumulent comme dans une sorte de réservoir nourricier.

Le tube digestif comme d'ailleurs tous les autres organes, est entouré par la
masse du tissu conjonctif (mésenchyme) qui constitue, quand les ovaires ne sont
pas encore développés, la majeure partie du corps de l'animal. Ce tissu, qu'on
peut bien étudier sur les coupes du parasite jeune, est formé par de petites cellules
irrégulières très serrées les unes contre les autres près des parois du corps de
l'animal, tandis qu'au milieu elles forment un réseau à mailles lâches qui sera
très facilement comprimé et n'offrira pas de résistance au développement si
considérable des glandes ovariennes. Les noyaux de ces cellules se colorent très
bien par le carmin.

Les auteurs qui nous ont précédés ont généralement très mal compris l'organisation de la première partie du tube digestif et le fonctionnement des divers
organes que nous venons d'étudier.

La meilleure description est incontestablement celle donnée par FRAISSE
(X, p. 16 et 17). Cependant, il est visible par le schéma de la Planche XXI,
fig. 3, qu'il n'a pas bien distingué le renflement chitineux (typhlosolis) d'avec
l'organe pulsatile (organe de RATHKE). Cette dernière partie est appelée par
FRAISSE *Mitteldarm* ; sa position, plus dorsale que le reste du tube digestif, est
clairement indiquée, mais il n'est rien dit des contractions rhythmiques de cet
appareil. De plus, FRAISSE a eu le tort de considérer le foie et ses deux culs-
de-sac comme le prolongement direct du tube digestif (*Enddarm*).

KOSSMANN n'a guère mieux interprété les données obtenues par les coupes
transverses du *Mitteldarm*. Après avoir constaté, comme FRAISSE, la forme
étoilée que présente en ce point la lumière du tube digestif qui avait plus haut la
forme d'un croissant à concavité supérieure, il ajoute que cette forme étoilée est
due presque exclusivement au fort épaississement de la cuticule : « Die diese
bedingende Faltung des Darmwarndung wird fast auschlieszlich von der sehr
verdickten Cuticula gebildet ». Nous savons que cette forme étoilée de la

lumière et les replis de la paroi sont dus aux bandes musculaires longitudinales si puissantes de l'organe de Rathke.

Walz (1) affirme que chez les Bopyriens le foie débouche dans l'intestin immédiatement après le cephalogaster. Bien qu'il n'ait pas observé par lui-même les Entonisciens, il se livre à une critique assez vive des résultats obtenus par Fraisse. Mais cette critique, dépourvue de toute base expérimentale, est absolument incompréhensible et ne mérite pas la moindre discussion.

LE FOIE.

Nous avons vu que le tube digestif se mettait en communication avec les glandes hépatiques par l'extrémité postérieure de l'organe de Rathke (Pl. VI, fig. 10, *om*) qui venait s'épanouir en une sorte de rosette, après un étranglement assez prononcé, sur la surface externe du foie (Pl. VII, fig. 1). Cette communication n'a pas lieu à la partie antérieure du foie, mais un peu au-dessous. Le foie s'étend en avant jusque vers l'organe chitineux (typhlosolis), sous la partie pulsatile du tube digestif (Pl. VII, fig. 2). Il ne forme à ce niveau qu'une seule masse qui, derrière l'ouverture postérieure du tube digestif, se divise en deux lobes symétriques se prolongeant de part et d'autre de la ligne médiane jusque dans les premiers segments du pleon, non loin du cœur.

La cavité hépatique, assez irrégulière au niveau de l'ouverture du tube digestif (Pl. VI, fig. 10) quand les deux lobes sont confondus, présente une section à peu près régulièrement circulaire après la séparation des lobes lorsqu'ils ne sont pas encore comprimés par le développement des ovaires (Pl. VII, fig. 3, *he*). Chez l'animal jeune, les lobes hépatiques sont de couleur jaune très vive, chez l'adulte, ils prennent une couleur brune foncée.

En 1878, Giard, dans ses *Notes sur le genre Entoniscus* (IX, p. 689), décrivait comme il suit le foie de ces animaux :

« L'appareil digestif se continue (après l'organe contractile de Rathke que nous venons de décrire) par un tube droit assez court terminé en cul-de-sac et à la partie antérieure duquel viennent déboucher les prétendus cœcums hépatiques.

---

(1) Walz, Ueber die Familie der Bopyriden, p. 24.

» J'ai vainement cherché un intestin terminal comparable à celui que BUCHHOLZ a décrit chez *Hemioniscus* : je n'ai pu trouver rien de semblable. Nous avons donc ici une nouvelle confirmation de la loi générale, qui veut que plus un parasite est interne , plus le tube digestif est dégradé. Cette dégradation progressive , qui va en s'accroissant depuis le genre *Bopyrus* pour atteindre son maximum chez les *Entoniscus*, en passant par les genres *Hemioniscus* et *Cryptoniscus* , nous rappelle tout à fait ce qu'on observe chez les Diptères de la famille des Œstrides , où la dégradation s'accentue progressivement des types cuticoles aux types gastricoles en passant par les cavicoles.

» Les cœcums hépatiques, auxquels je conserve ce nom consacré, sans rien vouloir préjuger sur leur véritable rôle physiologique , sont certainement homologues des organes de même apparence que l'on rencontre chez tous les Isopodes (1).

» Ces cœcums forment deux grands sacs latéraux qui occupent toute la partie thoracique et même une partie de l'abdomen de l'*Entoniscus ;* leur cavité intérieure est très spacieuse et la paroi est couverte de légers replis glandulaires renfermant une substance brune dont l'aspect rappelle ce qu'on est convenu d'appeler foie chez les animaux invertébrés.

» KOWALEVSKY a indiqué le premier (2) que les cœcums hépatiques en grappes de raisin , décrites par RATHKE (3) chez *Bopyrus* (Figure reproduite dans *Icones Zootomicæ* de V. Carus, Tab. XI . fig. 1, *h*), ne débouchent pas immédiatement dans le tube digestif, mais aboutissent tous à un canal commun qui va s'ouvrir lui-même en un point unique comme chez les autres Isopodes (4). Cette observation est parfaitement exacte et j'ai pu la vérifier chez plusieurs espèces de

(1) « Ces organes existent également chez les *Cryptoniscus*, où je les ai signalés , mais en me méprenant sur leurs véritables rapports. Il ne peut y avoir aucune connexion entre l'ovaire et ces énormes cœcums qui débouchent dans le tube digestif. »

(2) KOWALEVSKY, Entwickelungsgeschichte der Rippenquallen. Einleitung , p. VII. *Mémoires de l'Académie de Petersbourg*, 1866.

(3) RATHKE. *De Bopyro et Nereide*, 1837, p. 9, tab. 1, fig. 7 *b*.

(4) Il est curieux que cette excellente observation de KOWALEVSKY soit demeurée ignorée de tous les zoologistes qui se sont occupés des Bopyriens. CORNALIA et PANCERI (1858 , *Osservazioni*, etc., p. 16, tab. II . fig. 6 *e*), avaient déjà signalé dans un autre genre (*Gyge*) un foie formé non pas de sept paires de glandes, mais de deux culs de sac cylindriques dont ils n'avaient pas su voir le point d'insertion sur le tube digestif. Cependant, en 1878, GEGENBAUR disait encore dans son *Grundriss der vergleichenden Anatomie* (p. 291) : « Wir finden sie (les annexes de l'intestin moyen) ausgebildeten bei einzelnen Isopoden (*Bopyrus*) wo sie die ganzen Mitteldarm als paarweise angeordnete Drüsenbüschel besetzen. »

Bopyrus et de *Phryxus*. Toute la différence entre la glande hépatique des Bopyres et celle des *Entoniscus* consiste donc en ce que chez les premiers cette glande devient ramifiée et acquiert une plus haute différenciation. C'est, si l'on veut, une différence analogue à celle qui existe entre le sac pulmonaire simple des Amphibiens et le poumon compliqué des Mammifères et des Oiseaux. »

Nous avons peu de choses à ajouter à cette première description. Mentionnons cependant deux faits intéressants :

1° Le foie présente des contractions péristaltiques très nettes que l'on observe facilement en regardant l'animal sous un faible grossissement. Ces contractions sont dues à l'existence d'un réseau musculaire de fibres lisses, les unes circulaires, les autres longitudinales. WALZ (*Familie der Bopyriden*, p. 26) dit n'avoir pas trouvé chez les Bopyriens ce réseau musculaire hépatique qu'il connaissait chez *Idotea, Oniscus, Æga*, etc. Si les contractions ne sont pas visibles chez les Bopyres proprement dits, cela tient sans doute à l'aplatissement du corps de ces animaux qui laisse peu de place aux divers organes et rend leurs mouvements presque impossibles.

2° Le foie des *Cancrion*, et particulièrement de *Cancrion floridus*, renferme parfois des cristaux très volumineux que nous avons figurés, Pl. VI, fig. 1 et 2. Ces cristaux étaient malheureusement trop peu nombreux pour que nous ayons pu en étudier les propriétés chimiques ; mais leur présence seule démontre bien que les culs-de-sac hépatiques jouent le rôle d'organes de sécrétion. La couche cellulaire secrétante diffère peu de celle qu'on observe dans les organes similaires des Crustacés, et même des Mollusques et autres Invertébrés.

WALZ a trouvé dans le foie de *Bopyrus squillarum* et de *Phryxus abdominalis* des concrétions fusiformes fortement réfringentes, mais comme cette observation a été faite sur des coupes d'animaux durcis par l'alcool, il en conclut peut-être avec raison que ce sont là des productions artificielles. Il n'en est pas de même des cristaux que nous avons vus chez les *Cancrion* sur des animaux frais et même vivants.

KOSSMANN a mis en doute (XI, p. 161) l'assertion de GIARD que le foie des Entonisciens est moins ramifié que celui des Bopyres : il suffit cependant pour se convaincre de l'exactitude de ce fait, de dessiner à la chambre claire, en projection horizontale, la glande hépatique de *Bopyrus* et celle d'un *Entione*. Cette dernière se projetera suivant deux lignes irrégulièrement parallèles et le foie des *Bopyrus* formera des arborisations très compliquées. Chez les jeunes individus, la glande est plus simple assurément ; le contour varie, d'ailleurs, à chaque instant, grâce aux fibres musculaires dont Kossmann n'a pu affirmer l'existence et que nous sommes les premiers à signaler chez les Bopyriens.

Buchholz chez *Cryptothir Balani*, et Fraisse chez les Cryptonisciens, ont décrit le foie comme une portion du tube digestif. Fraisse cherche à justifier son opinion par les deux raisons suivantes :

1° L'organe est en communication directe avec la bouche ; 2° son contenu change de couleur avec le sang de l'hôte sur lequel vit le *Cryptoniscus*.

De ces deux assertions, la première est anatomiquement inexacte ; la seconde ne nous paraît pas suffisante pour repousser une homologie qui s'impose lorsqu'on étudie le développement des Isopodes parasites en le comparant à celui des autres Crustacés. Il existe, d'ailleurs, chez *Cryptothir* et chez les Cryptonisciens, un intestin terminal et cela seul rend insoutenable, au point de vue morphologique, l'opinion de Buchholz et de Fraisse. Au point de vue physiologique, on ne peut pas davantage considérer le foie comme une partie du tube digestif proprement dit. C'est un organe sécréteur annexe dans lequel les aliments viennent au devant de la secrétion, tandis qu'ordinairement chez les Crustacés comme chez les autres animaux, les sucs digestifs sont versés dans le tube alimentaire lui-même plus ou moins dilaté. Mais la structure histologique des parois des cœcums hépatiques ne nous permet pas de considérer ces organes comme participant à l'absorption des aliments.

Kossmann, qui avait d'abord soutenu l'opinion que nous défendons (XI, p. 161), paraît s'être rallié en partie à la manière de voir de Fraisse et de Buchholz.

« En résumé, dit-il (1), partout où il a la forme d'une glande, cet organe est simplement la glande digestive des Crustacés, c'est une *glandula intestinalis*. Mais chez les Epicarides et spécialement chez les Cryptonisciens, le tube digestif ne suffit plus à contenir la nourriture et c'est le foie qui en renferme la plus grande partie ; de *glandula intestinalis*, il devient un *intestinum glandulare*, un réservoir muni d'un épithélium secrétant et *résorbant* ».

Ce dernier qualificatif est de trop, aucune observation ne le justifie.

Il est bien entendu qu'en disant que le foie des Bopyriens est un organe sécréteur, nous n'entendons pas affirmer du même coup une ressemblance parfaite entre le produit de cette secrétion et la bile secrétée par le foie des Vertébrés. Claus (2) a depuis longtemps insisté sur les différences qui existent entre le foie

---

(1) Kossmann, Neueres über Cryptonisciden *in* Sitzungsberichte d. K. Akad. zu Berlin, 1884, p. 16.

(2) Claus, Zur Kentniss des Baues und der Entwickelung von *Branchipus* und *Apus cancriformis* (Abhandl. d. K. Gesellschaft d. Wiss. Göttingen, XVIII, 1873).

des animaux supérieurs et les annexes de l'intestin moyen des Arthropodes et
des Mollusques. Depuis, Hoppe Seyler (1) et Krukenberg (2) ont trouvé, dans
le foie des Crustacés décapodes, un ferment diastasique, un ferment peptique,
un ferment tryptique et un ferment qui détruit les matières grasses. Hoppe
Seyler et plus récemment Frenzel (3) ont vainement cherché les principes de la
bile dans le foie de l'écrevisse et d'un grand nombre de Crustacés marins. Les
acides taurocholique et glycocholique, les sels de soude ou de potasse de ces
acides, la bilifuscine et les pigments voisins, la bilirubine, font absolument
défaut. De pareilles recherches n'ont pas encore été entreprises chez les Crustacés inférieurs et en particulier chez les Bopyriens, mais l'homologie non douteuse
du foie de ces derniers avec celui des Crustacés supérieurs permet de supposer
que les résultats de l'analyse chimique seraient identiques.

L'histologie ne nous fournit aucune donnée à l'appui de l'opinion de Max
Weber, qui croit avoir trouvé, à côté des cellules ordinaires de l'épithélium
hépatique des Crustacés, une deuxième espèce de cellules qui exercerait plus
spécialement la fonction pancréatique, l'organe devenant ainsi un *hepato-pan-
creas* (4).

Outre sa fonction secrétrice, le foie des Crustacés joue un autre rôle très
important et sur lequel on n'a pas assez insisté jusqu'à présent : le foie est un
organe de réserve, il emmagasine les matières nutritives qui seront résorbées
dans les périodes critiques de la vie de l'animal.

Dès les premiers stades embryonnaires, le foie apparaît sous forme de deux
diverticules de l'endoderme, remplis, comme l'endoderme lui-même, par le
vitellus nutritif et souvent coloré par ce vitellus de vives nuances vertes, rouges,
etc. A mesure que l'embryon se développe, il épuise cette réserve nutritive et les
culs-de-sac hépatiques prennent peu à peu l'aspect qu'ils auront chez l'adulte.
Dans cette première période, le rôle du foie, comme organe de réserve, est tout
à fait évident.

Plus tard, chez l'adulte, l'aspect du foie change absolument avec les condi-

(1) Hoppe-Seyler, Physiologische Chemie, p. 276.

(2) Krukenberg, Vergleich. physiol. Beitrag zur Kenntniss der Verdauungs vorgänge et zur Verdauung bei den Krebsen *in* Untersuch. a. d. physiol. Institut Heidelberg, II, 1877.

(3) J. Frenzel, Ueber die Mitteldarmdrüse der Crustaceen. Mitheil. a. d. Zool. Station zu Neapel, Bd V, p. 50.

(4) Max Weber, Ueber den Bau und die Thätigkeit der sog. Leber der Crustaceen. Achiv. f. mikroskop. Anatomie, Bd XVII, p. 385 et suivantes.

tions dans lesquelles se trouve l'animal. Chez les Décapodes en particulier, il est très facile de se rendre compte de ces modifications. Très volumineux et très coloré avant la ponte , ou plutôt avant la formation des œufs , le foie se réduit beaucoup et devient d'une nuance très pâle au moment où la glande génitale est en pleine activité. L'approche de la mue , la présence d'un parasite produisent les mêmes effets. C'est même là , comme nous le verrons , un des indices auxquels on peut soupçonner la présence d'un Entoniscien. On obtient les mêmes modifications du foie en privant l'animal de nourriture pendant plusieurs jours (1).

Chez les Crustacés parasites , le foie est généralement volumineux et d'autant plus que la masse des embryons sera plus considérable. Ainsi , dans le groupe des Epicarides , le foie est plus considérable chez les Entonisciens et les Cryptonisciens que chez les Bopyriens proprement dits. Outre l'énorme consommation de substance exigée par la production d'un nombre immense d'embryons , la nutrition est gênée mécaniquement pendant toute la période d'incubation et l'animal vit , en grande partie , sur les réserves nutritives accumulées dans son foie.

FRITZ MUELLER (VI, p. 64) avait observé que pendant le développement des œufs dans la cavité incubatrice de *Cryptoniscus planarioïdes* , le contenu d'un rouge sang amassé dans le foie disparait peu à peu , de sorte qu'au moment de l'éclosion des jeunes , c'est à peine s'il reste des traces de cet organe. GIARD (2) signale le même fait chez *Cryptoniscus larvæformis* et il en avait même conclu , d'une façon erronée , que le foie jouait peut-être le rôle de vitellogène ou glande [accessoire de l'ovaire.

SPENCE BATE a parfaitement constaté la fonction alimentaire du foie chez les Pranizes et notamment chez *Anceus maxillaris* (3).

« An examination of the material confined within this portion of the pereion shows it to consist of oil and fat globules , and we have been able to determine that it is intimately associated with the nourishment of the animal , since by keeping them without food the coloured mass decreases in size.....

---

(1) Une modification très curieuse du foie s'observe aussi chez les Crabes qui vivent dans les eaux saumâtres ou dans les eaux impures des ports de mer. Chez ces animaux, qui sont toujours d'un vert plus ou moins foncé, et dont la partie ventrale ne présente jamais les teintes rouges si fréquentes chez leurs congénères de la côte, le foie prend une teinte foncée et laisse échapper, quand on ouvre l'animal, un liquide abondant d'un noir verdâtre qui exale une odeur forte et désagréable de vase. Jamais nous n'avons trouvé de parasites chez les crabes vivant dans ces conditions.

(2) GIARD, Ethologie de *Sacculina Carcini*, Comptes-Rendus de l'Académie, 27 juillet 1874.

(3) SPENCE BATE et WESTWOOD, British Sessile Eyed Crustacea, II, p. 184.

» The relation that this coloured mass holds to that of the ova which, at a later period, take its place, we know not; but we are inclined to believe that it is a reservoir of fat on which the animal is supported during the period of incubation. »

DOHRN (1) se prononce dans le même sens dans son travail sur *Praniza maxillaris* et il attribue le même rôle de réservoir nutritif au foie de *Cryptothir balani*.

WALZ n'a observé, chez *Bopyrina virbii*, que des variations irrégulières dans le contenu du foie, variations qui, dit-il, sont sans doute en rapport avec l'état de nutrition du *Virbius*. Mieux ce dernier est nourri, plus *Bopyrina* absorbe d'aliments, et plus, par conséquent, il doit secréter de sucs digestifs. Cela est incontestable, mais nous ne voyons pas en quoi cette remarque peut infirmer l'opinion de SPENCE BATE; *Bopyrina* est d'ailleurs un type assez défavorable pour ce genre d'observation, tant à cause de sa petite taille qu'en raison du petit nombre d'embryons qu'il produit, relativement aux autres Bopyriens.

RATHKE, et plus tard CORNALIA et PANCERI, avaient supposé qu'il existait un rapport inverse entre le développement du foie des animaux et celui des organes respiratoires. Les exemples sur lesquels RATHKE cherche à appuyer cette prétendue loi, dans le groupe des Crustacés, montrent seulement que les formes parasites ont, comme nous l'avons établi ci-dessus, un foie beaucoup plus développé que les types libres appartenant au même groupe (2).

LES CORPS GRAISSEUX.

RATHKE avait décrit et figuré chez *Bopyrus* (3) un lobe supérieur du foie *hepar superius* qui n'est, comme l'a fort bien reconnu KOSSMANN (XI, p 162, et *Studien über Bopyriden*, II, p. 675), qu'une partie des corps graisseux, la

(1) DOHRN, Entwicklung und Organisation von *Praniza maxillaris, in* Zeitschrift für Wiss. Zoolog. T. XX, 1870.

(2) « In eis denique, quæ branchiis plane carent, id quod in Lernæis observatur hepar secundum cl. Nordmanni observationes in Achthere percarum et secundum meas observationes in Lernœopoda stellata institutas itidem permagni esse videtur voluminis ». RATHKE, (De Bopyro et Nereide, p. 12). Nous pouvons citer dans le groupe des Copépodes, le curieux *Cancerilla tubulata*, parasite des Ophiures, qui présente deux énormes dilatations hépatiques contractiles, dont la structure anatomique et le fonctionnement physiologique sont absolument comparables à ce que nous avons vu chez les Entonisciens.

(3) RATHKE, De Bopyro et Nereide, p. 10 et 14, Pl. I, fig. 8 d.

partie antérieure de cette formation. Cette même partie a été prise pour des glandes salivaires par CORNALIA et PANCERI (Osservazioni sul genere *Gyge*, p. 16, Pl. II , fig. 5 et 9 , *c*) et cette erreur se comprend aisément si l'on jette les yeux sur les fig. 4, 7 et 9 *cg* de notre Pl. VI et sur les fig. 1 et 2, *cg* de notre Pl. VII. Chez les Entonisciens , comme chez *Gyge* et *Bopyrus* toute la partie antérieure des corps graisseux examinée à une faible grossissement présente un aspect glandulaire , mais l'absence de tout canal excréteur et la continuité entre les éléments des corps graisseux et ceux du tissu conjonctif qui les environne permettent facilement d'éviter toute fausse interprétation.

Outre les amas antérieurs, les corps graisseux forment le long de la partie tergale , de part et d'autre du vaisseau dorsal , une série de lobules très visibles surtout chez les jeunes individus (pl. VI , fig. 7, *cg*).

Histologiquement , les corps graisseux ont été bien décrits par KOSSMANN (XI , p. 163 et pl. IX , fig. 15). Ils sont formés de grosses cellules à noyau très net et à protoplasme plus ou moins chargé de globules graisseux. Aussi ces éléments se colorent-ils d'une façon inégale selon qu'ils renferment plus ou moins de matière grasse.

WRZESNIOWSKI (1) a décrit une formation analogue chez les Amphipodes et l'on retrouve chez un grand nombre de chenilles et de larves d'insectes de divers ordres des éléments de même nature disposés absolument de la même façon, et jouant à n'en pas douter le même rôle physiologique.

Quel est ce rôle physiologique ?

Il est double à notre avis. D'abord les corps graisseux sont des organes de réserve nutritive et à ce point de vue ils viennent en aide au foie qui remplit déjà en partie cette fonction. De plus, on peut les considérer comme servant partiellement à l'excrétion soit par la formation de dépôts uriques tels que ceux figurés (Pl. 2 , fig. 13) chez *Gyge* par CORNALIA et PANCERI, soit par la production de pigments diversement colorés. Il faut remarquer, en effet, que les lignes pigmentaires chez les embryons ou les mâles des Épicarides suivent exactement les corps graisseux et nous nous rangeons à l'opinion de BLANC (2) qui regarde les pigments des Isopodes comme dérivés de ces corps graisseux.

Comme dans bien d'autres exemples , la formation de ces pigments paraît d'ailleurs liée à l'action de la lumière et à l'influence du système nerveux.

---

(1) WRZESNIOWSKI, Zool. Anzeiger, III, N° 79, 1880.

(2) BLANC , Observations faites sur *Tanaïs Œrstedii*. Zool. Anzeiger, VI, 1883, p. 637.

C'est la vie parasitaire et nullement la disparition des corps graisseux qui détermine la suppression presque complète des pigments chez l'adulte. Chez certains Bopyriens, *Phyxus paguri*, par exemple, les cellules graisseuses apparaissent excessivement tôt chez l'embryon et présentent une distribution très régulière.

La position des corps graisseux chez les Arthropodes, l'aspect d'organes en régression qu'ils offrent à un si haut degré, leur rôle physiologique, font songer à une lointaine homologie avec les appareils excréteurs des Vers plats.

ORGANES GÉNITAUX.

LES GLANDES GÉNITALES FEMELLES

Les ovaires apparaissent chez la femelle jeune, au stade figuré Pl. V, fig. 1, comme de petites masses opaques et arrondies situées à la face ventrale du cinquième segment thoracique, là où se trouveront les ouvertures génitales femelles. Ces masses se développent rapidement en une paire de glandes qui forment, toujours à la face ventrale, au milieu du tissu conjonctif, deux culs-de-sac glandulaires minces et contournés sur eux-mêmes ; elles s'étendent depuis le premier jusqu'au cinquième segment thoracique. Les glandes ovariennes s'accroissent rapidement et finissent par remplir toute la cavité des cinq premiers anneaux du thorax ; puis cette cavité devenant trop petite, le thorax se déforme et suit toutes les modifications des glandes génitales. Celles-ci sont maintenant constituées par deux amas de culs-de-sacs glandulaires contournés et pelotonnés sur eux-mêmes ; les deux moitiés, accolées parallèlement sur la face ventrale se recourbent deux fois sur elles-mêmes au niveau du quatrième et du cinquième segment thoracique en formant deux bosses très proéminentes dont l'inférieure est la plus longue. Les extrémités supérieures de ces deux portions latérales s'étendent à droite et à gauche du cephalogaster au niveau du deuxième segment thoracique et forment les bosses latérales. Les ovaires avant d'arriver à leur entier développement laissent encore apercevoir la région médiane de la face dorsale (comme dans la fig. 5 de la pl. IV).

A maturité les glandes ovariennes remplissent toute la cavité thoracique en recouvrant les autres organes internes sauf l'organe de RATHKE et le vaisseau dorsal. Même à cette phase, il est encore facile de se rendre compte de la structure des deux glandes que l'on peut séparer par un plan médian sagittal en deux parties égales et symétriques.

Les ovaires débouchent, comme nous l'avons dit, au niveau du cinquième anneau, par deux petites ouvertures ventrales très difficiles à mettre en évidence sur l'animal vivant même chez la femelle adulte : ces ouvertures se trouvent à l'intérieur de la chambre incubatrice, près de l'insertion des oostégites de la cinquième paire ; elles sont entourées d'un rebord chitineux solide.

Les oviductes sont courts et tapissés par un épithelium cylindrique bien décrit par KOSSMANN.

Quant à la structure histologique des glandes ovariennes, elle rappelle celle des ovaires des Isopodes typiques. Dans le fond des culs-de-sac se trouvent des cellules en voie de formation de tailles différentes tandis que la partie centrale est bourrée d'ovules typiques présentant un noyau très net, et qui, par pression réciproque, prennent des aspects réguliers figurés dans notre Pl. VII, fig. 3 et 4.

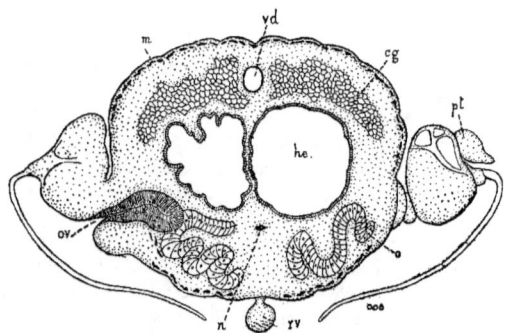

FIG. 23.

Coupe transversale d'une jeune femelle de *Portunion Mœnadis*,
au niveau du cinquième segment thoracique.

pt, patte thoracique de la cinquième paire.
oos, oostégite.
he, cavité hépatique.
cg, corps graisseux.
o, ovaire.
ov, oviducte et ouverture génitale.
vd, vaisseau dorsal.
m, muscles sous cutanés.
n, système nerveux.
rv, raphé ventral.

La forme extérieure de l'ovaire a une grande importance dans la morphologie de la partie thoracique de la femelle adulte ; c'est elle qui détermine la configuration extérieure de cette partie du corps. La croissance exagérée des glandes ovariennes détermine probablement par une action mécanique la courbure dorsale du parasite. Elle permet de plus de caractériser par la forme spéciale du thorax les divers genres d'Entonisciens.

Dans notre Pl. IV, nous avons disposé aux angles quatre types de genres différents : dans les trois premiers, nous n'avons figuré que la première paire d'oostégites; par la comparaison de ces dessins, on se rend facilement compte des différences que présente la forme du thorax.

Dans le genre *Portunion* (Pl. IV, fig. 3) type de notre description, sur la ligne médiane ventrale sont situées deux bosses dont l'inférieure bv^2 est beaucoup plus allongée et recourbée que la première bv^1. Sous le cephalogaster se trouvent de part et d'autre deux éminences bl qui naissent latéralement, puis sont repoussées vers la partie dorsale : ce sont les bosses latérales.

Dans le genre *Grapsion* (fig. 4), les deux bosses ventrales bv^1, bv^2 sont à peu près de même grandeur et remontent vers la partie antérieure; sur la partie dorsale, il y a deux paires de bosses ovariennes : la première bd^1 qui correspond à celle des *Portunion*, est située un peu plus bas que celle-ci, mais acquiert un plus grand développement. La deuxième paire bd^2, se trouve plus en arrière. et au lieu d'avoir une forme allongée comme les précédentes, constitue deux masses arrondies tangentes sur la ligne médiane dorsale. Entre ces prolongements volumineux, se trouvent de part et d'autre de la ligne médiane deux paires de petites éminences arrondies qui ne sont plus que des tubercules (td).

Dans le genre *Cancrion* (fig. 5), la forme de l'ovaire est absolument différente. Il n'y a plus trace de bosses ventrales, mais, par contre, il y a deux paires de bosses dorsales bd^1, bd^2 situées l'une et l'autre à la partie antérieure du thorax.

Le seul exemplaire d'*Entoniscus Mülleri* (fig. 6) que nous ayons trouvé était encore jeune, aussi ne pouvons-nous parler de la forme de l'ovaire chez l'adulte. Dans notre unique échantillon, la glande ovarienne ne présentait pas de bosse ventrale. Sur la partie dorsale, sous le céphalogaster et de part et d'autre de la ligne médiane, se trouvait une paire de bosses latérales; puis, entre les deuxièmes et troisièmes oostégites deux bosses médianes inégales, l'inférieure étant la plus réduite, et enfin au milieu des dernières lames incubatrices une autre bosse peu saillante.

Par une deplorable méprise, que KOSSMANN a d'ailleurs corrigée avec soin (XI, p. 162 et suiv.), FRAISSE a pris les corps graisseux pour les ovaires et les a figuré comme tels sur toutes les coupes de sa Pl. XX. Au point de vue histologique la confusion était peut-être excusable, car les éléments jeunes des corps graisseux ressemblent assez à des ovules, mais on ne comprend pas que la dissection de l'animal n'ait pas immédiatement empêché Fraisse de tomber dans cette erreur qui en a fatalement entraîné plusieurs autres.

Ainsi, Fraisse considère les véritables culs-de-sac ovariens comme de longs fourreaux dans lesquels les œufs plus âgés sont déposés (lange Blindschläuche in welche die aelteren Eier abgelegt werden) et il rattache cette idée fausse à la conception non moins fausse d'une chambre incubatrice interne formée par le refoulement du tissu conjonctif de la cavité du corps dans laquelle s'amasseraient les œufs. Nous avons déjà réfuté cette singulière opinion (voir p. 117).

D'autre part, ayant admis par suite de la confusion de l'ovaire avec les corps graisseux que la glande génitale femelle s'étendait en avant jusque dans la région du céphalogaster, Fraisse a décrit comme glandes collétériques deux masses cellulaires (X, p. 21, Pl. XX, fig. 4, *k*) qu'il est difficile de rapporter sûrement à un organe connu.

La comparaison qu'il établit entre ces glandes collétériques et les soi-disant glandes salivaires de *Gyge* et d'*Ione* tendrait à les faire considérer comme une portion des corps graisseux. Mais ceux-ci sont nettement figurés un peu plus haut sur les coupes de Fraisse et désignés par les lettres *ov*. La masse glandulaire *k*, nous paraît plutôt correspondre comme l'a supposé Kossmann (XI, p. 166) à une coupe transversale de la partie des lames incubatrices qui avoisine la bouche. En ce point, ces lames sont fortement plissées et forment, comme nous l'avons dit, une sorte de corps spongieux dont les circonvolutions donnent bien l'aspect de culs-de-sac glandulaires à revêtement épithélial.

LES GLANDES GÉNITALES MALES.

Immédiatement derrière l'ovaire, sur les côtés du septième anneau thoracique et un peu vers le haut, se trouvent, comme nous l'avons vu deux petits tubercules géminés, sphériques et d'un blanc mat. (Pl. IV, fig. 3, 4, 5, et Pl. VII, fig. 5, *rs*). Rappelons d'abord ce que nous avons dit plus haut de la constitution de ces tubercules. On observe de l'extérieur à l'intérieur : 1° une cuticule hérissée de petites soies épineuses ; 2° une couche sous-cuticulaire conjonctive à trabécules disposés radiairement ; 3° un contenu d'aspect granuleux, variable avec l'âge de l'animal et le moment où on l'examine. Sur les animaux adultes, mais dont la ponte n'est pas encore effectuée, le contenu des vésicules latérales est formé par des corpuscules agiles qui ne diffèrent en rien des spermatozoïdes obtenus par la dilacération du mâle.

Nous avons sur nos planches désignés les vésicules par les lettres *rs* et nous les avons appelés *Receptacula seminis* (XIV, p. 2). Nous croyons maintenant plus exact de les considérer comme des vésicules séminales en rapport avec des glandes testiculaires qui ne fonctionneraient plus que chez l'*Entoniscus* encore jeune, c'est-à-dire avant la ponte.

GIARD, dans son premier mémoire (IX, pl. XLVI, fig. 2), a considéré les vésicules seminales comme une troisième paire d'éminences ventrales et émis *avec doute* l'hypothèse que ces éminences représentaient les rudiments des membres thoraciques. L'erreur de GIARD vient de ce qu'il a étudié un *Grapsion Cavolinii* contourné comme celui figuré Pl. IV, fig. 4, puis qu'ayant, pour faire les coupes, séparé le tronc de la tête, il a ensuite rajusté celle-ci à l'envers. Cette erreur, que KOSSMANN a parfaitement expliquée et corrigée, ne pouvait avoir d'influence sur les coupes dont l'orientation était suffisamment indiquée par la position du vaisseau dorsal et du système nerveux. La contradiction sur laquelle insiste KOSSMANN (XI, p. 165) pour nier l'existence des ouvertures des glandes collétériques figurées par GIARD dans le voisinage des vésicules séminales n'a donc aucune importance. Les coupes ont bien été faites, comme le suppose KOSSMANN sur un Entoniscien relativement jeune et c'est justement ce qui a permis de voir les ouvertures des glandes soit disant collétériques (en réalité les testicules) qu'on ne retrouve plus chez les individus plus âgés.

Ni FRITZ MUELLER, ni FRAISSE, ni KOSSMANN n'ont vu les vesicules séminales. Cependant FRAISSE a figuré (X, Pl. XXI, fig. 16 et 17) des coupes qui ont dû être faites tout à fait dans le voisinage de ces organes. Voici comment il décrit ce qu'il a vu dans cette région située derrière l'ovaire et vers le milieu de la longueur du corps :

« Après l'ovaire se trouvent les testicules qui se présentent sous forme de culs-de-sac glandulaires qui commencent à peu près au point où le tube digestif se divise en deux grosses masses, et suivent les deux côtés du corps sur une longueur de 2^{mm} environ, vers la partie postérieure avant de déboucher au-dehors. Chaque testicule est recourbé et pelotonné un grand nombre de fois sur lui-même de sorte qu'on croirait d'abord qu'il existe plusieurs culs-de-sac. L'intérieur de la glande est tapissée par un épithélium d'où dérivent vraisemblablement les spermatoblastes. La lumière est remplie d'un grand nombre de cellules libres qui ne paraissent pas rondes mais plutôt aplaties. Elles ont un diamètre de 0 50^{mm}, et ne sont pas mobiles. »

Les éléments que FRAISSE figure comme spermatozoïdes (Pl. XXI, fig. 18) n'ont rien de commun avec les spermatozoïdes mûrs des Bopyriens tels qu'on les trouve dans le mâle ou dans les vésicules séminales de la femelle des Entonisciens.

Nous décrirons plus loin ces éléments tels qu'on les trouve chez le mâle ordinaire ou chez les mâles complémentaires. Chez la femelle, dans les vésicules séminales, les spermatozoïdes sont en pleine regression , bien que par l'aspect général le contenu de ces vésicules rappelle absolument ce que l'on voit à certains moments de l'évolution dans les glandes génitales des mâles. Il ne peut rester aucun doute sur cette similitude lorsqu'on étudie comparativement et sur le frais l'une et l'autre de ces formations.

Giard a , comme nous l'avons dit, signalé et figuré les testicules (IX, p. 69, Pl. XLVI, fig. 2 et 7), mais frappé de leur ressemblance avec certaines glandes décrites par Buchholz chez *Hemioniscus Balani*, il les a nommés glandes collétériques (1).

Giard a signalé de plus l'ouverture de ces glandes *non loin* de celle des ovaires. Cela tient à ce que pour voir convenablement les testicules il faut couper des animaux jeunes chez lesquels les ouvertures des ovaires ne sont pas encore bien visibles. Les ouvertures ovariennes sont situées sur le cinquième anneau , et par suite, pas très éloignées de celles des testicules qui se trouvent sur le septième. Mais sur les femelles mûres le développement de la deuxième bosse ventrale amène dans cette région une déformation considérable et écarte beaucoup ces ouvertures les unes des autres.

C'est tout à fait sans raisons sérieuses que Kossmann (XI, p. 164 et 166) identifie les glandes testiculaires décrites par Fraisse avec les oviductes et les glandes collétériques décrites par Giard avec les ovaires.

« Je n'ai trouvé, dit Kossmann, aucune autre ouverture latérale que celle des oviductes et comme Fraisse n'a pas vu cette ouverture, j'en conclus que celle qu'il a décrite comme ouverture mâle n'est que l'ouverture femelle et qu'il a pris les oviductes pour les testicules. »

Fraisse n'a pas vu les oviductes parce qu'il examinait une jeune femelle, et Kossmann n'a pas vu les testicules parce qu'il étudiait une femelle adulte. La critique que ce dernier adresse à Giard, à savoir que les glandes collétériques ne devaient pas être développées dans une femelle jeune, était beaucoup plus juste ; mais cette critique n'a plus de raison d'être maintenant que nous savons que les *glandes collétériques* de Giard ne sont que les testicules.

---

(1) Ces glandes collétériques de Giard n'ont, cela va sans dire, rien de commun avec les organes désignés par Fraisse sous le même nom. Celles-ci seraient situées dans le voisinage de la tête et on comprend difficilement quels rapports elles pourraient avoir avec les produits génitaux.

Nous pouvons d'ailleurs invoquer le témoignage de Kossmann lui-même à l'appui de l'opinion que nous défendons. Kossmann (Neueres über Cryptonisciden, p. 8, [464]) a donné d'excellents arguments pour prouver que la glande collétérique décrite par Buchholz chez *Hemioniscus* n'est qu'un testicule qui ne fonctionne plus. Or, dès 1878, Giard signalait les analogies de cette glande avec celle qu'il nommait également glande collétérique chez les Entonisciens et que nous appelons aujourd'hui le testicule. La démonstration donnée par Kossmann de l'hermaphrodisme des Cryptonisciens nous paraît donc s'appliquer également aux Entonisciens. Nous reviendrons d'ailleurs plus loin sur cette intéressante question.

SYSTÈME CIRCULATOIRE.

Le cœur des Entonisciens se trouve dans la femelle au niveau du troisième segment du pleon, immédiatement sous la paroi dorsale. Très visible déjà dans la femelle très jeune (Pl. V, fig. 1, *cœ*) à l'intérieur du corps, il finit par déterminer sur la face dorsale de l'abdomen chez l'adulte une saillie très prononcée (Pl. V, fig. 3) dont on distingue facilement les mouvements réguliers. Cette disposition est encore accentuée chez *Entoniscus Mülleri* (Pl. IV, fig. 6, *cœ*) et dans *Entoniscus porcellanæ* (fig. 28). Le cœur est, dans ces espèces, situé dans une poche dorsale, située à la face dorsale du premier segment abdominal, entre les vésicules séminales, et fait une hernie très visible sur cet anneau mince et allongé.

Le cœur a une forme ovoïde parfaitement régulière (Pl. VII, fig. 6) ; terminé postérieurement en cul-de-sac il se prolonge antérieurement par le vaisseau dorsal *vd*. Comme chez tous les autres Bopyriens, il est pourvu de quatre valvules *v* disposées régulièrement, une paire sur chaque côté ; chaque valvule est fermée par deux lèvres qui s'ouvrent et se ferment alternativement. Le cœur est entouré par un sinus ménagé dans la masse du tissu conjonctif qui remplit tout l'abdomen du parasite.

Antérieurement le vaisseau dorsal, en s'enfonçant comme un cône dans le cœur, forme une cinquième valvule *vs* qui s'ouvre quand les autres se ferment et quand le cœur se contracte, ce qui permet à l'afflux sanguin de se précipiter dans le torrent circulatoire. Ce vaisseau dorsal est très gros, et présente, ainsi que toutes les artères qui en dérivent, des parois rigides qui les font rester béantes quand on les coupe. La résistance des parois préserve ces vaisseaux contre les compressions trop énergiques. Le vaisseau dorsal se continue sur la ligne médiane

dorsale jusqu'au niveau du cephalogaster où il se divise en deux branches latérales. Il est plongé sur presque tout son parcours dans la masse des corps
graisseux et dévié, chez l'adulte, du côté gauche de l'organe de RATHKE. Cette
déviation du vaisseau dorsal a été exactement figurée par FRAISSE.

Les principales artères qu'émet le vaisseau dorsal sont, d'arrière en avant, les
suivantes :

D'abord, au niveau des deux grandes bosses ventrales de l'ovaire, deux
ramifications parallèles ($a o^1$, $a o^2$) qui s'étendent jusqu'à l'extrémité distale de
ces prolongements (Pl. VII, fig. 4, v); puis, au niveau de la partie postérieure
de l'organe de RATHKE, une paire de petites artères $a h$ qui entourent la masse
hépatique. Un peu plus haut, de part et d'autre du typhlosolis, une nouvelle
paire $a s$ irrigue cette partie du tube digestif. Toutes ces artères émettent
des branches qui se prolongent dans les dernières paires de lames incubatrices en
suivant la nervure médiane et en se ramifiant dans toute leur surface. Ces lames
minces, baignées par l'eau ambiante, viennent évidemment aider la fonction
respiratoire des lames pleurales de l'abdomen chez les *Entione* et suppléent ces
dernières chez les *Entoniscus*.

Le vaisseau dorsal se divise, au niveau du cephalogaster, en deux branches
parallèles $a l$ qui contournent cet organe et viennent déboucher à la face ventrale
de la partie céphalique où elles émettent des rameaux destinés aux deux premières
paires d'oostégites. Quand on enlève, sous les pattes mâchoires, la base de
ces lames, on aperçoit deux petites ouvertures béantes qui sont les sections de
ces deux troncs artériels. En contournant le cephalogaster, ils émettent, de
part et d'autre, une quantité de petites artérioles que l'on retrouve dans les coupes
de cet organe.

Le sang poussé par les puissantes contractions du cœur jusqu'aux parties les
plus extrêmes de l'animal pénètre dans le tissu conjonctif aux mailles lâches qui
constitue la majeure partie de l'animal; forcé de parcourir jusque dans les moindres
replis le parenchyme des lames incubatrices et surtout des lames pleurales qui
jouent plus spécialement le rôle de branchies, le sang s'hématose sur toute l'immense surface représentée par ces replis, puis revient au cœur par ces mêmes
lacunes du tissu conjonctif. Il n'y a donc pas de veines proprement dites, ce
sont les lacunes du tissu conjonctif qui en jouent le rôle.

SYSTEME NERVEUX.

Le système nerveux des Entonisciens est très difficile à mettre en évidence. Les coupes transversales montrent bien l'existence des filets et surtout de ganglions à la partie ventrale de l'animal, mais elles permettent difficilement d'en reconstituer l'ensemble. Quant aux coupes longitudinales, les contournements de l'animal rendent leur emploi inutile pour ce point spécial d'anatomie.

Reste donc la dissection. Ceux qui ont manié des Entonisciens se rendront compte de la difficulté de ce moyen de recherches, que KOSSMANN regarde comme impossible. Après bien des essais infructueux, nous avons pu obtenir quelques résultats en utilisant une femelle de grande taille mais dont les organes génitaux n'étaient pas développés et dont le thorax n'était pas déformé.

Cette femelle vermiforme (1) avait séjourné assez longtemps dans l'alcool : condition avantageuse pour suivre les filets nerveux.

Au-dessus de l'œsophage se trouve le cerveau *cer*, petite masse encore nettement bilobée d'où partent les nerfs qui se rendent aux antennes (Pl. VII, fig. 7). Des deux angles postérieurs se détachent deux très fins filets nerveux *c* qui se réunissent assez loin du tube digestif et viennent rejoindre la chaîne thoracique. Celle-ci, située sous le thyplosolis, l'organe de RATHKE et le commencement du foie, se sépare en deux masses, divisées par un étranglement ; de la première *gt* sortent deux paires de gros nerfs latéraux, tandis que la deuxième *gh* n'en émet qu'une seule paire. Il est possible qu'il y en ait plus, mais nous n'avons pu les voir. De la dernière masse ganglionnaire, qui a à peu près la forme d'un pentagone, se détachent aux angles postérieurs deux filets nerveux qui entourent les deux bosses ventrales et se réunissent sur la ligne médiane de l'abdomen en un filet unique aboutissant au ganglion abdominal *gc*. Ce dernier est situé sous le cœur, au niveau du troisième segment du pleon. Il a une forme allongée et est perforé de deux ouvertures à sa partie postérieure. Deux paires de nerfs au moins se détachent latéralement, et de la partie postérieure naît une seule paire qui va se terminer dans les derniers segments du corps.

Le cerveau a la même forme que celui des autres Bopyriens, mais il est plus éloigné des ganglions thoraciques. Ceux-ci, ordinairement très rapprochés et

---

(1) Voir pour ce qui concerne ces femelles vermiformes la description de la première phase larvaire (p. 152) et le chapitre que nous consacrons plus loin à ce que nous appelons la *forme asticot*.

presque confondus, s'allongent en une masse irrégulière qui représente les sept ganglions des Bopyriens typiques. Enfin, le dernier ganglion est reporté très loin postérieurement presque sous le cœur; il innerve tout l'abdomen.

ÉVOLUTION DE LA FEMELLE.

Tout ce que nous savons de l'évolution de la femelle, depuis le stade le plus jeune jusqu'à la forme adulte, est résumé dans la planche V, sur laquelle nous avons figuré, aux quatre angles, les quatre formes principales qui caractérisent cette évolution.

Première phase. — Le stade le plus jeune que nous ayons trouvé (Pl. V, f. 1) rappelle assez bien la forme d'un asticot ou d'une chenille. L'animal est courbé ventralement, la partie abdominale repliée sur elle-même. Ses mouvements sont alors très vifs et, comme la plupart des chenilles, il se courbe tour à tour ventralement et dorsalement par une brusque contraction de tout le corps. La taille de l'Entoniscien, à cette phase de son existence, est très réduite : il ne dépasse pas trois millimètres d'ordinaire ; sa couleur est d'un blanc transparent qui laisse apercevoir la trace jaune du foie et la masse opaque des *Fettkörper*. Dans certains cas semi-pathologiques, l'animal prolonge cette phase larvaire bien au delà de sa durée normale, qui doit être très brève; il acquiert alors, tout en gardant la forme d'asticot, une taille très considérable, égalant même parfois celle d'un adulte ordinaire.

Le cephalogaster est parfaitement formé, les antennes présentent déjà leur déformation si singulière, ce qui se comprend d'ailleurs facilement, car cette déformation dépend du rôle physiologique que doivent accomplir ces organes, dès la pénétration du parasite dans son hôte. Sous les antennes externes se trouvent les yeux rudimentaires dont on ne trouvera plus trace dans la suite. Les pattes mâchoires ont, dès ce stade, la forme qu'elles garderont chez l'adulte.

Le thorax, irrégulièrement cylindrique, est formé de sept segments, bien séparés, dont le premier est beaucoup plus réduit que les suivants. A la face ventrale du premier anneau se montrent les premiers oostégites encore très petits, mais ayant déjà leur division caractéristique en deux parties, lamelle ascendante et lamelle récurrente. Les autres lames incubatrices, beaucoup moins développées, sont cependant visibles sur les segments suivants sous forme de petites lames parallèles situées sur les bords de la face ventrale. A la face inférieure du cinquième segment l'ovaire commence à faire saillie sous la forme d'une petite masse proéminente.

Les six anneaux du pleon sont aussi parfaitement distincts et montrent très nettement le mode de formation des lames pleurales, si compliquées chez l'adulte; elles ne sont encore à ce stade que des replis latéraux des bords de la face dorsale qui, dans les premiers segments où ils sont plus développés, se recourbent sur eux-mêmes vers la face ventrale.

L'anatomie interne (Pl. VI, fig. 7) ne diffère guère de celle de l'adulte : le cephalogaster présente un nombre moindre de villosités internes, l'organe de RATHKE est moins fortement développé, et les *Fettkorper* remplissent presque tout le reste de la cavité du corps avec les cœcums hépatiques. Le cœur, déjà muni de ses quatre valvules, se prolonge antérieurement par le vaisseau dorsal. Quant au système nerveux, ce n'est que sur une femelle à ce stade, exceptionnellement développée, que nous avons pu le disséquer ; tout ce que nous en avons dit plus haut convient donc à la première phase.

Nous n'avons pu relier cette forme, déjà nettement modifiée par le parasitisme, aux formes larvaires encore libres. Aussitôt que la larve cryptoniscienne pénètre de la cavité branchiale dans la cavité du corps de son hôte, elle doit modifier sa forme avec une extrême rapidité, pour s'adapter à son nouveau genre de vie. Il sera donc très difficile de saisir ce rapide passage; un heureux hasard et des recherches incessantes permettront seuls de combler cette lacune de nos observations. (*Deplorabile lacutra*, CORNALIA et PANCERI).

Deuxième phase. — Quand le parasite arrive à la phase suivante (Pl. V, fig, 2), ses dimensions sont à peu près doublées : il conserve encore sa forme allongée de chenille à segments bien visibles, mais la courbure générale commence à changer et l'abdomen montre une tendance marquée à se replier dorsalement; tous les mouvements deviennent moins vifs.

La chambre incubatrice est presque fermée ; les premières lames, toujours bien reconnaissables, sont, en partie, engagées dans le capuchon antérieur formé par la réunion des oostégistes de la deuxième paire ; les lames des trois autres paires fusionnées l'une avec l'autre, circonscrivent, sur la face ventrale, la base d'insertion de la cavité. Les lames pleurales se sont bien développées et ont presque acquis leur complication et leurs dimensions définitives. Les pleopodes, très réduits, ne se rejoignent pas encore sur la face ventrale. L'ovaire est rudimentaire et se compose d'une paire de glandes symétriques en tubes contournés.

Troisième phase. — La femelle, parvenue à ce stade (Pl. V, fig. 3), a encore doublé ses dimensions, et elle a acquis la forme définitive qui ne fera plus que s'accentuer dans le développement ultérieur. La courbure dorsale est maintenant permanente et la chambre incubatrice, bien que vide encore, est complètement close. Le cephalogaster est caché en partie sous le capuchon antérieur ; la partie thoracique, profondément modifiée par la croissance de l'ovaire, ne présente plus trace de séparation en segments distincts, elle porte deux longues bosses ventrales sur la ligne médiane et deux bosses latérales plus réduites sous le cephalogaster. La cavité incubatrice enveloppe tout le thorax ; les insertions des lames, jusqu'ici ventrales, deviennent latérales, puis dorsales, sous la poussée de l'ovaire, de sorte que la face dorsale du thorax n'est plus qu'un sillon à peine visible. A l'intérieur de la cavité (Pl. V, fig, 4), les lames de la première paire ont pris leur complet développement et s'étendent dans toute la longueur du sac incubateur depuis le capuchon antérieur, jusqu'à l'extrémité de la deuxième bosse ventrale.

L'abdomen présente sa forme définitive ; il est garni de cinq paires de pléopodes lamelleux se rejoignant sur la ligne médiane et chevauchant l'un sur l'autre pour former le canal ventral qui fonctionne depuis que la cavité incubatrice est close. Les lames pleurales sont fortement développées, surtout aux premiers segments et le cœur fait saillie sur la face dorsale du troisième segment.

C'est à cette époque de la vie de la femelle que l'on rencontre sur elle le mâle dégradé accompagné parfois d'autres mâles encore au stade cryptoniscien (mâles complémentaires).

Quatrième phase. — L'animal est adulte (Pl. V, fig. 5) et la cavité est remplie d'embryons. Le cephalogaster est recouvert par les masses latérales de la cavité incubatrice et le capuchon antérieur dont le volume a plus que doublé. Le parasite peut alors mesurer jusque quatre centimètres : ses mouvements, sont plus lents que dans les phases précédentes. Les vésicules séminales sont complètement développées au niveau du dernier segment thoracique et toujours l'on constate sur la femelle la présence d'un mâle dégradé et presque toujours de plusieurs mâles complémentaires.

MORPHOLOGIE ET ANATOMIE DU MALE.

Le dimorphisme sexuel déjà si prononcé chez les Bopyriens proprement dits, s'accentue chez les Entonisciens, surtout dans le genre *Entione*, d'une façon extraordinaire. Dans le genre *Entoniscus* le mâle, quoique déjà très réduit, est encore nettement visible et l'on ne peut examiner la femelle sans l'apercevoir plus ou moins vite, tandis que dans le genre *Entione*, les dimensions du mâle sont si minimes qu'il peut facilement échapper à toutes les recherches, en se dissimulant, soit dans la masse des embryons qu'il ne surpasse guère comme taille, soit dans les replis des lamelles incubatrices ou des lames pleurales, où il se trouve d'ordinaire. Aussi les premiers zoologistes qui étudièrent les animaux appartenant à ce second groupe d'Entonisciens, et qui n'eurent d'ailleurs à leur disposition qu'un nombre très restreint d'échantillons, le laissèrent-ils passer inaperçu. C'est Kossmann, comme nous l'avons dit, qui découvrit d'abord le mâle de *Grapsion Cavolinii* (XI, p, 150). Sur une femelle qui peut atteindre jusqu'à trois et même quatre centimètres, le mâle adulte ne dépasse guère un millimètre ; on voit dès lors combien il est difficile de le trouver dans le fouillis de lamelles et de replis chitineux que présente toute la surface extérieure de la femelle,

On rencontre le mâle un peu partout, entre la membrane du crabe et le corps de la femelle, tantôt dans le voisinage des organes génitaux, tantôt entre les replis des lames pleurales, tantôt même dans la cavité incubatrice, sur la première lamelle, jusque dans le capuchon antérieur. Pour le recueillir, le meilleur système est d'avoir bien soin de conserver dans le récipient où se fait cette dissection : tous les fragments qu'on sépare de l'animal. Quand on a vidé la cavité incubatrice de tous les embryons qu'elle contient, en agitant dans l'eau tous les débris de la membrane du crabe, des lamelles incubatrices, etc., on finit, le plus souvent, par découvrir au milieu de ces fragments et des embryons un petit animal qui s'agite péniblement sur le fond du vase, sans parvenir à changer de place, s'il n'a, à portée de ses pattes, un bout de lamelle de la femelle : c'est le mâle.

Sa forme générale est celle d'un Isopode typique , mais bien plus dégradé que les mâles des autres Bopyriens ; il est formé d'un thorax de sept anneaux précédé d'un segment céphalique et suivi par les cinq anneaux distincts du pleon qui se termine par un segment très réduit, bifurqué en deux appendices plus ou moins crochus. Séparé de la femelle, il se tient sur le côté et se recourbe ventralement sur lui-même. Il se meut très difficilement et peut à peine se déplacer. Même sur la femelle, ses mouvements sont lents, quoique les griffes qui terminent ses pattes thoraciques lui permettent de s'accrocher à toutes les sinosités des lamelles,

La taille peut varier dans d'assez fortes proportions et en général, elle est en raison directe de celle de la femelle. Un mâle ordinaire de *Portunion Mænadis* mesure en moyenne 1^{mm} de longueur sur $0^{mm},3$ de largeur. Rarement il dépasse cette taille d'un ou de deux dixièmes de millimètre, et souvent il est plus petit. Sur un mâle qui mesurait exactement $1^{mm},2$ et qui atteignait dans sa plus grande largeur $0^{mm},32$, la tête mesurait $0^{mm},07$; le thorax $0^{mm},63$ et l'abdomen $0^{mm},5$. Les proportions sont à peu près les mêmes dans les diverses espèces du genre *Portunion*. Dans le genre *Cancrion*, les dimensions relatives changent d'une façon notable: la forme du mâle est plus élancée, l'abdomen plus grêle et plus long. Dans l'individu figuré (Pl. VIII, fig. 11), et qui avait dans sa plus grande longueur $1^{mm},05$ et $0^{mm},28$ dans sa plus grande largeur, la tête mesurait $0^{mm},1$, le thorax $0^{mm},4$ et l'abdomen $0^{mm},55$.

La coloration générale de l'animal est d'un gris blanchâtre, parsemé de quelques rares chromatoblastes bruns ou jaunes. Le mâle de *Portunion Salvatoris*, par exception est beaucoup plus vivement coloré: il présente au niveau du premier anneau de l'abdomen une large tache rouge et jaune, et sur les autres segments du corps de petites taches pigmentaires brunes, vertes et jaunes.

On ne trouve les mâles adultes que sur les femelles dont la cavité incubatrice est déjà fermée. Sur les femelles jeunes dont la cavité incubatrice est encore ouverte, nous n'avons trouvé de mâle qu'exceptionnellement, et comme dans ce cas, les recherches sont facilitées par la petitesse de la femelle qu'on peut examiner au microscope et par sa forme plus régulière, on doit en conclure que le mâle ne la rejoint le plus souvent que quand elle est arrivée à maturité sexuelle. Généralement il n'y a qu'un seul mâle adulte sur une femelle, mais on trouve souvent, en outre, plusieurs mâles à la seconde période larvaire (stade cryptoniscien) dont les testicules sont déjà arrivés à la maturité sexuelle. Ces mâles sont dispersés dans les lamelles incubatrices ou entre les lames pleurales. Ils sont à peu près invisibles à l'œil nu et même à la loupe, leur extrême petitesse et leur couleur blanche rendent leur recherche très pénible. On s'aperçoit surtout de leur présence quand on débite une femelle en coupes successives; nous avons compté sur une seule femelle, outre le mâle ordinaire, jusqu'à *huit* autres mâles à l'état cryptoniscien.

Dans la description qui suit, nous prendrons pour type le *mâle dégradé* de

Portunion Mœnadis, et nous ne noterons qu'accessoirement les particularités caractéristiques des mâles des autres espèces et des autres genres. On les trouvera indiquées plus en détail dans la partie taxomonique de ce travail, aux diagnoses des différentes espèces.

Le segment céphalique du mâle de *Portunion Mœnadis* (Pl. VIII, fig. 1), vu dorsalement, a la forme d'un demi-cercle, dont le bord inférieur serait le diamètre ; aux deux angles latéro-postérieurs se trouvent les yeux, réduits à deux taches pigmentaires noires, sans cristallins. De chaque côté, on voit à la partie antérieure, les extrémités de deux petits bouquets de poils raides, insérés ventralement, et qui représentent les antennes internes an_1 rudimentaires. Le *thorax* est formé de sept anneaux qui vont en augmentant de largeur, jusqu'au cinquième environ ; le septième est beaucoup plus étroit. Les bords latéraux des six premiers segments se recourbent ventralement de façon à former une sorte d'épaulette sur l'insertion des pattes thoraciques. Les plaques chitineuses qui forment la partie dorsale de ces segments ne sont pas soudées entre elles, elles sont mobiles l'une sur l'autre et permettent à l'animal de s'allonger, de se raccourcir ou de se recourber fortement sur lui-même, ce qui est sa position ordinaire. Au thorax, fait suite le *pleon*, formé de cinq anneaux qui diminuent graduellement de largeur, jusqu'au dernier qui devient cylindrique. Postérieurement à celui-ci se trouve le pygidium très réduit qui porte une paire d'appendices recourbés ventralement en crochets.

Dans le genre *Cancrion* (Pl. VIII, fig. 11), le mâle est très dissemblable de celui des *Portunion* ; la séparation entre le thorax et le pleon est beaucoup plus accentuée. Dès le premier segment, le pleon affecte une forme nettement cylindrique ; ses anneaux allongés vont diminuant d'épaisseur depuis le premier jusqu'au pygidium très allongé qui se termine par deux mamelons (Pl. VIII, fig. 13) recouverts de petits tubercules chitineux.

Toute la face dorsale des mâles de *Portunion* est ordinairement dénuée de pigmentation et n'est colorée que par les deux lobes bruns de l'organe hépatique qui s'étendent depuis le deuxième anneau thoracique où ils se fusionnent jusqu'au deuxième segment du pleon.

Si on examine l'animal par la face ventrale, on voit que le segment céphalique (Pl. VIII, fig. 2) n'a plus la même forme que dorsalement ; il se prolonge inférieurement, en arrière des yeux, en une surface quadrangulaire, sur laquelle s'applique la base du rostre. De part et d'autre de celui-ci, près du bord externe, se trouvent une paire de mamelons peu élevés, surmontés d'un bouquet de poils raides. Chacun de ces bouquets se décompose en trois groupes de poils, le dernier, plus interne, formé seulement de deux poils. Ces deux mamelons représentent les antennes internes rudimentaires (an^1).

Derrière les antennes internes, la surface ventrale du segment céphalique se creuse et est recouverte en partie par le rostre. Cependant, entre cet organe et les antennes antérieures, se trouvent (bien visibles surtout chez le mâle jeune) une paire de petits appendices triarticulés qui sont les antennes externes an_2; ces antennes n'existent plus du tout chez *Cancrion miser* (Pl. VIII, fig. 12). Chez *Portunion Mænadis* le rostre, qui occupe la majeure partie de la face ventrale déprimée de la tête, a la forme d'un pentagone dont les deux côtés supérieurs sont formés par l'hypostome (Pl. VIII, fig. 2, *hyp*). Celui-ci, comme c'est souvent le cas chez les Bopyriens, est fendu à sa partie supérieure par une échancrure très nette, assez profonde et large, et dont le fond est arrondi. De chaque côté de cette fente se trouvent, à la face externe, trois rangs de tubercules, régulièrement disposés. Entre l'hypostome et la lèvre supérieure qui est plus réduite, se trouve d'abord la paire de mandibules *md*. Ces appendices sont très larges et très robustes : leurs bases sont élargies et leurs extrémités supérieures sont formées par des cuillerons qui s'articulent l'un avec l'autre et qu'on aperçoit par l'échancrure de l'hypostome. Entre les mandibules et l'hypostome sont les maxilles de la première paire mx_1 qui, très aigues à leur extrémité supérieure, contournent les mandibules qu'elles recouvrent à leur partie basale pour venir s'articuler sur des parties chitineuses très complexes : ce sont des lignes saillantes épaisses qui s'anastomosent en laissant libre entre elles un espace ovalaire et viennent se terminer en se ramifiant vers la partie médiane. Dans la larve cryptoniscienne du mâle de *Phryxus Paguri*, on trouve cette même disposition et de plus, près de l'espace ovalaire dont nous avons parlé, est situé un petit tubercule allongé, surmonté d'un long poil raide qui représente tout ce qui reste des maxilles de la seconde paire. Peut-être le même rudiment existe-t-il chez le *Portunion* mâle jeune ; toutefois nous n'avons pas constaté sa présence et cette paire d'appendices semble avoir absolument avorté. Entre le bord postérieur de la base du rostre et le bord inférieur du segment céphalique, on trouve encore deux petits appendices (fig. 2, *pm*) composés chacun de deux articles dont le dernier est surmonté d'un petit poil chitineux : c'est la paire de pattes machoires, qui existe à peu près sous cette forme chez les mâles et les embryons de la première et de la seconde forme larvaire de la plupart des Entonisciens.

Les pièces buccales de *Portunion Kossmanni* (Pl. VIII, fig. 6 et 6'), diffèrent sensiblement de celles de *P. Mænadis* ; l'hypostome (*hyp*) beaucoup moins compliqué est formé par une lame ovalaire qui, dans sa partie médiane, s'élève jusqu'à l'extrémité des pièces buccales mobiles. Derrière l'hypostome se trouvent d'abord les maxilles de la première paire mx_1, sous forme de stylets renflés à leur base, aigus à leur extrémité supérieure et présentant sur le bord interne deux petites échancrures. Au dessus des maxilles les manibules *m d* se reconnaissent facilement à leur cuilleron terminal ; leur base est fortement renflée et sert à l'insertion de muscles puissants.

Dans *Cancrion miser* (Pl. VIII, fig. 12) l'appareil buccal est encore plus simple, entre la lèvre supérieure et l'hypostome se trouvent les mandibules *md* et les maxilles de la première paire mx_1 toutes quatre renflées postérieurement et très aigues à leur extrémité antérieure. Ces quatre pointes font saillie à l'extrémité aigue du rostre à la base duquel se trouvent les pattes machoires pm_1 plus développées que d'ordinaire.

Chacun des six premiers segments thoraciques porte une paire de pattes. Ce nombre d'appendices est constant chez tous les mâles d'Entonisciens connus, tandis que chez les Ioniens, nous avons vu qu'il y avait toujours *sept* paires de pattes thoraciques. Dans *Portunion Mænadis* ces pattes, qui sont composés des sept articles ordinaires, vont en augmentant de longueur depuis la première jusqu'à la sixième ; l'allongement porte surtout sur le basipodite qui dans la dernière paire devient très long. Le propodite, peu élargi, présente sur son bord externe de petites séries linéaires de tubercules chitineux irrégulièrement disposés qui servent à donner plus de prise au dactylopodite quand celui-ci, en s'abaissant, saisit un objet entre son extrémité et cette surface. Comme ce dernier article, qui a la forme d'une griffe aplatie et concave, présente aussi sur ses bords de petits tubercules, le mâle peut saisir les lamelles ou les parois du corps de la femelle, sans risquer de les déchirer ou de les percer.

Dans *P. Kossmanni*, les pereiopodes sont moins allongés et plus trapus (Pl. VIII, fig. 5) leur forme est à peu près la même que chez *P. Mænadis*, seulement le dactylopodite est plus réduit et les rangées de petits tubercules du propodite sont plus régulièrement disposés. L'article qui précède et qui résulte vraisemblablement de la fusion du meropodite et du carpopodite, présente sur son bord externe un petit renflement.

Chez *Cancrion miser* (Pl. VIII, fig. 14) les pattes sont encore plus réduites : le dactylopodite devient tout à fait rudimentaire et est constitué par une petite griffe chitineuse qui ne peut plus se recourber sur l'article précédent. Toute la surface externe du propodite est garnie de rangées parallèles de petits tubercules chitineux.

Le septième et dernier segment thoracique, comme dans l'embryon de la première forme des Bopyriens, est absolument apode chez le mâle adulte. Aux angles latéro-postérieurs viennent déboucher les organes génitaux, sur le bord inférieur. On voit par transparence, dans l'épaisseur de la chitine le canal déférent (Pl.VIII, fig. 3, *cd*) qui, avant de déboucher à l'extérieur par une étroite ouverture circulaire *o*, présente, chez *Portunion Mænadis*, un diverticule; chez *Cancrion miser*, (Pl. VIII, fig. 11, *o*) les ouvertures génitales se trouvent au sommet de petits mamelons arrondis situés de chaque côté du bord inférieur du septième segment.

Sur la ligne médiane ventrale des segments abdominaux se trouvent, dans le genre *Portunion*, des prolongements chitineux en forme de crochets recourbés en arrière dont le nombre varie avec les espèces : Dans *P. Mænadis*, il y en a quatre qui vont en diminuant de grandeur depuis le premier segment abdominal jusqu'au quatrième. Chez *P. Kossmanni*, il n'y en a que sur les deux premiers anneaux du pleon (Pl. VIII, fig. 4, cr_1, cr_2); sur les deux segments suivants on ne trouve plus à leur place qu'un petit tubercule arrondi. Il y a également deux crochets chez *P. Salvatoris*. Ces organes doivent jouer un certain rôle dans la progression du mâle sur la femelle. De semblables crochets existent d'ailleurs sous l'abdomen de nombreux Crustacés et notamment chez le Homard.

Chez *Cancrion miser*, les crochets sont remplacés par une série de petits tubercules arrondis (Pl. VIII, fig. 11) disposés sur deux lignes parallèles et situés horizontalement sur la ligne médiane de la partie ventrale des segments, d'un bord à l'autre. On les trouve sur les cinq segments de l'abdomen, mais ils sont très peu nombreux sur le cinquième.

Les organes internes du mâle, d'ailleurs peu compliqués, s'étudient facilement par transparence. Au rostre fait suite un tube digestif droit, bien visible aux premiers et aux derniers segments du corps; l'anus s'ouvre entre les deux · crochets du pygidium. Au niveau du deuxième segment thoracique, les deux lobes hépatiques débouchent dans le tube digestif (Pl. VIII, fig. 1, 11, *he*). Les deux cœcums sont annelés irrégulièrement et pigmentés en brun chez les *Portunion*, en vert chez *Cancrion miser*; ils se prolongent en arrière jusqu'au deuxième segment du pleon. Entre leurs extrémités est situé dorsalement le cœur dont on voit nettement les quatre valvules surtout quand l'animal est encore jeune (fig. 1 et 11, *cœ*); il est situé au niveau du troisième segment abdominal et se prolonge antérieurement par le vaisseau dorsal, situé entre les deux lobes hépatiques.

A la face ventrale, se trouve la chaîne nerveuse composée d'un collier œsophagien, de sept ganglions thoraciques et d'un ganglion abdominal

Quand l'animal est arrivé à maturité sexuelle, les testicules (fig. 1 et 11, *t*) remplissent la cavité des quatre derniers segments thoraciques ; on distingue encore quand ils n'ont pas encore atteint tout leur développement, leur forme primitive trilobée comme chez les Isopodes normaux. Les glandes distendues par les produits génitaux, compriment les organes voisins, et cela est surtout bien visible pour le foie qui ne forme plus à leur niveau que deux trainées à peine colorées, tandis qu'en avant et en arrière il est fortement renflé et pigmenté.

Les spermatozoïdes pris soit chez le mâle dégradé soit chez les mâles pygmées cryptonisciens sont des corpuscules d'une petitesse extrême. Examinés à l'objectif F de Zeiss ils ont l'aspect de granulations sphériques refringentes, animées d'un mouvement très rapide. CORNALIA et PANCERI qui les ont étudiés chez le mâle de *Gyge*, les ont appelés *spermatozoi vibranti*. WALZ qui a vu seulement ceux de *Bopyrus* et de *Bopyrina* croit que leur mouvement est un mouvement moléculaire ou brownien. Nous avons eu plusieurs fois la sensation très nette de l'existence d'un flagellum. Si on les fixe par les vapeurs d'acide osmique et qu'on les examine après coloration sous l'objectif à immersion homogène $\frac{1}{18}$ de Zeiss, on leur trouve une taille de 2 μ environ et une forme identique à celle décrite et figurée par HERRMANN pour les spermatozoïdes de *Stenorynchus* (1). Nos observations sur ce point délicat ont été contrôlées par le professeur HERRMANN lui-même pendant son séjour au laboratoire de Wimereux. Les beaux travaux de notre savant collègue et ami sur la spermatogénèse d'un grand nombre d'animaux lui donnent une compétence indiscutable en pareille matière.

EMBRYOGÉNIE DES ENTONISCIENS.

I. — LES PREMIERS STADES DU DÉVELOPPEMENT.

L'embryogénie des Entonisciens ne peut être suivie qu'avec de grandes difficultés. Ces animaux paraissent se reproduire pendant toute la belle saison et

---

(1) HERRMANN. Spermatogénèse des Crustacés. Congrès médical de Copenhague, 1885 (section d'anatomie).

chaque femelle fournit un nombre d'œufs immense, mais tous ces œufs sont au même degré de développement pour une femelle donnée et leur évolution cesse dès que le parasite est retiré de son hôte. Même en plaçant l'animal-mère dans une eau très pure et fréquemment renouvelée, on n'obtient plus au bout de quelques heures que des formes tératologiques. Il faut donc se hâter d'examiner une partie de la ponte sur le vivant au moment même de l'extraction du parasite et traiter immédiatement le reste des œufs par l'acide osmique et les réactifs colorants.

On sait que chez la plupart des animaux l'évolution ne se fait pas d'un mouvement uniforme. Certains stades, souvent des plus intéressants, sont franchis avec une extrême rapidité, tandis que d'autres, beaucoup moins instructifs, durent plusieurs heures et quelquefois même plusieurs jours. Cette difficulté de saisir les phases importantes de transformation se fait sentir plus vivement encore dans l'étude embryogénique des Entonisciens à cause de la rareté des matériaux et l'impossibilité de faire continuer le développement en captivité.

En outre chez les animaux dont tous les œufs suivent un développement simultané, dont les embryons sont, pourrait-on dire, *isochrones*, on peut être quelquefois fort embarrassé pour savoir si un stade embryogénique est postérieur ou antérieur à un autre stade déjà observé. Dans bien des groupes on a un moyen commode de vaincre cette difficulté : c'est de chercher une espèce à développement successif ou *anisochrone* dont la série embryonnaire fournira une échelle chronologique sur laquelle on se guidera pour classer les stades évolutifs des types voisins à développement isochrone.

Si, par exemple, on étudie le développement d'une *Phallusia* appartenant au groupe de *P. Mentula* dont les œufs isochrones sont d'une clarté parfaite, on trouvera une échelle chronologique dans la ponte de *Perophora Listeri*, de la Claveline ou de bien d'autres Ascidies composées. Si l'on étudie l'embryogénie si merveilleusement claire de *Littorina obtusata*, il sera facile de sérier les stades embryogéniques observés dans les diverses pontes à embryons isochrones en examinant la chambre incubatrice de *Littorina rudis*.

Chez les Entonisciens on pourra peut-être employer le même procédé si l'observation faite par Fritz Mueller sur les *Entoniscus porcellanæ* s'étend à l'espèce du même genre, *Entoniscus Mülleri*, rencontrée sur les côtes de France. D'après Mueller, en effet, *Entoniscus porcellanæ* rassemble autour de lui une série de pontes hétérochrones qui fournissent des embryons à tous les stades de développement : « er häuft eine ganze Reihe auf einander folgender Bruten gleichzeitig um

» sich an, so dass man Stoff für die ganze Entwickelungsgeschichte den Brutblättern
» desselben Thieres entnehmen konnte. » (1)

Malheureusement toutes les espèces parasites des Brachyoures vrais sont à développement isochrone et *Entoniscus Mülleri* paraît jusqu'à présent d'une excessive
rareté.

Une cause d'erreur qui n'est pas à négliger dans l'étude du développement des
Entonisciens est la fréquence relative des états pathologiques. C'est surtout au printemps pendant les mois de mars et d'avril que ces états pathologiques se rencontrent
chez les Entonisciens, comme chez les autres Bopyriens et cela tient sans doute à
l'influence des froids de l'hiver qui ont suspendu le développement des pontes et
souvent même tué la couvée.

On comprend sans peine que nous n'avons pas pu suivre complètement l'évolution d'une même espèce; les divers stades que nous avons figurés sur notre Pl.
IX sont empruntés au développement de quatre formes distinctes d'Entonisciens.
Ils ne donnent qu'une idée bien imparfaite encore de l'embryogénie de ces animaux,
aussi réclamons-nous d'avance toute l'indulgence de nos confrères en zoologie.

Les stades les plus jeunes observés par nous (Pl. IX, fig. 1, 2) appartiennent à
Portunion Kossmanni. Ce sont des *morula* au stade VIII, mesurant 12 μ de diamètre, et formées de quatre grosses sphères endodermiques obscures *en* et de
quatre cellules exodermiques claires et légèrement inégales *ex*. Il est donc prouvé
que les *Entione* ont une segmentation holoblastique et inégale, une *amphimorula* et
un développement épibolique.

Le stade suivant (fig. 3 et 4) représente une morula bien plus avancée ; l'épibolie est terminée : les cellules endodermiques se sont multipliées et les cellules
exodermiques, très nombreuses, les revêtent complètement sauf en un point
(blastopore). L'embryon, dessiné fig. 3, est vu par le pôle endodermique ; la coupe
optique (fig. 4) montre les rapports de l'endoderme et de l'exoderme à cette période
du développement.

Les figures 5 et 6 appartiennent au *Portunion Salvatoris* : Ce sont des *amphigastrula* déjà très avancés mais chez lesquelles la symétrie bilatérale n'est pas
encore accentuée.

---

(1) Généralement les animaux à développement isochrone ont des pontes libres renfermant des œufs
nombreux, peu chargés de vitellus nutritif. Les animaux à développement sérié ont, au contraire, un petit
nombre d'œufs, pourvus d'un deutoplasme abondant et souvent incubés dans l'organisme maternel. *Entoniscus
porcellanæ* paraît bien avoir des œufs moins nombreux que ceux des autres genres d'Entonisciens et chargés d'un
vitellus nutritif volumineux et coloré.

Les embryons qui les suivent (fig. 7 et 8) et qui proviennent de *P. Kossmanni* présentent au contraire nettement la symétrie bilatérale, une face ventrale et une face dorsale. Sur les deux côtés l'exoderme est très mince en deux points qui correspondent peut-être aux organes latéraux de l'embryon d'*Asellus aquaticus*.

Les figures suivantes (9, 10, 11 et 12, 13) empruntées au développement de *P. Kossmanni* et de *Cancrion miser*, représentent les stades plus avancées où l'embryon a pris la forme de la larve typique des Isopodes à courbure dorsale. Les rudiments des appendices buccaux et des membres thoraciques et abdominaux sont bien différenciés et nettement reconnaissables ; seul le septième segment thoracique est apode.

En même temps que se forment les appendices on voit apparaître de chaque côté de l'embryon les corps graisseux si fortement développés chez les embryons de tous les Bopyriens.

L'odeur très désagréable qu'exhalent, après leur mort, les jeunes Entonisciens et les Cryptonisciens doit être attribuée, pensons-nous, à une oxydation des pigments des corps graisseux. Chez une Ascidie composée commune à Wimereux, *Botrylloïdes cyanescens* GIARD, nous avons vu le pigment jaune de l'animal vivant devenir bleu violet après la mort en même temps qu'une odeur alliacée ou phosphoreuse très violente se développait rapidement, surtout sous l'action de la lumière (1).

Encore un pas et nous arrivons à la première forme larvaire sous laquelle l'embryon quitte la cavité incubatrice de la mère et traverse la chambre branchiale du crabe pour nager librement au dehors.

II. — PREMIÈRE FORME LARVAIRE. (Pl. IX, fig. 3-9).

Lorsque l'embryon de *Portunion Mænadis* quitte la cavité incubatrice de la femelle, il a la forme d'un petit isopode court, ramassé, presque gobuleux, qui gagne rapidement le côté de la lumière. Quand il nage à la surface de l'eau, il présente la même particularité que nous avons déjà signalée dans l'embryon de *Cepon elegans* : il semble qu'il n'est pas mouillé et qu'il a quelque difficulté à plon-

---

(1) Ce Botrylloïde est voisin du *Botrylloïdes luteum* VON DRASCHE de la Méditerranée. Les deux espèces présentent de chaque côté de l'endostyle une série d'organes excréteurs brunâtres correspondant aux rangées transverses de fentes branchiales.

ger dans l'eau. Tandis que, dans le vase où on les élève (1), ceux qui se trouvent au fond nagent rapidement dans tous les sens, il y en a toujours un certain nombre qui reste en groupe à la surface, sans que leur petite carapace luisante soit mouillée.

Quand l'embryon sort de la cavité incubatrice, il mesure dans sa plus grande longueur $0^{mm}19$, et dans sa largeur $0^{mm}9$. Au bout de quinze jours il présente toujours la même forme mais sa taille a augmenté et il devient plus robuste et plus pigmenté il mesure alors $0^{um},25$ sur $0^{mm},12$. La durée de cette première période larvaire est au moins de 21 jours, car nous avons conservé des embryons qui au bout de ce temps ne présentaient pas de modifications appréciables ; tous sont morts presque au même moment, probablement à l'instant critique où ils allaient se transformer en larves de la deuxième forme. La couleur générale de l'embryon est d'un blanc mat sur lequel se détachent, à la face dorsale, deux lignes de chromatoblastes (Pl X, fig, 4, *chr*) bruns et verts entremêlés de jaune. Ces deux bandes pigmentées sont latérales, elles se confondent sur les derniers segments abdominaux et assez souvent se réunissent antérieurement au niveau du deuxième segment thoracique.

Quand on examine l'embryon par la face dorsale (fig. 4) on voit que la tête a une forme semi-circulaire et présente à ses angles postérieurs une paire d'yeux *œ* composés de deux cristallins réfringents entourés d'une masse de pigment d'un rouge carmin très vif. Sur le bord frontal, de part et d'autre de la ligne médiane débordent les petits bouquets de poils qui terminent les antennes internes an_1. Les antennes externes débordent largement la surface dorsale et atteignent le cinquième segment. Le thorax est composé de sept segments dont le dernier est plus étroit que les six premiers ; l'abdomen comprend six segments qui vont en diminuant de largeur jusqu'au dernier qui est très réduit et porte les uropodes.

Examinons l'embryon par la face ventrale (fig. 3 et 6) : les antennes internes an_1 ont la forme de deux petits tubercules, constitués par trois articles courts qui diminuent de volume du premier au troisième ; sur le deuxième se trouvent quelques poils raides, et le dernier est surmonté par plusieurs filaments sensitifs, longs et transparents. Les antennes externes an_2, beaucoup plus développées, sont composées de six articles allongés qui vont en diminuant de longueur du premier

---

(1) La meilleure façon d'élever des embryons de Bopyriens est de les recueillir, au sortir de la cavité incubatrice, dans une quantité suffisante d'eau de mer bien pure, filtrée, contenue dans un vase couvert, de façon à éviter la poussière à la surface du liquide. Nous avons pu ainsi, *sans changer l'eau*, conserver des embryons pendant 21 jours.

au dernier ; le troisième et le sixième sont ornés de quelques soies raides. Entre ces deux paires d'appendices est situé le rostre *r* dans une sorte d'enfoncement que limite antérieurement une saillie frontale *f* à la base des antennes internes. Les pièces masticatoires sont protégées par une lèvre supérieure (fig. 6, *lb*) qui les recouvre en avant. La mandibule *md* renflée à son extrémité inférieure présente le cuilleron ordinaire à sa partie antérieure ; les maxilles de la première paire *mx*, également renflées à leur base, sont très aigues à leurs extrémités libres. A la base du rostre est insérée une paire d'appendices biarticulés *pm* dont le dernier article est très allongé : ce sont les pattes mâchoires,

Le thorax est muni de six paires d'appendices, le septième segment étant toujours apode. Les cinq premières paires de ces pattes thoraciques sont toutes semblables entre elles (fig. 7) : elles sont formées des sept articles ordinaires; au coxopodite à peine visible fait suite le basipodite allongé, puis l'ischiopodite un peu moins long, l'article suivant résultant de la soudure du carpopodite et du meropodite présente sur son bord externe une petite saillie pointue. Le propodite est largement ovalaire : la partie rectiligne du bord interne, qui fait face au dernier article opposable, est ornée de deux denticules chitineuses reliées par une fine membrane. Enfin le dactylopodite, brusquement coudé près de sa base, a l'extrémité légèrement tronquée.

La sixième paire de pattes thoraciques (fig. 8), si hautement caractéristique dans les différents genres de la famille des Entonisciens est très différente des autres pattes thoraciques, pour ce qui est des deux derniers articles. Le propodite, moins large que dans les autres pattes, a une forme ovalaire presque rectangulaire ; l'angle distal interne est terminé par une très petite griffe recourbée ; l'autre angle se prolonge en un batonnet droit, transparent, et très peu visible, aussi long que le propodite et qui est terminé par un bouquet de longs poils minces et flexibles. L'embryon des *Portunion* nage toutes les pattes thoraciques déployées, sauf la dernière paire qui est toujours allongée sous les pléopodes, à la face abdominale où elle est à peine visible (fig. 3, *pt*[6]). Au contraire l'embryon des *Cancrion* et des *Grapsion*, nage le corps recourbé sur sa face ventrale, la sixième paire de pattes thoraciques faisant saillie de chaque côté.

Les cinq premiers segments du pleon présentent cinq paires de pléopodes tous semblables (fig. 9 *pl*), Ils s'insèrent près du bord de l'anneau et sont composés de deux articles : l'article basal, à peu près triangulaire, est fixé par son angle supérieur et présente à son angle interne deux longues soies ; à son angle externe est articulé l'exopodite de forme allongée et dont le bord distal, coupé droit, porte trois soies semblables aux premières.

Le dernier segment du pleon porte les uropodes (fig. 3, 4, 5, *ur*) formés d'un article basilaire et de deux rames à peu près égales terminées chacune par une paire de soies raides.

Les organes internes les plus apparents sont les cœcums hépatiques colorés en brun et le cœur que l'on voit battre activement à la partie dorsale du premier segment abdominal.

Chose assez étonnante, ni FRAISSE ni KOSSMANN n'ont vu de larve d'*Entione* en bon état. Les figures qu'ils donnent (X, Pl, XXI, fig, 10 et 11, et XI, Pl. XIII, fig. 6) de la première forme larvaire d'*Entione Cavolinii* dépassent les limites de la fantaisie.

FRAISSE indique deux articles terminaux garnis chacun de trois soies à chaque patte pléale (loc. cit. Pl, XXI, fig. 11. *b*) et il trouve dans cette particularité un caractère distinctif entre l'embryon d'*E. Cavolinii* et celui d'*E. Porcellanæ*, (XI, p. 31). KOSSMANN dit : « Les pléopodes des larves ne ressemblent pas aux dessins donnés par FRAISSE et par GIARD, mais sont tout à fait comparables à ceux donnés par FRITZ MUELLER chez *Entoniscus porcellanæ* (Taf. II, fig, 11 et 12). » Or, si on se reporte aux figures citées de MUELLER, on trouve qu'en effet ces figures sont excellentes, et presque superposables aux figures 3 et 9 de notre planche X, (l'article basilaire porte seulement une soie au lieu de deux) mais elles ne ressemblent en rien à la fig. 6, Pl. VIII, de KOSSMANN, où l'artide basilaire est étroit, long, achète, au lieu d'être court et prolongé intérieurement en un angle muni de soies.

FRAISSE et KOSSMANN ont figuré semblables toutes les pattes thoraciques, tandis que la sixième paire présente, comme nous l'avons vu, une structure bien différente des cinq premières et ressemble à celle que nous figurons (fig. 8, Pl, X), chez l'embryon de *Portunion Mœnadis*; mais cette larve tient toujours cette dernière paire d'appendices thoraciques cachée sous l'abdomen, tandis que l'embryon de *Grapsion Cavolinii* les étale en ligne droite de chaque côté du corps (1) et semble s'équilibrer dessus comme un bateleur sur un balancier.

Malgré cette erreur, FRAISSE n'a pu s'empêcher de faire remarquer combien la structure variable de la sixième paire de pattes chez la première larve des Entonisciens était intéressante au point de vue de la théorie de DARWIN.

GIARD, de son côté, exprimait la même idée : « Nous trouvons ici une remar- « quable confirmation de la loi mise en évidence par DARWIN et FRITZ MUELLER :

(1) Comme aussi celui de *Cancrion Cancrorum*. Voir p. 235 fig. 26, d'après FRITZ MUELLER.

« Quand, chez un groupe d'animaux, un organe présente un développement excep-
« tionnel, cet organe est en même temps soumis, chez les diverses espèces du
« groupe à une grande variabilité. »

Kossmann, dont les observations à ce sujet sont très inexactes et très superficielles,
repousse *a priori* toute idée de variation chez des animaux si voisins et il se
moque des efforts de Fraisse pour expliquer des faits auxquels il ne veut pas
croire. On s'étonne de voir un zoologiste si distingué s'exprimer avec un tel parti
pris, sans aucun argument de fait :

« Schon principiell sind so erhebliche Unterschiede an Embryonen so ̈hnli-
« cher Thiere sehr auffällig und bedenklich, und es ist interessant, zu sehen,
« welche Anstrengungen Fraisse gemacht hat, um diese Angeben mit der
« Darwins'chen Theorie in Uebereinstimmung zu bringen. » (XI, p. 167.)

Fritz Mueller et Giard avaient supposé à tort que la sixième paire de pattes
thoraciques jouait un rôle dans la pénétration de l'embryon dans le corps des
crabes. Fraisse et Kossmann ont émis l'opinion qu'elle devait servir a déchirer la
membrane d'enveloppe dans laquelle est renfermé l'Entoniscien. Nous avons fait
voir que la sortie des embryons se faisait par une voie naturelle à travers un canal
sous-abdominal. Il est très probable que les pattes transformées de la sixième
paire ont surtout pour fonction de tenir écartées les parois de ce canal, et de
faciliter la progression des larves vers la cavité branchiale du crabe ; puis de là, vers
l'extérieur. Chez les *Portunion*, où le casque chitineux maintient largement béante
l'ouverture de sortie, la sixième patte thoracique présente l'aspect débile d'un
organe en régression. Elle demeure comme nous l'avons dit constamment cachée
sous l'abdomen de la larve.

III. — L'ŒIL NAUPLIEN DES ISOPODES.

Nous n'avons rencontré chez l'embryon des Entonisciens appartenant aux
genres *Portunion* et *Cancrion* aucune trace d'un organe fort important que l'un de
nous a signalé en 1878 chez la première larve d'*Entione (Grapsion) Cavolinii*.
Nous voulons parler de l'œil nauplien qu'on a observé jusqu'à présent que chez
un très petit nombre d'embryons d'Isopodes et toujours dans un état absolument
rudimentaire.

Chez l'embryon de *Grapsion Cavolinii*, cet organe est très net. Il est tellement
visible que Cavolini l'avait indiqué dès 1787 sur la figure 18 de sa planche II
que nous reproduisons ci-dessous (fig. II, *r r*).

Nous avons peu de chose à ajouter à la description que nous avons donnée de cet organe, n'ayant pas eu l'occasion d'examiner à nouveau les embryons de Grapsion depuis la publication des "Notes pour servir à l'histoire du genre *Entoniscus*."

Voici comment nous nous exprimions à ce sujet (GIARD, IX, p. 694 et 695) :

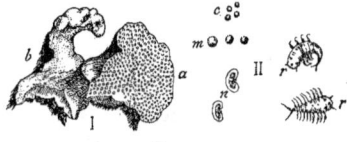

FIG. 24.

Grapsion Cavolinii (d'après CAVOLINI).

I. Grapsion Cavolinii (grandeur naturelle).
II. Œufs et embryons.
    r Embryons libres, avec l'œil nauplien et les yeux latéraux.

"Outre les yeux latéraux, qui sont doubles, et correspondent aux yeux définitifs des Isopodes ordinaires, l'embryon présente un œil médian possédant tout à fait la structure de l'œil nauplien des Copépodes. On y trouve en effet deux cristallins (voir fig. 27, II et *a*, p. 228) deux nerfs optiques et une forte tache pigmentaire noire, dont la forme en enclume rappelle tout à fait celle de l'œil du *Nauplius* des Cirripèdes et des Copépodes libres.

"FRITZ MUELLER indique sur le milieu du front de l'embryon de *E. Porcellanæ*, une tache transparente qui n'est sans doute que le rudiment d'un semblable œil nauplien.

"Le docteur FRAISSE a aussi observé quelque chose d'analogue chez une espèce de *Cryptoniscus* (*C. monophthalmus*, FR.). Le mâle de cette espèce possède au lieu des yeux latéraux des autres types du même genre, un seul œil médian (1).

"L'existence d'un œil de Nauplius bien nettement constitué chez l'embryon de *G. Cavolinii* présente une certaine importance comme trace de la phase *Nauplius* dans l'embryogénie des Isopodes. Jusqu'à présent, en effet, on n'avait aucun argument à faire valoir pour rattacher les Isopodes à la forme originelle commune à tous les Crustacés. L'opinion de FRITZ MUELLER, qui considère la membrane embryonnaire des *Ligia* et des *Oniscus* comme représentant la cuticule nauplienne, paraît dénuée de fondement. Dans tous les groupes où il existe des membranes embryonnaires, ces membranes se surajoutent chez certaines formes comme organes protecteurs de l'embryon typique, sans en modifier les caractères essentiels.

---

(1) « La larve *Cypris* d'un Cirripède indéterminé, péchée en septembre, au filet fin, à Wimereux, m'a aussi présenté trois yeux : l'œil médian de *Nauplius* et les deux yeux latéraux ordinaires du *Pupa stage*. Une tache pigmentaire médiane existe aussi, outre les yeux latéraux , chez les Cypridinides et chez un crustacé Branchiopode, *Holopedium gibberum* ZADDACH. »

« Ce sont en général des replis exodermiques jouant le rôle d'amnios. C'est ce qui a lieu, par exemple, chez les Insectes, où ces membranes peuvent se constituer de diverses façons et n'ont pas de signification morphologique réelle au point de vue de l'embryogénie comparée. Ces membranes sont déterminées le plus souvent par des raisons physiologiques et peuvent disparaître ou se conserver chez des types très voisins.

« La présence de l'œil si caractéristique du Nauplius paraît au contraire une marque de haute valeur pour la phylogénie des Arthrostracés. »

Il est bien extraordinaire que ni FRAISSE ni KOSSMANN, qui ont étudié plus récemment l'embryon de *Grapsion Cavolinii* n'aient pas dit un mot de l'œil nauplien. Il est vrai que ces deux zoologistes, n'ont probablement observé, comme nous l'avons déjà indiqué, que des embryons immatures et imparfaitement développés.

La duplicité primitive des yeux latéraux ne s'observe pas seulement dans la larve de *Grapsion Cavolinii*. Nous l'avons vue également se produire chez l'embryon des *Portunion* et chez celui de *Cancrion miser* (Pl. IX, fig. 12). La signification phylogénique de cette disposition nous échappe encore et nous nous bornons à en signaler la fréquence. Les Protisopodes avaient sans doute, outre l'œil Nauplien, quatre yeux latéraux disposés en trapèze comme cela se voit chez de nombreuses Annélides.

IV. — DEUXIÈME FORME LARVAIRE. (Pl. VIII, fig. 7 à 10).

Nous avons appelé la deuxième forme larvaire, forme cryptoniscienne, stade *Cryptoniscus*, larve cryptoniscienne, embryon cryptoniscien, parce que cette forme embryonnaire acquiert chez les Cryptonisciens, une forte taille et un remarquable développement.

FRAISSE, le premier, a soupçonné l'importance et la généralité de cette forme chez tous les Bopyriens. En dehors des Cryptonisciens, elle a été vue et imparfaitement figurée par FRITZ MUELLER chez *Bopyrus resupinatus*, par HESSE chez divers Phryxiens, par KOSSMANN et par WALZ chez *Bopyrina virbii*, par nous mêmes chez *Cepon elegans, Phryxus paguri*, etc.

Personne n'avait jusqu'à présent réussi à la rencontrer chez les Entonisciens où cependant rien n'est plus facile que de l'observer. Il faut chercher l'embryon cryptoniscien sur les coupes transverses de la femelle, dans les replis des lames pleurales ou même dans la cavité incubatrice. Cependant nous en avons recueilli un certain nombre d'exemplaires en les cherchant à la loupe sur *Portunion*

Kossmanni. Celui que nous avons représenté Pl, VIII, fig. 7, mesurait dans sa plus grande longueur 0^{mm}. 3 sur 0^{mm}. 1 de large. Il est entièrement d'un blanc mat, ce qui augmente la difficulté de l'apercevoir au milieu des organes de la femelle qui sont de la même teinte.

La forme générale de cette larve est allongée ; comme la larve qui la précède, elle comprend une tête semi-circulaire, un thorax composé de sept segments égaux et un abdomen de six anneaux.

Vu par la face ventrale (Pl. VIII, fig. 8) le segment céphalique présente deux paires d'antennes et le rostre. L'antenne interne an_1 est formé d'un article basilaire aplati sur la surface ventrale de la tête ; cet article est presque carré et présente sur sa partie interne quelques petits cercles chitineux qui sont des insertions de poils. Sur cette base, qui, fixée seulement par un angle, se meut latéralement, est inséré l'article suivant court et garni à son bord externe d'un tubercule orné de deux poils raides. L'article suivant, beaucoup plus long, est aussi muni à sa base d'un tout petit tubercule surmonté d'un long poil : le quatrième et dernier article est petit, court et garni à son extrémité de quelques longs poils raides. L'antenne externe an_2 est composée de six articles dont les trois premiers sont longs et larges ; les trois derniers, très réduits, font un petit fouet terminé par quelques poils. Entre les deux paires d'antennes se trouve le rostre très pointu, formé par les mandibules et les maxilles de la première paire. Les mandibules *md* sont très longues et présentent, au niveau de leur tiers inférieur, un coude brusque qui ramène la base vers la ligne médiane : leur extrémité supérieure est très aigue. Les maxilles mx_1 sont allongées, renflées à leur base et pointues à l'autre extrémité. On voit, par compression, les quatre pointes effilées des appendices buccaux sortir par l'ouverture circulaire qui termine le rostre.

A la base du rostre sont situés deux petits tubercules, omis sur la fig. 8, et qui représentent les pattes mâchoires.

Aux angles inférieurs du segment céphalique, se trouvent les deux yeux noirs très grands qui, lorsque l'animal est vu, par la face dorsale, se détachent vivement sur la couleur blanche de la tête. Chaque œil renferme deux cristallins.

Il y a sept paires de pattes thoraciques, toutes semblables, les premières sont toutefois un peu moins allongées et un peu plus trapues que les dernières Le coxopodite est protégé par un large repli chitineux (fig. 9, *rp*) dont le bord inférieur est découpé en trois dents à peu près égales. Le basipodite est plus long que l'ischiopodite ; le méropodite et le carpopodite encore distincts, sont beaucoup plus courts ; le propodite ovale se termine par un dactylopodite allongé et très aigu.

Les cinq premiers segments de l'abdomen, très arqués, vont en diminuant de largeur du premier au dernier. Les cinq paires de pléopodes sont toutes conformées de la même façon : chacun d'eux (fig. 10) est constitué par un article basilaire quadrangulaire qui s'insère à l'abdomen par un angle supérieur externe. L'angle inférieur interne est garni de cinq longues soies ; l'exopodite qui s'articule à l'angle inférieur externe, est allongé et garni à son bord distal, coupé droit, de quatre soies longues et minces. Le sixième et dernier segment abdominal est très réduit, il a pour appendices les uropodes (fig. 7, *ur*) dont la base très élargie porte deux petits articles courts terminés, l'interne, par quatre soies, et l'externe, plus petit, par deux soies seulement.

Presque toujours, lorsque l'on dilacère cette forme cryptoniscienne, on trouve des spermatozoïdes en tout semblables à ceux contenus dans les testicules des mâles dégradés. Dans le chapitre que nous consacrons à la physiologie sexuelle des Entonisciens, nous verrons quelles conséquences on peut tirer de la présence de produits génitaux murs dans cette forme larvaire.

La découverte de la seconde forme larvaire des Entonisciens et l'analogie complète de cet embryon cryptoniscien avec les formes similaires des autres Bopyriens, montrent combien est inexacte cette opinion de KOSSMANN (XI, p. 151) que le mâle des Entonisciens s'est arrêté dans son développement au stade larvaire hexapode, que les autres Bopyriens franchissent en acquérant une septième paire de pattes. C'est par une véritable régression et nullement par un arrêt de développement que les mâles Entonisciens sont dépourvus du septième appendice thoracique.

Il est probable comme nous le verrons plus loin qu'un certain nombre d'embryons cryptonisciens ne dépassent pas cette phase du développement et meurent sous la forme de mâles pygmées complémentaires. Cela doit arriver surtout pour les embryons éclos en automne, à l'époque où les crabes ont dépassé l'âge le plus favorable à l'infestation. Mais les embryons d'été poursuivent leur évolution et après avoir fonctionné comme mâles cryptonisciens se transforment soit en mâles dégradés soit en femelles après avoir traversé dans ce dernier cas une période transitoire d'hermaphrodisme. (V. p. 207 et suiv.).

ÉTHOLOGIE.

Kossmann l'a dit avec raison : il ne peut être question de rareté absolue quand on parle d'animaux tels que les Bopyriens.

De ce qu'un Décapode paraît indemne sur une grande étendue de son habitat, on ne peut pas en conclure que dans un point déterminé il ne sera pas infesté par une ou plusieurs espèces d'Épicarides.

Nous avons ouvert un nombre énorme de *Porcellana longicornis* en une foule de points des côtes de France avant de rencontrer à Concarneau, dans la baie de la Forest, un exemplaire d'*Entoniscus Mülleri*. C'est par milliers que nous avons examiné les *Clibanarius misanthropus* à la Rochelle, au Pouliguen, au Croisic, à Concarneau et jamais ce Pagure ne nous a fourni le moindre parasite, tandis qu'à Mahon, Fraisse a trouvé sur ce même crustacé un *Peltogaster*, un *Cryptoniscus*, un *Phryxus* et une *Pleurocrypta*. *Cryptothir balani*, qui est relativement abondant dans *Balanus balanoïdes* à Christiansand et dans la rade de Brest, est très rare à Wimereux. Jusqu'à présent *Portunus depurator* Linné et *Porcellana platycheles* ne nous ont rien donné, bien que nous ayons aussi ouvert des milliers d'exemplaires de ces crustacés. Nous ne parlons pas d'un certain nombre d'espèces qui se sont montrées également indemnes mais dont nous avons examiné une bien moins grande quantité d'individus.

Il serait évidemment fort imprudent d'affirmer que telle ou telle espèce de Décapode est absolument à l'abri des parasites Bopyriens, parce qu'on ne lui en a pas encore trouvé jusqu'à présent. *Crangon vulgaris*, si commun partout, et si fréquemment examiné par les naturalistes et les profanes est peut-être la seule espèce pour laquelle nous risquerions cette affirmation. Encore ne faut-il pas oublier que son congénère américain *Crangon munitus* est infesté par *Argeia*.

Les localités les plus favorables pour trouver les Bopyriens sont celles où l'on rencontre généralement aussi les Rhizocéphales : les petites baies abritées, aux eaux peu profondes d'une pureté moyenne. Sur les côtes de France nous pouvons citer comme particulièrement riches la baie de la Forest à Concarneau, la jetée de Pen-Bron au Croisic, les crans de la Grand-Côte de Penchâteau au Pouliguen, la rade de Brest, l'anse de Perharidi à Roscoff, la plage de Tatihou à St-Waast la Hougue, la Tour de Croy à Wimereux.

D'une façon générale les Epicarides sont plutôt rares, même dans les endroits où ils existent endémiquement ; c'est à peine si *Cryptoniscus larvæformis* se trouve une fois sur mille à Roscoff où *Sacculina carcini*, son hôte, est excessivement abondante. Les résultats que nous publions dans ce mémoire sur le genre *Cepon* et sur les Entonisciens ont exigé le massacre de plus de cent mille décapodes d'espèces diverses.

Une seule espèce paraît faire exception à cette règle, c'est *Portunion Kossmanni*, parasite de *Platyonichus latipes*. Nous avons même cru pendant quelque temps que tous les exemplaires de ce petit crabe recueillis à Wimereux, renfermaient un ou plusieurs *Entione*, car l'espèce est grégaire et la cavité viscérale si étroite du *Platyonichus* peut contenir jusqu'à quatre *Portunion*. Nous avons bien vite compris que le parasite ne pouvait avoir cette fréquence car il entraîne généralement la stérilité de son hôte et cependant le *Platyonichus* est des plus communs sur les bancs de sable de la Tour de Croy. Mais les individus infestés sont moins actifs que les autres, ce sont eux qui tombent d'abord sous la main du chercheur et donnent naissance à cette illusion de la constance du *Portunion*.

L'existence grégaire de *Portunion Kossmanni* est aussi un fait exceptionnel dans l'éthologie des Bopyriens. Ce n'est que d'une façon anormale qu'on rencontre plusieurs femelles dans un même crabe chez les autres espèces d'Entonisciens.

RATHKE avait déjà fait la même constatation pour le Bopyre des Palæmons « Neque ullum vidi Palæmonem, qui duobus generis feminini Bopyris hospitium præbuisset. » (*De Bopyro*, p. 18).

Nous avons dit en parlant de *Cepon elegans* qu'une fois sur dix crabes infestés environ (ce qui constitue un coefficient de rareté assez grand) on trouve le parasite des deux côtés du *Pilumnus*.

Les Entonisciens sont, comme tous les Bopyriens, *droits* ou *gauches* selon qu'ils ont pénétré dans la cavité viscérale en passant par la cavité branchiale droite ou gauche. Mais comme ces animaux sont aplatis dans le sens transversal et non comme les autres Bopyriens dorso-ventralement, leur forme reste à peu près symétrique par rapport au plan sagittal. Chez les espèces grégaires, comme

Portunion Kossmanni, il y a souvent deux individus gauches alternant avec deux individus droits, chaque individu gauche étant tête-bêche avec l'individu droit correspondant.

Une particularité plus curieuse est que toute espèce de Décapode infestée par les Bopyriens l'est généralement par deux ou plusieurs espèces différentes et cela très souvent dans une même localité, quelquefois même sur un seul individu. En nous limitant ici aux espèces parasites des Décapodes des mers d'Europe nous rappellerons d'abord le cas si curieux de *Clibanarius misanthropus* de Minorque sur lequel FRAISSE a trouvé, outre un Rhizocéphale (*Peltogaster Rodriguezii* FRAISSE) trois Bopyriens : *Cryptoniscus paguri* FR., *Pleurocrypta balearica* G. et B., et *Phryxus misanthropus*, G. et B.

Les exemples du même genre ne sont pas rares : c'est ainsi que nous rencontrons sur *Xantho floridus*, *Cepon pilula* G. et B. et *Cancrion floridus* G. et B., sur *Pilumnus hirtellus*, *Cepon elegans* G. et B. et *Cancrion miser* G. et B. ; sur *Portunus arcuatus*, *Portunicepon portuni* KOSSMANN et *Portunion Salvatoris* KOSSMANN ; sur *Pagurus bernhardus*, *Phryxus paguri* RATHKE et *Pleurocrypta Hyndmanni* SPENCE BATE et WESTWOOD ; sur *Galathea squamifera*, *Pleurocrypta galathea* HESSE et *Gyge galathea* SPENCE BATE et WESTWOOD ; sur *Porcellana longicornis*, *Pleurocrypta porcellana* HESSE et *Entoniscus Mülleri* G. et B. ; sur *Callianassa subterranea*, *Ione thoracica* MONTAGU et *Pseudione callianassa* KOSSMANN ; sur les espèces du genre *Hippolyte*, des Bopyriens des genres *Phryxus*, *Gyge*, *Bopyroïdes* et *Bopyrina*, etc. Tous ces Bopyriens, même les *Entoniscidæ* sont en réalité des parasites externes. Cependant au point de vue de la position qu'ils occupent sur leur hôte, les Bopyriens des Décapodes peuvent se diviser en trois groupes éthologiques distincts :

1º parasites abdominaux ;
2º parasites branchiaux ;
3º parasites viscéraux.

Or, les diverses espèces infestant un même Décapode appartiennent généralement a des groupes éthologiques différents. Si nous cherchons des exemples analogues dans d'autres familles, nous pouvons citer les Branchiobdelles, dont trois espèces infestent *Astacus fluviatilis*, chacune en une région spéciale du corps ; trois espèces parallèles à nos types européens ont été également signalées sur l'Écrevisse du Japon. Un autre exemple nous est fourni par la famille des Œstrides dont plusieurs espèces, les unes cuticoles, les autres cavicoles ou gastricoles, infestent à la fois certains types de Cervidés ou d'Equidés. De pareils faits absolument incompréhensibles dans l'ancienne hypothèse de la fixité des espèces, deviennent hautement instructifs si l'on admet la théorie de la descendance. Ils nous indiquent en effet que plusieurs états d'équilibre symbiotique ont été successivement réalisés entre le phylum des parasites et celui de leurs hôtes. Bien mieux dans le cas spécial des Bopyriens, nous pouvons, par l'étude attentive de l'embryogénie, déterminer l'ordre dans lequel ces divers états d'équilibre se sont produits, suivre pas à pas les modifications causées dans l'organisme par un parasitisme de plus en plus complet, et donner ainsi une classification vraiment naturelle de ces animaux.

Outre l'intérêt qu'elle présente au point de vue de la phylogénie des Bopyriens, cette pluralité des espèces infestant un même hôte est encore un curieux sujet d'étude sous un autre rapport. Nous y voyons en effet un magnifique exemple de l'assistance réciproque des parasites entre eux. Nous aurons occasion de revenir plus loin sur ce sujet en parlant d'une association plus singulière encore, celle des Rhizocéphales et des Epicarides infestant un même crustacé.

L'un de nous est arrivé depuis longtemps à la ferme conviction de la spécificité absolue, c'est-à-dire du parasitisme exclusif de tous les Rhizocéphales sur un hôte déterminé (1). Kossmann et Fraisse soutiennent la même doctrine pour les *Sacculina* mais non pour les *Peltogaster* et Fraisse ajoute pour les Bopyriens : « J'ai trouvé, dit-il, un grand nombre de Bopyriens sur divers hôtes, je ne citerai que *Gyge branchialis* Panceri et *Jone thoracica* Milne Edwards (sic) qui tous deux infestent également *Gebia littoralis* et *Callianassa subterranea*. »

Nous croyons, avec Kossmann, que Fraisse s'est contenté d'un examen bien superficiel. Il aura rencontré avec *Ione*, chez *Callianassa*, le *Pseudione callianassæ* et peut être avec *Gyge*, chez *Gebia*, un Ionien nouveau.

Ce qui prouve combien les recherches de Fraisse ont été faites d'une façon superficielle, c'est la confusion par ce zoologiste de deux formes aussi distinctes que *Grapsion Cavolinii* et *Portunion Mœnadis*. Et pourtant Fraisse était prévenu : « Rendu prudent par des fautes antérieures, j'avais, dit-il, séparé tout d'abord les parasites trouvés chez *Pachygrapsus* de ceux recueillis sur *C. Mœnas*, avec d'autant plus de soin que je n'avais vu de larves mûres que sur les exemplaires

---

(1) Et cela est vrai non seulement pour les espèces très nettes comme *Sacculina carcini* Thompson, et *Sacculina triangularis* Anderson dont les caractères distinctifs sont tellement évidents que Delage seul les met en doute aujourd'hui, mais même pour des espèces très affines telles que *Sacculina carcini* et *Sacculina similis* Giard du *Portunus arcuatus*. Aussi croyons-nous pouvoir affirmer que Fraisse se trompe quand il dit avoir rencontré *Peltogaster curvatus* avec la même fréquence sur *Eupagurus Prideauxii*, sur *Eupagurus angulatus* et *E. meticulosus* et, en outre, une fois sur l'abdomen d'une *Galathea*.

venant de *Pachygrapsus* ; mais plus tard il se trouva que les différences entre les formes extérieures de ces parasites étaient très minimes, lesdifférences anatomiques presque nulles et je pris le parti de réunir ces deux Bopyriens sous un même nom. »

Il est évident, comme nous l'avons déjà dit, que Fraisse n'a pas vu les larves mûres de *Grapsion Cavolinii*, qu'il n'a pas vu du tout les embryons de *Portunion Mœnadis* et qu'il ne s'est pas rendu compte des caractères morphologiques qui séparent les femelles adultes de ces deux Entonisciens.

C'est aussi par suite d'une étude incomplète que Kossmann a réuni les deux types *P. Salvatoris* et *P. Moniezii*. La taille seule et la couleur des ovaires suffisent pour distinguer à première vu ces deux formes d'ailleurs beaucoup plus voisines l'une de l'autre que celles dont nous venons de parler.

Au reste, une observation bien simple démontre la spécificité des parasites en question. Si le *Grapsion Cavolinii* était identique au *Portunion Mœnadis* comment expliquer que nous n'ayons jamais rencontré ce dernier sur les *Carcinus Mœnas* du Pouliguen alors que *Grapsion Cavolinii* est relativement abondant (un sur trente *Grapsus*) dans cette localité.

De même si *Portunion Salvatoris* et *Portunion Moniezii* devaient être confondus pourquoi n'avons-nous jamais trouvé ce dernier sur *Portunus puber* dans la baie de la Forest où *P. Salvatoris* est assez commun ?

La physiologie des Entonisciens est, on le comprend, encore fort peu connue et il est bien difficile d'expérimenter sur des animaux dont la présence même est souvent impossible à constater extérieurement.

Les Entonisciens, comme d'ailleurs tous les Bopyriens ont besoin d'une eau sans cesse renouvelée. Sinon les embryons d'abord, puis les adultes périssent et leur putréfaction entraîne bientôt la mort de leurs hôtes.

Si l'on place dans un aquarium un certain nombre de *Platyonichus latipes*, on constate facilement que les crabes qui meurent les premiers sont ceux qui sont infestés par un ou plusieurs *Portunion Kossmanni*. Ainsi s'explique tout naturellement la sensibilité excessive de ce petit crabe dont la mort rapide en captivité nous paraissait naguère fort étonnante.

De semblables observations ont été faites en Amérique par Gissler sur un Bopyre parasite de *Palœmonetes vulgaris* Stimpson et très voisin de notre vulgaire *Bopyrus squillarum*.

Gissler ayant placé dans des vases d'un litre environ (1/4 de gallon), d'une part une demi-douzaine de *Palœmonetes vulgaris* infestés par *Bopyrus palœmoneticola*

PACKARD, d'autre part un nombre égal d'individus sains, constata que les Palaemons infestés mouraient constamment plusieurs heures avant les autres (1).

Ce résultat tient évidemment en partie à ce que le Bopyre absorbe une bonne part de l'oxygène disponible et amène l'asphyxie de son hôte ; mais généralement le parasite meurt avant le Décapode qui le porte et la présence de ce cadavre en putréfaction, dans la cavité respiratoire ou dans une cavité voisine, nous paraît être la cause la plus directe de la mort du crabe.

Il paraît exister entre les diverses espèces d'Entonisciens des différences analogues à celles que l'on peut constater entre leurs hôtes relativement à la résistance plus ou moins grande à l'asphyxie par privation d'eau. *Portunion Kosmanni* montre une extrême sensibilité et il paraît en être de même des espèces parasites des *Portunus* proprement dits. Au contraire, *Portunion Mænadis* est très résistant. Nous avons gardé pendant plus de huit jours un *Carcinus Mænas*, porteur d'une Sacculine et d'un Entoniscien, en nous contentant de le plonger dans l'eau une minute à peine, trois ou quatre fois pendant ce laps de temps. Le *Portunion*, qui était adulte et chargé d'embryons prêts à éclore, ne paraissait pas avoir souffert de cette sécheresse prolongée : les embryons purent éclore et nager quelque temps avant de périr.

Il existe, pour les Entonisciens comme pour tous les autres Bopyriens, un rapport constant entre la taille du parasite et celle de l'hôte qui l'héberge. Un *Entione* mûr ne se rencontre que chez un crabe en état de se reproduire s'il n'était parasité. D'autre part, nous avons trouvé les plus jeunes *Portunion* dans des *C. Mænas* qui n'avaient pas un centimètre de diamètre.

Les deuxièmes larves (forme cryptoniscienne) infestent évidemment pendant l'été de très jeunes crabes provenant de la ponte de l'année, qui a eu lieu pour le *Carcinus Mænas* en mars-avril. Les larves plus tardives, celles provenant des pontes automnales du *Portunion*, doivent donner principalement les mâles complémentaires qui nous ont paru plus abondants au printemps (2). Du reste, nous poursuivons nos recherches sur ce point intéressant. La biologie de nos crabes, même les plus communs, est encore si peu connue, qu'une étude

---

(1) C. GISSLER, A singular parasitic Isopod Crustacean, *in* American Naturalist, XVI, N° 1, janv. 1882, p. 9.

(2) FRAISSE, qui admet l'accouplement des Bopyriens sous la deuxième forme larvaire, croit cependant comme nous que les femelles viennent de larves fixées plus tôt. « Nach allen diesem wird es mir fast zur Gewissheit, dass diejenigen Larven, welche sich zu Weibchen umwandeln, sich früher an den späteren Wirth ansetzen als diejenigen, welche Männchen liefern. » (X, p. 37). FRAISSE accompagne cette observation d'idées tout à fait inexactes sur les rapports du mâle et de la femelle et sur les transformations du mâle qui, selon lui, auraient lieu à l'état libre. Nous reviendrons plus loin sur cette question.

préalable de l'hôte nous a paru indispensable pour bien comprendre les rapports éthologiques qui l'unissent à son parasite.

A partir d'un certain âge, les crabes paraissent absolument à l'abri des atteintes des Entonisciens, soit que la membrane qui tapisse la cavité branchiale devienne trop résistante pour s'invaginer sous la pression des larves, soit que le courant d'eau qui circule dans la branchie soit trop puissant pour permettre à des embryons de se fixer au point convenable et de pénétrer dans la cavité viscérale.

CAVOLINI, dans un passage que nous avons cité plus haut, avait déjà indiqué la voie par laquelle pénètre l'Entoniscien : « Non vha cosa piu facile che questo Insetto madre coll' aqua entre in tali cavita e perforando questa pelle molle introduce nel corpo del granchio la sua covata. » (l. c., p. 192). L'habile observateur ajoute que c'est, du reste, la route suivie par les embryons de Serpules ou d'huîtres que l'on trouve parfois fixés contre les *côtes* de cette cavité branchiale (l'exosquelette d'HUXLEY).

Les naturalistes modernes, loin d'éclaircir ce point de l'histoire des Entonisciens, y ont, au contraire, jeté une extrême confusion. FRAISSE et KOSSMANN ont même mis en doute la notion si claire de l'ectoparasitisme de ces Epicarides. Nous consacrons plus loin un chapitre spécial à la discussion de cette question fondamentale.

A part l'action sur les organes génitaux dont nous parlerons dans un instant, les effets produits par les Entonisciens sur l'organisme de leurs hôtes sont très variables et très inconstants.

Pas plus que FRAISSE, nous n'avons observé le moindre changement dans l'allure des *Pachygrapsus marmoratus*, infestés par *Grapsion Cavolinii*. Les *Carcinus Mænas*, qui renferment les *Portunion Mænadis*, ne semblent pas non plus différer de leurs congénères indemnes.

Cependant, certains signes extérieurs permettent de conjecturer l'existence d'un *Portunion*. La forme de la queue est parfois légèrement modifiée chez les Crabes mâles, mais surtout la carapace est fréquemment recouverte d'animaux divers (*Alcyonidium*, *Mytilus edulis*, et principalement *Balanus crenatus*). La taille de ces Balanes fixées sur des crabes renfermant un *Portunion* à embryons mûrs indique qu'elles ont plus de dix-huit mois. De pareilles observations nous fournissent d'intéressantes indications sur la durée de la vie de ces parasites. De plus, elles nous apprennent que les Entonisciens, comme les Rhizocéphales, empêchent, à un certain moment, la mue de s'effectuer. Cela arrive, sans doute, lorsque le parasite, devenant mûr, la production des œufs exige une quantité de nourriture plus considérable. Tant que l'Entoniscien n'est pas arrivé à l'époque de sa ponte, le crabe peut encore muer comme nous l'avons constaté sur un *Carcinus Mœnas*, porteur d'un *Portunion* jeune et aussi sur un *Portunus holsatus*, parasité par *Portunion Fraissei*.

Les *Platyonichus latipes* infestés par *Portunion Kossmanni*, sont encore plus visiblement affectés. Il est vrai que le nombre des parasites est parfois tel qu'on se demande comment il peut rester sous la carapace une place suffisante pour les viscères du crabe. Normalement vif et belliqueux, le *Platyonichus* parasité devient indolent et reste caché sous le sable, immobile dans son coin. La carapace, ordinairement très propre, se couvre d'objets étrangers, les algues s'y développent à leur aise : presque toujours une petite touffe d'*Enteromorpha compressa* est implantée sur la région frontale, indiquant que la mue ne s'est pas opérée depuis longtemps.

Cette indolence du *Platyonichus latipes* est une cause d'erreurs dans les statistiques relatives à la présence de *Portunion Kossmanni*. Nous avons cru, pendant un certain temps, que *tous les exemplaires* de cette espèce étaient, à Wimereux, porteurs d'un ou plusieurs Entonisciens. Mais cela n'est vrai que pour les individus qui restent dans les bancs de sable du rivage quand la mer se retire. Ceux que l'on pêche au filet à crevettes avec le *Portunus holsatus* sont moins fréquemment infestés, bien qu'ils le soient encore fort souvent. Nous avons été frappés également de la rapidité avec laquelle les *Platyonichus* périssent en aquarium, alors même qu'on leur fournit une quantité d'eau suffisante, un fond de sable où ils puissent s'abriter et des vivres à discrétion. Très rapidement aussi, les cadavres exhalent une odeur insupportable, beaucoup plus forte que l'odeur habituelle des crabes en putréfaction.

Nous devons encore signaler, au nombre des effets produits sur l'organisme des crabes par la présence des Entonisciens, l'atrophie de la glande hépatique : le foie diminue de volume et prend une teinte blanchâtre analogue à celle que l'on observe lorsque l'animal est épuisé par la mue. Cet aspect peut être produit, d'ailleurs, par des parasites autres que les Entonisciens (par des Rhizocéphales ou des Cestodes, par exemple). Mais nous recommandons tout particulièrement aux zoologistes qui voudraient contrôler nos recherches sur les Bopyriens d'examiner avec le plus grand soin la cavité viscérale de tout Décapode dont le foie serait blanchâtre et réduit à la portion cachée dans la partie antérieure de la carapace.

CASTRATION PARASITAIRE. — STÉRILITÉ DES CRABES INFESTÉS

Nous appelons *castration parasitaire* la régression plus ou moins complète des organes génitaux mâles ou femelles sous l'influence d'un parasite et les phénomènes physiologiques ou morphologiques qui accompagnent cette régression. Il nous est impossible d'exposer ici, avec tous les détails nécessaires, une question aussi générale et qui intéresse tant de groupes divers. Nous prions le lecteur de vouloir bien se reporter aux notes publiées antérieurement par l'un de nous à ce sujet (1).

La castration parasitaire des Crabes par les Entonisciens est *indirecte* et *substitutive* : cela veut dire 1° que les Entonisciens ne détruisent pas directement la glande génitale comme font *Cuterebra emasculator*, parasite de *Tamias Lysteri* et le *Distomum megastomum* trouvé par Grobben dans le testicule de *Portunus depurator*, mais amènent indirectement la réduction des organes génitaux par une action générale sur l'organisme ; 2° que les parasites prennent la place et l'aspect des organes génitaux avortés.

On peut même ajouter que la castration par les Entonisciens est substitutive *glandulaire*, parce que le parasite remplace la glande génitale elle-même, tandis que la castration produite chez un crabe par *Sacculina* ou chez un *Pagurus* par *Phryxus* ou *Peltogaster* est substitutive *nidamentaire* puisque le parasite prend la place, non plus de l'organe générateur, mais de la ponte.

Enfin, la castration peut être *indirecte branchiale*, comme celle de *Palæmon* par *Bopyrus*.

Un cas absolument comparable à celui des Entonisciens est la castration parasitaire substitutive de *Synapta digitata* par *Entoconcha mirabilis* ou encore celle de *Amphiura squamata* par *Rhopalura Giardii* ou par le Copépode récemment découvert par W. Fewkes.

La ressemblance que présentent les *Entione* avec les organes génitaux de leur hôte est extraordinaire. *Portunion Mænadis* jeune se confond très facilement avec

---

(1) Giard, La castration parasitaire et son influence sur les caractères extérieurs du sexe mâle chez les crustacés Décapodes. Bulletin scientifique du Nord, 1877, 2° série, X° année, p. 1.

Giard, La castration parasitaire chez *Eupagurus bernhardus* Linné et *Gebia stellata* Montagu. Comptes rendus de l'Académie, 18 avril 1887.

Giard, Sur les parasites Bopyriens et la castration parasitaire. Comptes rendus de la Société de Biologie, N° 23, 17 juin 1887, p. 371.

la glande génitale immature de l'un ou l'autre sexe. Qnand il devient adulte et chargé d'œufs prêts à être pondus, il prend une teinte rouge tout à fait comparable à celle de l'ovaire du crabe, et, l'illusion est telle, que nous avons cru plusieurs fois avoir ouvert un crabe hermaphrodite alors que nous rencontrions un *Portunion* mûr dans un *Mænas* mâle. Chez *Platyonichus latipes*, il faut regarder d'assez près pour distinguer les *Portunion Kossmanni*, qui sont souvent au nombre de trois ou quatre dans la cavité viscérale de ce Portunien. *Entoniscus Mülleri* est d'un beau rouge incarnat comme les ovaires de *Porcellana longicornis* dont il prend la place.

Cette sorte de mimétisme interne tient évidemment, pour ce qui est de la forme, à ce que le parasite se moule peu à peu dans l'espace interviscéral laissé libre par la diminution progressive de la glande génitale. Quant à la couleur, l'identité des matériaux nutritifs utilisés par le crabe et par l'Entoniscien permet, jusqu'à un certain point, d'expliquer pourquoi elle est la même chez ces deux êtres.

CAVOLINI avait été frappé de cette substitution de l'*Entoniscus* aux produits génitaux du crabe. « En somme, dit-il dans un passage que nous avons déjà cité, un fœtus étranger est devenu le véritable fruit du crustacé et s'est développé sur cet animal de la même façon que, chez les mammifères, les fœtus abdominaux se développent à peu près comme ils le feraient dans l'utérus qui est leur demeure normale et véritable »

Mais la conception de CAVOLINI était encore vague et inexacte à certains égards. RATHKE a jeté un nouveau jour sur cette question en étudiant l'action produite par *Bopyrus* sur les Palæmons. Il a fait d'abord la remarque curieuse que tous les *Palæmons* infestés sont des femelles : « Mirabile dictu, Bopyri omnia quæ vidi exempla — vidi autem eorum plures centurias, — solummodo in Palæmonibus feminis repereram, licet in manus meas non pauciores horum animalium mares, quam feminæ incidissent (*De Bopyro et Nereide*, p. 18).

FRAISSE (X, p. 50) déclare que les recherches modernes n'ont fait que confirmer cette observation (*durch neuere Forschungen wird sie mehr und mehr bestätigt*).

Nous avons montré ailleurs (1) comment on devait interpréter l'immunité apparente des Palaemons mâles par les effets morphologiques de la castration parasitaire. Les caractères sexuels extérieurs secondaires du sexe mâle disparaissent comme conséquence de l'avortement précoce des glandes génitales et l'on a pris pour des femelles des Palaemons mâles stériles et modifiés par la castration.

---

(1) GIARD. La castration parasitaire, etc., p. 5.

RATHKE avait signalé de plus la stérilité des femelles infestées : « Haud minus memoratu dignum hoc mihi videtur quod neque eo anni tempore quo Palaemones ova sua (sub cauda) fovent, neque ullo alio tempore interea, horum animalium exempla quae Bopyrum exceperant ullum inveni, cujus ova ita exculta fuissent ut partu edi possent. »

La même remarque a été faite depuis par divers naturalistes sur plusieurs espèces de Bopyriens.

FRITZ MUELLER raconte qu'à Desterro presque chaque tube de *Chætopterus* renferme comme commensaux un couple de *Porcellana (Polyonyx) Creptinii* F. M. Trois fois seulement il rencontra une Porcellane solitaire, deux fois une femelle, une fois un mâle. Ces trois individus isolés et ceux-là seulement hébergeaient un *Entoniscus*. On doit donc admettre, ajoute MUELLER, que comme les Rhizocéphales, les *Entoniscus* entraînent la stérilité de leur hôte et que chacun des individus parasités n'avait pu trouver un conjoint ou plutôt avait été abandonné par lui. Les Porcellanes peuvent, en effet, sortir en fendant le tube du Chætoptère dont l'extrémité est trop étroite pour les laisser passer librement.

En conséquence, FRITZ MUELLER recommande de chercher les *Entoniscus* dans les femelles de Décapodes qui ne portent pas d'œufs au moment où leurs congénères de même sexe sont en état de gestation.

FRAISSE fait déjà quelques réserves sur la généralité de cette observation.

Il remarque que les femelles de *Callianassa subterranea*, infestées par *Ione*, portent parfois des œufs, mais en moins grande quantité que les femelles indemnes; et, de plus, les œufs recueillis dans ces conditions même sur les Callianasses fraîchement pêchées sont déjà dans un état de demi putréfaction.

Cependant, en ce qui concerne les Entonisciens, il déclare qu'il n'en a trouvé que dans les femelles chez *Carcinus Mænas* et que, tandis que les femelles saines étaient toutes chargées d'œufs (au mois d'avril), les femelles infestées n'en portaient pas. Chez *Pachygrapsus marmoratus*, FRAISSE ne put faire aucune observation de ce genre parce que chaque crabe infesté par *Grapsion Cavolinii*, possédait également sous l'abdomen un parasite rhizocéphale, *Sacculina Benedenii*.

Confiant dans le dire de FRITZ MUELLER, FRAISSE ajoute qu'il n'a pas eu à se reprocher la mort inutile des nombreuses femelles de crabes qu'il rencontrait chargées de leur ponte.

Nous avons été moins sensibles, mais notre cruauté avait son excuse dans le désir d'étudier plus à fond le problème si compliqué de la castration parasitaire. Bien que la stérilité soit de beaucoup la règle générale, nous avons observé un certain nombre de cas où la présence d'*Entione* n'avait pas empêché la ponte.

Nous avons rencontré *Portunion Fraissei* et *Portunion Kosmanni* chez des femelles de *Portunus holsatus* et de *Platyonichus* qui portaient des œufs. Mais ces *Entione* n'étaient pas adultes, et , d'autre part , nous ne pouvons affirmer que les œufs du crabe étaient normalement constitués et auraient donné des embryons.

Chez certains *Mœnas* mâles infestés par *Portunion Mœnadis,* nous avons parfois trouvé la glande testiculaire assez développée. Mais nous avons tout lieu de croire, d'après ce que nous avons constaté chez les Pagures mâles , infestés par *Phryxus Paguri* que les spermatozoïdes devaient être anormaux et inaptes à la fécondation.

Chose étonnante et encore inexpliquée jusqu'à présent, les modifications des caractères extérieurs du sexe mâle produites par les Entonisciens sont beaucoup moins grandes que celles qui résultent de l'action des Bopyriens ou des Phryxiens chez les Carides ou les Pagures. Les Entonisciens sembleraient cependant par leur parasitisme plus profond devoir entraîner des troubles plus considérables dans l'organisme des crabes infestés. C'est le contraire qui est vrai. Nous avons pu constater tout au plus chez les *Carcinus Mœnas* mâles, infestés par *Portunion Mœnadis* une légère déformation des contours du sixième somite abdominal. Encore cette déformation n'est-elle pas constante.

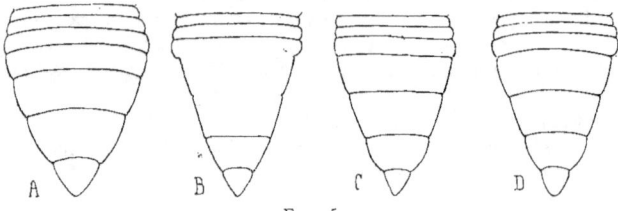

Fig. 25.
Carcinus Mœnas.

A. Abdomen de femelle normale.
B. Abdomen de mâle normal.
C. Abdomen de mâle infesté par *Sacculina.*
D. Abdomen de mâle infesté par *Portunion.* (Les quatrième et cinquième somites sont généralement plus intimement soudés que ne l'indique la figure).

Chez les autres *Portunus,* porteurs d'Entonisciens, nous n'avons rien observé, pas plus que chez les mâles de *Platyonichus,* de *Pilummus,* de *Xantho.* La seule raison que nous puissions invoquer pour expliquer ce fait embarrassant est que sans doute l'infestation des Brachyoures par les Bopyriens se fait à une époque plus tardive que celle des Macroures ou des Anomoures et ne peut avoir un retentissement considérable sur la forme des organes génitaux externes déjà différenciés. On sait aussi que, par un processus abréviatif (cœnogénétique) assez fréquent, les organes copulateurs se différencient d'une façon très précoce chez un très grand nombre d'animaux (Rhabdocœles, Nématoïdes, etc.). Il serait donc possible que la différenciation sexuelle extérieure fut effectuée avant l'infestation sans que celle-ci subit aucun retard, comparativement à ce qui a lieu chez les Bopyriens proprement dits.

L'infestation tardive n'est d'ailleurs nullement rare chez *Carcinus Mœnas*. Elle seule permet d'expliquer l'existence de *Portunion* chez des crabes qui ont dépassé la taille où la mue cesse d'ordinaire chez les *Mœnas* infestés jeunes.

ECTOPARASITISME DES ENTONISCIENS.

Les Entonisciens sont-ils des Ectoparasites ou des Endoparasites ? C'est là une question qui divise les zoologistes les plus versés dans l'étude de ces animaux.

Par un véritable trait de génie, Fritz Mueller a reconnu d'emblée les rapports généraux du parasite et de son hôte. Voici en effet comment il s'exprime (IV, p. 16) au sujet de la membrane particulière dans laquelle est renfermée l'*Entoniscus porcellanæ* : « Cette membrane d'enveloppe se forme vraisemblablement lorsque le » jeune *Entoniscus* pour pénétrer dans l'intérieur de la Porcellane, invagine » devant lui, sans la traverser, la fine membrane de cette articulation (articulation » entre le plastron sternal et le segment qui porte la dernière paire de pattes thora» ciques). Ainsi on pourrait considérer l'*Entoniscus* comme vivant dans une » invagination du tégument extérieur de son hôte et l'appeler parasite externe au » même titre que *Bopyrus* et les autres Bopyriens bien qu'il se loge entre le foie, » l'estomac et le cœur et qu'il soit parfois entouré par les conduits testiculaires. »

Fraisse (X. p. 8) s'est prononcé contre cette manière de voir : « Presque tout l'animal est, dit-il, enveloppé dans une membrane plissée qui est formée par des replis de l'épiderme... La preuve qu'il ne peut être ici question d'une invagination du tégument de l'hôte c'est que d'abord la membrane d'enveloppe est en continuité avec la peau de l'*Entoniscus* et, en second lieu, que l'abdomen avec ses singuliers appendices n'est jamais recouvert par cette enveloppe ; enfin chez tous les Brachyoures que j'ai observés il existait une cinquième paire de pattes thoraciques bien développée, de sorte que la disposition favorable offerte par *Porcellana* faisait complètement défaut. »

24

Plus loin, FRAISSE ajoute encore (X, p. 29) : « Au surplus je pourrais mettre en doute l'exactitude de l'observation de MUELLER, car je ne vois pas clairement comment une membrane aussi fine que l'articulation des anneaux d'un crustacé pourrait s'étendre et se dilater d'une façon si considérable. D'autre part un semblable sac complètement fermé me paraît une impossibilité parce que l'*Entoniscus* dépourvu de pièces buccales organisées pour piquer ou pour sucer ne pourrait tirer du corps de son hôte la quantité de nourriture dont il a besoin pour son développement. »

KOSSMANN s'était d'abord rallié à l'opinion de FRITZ MUELLER (XI, p. 168), mais n'ayant pas réussi à faire sortir au dehors des injections poussées dans la membrane d'enveloppe, il en conclut que l'ouverture d'invagination devait s'être oblitérée dans la suite du développement.

Quelques semaines plus tard (XII, p. 58), KOSSMANN abandonna sa première opinion pour soutenir une théorie singulière que nous allons résumer.

Constatons d'abord avec KOSSMANN que les critiques opposées par FRAISSE à FRITZ MUELLER sont absolument sans fondement et doivent être rejetées en bloc. La prétendue continuité de la membrane d'enveloppe avec le tégument du parasite n'existe pas. FRAISSE aura été induit en erreur par des adhérences accidentelles qui se produisent parfois entre ces membranes molles et délicates. Il est également inexact de prétendre que l'abdomen n'est pas recouvert par le fourreau. Les injections démontrent que le sac est complet. Que les Brachyoures aient une cinquième paire de pattes thoraciques bien développées, cela ne prouve pas que l'invagination n'a pas pu se produire en un autre point de l'articulation sterno-abdominale. Enfin l'énorme extension de la membrane doit s'expliquer autrement que par des causes purement mécaniques : il est permis d'admettre un accroissement anormal qui peut s'observer chez les membranes les plus fines. Quant à ce qui concerne la nutrition de l'*Entoniscus*, FRAISSE est dans une profonde erreur quand il déclare que ces animaux ne sont pas organisés pour couper une membrane. L'étude de l'armature buccale nous a prouvé le contraire.

Comment après avoir reconnu comme nous l'insuffisance de l'argumentation de FRAISSE, KOSSMANN a-t-il été amené à repousser, lui aussi, l'explication de FRITZ MULLER ? Deux données expérimentales mal interprétés sont, pensons-nous, la cause de cette erreur.

Première expérience. — KOSSMANN ayant injecté le fourreau des *Entione* remarque que, même sous une assez forte pression, ce fourreau se laisse remplir sans que l'injection pénètre dans la cavité du corps du crabe. Ce résultat est, d'après lui, favorable à l'opinion de FRAISSE en tant qu'il semble indiquer que le parasite ne peut couper sa membrane d'enveloppe ; mais d'autre part il démontre qu'il n'existe de communication ni avec la cavité du corps, ni avec l'extérieur permettant à l'animal de recevoir directement sa nourriture du dehors. Comment donc se fait la nutrition? Doit-on admettre qu'elle s'opère par diffusion à travers la membrane d'enveloppe ?

Deuxième expérience. — KOSSMANN qui, jusqu'alors, s'était contenté pour toute technique de laisser macérer les *Entoniscus* dans l'eau de mer (XI, p. 154), ce qui l'avait conduit aux conclusions morphologiques les plus malheureuses, perfectionna son procédé en employant la potasse caustique. Comme ce réactif dissout complètement le fourreau, il en conclut que cette enveloppe ne contient pas de chitine et que par conséquent elle n'est pas une invagination du tégument du crabe.

L'examen microscopique, ajoute KOSSMANN, démontre que cette membrane d'enveloppe n'est qu'une *couenne inflammatoire* formée par un amas considérable de globules sanguins. Des lames minces produites artificiellement en faisant couler le sang du crabe sur un porte-objet, ne se distinguent de cette *couenne* que par le nombre moindre de corpuscules sanguins.

Dès lors la nutrition n'est plus un fait incompréhensible, le parasite peut absorber la paroi même du fourreau, ou, quand il la perfore, avaler le sang qui fait irruption ; dans ce dernier cas l'ouverture se ferme d'elle-même par suite de l'écoulement, de sorte qu'il n'existe pas de communication permanente avec la cavité du corps de l'hôte. En conséquence, KOSSMANN considère les Entonisciens comme de purs endoparasites (*echteste Endoparasiten*), et comme ces endoparasites diffèrent à peine dans les plus petits détails (*bis auf kleine Nebensachen*) des types ectoparasites de la même famille, il en conclut que les expressions *ectoparasites* et *endoparasites* ne correspondent à aucune distinction sérieuse et il cherche à établir sur de nouvelles bases la classification éthologique des parasites.

Nous discuterons ailleurs ces idées générales. Pour le moment il nous suffira de prouver que la donnée expérimentale, qui sert de point de départ à KOSSMANN, n'est pas exacte et que les Entonisciens sont, comme les autres Bopyriens, de véritables Ectoparasites. Rien ne vaut pour arriver à cette démonstration l'examen direct du parasite soigneusement disséqué.

Si l'on examine un individu mûr de *Portunion Mænadis*, on reconnaît, qu'à part des adhérences fortuites parfois assez nombreuses, le sac qui renferme le parasite est complètement libre dans toute la partie où se trouvent la tête et le capuchon antérieur de la cavité incubatrice. Au contraire la partie abdominale, beaucoup plus étroite et irrégulièrement cylindrique, adhère constamment par son extrémité avec la carapace du crabe. Le point où ce fait cette adhérence est situé sur la ligne où la paroi interne du branchiostégite se réfléchit pour former le revêtement de la partie somatique de la cavité branchiale. Le long de cette ligne la couche qui revêt l'exosquelette est très mince, comme l'indique parfaitement HUXLEY chez l'écrevisse, et elle se continue avec la paroi interne ou le revêtement du branchiostégite qui est également très mince.

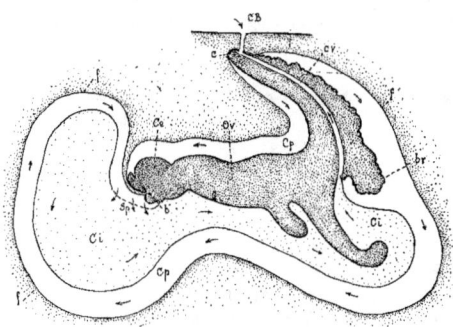

FIG. 26.

Schéma indiquant la position de l'Entoniscien dans la cavité viscérale de son hôte.

CB : Cavité branchiale de l'hôte.
c : Calyce ou casque chitineux.
ce : Cephalogaster.
ov_4 : Ovaire.
b : Bouche.
f : Fourreau ou membrane d'enveloppe appartenant à l'hôte.
br : Branchies.
cp : Cavité occupée par le parasite.
co : Cavité incubatrice du parasite.
sp : Corps spongieux.
cv : Canal aquifère ventral.

Les flèches indiquent le sens du courant qui pénètre dans la cavité du parasite et qui entre et sort alternativement par l'ouverture du calyce.

Si l'on regarde de plus près, on trouve au point d'adhérence un organe singulier que nous avons appelé le *casque chitineux* (XIV, p. 1) et qu'il serait peut-être préférable de désigner sous le nom de *Calyce* : « A la partie » caudale, disions-» nous, la membrane » enveloppante appar-» tenant au crabe est » renforcée par une se-» crétion de chitine qui » forme une sorte de » casque recouvrant la dernière paire de pléopodes. Une ouverture à bord épaissi » très net se trouve du côté ventral au fond de ce casque et maintient dilaté le » canal qui met en communication le parasite avec le haut de la cavité branchiale » du crabe. Le casque reste généralement adhérent au crabe lorsqu'on enlève le » parasite. »

Cette dernière observation explique comment un organe aussi important a pu échapper à tous nos prédécesseurs. Nous avons représenté (Pl. VII, fig. 12) le casque de *Portunion Mœnadis* vu d'en haut ; le bord supérieur est souvent moins nettement délimité et la sécrétion de chitine se prolonge irrégulièrement et avec moins d'intensité sur la partie postérieure du fourreau. Chez d'autres Entonisciens, notamment chez *Cancrion floridus* et *C. miser*, parasites respectivement de *Xantho floridus* et *Pilumnus hirtellus*, le fourreau est parcouru dans toute son étendue par des lames chitineuses irrégulières. Il en est parfois de même chez *Portunion Mœnadis* dans certains cas semi-pathologiques dont nous reparlerons.

Si l'on examine au microscope la membrane d'enveloppe traitée par les colorants (Carmin de Beale) on reconnaît qu'elle offre absolument la même structure que l'hypoderme cuticulaire du crabe. On est donc amené à conclure que le jeune *Entione* après avoir pénétré dans le fond de la cavité branchiale du crabe et perforé la mince cuticule qui la revêt, a refoulé et distendu progressivement la couche hypodermique. Cette dernière, sous l'influence du processus inflammatoire, prend un accroissement anormal et ne secrète plus la chitine que d'une façon irrégulière, sauf dans les points voisins de l'ouverture d'invagination où elle est en continuité avec le tégument normal.

Fritz Mueller a supposé que chez *Entoniscus porcellanæ* l'invagination se produit à l'articulation du plastron sternal avec l'abdomen. S'il en était ainsi chez *Entione* il faudrait admettre qu'après avoir pénétré dans la cavité viscérale du crabe, le parasite perdrait sa première communication avec l'extérieur et en acquerrait une seconde en se mettant en rapport avec le fond de la cavité branchiale. Rien ne nous parait nécessiter une pareille complication et nous croyons pouvoir affirmer que l'ouverture du calyce représente bien l'ouverture d'entrée du parasite et la communication permanente de ce dernier avec l'extérieur.

Il est facile maintenant d'interpréter les expériences de Kossmann et de réfuter les conclusions qu'il prétend en tirer.

Voyons d'abord ce qui concerne les indications fournies par les injections.

Si l'on mettait en parallèle d'un côté les résultats acquis à la science par la méthode des injections et d'autre part les erreurs imputables à cette méthode, il est bien certain que la seconde colonne dépasserait de beaucoup la première. Chez les Invertébrés principalement ce procédé expérimental est des plus chanceux et ne doit être employé qu'avec une extrême réserve.

Que l'injection poussée dans le fourreau d'un Entoniscien ne sorte pas par l'ouverture antérieure (celle où est fixée la bouche) pour pénétrer dans la cavité générale du crabe, cela n'a rien de surprenant. Cette ouverture est fermée par les pièces buccales elles-mêmes comme un tonneau est fermé par le robinet qui, à un certain moment, met l'intérieur en communication avec l'extérieur. Les antennes modifiées jouent comme nous l'avons vu, un rôle important dans cette occlusion. D'ailleurs l'ouverture est presque capillaire et la nutrition du parasite ne peut s'opérer que grâce au puissant appareil aspirateur que nous avons décrit en parlant du tube digestif KOSSMANN n'a pas vu davantage le liquide injecté sortir par l'extrémité postérieure. Mais il faut remarquer qu'il ignorait où se trouve véritablement cette ouverture dont il nie l'existence, et qu'il n'a pu par suite prendre les précautions nécessaires pour faire réussir une expérience aussi délicate, expérience rendue inutile d'ailleurs par la découverte du calyce chitineux et par les observations anatomiques résumées ci-dessus.

Quant à la deuxième expérience (dissolution du fourreau dans la potasse caustique) elle est d'abord comme la première viciée dans son essence puisque KOSSMANN n'a pas extrait complètement la membrane d'enveloppe; autrement il aurait pu se convaincre que le casque ou calyce chitineux résiste à toute dissolution. Il aurait également pu constater la présence de la chitine en étudiant le fourreau d'Entonisciens du genre *Cancrion*. D'ailleurs l'absence de chitine ne prouve pas que la membrane d'enveloppe ne puisse appartenir au crabe et l'examen microscopique qui seul pourrait achever la démonstration ne parle nullement en ce sens Sans doute, de nombreux corpuscules sanguins peuvent adhérer au fourreau, puisque ce dernier plonge dans la cavité viscérale du crabe ; mais il sera évident pour quiconque voudra bien contrôler le fait que KOSSMANN a confondu avec les globules sanguins les cellules de l'hypoderme dont la prolifération est activée par l'excitation mécanique due à la présence du parasite.

Au lieu d'employer les procédés d'une technique brutale trop en vogue aujourd'hui et qui donne à la science une fausse apparence de rigueur sans la faire progresser d'un pas, nous avons préféré appliquer les lois de la physiologie générale et de l'anatomie comparée.

Or tout dans l'organisation de l'Entonisien exige pour le jeu des organes de ce parasite une communication perpétuelle avec l'eau extérieure et l'étude d'exemples empruntés à d'autres familles d'Arthropodes jette un jour inattendu sur cette question de l'ectoparasitisme des Entonisciens.

En 1827, LÉON DUFOUR décrivait (1) une curieuse larve de Diptère (*Ocyptera bicolor*) parasite d'une Pentatome (*Raphigaster griseus* LATREILLE). Cette larve, plongée dans la cavité du corps de l'Hémiptère, s'insère par son extrémité caudale

(1) LÉON DUFOUR, Mémoire pour servir à l'histoire du genre *Ocyptera* in *Annales des Sciences Naturelles*, 1ʳᵉ série, t. X, p. 248-259, Pl. XI.

sur une trachée du métathorax. Cette extrémité se termine « en un siphon d'une
» seule pièce infundibuliforme légèrement arquée, d'une texture cornéo-mem-
» braneuse et comme scarieuse, invariable pour sa configuration, ayant à peu
» près le tiers de la longueur du corps. Par sa partie évasée elle s'articule avec le
» dernier segment de celui-ci, mais c'est un mode d'articulation *qui semble plutôt*
» *une espèce d'enchatonnement adhésif*, car la larve peut s'en débarrasser sans qu'il
» se fasse une solution de continuité à l'anneau du corps qu'elle embrasse... »

    « Le siphon caudal se détache sans effort, entraînant autour de sa partie évasée
» quelques lambeaux d'une membrane fine, pellucide, épidermoïde, qui paraît
» *étrangère au tissu propre du segment abdominal qu'elle recouvre.* Dans une
» autre occasion j'ai trouvé encore adhérent dans le métathorax de la Pentatome
» et isolé ce siphon, tandis que la larve et la chrysalide n'existaient plus dans la
» cavité viscérale... »

    « Ce siphon cornéo-membraneux remplit la double fonction d'être la trachée
» artère de l'organe respiratoire et de fixer l'animal dans sa demeure vivante et
» mobile. C'est un stigmate, mais un stigmate d'une forme et d'une grandeur
» insolite. Le moyen, je dirai presque ingénieux, par lequel cette larve hermé-
» tiquement emprisonnée puise l'air dans l'atmosphère pour l'acte respiratoire,
» tient du merveilleux. *Il lui a fallu emprunter, usurper un des stigmates de*
» *l'hémiptère dont elle est parasite, et détourner à son profit une partie de l'air*
» *destinée à la respiration de celui-ci.* A cet effet la pointe du siphon s'accroche à
» l'aide des deux dents dont elle est armée sur les bords d'un stigmate métatho-
» racique de la Pentatome et l'ouverture placée entre elles s'adapte justement
» sur ce dernier pour inhaler l'air du dehors. Le fait piquant de l'usurpation d'un
» stigmate étranger rappelle l'observation curieuse de MM. AUDOUIN et LACHAT
» sur une larve de diptère qui vit dans l'abdomen du Bourdon des pierres ; cette
» larve paraît appartenir au genre *Conops.* » (1).

    On voit sans grand effort qu'il s'agit dans ce qui précède d'une disposition tout
à fait comparable à celle que nous avons décrite chez les Entonisciens. LÉON DUFOUR
n'avait pas observé la continuité de la membrane d'enveloppe, mais à part quelques erreurs de détail faciles à corriger, il suffit de remplacer les mots de *siphon*

---

(1) Voir pour cette larve : Journal de Physique, t. 88, p. 228 et Mémoires de la Société d'Histoire naturelle
de Paris. t. 1, p. 329, pl. 22.

cornéo-membraneux par celui de *casque chitineux*, les mots *trachée, air extérieur* par ceux de *branchie, eau ambiante* pour faire coïncider les deux descriptions. (1).

Nous voulons bien admettre toutefois qu'il pourrait demeurer quelques doutes dans certains esprits et que les belles observations de Léon Dufour sont peut être insuffisantes pour nos modernes microtomisants. Mais nous pouvons invoquer un témoignage tout récent, celui d'un histologiste familiarisé avec les derniers raffinements de la technique : N. Cholodkowsky, de Pétersbourg. Ce zoologiste a étudié une espèce indéterminée de *Tachina* (*T. picta ?* ou *Mosicera cinerea ?*) parasite de *Carabus cancellatus, C. glabratrus*, et *Harpalus ruficornis*.

Voici comment il résume lui-même ses observations : (2)

« Pendant l'été de 1882, comme j'examinais pour des recherches d'anatomie comparée, diverses espèces du genre *Carabus*, je trouvai près des stigmates ventraux de quelques exemplaires de *Carabus cancellatus* de petits corps blanchâtres d'un aspect particulier qui faisaient saillie dans la cavité du corps du carabe. Ces corps avaient une forme ovalaire et mesuraient à peu près un millimètre de long. Pour en faire une étude plus approfondie, j'enlevai un petit fragment de peau avec le tronc trachéen partant du stigmate et j'observai ce qui suit : le corps ovale blanchâtre était tourné par l'une de ses extrémités vers un gros tronc trachéen et cette extrémité s'enfonçait dans un calyce chitineux brunâtre qui l'embrassait ; par sa base étroite, le calyce adhérait à la trachée. En enlevant le corps blanchâtre on pouvait voir au fond du calyce une petite ouverture conduisant dans la trachée. Des bords du calyce s'étendaient des dépôts chitineux transparents irréguliers qui environnaient le corps ovale. Examiné au microscope, le corps ovale blanchâtre se montra annelé, rempli à son intérieur d'un organe tubulaire (le canal digestif) : à

---

(1) Il est bien intéressant de constater une fois de plus, en passant, la généralité des lois qui régissent le parasitisme. L. Dufour signale la castration parasitaire chez la Pentatome grise infestée par l'Ocyptère : « S'il est, dit-il, des circonstances dans lesquelles la Pentatome peut mourir pendant ou aussitôt après l'accouchement, (la sortie du parasite), il en est d'autres où elle survit à sa délivrance. Le 1er juin, en disséquant une femelle de Pentatome grise qui était vivante et bien portante, au moins en apparence, je trouvai, fixé dans son métathorax, le siphon caudal de la larve et je connus aux derniers segments abdominaux des traces non équivoques de l'expulsion de la chrysalide. *J'observai que les ovaires de cette Pentatome étaient pour ainsi dire atrophiés* et que le tissu adipeux splanchnique était épuisé, presque nul ; mais l'appareil digestif paraissait dans l'état normal ».

Dufour a observé également que le parasite mûrissait au moment même où l'hôte serait mûr s'il n'était pas infesté, et que l'infestation se produit au moment où les hémiptères sont encore jeunes, à la sortie de l'hiver.

(2) N. Cholodkowsky, Ueber eine am Tracheensysteme von Carabus vorkommende Tachina Art, in Zoologischer Anzeiger, VII Jahrg, N° 169, juin 1884, p. 316-319.

l'extrémité tournée vers la cavité du corps on remarquait deux petites hâches tranchantes et à l'autre extrémité deux stigmates respiratoires. A ces caractères il était facile de reconnaître une jeune larve de *Tachina*. En peu de temps, je recueillis quelques exemplaires de *Carabus cancellatus* dont chacun était infesté par plusieurs larves de *Tachina* bien développées. Ces larves étaient si grosses qu'elles remplissaient toute la cavité abdominale du Carabe. Les Carabes infestés se distinguaient des autres par leur indolence et ils mouraient rapidement en captivité. Les calyces chitineux qui renfermaient l'extrémité postérieure de grosses larves, étaient grands et avaient un bord irrégulièrement découpé ; les dépôts chitineux transparents qui entouraient les corps des larves étaient très abondants et formaient des lames de forme variable, parfois amastomosées entre elles. Bref des formations chitineuses pathologiques enveloppaient le corps des larves, de même que des formations conjonctives inflammatoires enveloppent les corps étrangers qui pénètrent accidentellement dans l'organisme des Vertébrés. Ce fait vient appuyer l'opinion de ceux qui considèrent la chitine comme l'équivalent physiologique du tissu conjonctif dans le corps des Insectes. Il n'est pas douteux que le dépôt chitineux est formé par la couche hypodermique de la paroi trachéenne…»

« En ce qui concerne la pénétration dans le corps du Carabe, on peut supposer, selon toute vraisemblance, que le Diptère dépose son œuf dans le stigmate et que la larve, à peine éclose, perfore la paroi trachéenne pour s'enfoncer peu à peu dans la cavité du corps de son hôte. Pendant ce temps, il se forme autour de la larve, aux dépens de la couche hypodermique de la trachée, un dépôt chitineux qui est plus abondant dans le voisinage de la paroi ventrale où se forme le calyce ; les bords irréguliers et mal définis de ce dernier, se prolongent dans les lames qui environnent le reste du corps de la larve. »

La concordance est complète, on le voit, entre ces observations et celles que nous avons pu faire sur les Entonisciens. Le travail de CHOLODKOWSKY complète celui de LÉON DUFOUR, comme nos recherches complètent celles de FRITZ MUELLER.

Nous devons ajouter cependant qu'une autre manière d'expliquer la membrane d'enveloppe des larves de Muscides parasites a été proposée par KUNCKEL D'HERCULAIS. (1)

KUNCKEL a étudié *Gymnosoma rotundatum* LINNÉ dont la larve est également parasite

---

(1) Annales de la Société entomologique de France. 5ᵉ série, tome IX, 1879.

dans le corps des Pentatomes; il a reconnu parfaitement que le *calyce chitineux*, qu'à l'exemple de Léon Dufour il appelle le *siphon*, ne fait pas partie de la larve, mais d'une enveloppe externe; mais il considère cette enveloppe comme un produit de sécrétion de la larve. C'est là une opinion qui n'a été soutenue par personne en ce qui concerne le fourreau des Entonisciens, et il faut convenir qu'il est bien difficile, même dans le cas des Muscides, d'admettre une pareille sécrétion en l'absence de tout appareil glandulaire.

Kunckel explique aussi la pénétration des larves d'une manière tout autre que celle indiquée par Dufour et Cholodkowsky. Il pense que la Diptère dépose ses œufs sur les anneaux de la Pentatome et que les larves écloses pénètrent à travers la membrane d'articulation dans la cavité abdominale et se mettent peu à peu en rapport avec le stigmate.

C'est, avec une interprétation différente de l'origine du fourreau, une migration analogue à celle qu'il faudrait supposer chez les *Entoniscus*, si l'on admettait avec Fritz Mueller la pénétration par l'articulation sterno-abdominale. Mais ici, comme chez les Entonisciens, une pareille migration avec inoculation consécutive dans l'appareil respiratoire de l'hôte, nous paraît bien invraisemblable : le parasite devrait, dans l'un et l'autre cas, avancer à reculons, et la formation du calyce serait absolument incompréhensible. D'ailleurs, chez les Muscides parasites, les plus petites larves sont déjà fixées dans le voisinage de la trachée et il faut qu'il en soit ainsi pour qu'elles puissent exercer la fonction respiratoire.

A toutes les raisons que nous avons données pour justifier notre conception de l'ectoparasitisme des Entonisciens, nous ajouterons celle que l'on peut tirer de la présence du mâle dégradé ou des mâles complémentaires à l'intérieur du fourreau. Si l'on admettait l'opinion de Kossmann, il faudrait que le couple Entoniscien fut formé dès le moment de son entrée dans la cavité générale, entrée sur laquelle Kossmann ne s'explique pas, Or, on trouve assez fréquemment de jeunes femelles sans mâle; ces femelles seraient donc condamnées à un veuvage perpétuel. D'autre part, on rencontre souvent à coté d'un mâle adulte, une série de mâles pygmées de forme cryptoniscienne. Comment ces derniers ont-ils pénétré dans la cavité générale du crabe? Comment surtout ont-ils perforé la couenne inflammatoire qui revet l'objet de leurs désirs?

Enfin la sortie des embryons constitue également un problème insoluble dans l'hypothèse de Kossmann. Car, en admettant qu'ils rompent le fourreau avec leur sixième paire de pattes thoraciques, comme le prétend le savant professeur d'Heidelberg, tous ces jeunes Isopodes tombant dans la cavité générale du crabe, se trouveraient dans une nouvelle prison et, outre qu'ils seraient bien gênants pour leur hôte, on ne voit pas pourquoi ils ne s'enkysteraient pas aussitôt comme leurs parents dans cette fameuse couenne inflammatoire si prompte à se produire.

LA FORME ASTICOT.

Nous avons plusieurs fois fait allusion dans le cours de ce travail à une forme spéciale de la femelle des Entonisciens que nous avons appelée forme *asticot*. Normalement, cette forme apparaît dans les premiers temps de la métamorphose rétrograde de la femelle et c'est comme telle que nous l'avons figurée (Pl. V, fig. 1, Pl. VI, fig. VII). Elle est alors de très petite taille et se présente sous l'aspect d'un petit ver blanc, à mouvements très vifs, courbé ventralement sur lui-même. Mais il arrive souvent, par suite de *néoténie stérile* (1), que cette même forme se conserve chez des individus dont la croissance a continué, mais dont le développement s'est arrêté. Ces cas tératologiques sont fort utiles pour l'étude morphologique des Entonisciens. Au point de vue physiologique, ils présentent également un vif intérêt et posent de curieux problèmes.

Quand deux *Entione* femelles se trouvent simultanément dans un même crabe, l'un des deux présente généralement la forme *asticot*; nous avons observé ce fait chez *Portunion Mænadis* et chez *Portunion Moniezii*. Chez *P. Mænadis*, le cas n'est pas bien rare et l'on pourra facilement vérifier nos observations. Cette règle ne s'applique pas aux espèces normalement grégaires, comme *Portunion Kossmanni*, où l'on trouve parfois côte à côte trois ou quatre femelles régulièrement développées dans un même *Platyonichus*.

D'ailleurs on peut rencontrer la forme *asticot* à l'état isolé et nous l'avons trouvée dans ces conditions chez *Portunion Mænadis* et chez *Portunion Fraissei*. L'*Entione* est alors placé généralement sur le cœur du crabe et paraît flotter librement dans la cavité viscérale de son hôte.

---

(1) La *néoténie* ne doit pas être confondue avec ce que nous appelons la *progénèse* : il y a *néoténie* quand un animal, en devenant adulte, retient certains caractères infantiles. Un homme adulte qui a gardé ses dents de lait (nous en connaissons un exemple), est un cas de *néoténie* partielle. Chez les néoténiques la croissance continue, mais avec des arrêts de développement plus ou moins nombreux. Il y a *progénèse* au contraire quand, dans un développement normal et avec une croissance normale, les organes génitaux évoluent prématurément et permettent à l'animal de se reproduire avant qu'il ait pris les caractères de l'adulte. L'apparition des signes de la puberté et le fonctionnement des organes génitaux chez les enfants de l'un ou l'autre sexe constituent des cas bien connus de progénèse dans l'espèce humaine. Pratiquement, chez les animaux inférieurs surtout, il est parfois assez difficile de distinguer la *néotènie* de la *progénèse*.

La forme *asticot* peut atteindre une taille considérable : nous en avons trouvé à Fécamp un exemplaire qui mesurait plus de deux centimètres, alors que des femelles normales de moins d'un centimètre ont déjà la courbure en V du côté dorsal et le capuchon céphalique bien développé. C'est sur cet individu, qui avait gardé la forme représentée Pl. V, fig. 1, que nous avons pu disséquer le système nerveux.

Un fait biologique digne de remarque est la grande vitalité de ces exemplaires tératologiques. Placés dans l'eau de mer avec des Entonisciens normaux, ils résistent beaucoup plus longtemps que ces derniers. Leurs mouvements sont aussi beaucoup plus énergiques ; enfin, ils ont une tendance à venir flotter à la surface au contact de l'air.

L'arrêt de développement des organes génitaux, dans la forme *asticot* nous porte à supposer que ces individus tératologiques sont placés dans des conditions de nutrition insuffisante. Dans le cas où il y a à côté de l'*asticot* une femelle normale, il est probable que celle-ci, en se développant, a gêné la communication de sa voisine avec l'extérieur en obstruant plus ou moins par compression le canal aquifère. Les *asticots* solitaires nous paraissent aussi, comme nous l'avons dit, avoir perdu leurs relations avec l'eau extérieure. Dès lors, ces êtres anormaux se sont adaptés graduellement à des conditions d'existence nouvelles : les branchies, les glandes génitales, en un mot tous les organes qui indiquaient des rapports avec le monde ambiant, ne se sont pas développés.

Ce qui vient corroborer cette opinion, c'est que jamais la forme *asticot*, même chez les individus de grande taille, n'est accompagnée d'un mâle, pas même des mâles complémentaires de la forme cryptoniscienne. On ne s'expliquerait pas l'absence de ces derniers si l'*asticot* était resté en libre communication avec la chambre branchiale de son hôte.

Quant à la cause première qui a supprimé la communication de l'*asticot* avec l'extérieur, elle peut être de diverse nature. Un choc violent imprimé au crabe, une obstruction du canal, etc., peuvent amener ce résultat, mais nous pensons qu'il doit être provoqué, le plus souvent, par la vigueur de l'hôte ou la faiblesse relative du parasite, circonstances qui permettent des mues plus nombreuses à un âge assez avancé du crabe et du parasite. Or chaque mue du crabe constitue pour l'Entoniscien une période critique qui met en péril la persistance de sa communication avec la chambre branchiale.

PARASITISME SIMULTANÉ DES ENTONISCIENS ET DES RHIZOCÈPHALES.

FRITZ MUELLER, le premier, a signalé la coïncidence d'un Entoniscien, *Entoniscus porcellanæ*, avec un Rhizocéphale, *Lernæodiscus porcellanæ*, les deux parasites infestant simultanément la même Porcellane (IX, p. 17). « Mon attention, » dit-il, ayant été attirée sur ce fait et sachant combien sont trompeuses les » statistiques qui ne portent pas sur des nombres précis et suffisamment élevés, » j'ai tenu un compte exact des parasites recueillis sur 1,000 Porcellanes exami- » nées du 4 juillet au 1er août. Par bonheur, cette recherche est rendue plus facile » par ce fait que l'*Entoniscus* peut être reconnu du dehors; la queue du Crabe » étant fortement relevée, tantôt le foie, tantôt les ovaires, tantôt les œufs » retenus dans les lames incubatrices, ou même les petits yeux noirs des » embryons, sont visibles dans l'articulation entre l'abdomen et le plastron » sternal. Sur ces 1,000 Porcellanes se trouvaient 84 *Lernæodiscus* et 49 *Ento-* » *niscus*; par suite, la coïncidence des deux parasites aurait dû s'observer un » nombre de fois égal à 49 × 84 sur un million ou 4 fois sur mille; elle se ren- » contrait, en réalité, 21 fois sur mille, c'est-à-dire, 5 fois plus souvent que la » fréquence particulière de chaque espèce ne le faisait attendre ».

« Encore ce nombre est-il trop faible, ajoutait en note F. MUELLER, puisque » nous n'avons tenu compte pour l'établir ni des Porcellanes qui renferment » des *Entoniscus* trop jeunes pour être visibles extérieurement et qui portaient des » *Lernæodiscus*. ni des Porcellanes qui, infestés par l'*Entoniscus*, montraient en » outre la couronne dorée, trace d'un *Lernæodiscus* disparu. »

FRAISSE (X, p. 6) déclare qu'il n'a pu se rendre compte de l'influence d'*Entoniscus Cavolinii* sur la femelle de *Pachygrapsus*, parce que tous les crabes infestés par *Entoniscus* l'étaient également par *Sacculina Benedenii*. Il n'est pas facile de savoir combien de *Pachygrapsus* ont été examinés par FRAISSE parce qu'il a confondu l'Entoniscien de *Pachygrapsus* avec celui du *Mænas* dans la plupart de ses statistiques. Ce nombre est certainement inférieur à vingt.

Quoi qu'il en soit, il est curieux que KOSSMANN, qui a également étudié à Naples *Grapsion Cavolinii*, n'ait plus observé la même coïncidence des deux parasites et même la trouve très douteuse (unzuverlaessig) (XI, p. 58).

Nous avons fait connaître deux exemples nouveaux de parasitisme simultané (XIII, p. 3, et XIV, p. 3), le premier relatif à *Portunion Mænadis* et *Sacculina carcini*, le second concernant *Portunion Salvatoris* et *Sacculina similis* GIARD.

Sur 1,000 *Carcinus Mœnas* examinés à Wimereux, en septembre 1886, 10 contenaient des Entonisciens, 7 portaient des Sacculines; par suite, la coïncidence des deux parasites aurait du s'observer 7 × 10 ou 70 fois sur un million, soit 7 fois sur cent mille crabes; or, elle existait 3 fois sur mille ou 300 fois sur cent mille, c'est-à-dire un nombre 43 fois plus grand que ne l'indique la fréquence particulière de chaque parasite (1).

A Concarneau, sur une cinquantaine de *Portunus arcuatus*, dragués dans la baie de la Forest, nous avons rencontré 3 exemplaires de *Portunion Salvatoris*, l'un d'eux était dans un *Portunus* qui portait sous l'abdomen la très rare *Sacculina similis* GIARD dont nous n'avons trouvé que cet exemplaire unique. La probabilité de coïncidence était dans ce cas $\frac{3}{2500}$; le nombre indiquant la fréquence réelle $\frac{50}{2500}$ est donc 17 fois plus grand que celui de la fréquence particulière de l'Entoniscien et de la Sacculine.

Il nous paraît donc absolument démontré que la concomitance des deux parasites, Bopyrien et Rhizocéphale, est plus qu'une simple coïncidence fortuite dûe à l'existence simultanée de deux endémies dans une même localité. « C'est, » comme le disait l'un de nous (XII, p. 3), un nouvel exemple de l'assistance » mutuelle ou de l'association successive des parasites dans un ordre déterminé, » chaque espèce préparant le terrain pour celles qui doivent la suivre. Constatée » d'abord chez les Insectes (2), cette loi nous paraît avoir une grande généralité et » fournira, sans doute, de précieuses indications à la pathologie comparée quand » on en fera l'application aux parasites d'ordre inférieur animaux ou végétaux. »

Semblables à une bande de malfaiteurs organisée pour le pillage, les parasites se font entre eux la courte échelle et envahissent tour à tour la maison de ceux, que, par un singulier euphémisme, on appelle leurs hôtes.

FRITZ MUELLER avait déjà cherché à expliquer de cette manière la coexistence de *Lernæodiscus* et de *Entoniscus porcellanæ* : « Je crois, dit-il, qu'on peut trouver « la raison de cette fréquente coïncidence dans ce fait que *Lernæodiscus* produit « un fort écartement entre la queue et le bouclier sternal et facilite ainsi l'arrivée « du jeune *Entoniscus* à la face ventrale de la Porcellane. »

Si ingénieuse qu'elle paraisse au premier abord, nous croyons que cette inter-

---

(1) Dans cette observation, nous avons évité une des causes d'erreur signalées par FRITZ MUELLER. Nous avons compté comme cas de coïncidence des parasites ceux où le *Mœnas* renfermant un *Entoniscus* portait en outre sur la queue le cercle chitineux, trace d'une Sacculine disparue.

(2) Bulletin Scientifique du Nord, t. VIII, 1876, p. 7.

prétation doit être rejetée. Nous savons que chez les Brachyoures vrais, où la chambre branchiale présente une ouverture en forme de fente qui s'étend depuis le point de jonction de l'abdomen au céphalothorax jusqu'au dessus de la base de la grande pince (1), la pénétration des jeunes *Entione* peut se faire sur toute la longueur de cette chambre branchiale. Le soulèvement plus ou moins grand de la queue ne peut avoir d'influence sur cette pénétration, car la longue fente latérale qui sert d'ouverture à la branchie, située au dessus de l'insertion des pattes thoraciques, ne peut être, dans aucun cas, protégée par l'abdomen.

De plus, les Entonisciens pénètrent généralement dans les Décapodes, quand ceux-ci sont encore très jeunes. Il en est de même des Rhizocéphales, mais ces derniers ne s'évaginent et ne soulèvent la queue du crabe que beaucoup plus tard. Au moment de leur entrée dans le Décapode, les Entonisciens ne peuvent donc trouver une aide efficace dans l'action mécanique du Cirrhipède parasite.

Mais, dira-t-on, il arrive parfois que les Entonisciens infestent des crabes plus avancés en âge. Sans aucun doute, cependant l'explication de FRITZ MUELLER ne peut s'appliquer. même à ces cas exceptionnels. Il faudrait, pour qu'elle fut valable, que dans un crabe porteur d'une sacculine adulte, on trouvât le plus souvent un *Entoniscus* encore jeune. Or, tel n'est pas le fait observé et en général la Sacculine et l'Entoniscien paraissent à peu près du même âge.

La présence ou Rhizocéphale détermine certainement chez le crabe infesté, un état maladif, une torpeur plus ou moins profonde qui facilite l'entrée des autres parasites. Nous pensons cependant qu'il faut chercher ailleurs, dans un fait plus spécial, la cause de la coïncidence signalée.

Les formes ancestrales des Bopyriens actuels vivaient en parasite sur les Copépodes, les Ostracodes et les Cirrhipèdes. Les Cryptonisciens, que nous devons considérer comme les représentants des formes les plus voisines de la souche des Entonisciens se rencontrent chez les Cirrhipèdes normaux (*Balanus, Lepas,* etc.) et chez les Cirrhipèdes parasites (*Sacculina, Peltogaster, Lernæodiscus*). Peu à peu,

---

(1) Dans les ouvrages classiques de MILNE EDWARDS, de CLAUS et d'HUXLEY, on décrit cette ouverture de la chambre branchiale des *Brachyura genuina* comme réduite à une petite fente située à la base des grandes pinces. Cette disposition empêcherait les branchies postérieures d'être baignées par le courant qui ne ferait qu'entrer et sortir dans la partie antérieure de la cavité branchiale. Elle n'existe pas, au moins chez nos Portuniens et nos Canceriens. Il est évident que l'on a pris, pour l'entrée de la branchie, la cavité profonde où est logée l'articulation de la première patte thoracique. La véritable ouverture, parfaitement décrite par BELL, est la longue fente latérale qui a pour bord supérieur le bord distal du branchiostégiste et pour bord inférieur, situé au-dessus des insertions de toutes les pattes thoraciques, le bord latéral du plastron ventral du céphalothorax. Ces bords sont, chez un grand nombre d'espèce, garnis d'un bout à l'autre d'une rangée de poils serrés qui ont pour rôle de tamiser l'eau à son entrée dans la branchie.

ces Isopodes, devenus parasites de parasites, ont renoncé au parasitisme indirect, pour infester *directement* l'hôte aux dépens duquel vivait leur hôte.

L'étude de certains types de la famille des Phryxiens est particulièrement instructive à cet égard.

Considérons d'abord *Phryxus resupinatus*, découvert par Fritz Mueller sur l'abdomen d'un Pagure de la côte de Santa Catarina (Brésil). Ce Bopyrien se trouve constamment sur les Pagures déjà infestés par un Rhizocéphale. *Peltogaster purpureus* Fr. Mueller. Parfois le Rhizocéphale a disparu et n'est plus représenté que par l'anneau chitineux qui entoure son point s'insertion et par des racines fortement colorées en vert. Le Bopyre emploie ces racines pour absorber sa nourriture et il semble que la destruction de la partie évaginée du Rhizocéphale n'empêche nullement la croissance des racines ; leur développement paraît plutôt exagéré.

D'après Fritz Mueller la position *résupinée* du *Phryxus resupinatus* est déterminée par la déformation graduelle de la larve fixée à la base du pédoncule du *Peltogaster* qui est refoulée de plus en plus au fur et à mesure qu'elle grandit et que les ovaires se chargent d'œufs à maturité.

Dans quelques cas assez rares et qu'il n'a malheureusement pas étudiés de plus près, Fritz Mueller a trouvé le *Phryxus resupinatus* sur des Pagures qui ne présentaient pas la tâche verte formée par les racines de *Peltogaster purpureus*. Il croit pouvoir admettre que dans ce cas le Bopyrien s'était fixé sur la base de *Peltogaster socialis*, autre Rhizocéphale parasite du même Pagure, mais dont les racines sont absolument incolores et peuvent facilement passer inaperçues.

Fraisse déclare se rallier absolument à cette manière de voir, qui nous paraît insuffisamment démontrée ; le fait est, comme nous le verrons dans un instant, susceptible d'une autre interprétation.

Voyons maintenant quelles sont dans les mers d'Europe les formes de Bopyriens voisines de *Phryxus resupinatus* et comment elles se comportent dans leurs rapports avec les Rhizocéphales.

Les Pagures de l'Océan Atlantique et de la Méditerranée portent souvent des Phryxiens d'un type un peu différent de l'espèce brésilienne et dont l'espèce la plus anciennement connue est *Phryxus paguri* Rathke, parasite d'*Eupagurus bernhardus*. Au premier examen, il ne semble y avoir aucun rapport entre *Phryxus paguri* et le Rhizocéphale (*Peltogaster paguri*) qui infeste également notre Bernard l'Hermite. Cependant *Phryxus paguri* et la plupart des *Phryxus* d'Europe ont gardé la position résupinée de leur congénère du Brésil.

D'autre part, la structure du pléon (la présence de quatre paires d'appendices seulement et l'absence des appendices c, la forme du pygidium, aussi bien que d'autres caractères anatomiques indiquent clairement que *Phryxus paguri* est un type moins primitif et plus déformé que *Phryxus resupinatus*.

Il nous paraît donc impossible d'admettre avec FRITZ MUELLER que nos *Phryxus* d'Europe sont des Bopyriens qui n'ont pas encore découvert la source de nourriture si commode et si abondante dont se servent depuis très longtemps leurs parents Brésiliens. (1)

Nous croyons au contraire que les *Phryxus* d'Europe ont vécu autrefois comme leurs congénères d'Amérique et que leur position résupinée est déterminée dans la série phylogénique par les raisons mécaniques que FRITZ MUELLER a si bien développées à propos de *P. resupinatus*.

Est-ce à dire qu'il n'y ait plus qu'un simple fait d'atavisme dans les conditions éthologiques observées chez *Phryxus paguri* et les autres espèces du genre *Athelges* HESSE ? Il y a encore à notre avis autre chose qu'une disposition héréditaire ou une nécessité physiologique dans la concomitance des Phryxiens et des Rhizocéphales de nos Pagures d'Europe. (2)

On n'a pas assez remarqué, pensons-nous, que partout où existe *Phryxus paguri* on trouve également *Peltogaster paguri* et jamais *Phryxus* ne se rencontre isolément dans un point ou le Rhizocéphale n'existe pas. A Wimereux, à Roscoff, au Pouliguen, nous avons constamment recueilli les deux parasites dans les mêmes recoins de la côte. (3)

Il y a mieux : *Clibanarius misanthropus* est excessivement commun sur toute la côte océanique de France jusqu'à la pointe du Finistère. Nous en avons examiné des milliers d'individus au Croisic, au Pouliguen, à Concarneau, à Belle-Ile, aux Glénans, etc., sans jamais rencontrer le moindre parasite. A Mahon (îles Baléares)

---

(1) FRITZ MUELLER veut bien espérer qu'ils la découvriront quelque jour :

« Möglich, dass diese norwegischen Arten einst auch noch die bequeme und ausgiebige Nahrungsquelle entdecken, an der ihre brasilianischen Verwandten sich bereits niedergelassen haben. (VI, p. 72)

(2) FRAISSE, qui pense comme nous que les Phryxiens d'Europe ont découvert depuis longtemps la riche source de nourriture fournie par les racines de *Peltogaster*, ne voit pour appuyer son opinion que la raison suivante : les pièces buccales forment un appareil tout-à-fait impropre à sucer le sang, mais très bien disposé pour lécher les sucs nourriciers qui s'écoulent des racines du Rhizocéphale. Cette singulière affirmation repose sur une notion très imparfaite de l'appareil buccal des *Phryxus*. De plus, en attribuant à une cause physiologique directe les rapports des Phryxiens et des Rhizocéphales et en donnant à ces rapports une origine polyphylétique, FRAISSE laisse dans l'ombre le côté le plus intéressant de la question que nous étudions.

(3) Il nous est même arrivé, sur un *Pagurus bernhardus* du Pouliguen, de trouver une larve cryptoniscienne de *Phryxus paguri* fixée sur le pédoncule d'un *Peltogaster*.

au contraire, Fraisse (X, p. 46) a trouvé communément sur le même *Clibanarius* un *Peltogaster* qu'il a nommé *Peltogaster Rodriguezii*. Après des recherches attentives, Fraisse a recueilli de plus sur l'abdomen du Pagure trois jeunes femelles de Bopyriens dont les lames incubatrices n'étaient pas encore développées et dont la face ventrale s'appuyait sur l'abdomen de l'hôte. Il n'y avait donc pas de résupination, bien que la métamorphose régressive fut déjà assez avancée. Or, les trois petits Pagures infestés présentaient des traces évidentes de *Peltogaster Rodriguezii* disparus. Sur un d'entre eux s'étaient fixés deux *Peltogaster*, sur un autre trois, et ces Rhizocéphales avaient dû disparaître très jeunes, car les anneaux chitineux étaient très petits.

Cet exemple est intéressant d'abord parce qu'il nous montre la nécessité de la présence du Rhizocéphale pour que l'on puisse trouver le Phryxien parasite : ensuite parce qu'il prouve combien est énergique l'action exercée par ce dernier, un jeune *Phryxus* non encore entièrement transformé suffisant à entraîner la destruction de deux et même de trois *Peltogaster*.

Un autre cas très curieux a été signalé par Hesse, qui d'ailleurs ne s'est nullement rendu compte de l'intérêt de ses observations. Hesse a décrit un joli Phryxien (*Athelges lorifer*) parasite des *Eupagurus cuanensis* de la rade de Brest (1). Les deux individus trouvés par Hesse le 15 décembre 1874 et 10 janvier 1875 infestaient des Pagures sur lesquels étaient fixés plusieurs Peltogasters. Une jeune femelle incomplètement transformée trouvée également par le même naturaliste était accompagnée de huit Peltogasters, mais placée un peu plus bas que ceux-ci sur l'abdomen du Pagure. Quelques années auparavant Hesse avait déjà décrit une très jeune femelle de la même espèce trouvée dans des conditions identiques et l'avait considérée comme le mâle du Peltogaster (2).

---

(1) Hesse, Crustacés rares ou nouveaux des côtes de France (20ᵉ article). *Ann. des Sciences Naturelles*, 6ᵉ série t. IV, p. 6, pl. VII.

(2) Hesse, Annales des Sciences naturelles, 5ᵉ série, 1864, t. VI, p. 322-327.

Hesse a, depuis, reconnu son erreur (Annales, 6ᵉ série, t. IV, p. 9). Les zoologistes allemands, principalement Fraisse et Kossmann, ont critiqué bien durement les travaux de notre compatriote. Hesse n'est pas un naturaliste de profession, c'est un amateur zélé qui aurait pu rendre de grands services à la science, s'il eut été mieux dirigé par ceux en qui il plaçait modestement toute sa confiance. Les vrais coupables, les hommes qui doivent endosser toute la responsabilité du déplorable gâchis introduit dans la Carcinologie par la publication des *Crustacés rares ou nouveaux des côtes de France*, ce sont les professeurs de la Sorbonne et du Museum qui accueillaient, les yeux fermés, les plus bizarres élucubrations, les publiaient dans les recueils qu'ils dirigeaient et les récompensaient à l'Institut. Hesse n'a connu qu'en 1876 la monographie de Bate et Westwood, *British Sessile Eyed Crustacea*. Cela veut dire que jusqu'à la même époque cette ignorance, excusable à Brest, régnait encore à Paris !

On voit par ce qui précède que l'on peut trouver chez les Phryxiens d'Europe tous les degrés possibles dans l'étroitesse des rapports éthologiques entre les Rhizocéphales et les Bopyriens. Toutefois à mesure qu'on s'écarte des types ancestraux (Cryptonisciens et *Phryxus resupinatus*) pour arriver à des formes plus récentes telles que *Phryxus* (1) *lorifer* et *P. paguri* : on voit les Bopyriens se fixer d'une façon de plus en plus précoce sur leur hôte Rhizocéphale et le faire disparaître plus promptement. *Phryxus resupinatus* est presque constamment accompagné de *Peltogaster purpureus* ; *Phryxus lorifer* d'Europe est aussi accompagné par plusieurs Peltogasters d'*Eupagurus cuanensis*. Le *Phryxus* du *Clibanarius* a déjà fait disparaître dans le jeune âge son compagnon, *Peltogaster Rodriguezii*. Quant à *Phryxus paguri* il se fixe probablement sur des *Peltogaster* très jeunes et les fait disparaître avant la formation de l'anneau chitineux, peut-être même avant l'évagination du Rhizocéphale.

Il arrive toutefois mais très exceptionnellement, comme nous l'indiquons ci-dessus (p. 201, note 3), qu'on rencontre ensemble sur un même Pagure *Phryxus paguri* et *Peltogaster paguri* l'un et l'autre bien développés. Y. DELAGE a observé un cas de ce genre à Luc-sur-Mer (Calvados) (2).

Au fur et à mesure que l'organisation des *Phryxus* se rapproche de celle des Bopyriens branchiaux, les pièces buccales se perfectionnent et le parasitisme tend à devenir direct, les racines des Rhizocéphales ne servent plus que peu ou pas et nous ne serions nullement éloignés d'admettre que dans les quelques cas où l'on n'a pas trouvé ces racines, c'est qu'elles n'existaient pas, et que le *Phryxus* avait réussi, en prenant la place d'un très jeune *Peltogaster*, à se mettre directement en rapport avec son hôte.

C'est ainsi que nous expliquons les cas de FRITZ MULLER rappelés ci-dessus et celui cité par FRAISSE chez *Eupagurus Prideauxii* :

« Chez l'*Eupagurus Prideauxii*, j'ai trouvé, dit FRAISSE (X, p. 47), deux exem-
» plaires d'un *Bopyrus* complètement mûr, les lamelles incubatrices remplies
» d'œufs. L'un de ces pagures possédait encore les racines vertes et un anneau
» chitineux assez grand, restes de *Peltogaster curvatus*. L'autre ne présentait pas
» de pareils vestiges. Mais comme *Eupagurus Prideauxii* est souvent infesté par

---

(1) Nous désignons provisoirement tous ces Phryxiens sous le nom générique de *Phryxus,* mais nous sommes absolument convaincus de la nécessité de subdiviser ce genre en plusieurs coupes distinctes ; *Phryxus resupinatus,* par exemple , est un type génériquement bien différent de *P. paguri* et ces deux formes diffèrent également l'une et l'autre de *P. hippolytes.*

(2) DELAGE. Système nerveux du *Peltogaster.* Archives de zoologie expérimentale, 2° série. t. IV, 1886, p. 20.

» *Peltogaster socialis*, je puis bien admettre qu'il en avait été ainsi pour l'exem-
» plaire porteur du Bopyre. »

Rien n'est plus facile que de retrouver dans un Pagure des racines d'un Rhizocéphale, même quand elles sont incolores. De plus nous sommes tellement convaincus de la spécificité absolue des parasites que nous considérerions comme très
extraordinaire qu'une même espèce de *Phryxus* infestât tantôt *Peltogaster curvatus*
tantôt *Peltogaster socialis*. Enfin, l'explication tentée par Fraisse et par F. Mueller
ne pourrait nullement convenir à *Phryxus paguri*. Ce dernier ne se trouve que
sur des Pagures qui ne montrent pas trace de racines de Rhizocéphales et cependant
Eupagurus bernhardus n'est infesté que par un *Peltogaster* à racines colorées
en vert.

On nous objectera sans doute que pour être complètement démontrée, notre
manière de voir exigerait la constatation directe du fait de la fixation du jeune
Phryxus sur la larve très jeune (le stade Cypris récemment invaginé) du *Peltogaster*.
Cette preuve directe nous manque encore et on reconnaîtra bien avec nous qu'elle
n'est pas facile à donner ; nous ne désespérons pas cependant de l'obtenir. Mais
des particularités éthologiques bien curieuses viennent apporter en faveur de notre
opinion des arguments indirects qui ne sont pas à dédaigner.

L'un de nous signalait il y a quelques mois (1) les singuliers effets d'ordre morphologique produits chez plusieurs Crustacés Décapodes par la castration due à la
présence de parasites Rhizocéphales ou Bopyriens. Après avoir rappelé les caractères sexuels extérieurs qui différencient le mâle de la femelle chez les *Eupagurus*,
Giard ajoutait :

« Les Pagures mâles infestés par *Phryxus paguri* ne sont guère modifiés dans
» la région thoracique. C'est à peine si la grosse pince est un peu plus faible qu'à
» l'ordinaire. *Mais l'abdomen présente des appendices en nombre égal à ceux de la*
» *femelle et conformés absolument comme chez la femelle, toutefois de dimensions*
» *un peu réduites.*

» Si l'on ouvre un de ces mâles à pattes abdominales femelles on trouve le
» testicule renfermant des spermatophores de taille fort inférieure à la normale
» (la moitié environ) et des spermatozoïdes très imparfaits.

» Je m'attendais à rencontrer les mêmes phénomènes peut être plus accentués
» encore chez les Pagures mâles infestés par *Peltogaster paguri*. Chose étonnante,

---

(1) Giard. Sur la castration parasitaire chez *Eupagurus bernhardus* L., et chez *Gebia stellata* Montagu.
(Comptes Rendus de l'Acad. des Sciences, 18 avril 1887).

» il n'en est rien, et malgré l'action plus profonde qu'on serait tenté d'attribuer
» *à priori* au *Peltogaster*, ce Rhizocéphale ne produit aucune modification appa-
» rente des caractères extérieurs du sexe mâle, tout en déterminant cependant la
» stérilité de son hôte.

 » De ce qui précède on est amené à conclure, ou bien que certains *Peltogaster*
» se fixent sur les Pagures à une époque plus tardive que les *Phryxus* ou bien que
» les *Peltogaster* exercent une action plus lente que les *Phryxus* et n'empêchent
» pas la différenciation sexuelle de se produire au moins chez le sexe mâle. La
» première interprétation est à notre avis la plus vraisemblable. » (1).

 Si nous admettons que la larve de *Phryxus* se fixe sur l'embryon très jeune de
Peltogaster, profitant, pour se mettre en rapport avec le Pagure, de la petite
ouverture d'invagination produite par la larve *Cypris* du Rhizocéphale, on comprend que les *Peltogaster* qui auront le plus de chance de se développer, sans
être détruits par les *Phryxus*, sont ceux qui se fixeront le plus tard. Ainsi, en
même temps que la sélection naturelle tendait à rendre plus précoce la fixation
du *Phryxus*, elle contribuait, d'autre part, à retarder celle du *Peltogaster*. De là
vient que la castration déterminée par *Phryxus*, à un moment où la différenciation
sexuelle et ses conséquences ne sont pas encore produites, amène des modifications très grandes dans les caractères sexuels ultérieurement manifestés, tandis
que la castration, causée à une époque plus tardive par *Peltogaster*, ne peut
avoir les mêmes effets.

 Suivant que dans la lutte pour l'existence, le Rhizocéphale et le Bopyrien sont
de force à peu près égale ou que l'un d'eux l'emporte sur son rival, les divers
états d'équilibre éthologiques que nous avons signalés se trouvent réalisés, et les
époques de fixation des embryons des parasites sont avancées ou retardées. Ainsi

(1) « En outre, ajoutait GIARD, les faits que nous venons de signaler semblent indiquer que les *Phryxus* se
» fixent en général sur les Pagures à un âge où la différenciation sexuelle n'est point effectuée et où le crustacé
» décapode présente encore les pattes abdominales embryonnaires. Or, FRITZ MUELLER a fait connaître un *Phryxus*
» de la côte du Brésil (*P. resupinatus*) qui se fixe constamment sur les Pagures infestés par *Peltogaster purpureus*
» et souvent sur le pédoncule même de ce Rhizocéphale. Si l'on admet l'hypothèse de l'inoculation des larves
» de Rhizocéphales, émise par M. Y. DELAGE, il faudrait supposer que la larve de *Phryxus resupinatus* devine
» quels sont les Pagures inoculés par un embryon de *Peltogaster* et à quelle place précise cet embryon viendra
» émerger sur l'abdomen du Pagure. On ne peut échapper à cette supposition bizarre qu'en admettant par une
» hypothèse, plus bizarre encore, que les embryons de *Phryxus* sont inoculés eux aussi et suivent dans leur
» migration interne les larves de *Peltogaster*. Qui accepterait une pareille complication ? Tout devient simple,
» au contraire, dans la théorie de la fixation directe et l'on peut trouver dans les faits nouveaux exposés ci-dessus
» une confirmation de l'opinion émise par nous que les Cirrhipèdes ont été dans la série phylogénique
» les introducteurs des Bopyriens chez les Crustacés décapodes. Les Isopodes, parasites à l'origine des Rhizocé-
» phales, ont infesté, d'abord indirectement, puis, plus tard, d'une façon immédiate le Crustacé supérieur. »

s'expliquent les cas de *P. resupinatus*, du *Phryxus* parasite de *Clibanarius*, ou plutòt parasite de *Peltogaster Rodriguezii*, etc.

Revenons maintenant aux Entonisciens et au point de départ de cette longue digression. Comment expliquer la concomitance nettement établie par Fritz Mueller et par nous pour les Entonisciens et les Sacculines ? Malgré le point qu'ils choisissent pour pénétrer dans la cavité viscérale des Décapodes, les Entonisciens ne dérivent nullement des Bopyriens branchiaux. Ces derniers forment un rameau dérivé de la souche des Phryxiens, tandis que les Entonisciens se rattachent directement aux antiques Cryptonisciens, comme le prouvent et leur structure anatomique et surtout leur embryogénie (sixième peréiopode, forme du pygidium de la première larve, œil nauplien, etc.).

Très probablement, les Cryptonisciens des Décapodes (Genre *Danalia*), gênés par la queue du Crabe et par tous les animaux qui se fixent sous cette queue lorsqu'elle est soulevée par une Sacculine, ont cherché un moyen plus commode de se mettre en rapport avec les racines du Rhizocéphale, tout en demeurant à l'abri des ennemis du dehors. Le long col déformé des *Danalia* et des *Zeuxo* permettait bien au parasite d'atteindre les racines en se plaçant à quelque distance du point d'insertion de la Sacculine ou du Peltogaster, mais il est évident que ces animaux se trouvaient très exposés aux attaques d'une foule d'ennemis et nous croyons qu'on peut expliquer ainsi leur extrême rareté, même dans les localités où le Rhizocéphale qu'ils infestent est excessivement commun.

Un certain nombre de Cryptonisciens ont dû de très bonne heure atteindre les racines des Rhizocéphales à l'intérieur même de la cavité viscérale du Crabe, en s'abritant sous le branchiostégite. Ils ont pénétré d'abord par l'extrémité postérieure de la cavité branchiale (*Entoniscus porcellanæ*), puis, de plus en plus haut, au fur et à mesure que cette cavité changeait de forme chez les *Brachyura genuina*.

En même temps, il s'est produit, pour les Entonisciens, le même fait que nous avons signalé chez les Phryxiens. Mis en rapport avec le sang du Crabe, d'abord indirectement, grâce aux racines des Rhizocéphales, ils se sont peu à peu adaptés à un parasitisme direct et ont pu se passer du secours même transitoire de la Sacculine. Néanmoins, par un phénomène d'éthologie héréditaire facile à comprendre, les jeunes Entonisciens se fixent encore de préférence sur les Crabes déjà infestés par les Rhizocéphales.

HERMAPHRODISME DIMORPHIQUE ET PROGÉNÈSE PROTANDRIQUE DES ENTONISCIENS.

Dès 1878, nous discutions déjà la possibilité de l'hermaphrodisme des Entonisciens.

« L'idée que les *Entoniscus* d'Europe pourraient être hermaphrodites, écrivait GIARD, ne présente évidemment, *à priori*, aucune absurdité. On connaît, en effet, des types hermaphrodites dans certains groupes zoologiques composés en majeure partie de formes à sexes séparés. D'une façon très générale, le parasitisme ou même la fixation, qui n'est qu'un premier degré de parasitisme, entraîne assez fréquemment le développement des deux sexes chez un même individu (Cirripèdes, Ascidies, Acéphales).

» KOWALESKY a, dès 1866 (*Rippenquallen*) observé les testicules et les spermatozoïdes d'un benu *Peltogaster*, parasite de *Callianassa subterranea*, et décrit depuis par KOSSMANN, sous le nom de *Parthenopea*. Il dit, dans le même travail, avoir rencontré l'hermaphrodisme chez plusieurs autres espèces de *Peltogaster* et de *Sacculina*.

» KOSSMANN, dans un mémoire sur les *Suctoria*, a également figuré en 1872 les spermatozoïdes de plusieurs espèces, mais il n'a pas vu la forme mobile de ces éléments. Le travail de KOSSMANN fut publié d'abord dans un recueil peu répandu (*Verhandlungen der Physiol.-medicin. Gesellschaft in Würzburg*, III Bd, 4 Heft, p. 296, pl. XVI à XVIII). Sans connaître ces recherches antérieures, je m'occupai moi-même de la même question en 1873, et j'ai donné alors, dans les comptes-rendus de l'Académie des Sciences, la description du testicule et des spermatozoïds parfaitement mûrs chez *Sacculina carcini* et chez deux espèces de *Peltogaster* (1). »

Toutefois, nous ajoutions : « Mais dans le cas actuel, cette hypothèse de l'hermaphrodisme perd une grande partie de sa vraisemblance si l'on réfléchit que FRITZ MUELLER a décrit le mâle de toutes les espèces d'*Entoniscus* qu'il a rencontrées. Il est bien peu probable que dans un même genre des espèces aussi voisines présentent une dissemblance physiologique et morphologique de pareille importance, et je préfère admettre que ma maladresse ou mon peu de chance m'ont empêché de rencontrer le mâle des *E. Cavolinii* et *Moniezii*. »

---

(1) Nous avons cru utile de reproduire *in extenso* ce passage écrit il y a dix ans, car dans un mémoire récent sur *Sacculina carcini* la bibliographie de cette question est traitée d'une façon incomplète et inexacte. Voir DELAGE, Archives de zoologie expérimentale, 2ᵉ série, T. II, 1884.

Depuis dix ans la science a marché et ce qui paraissait alors invraisemblable a été observé dans plusieurs groupes zoologiques.

Déjà même, à cette époque, on savait, grâce à DARWIN, que dans certains genres de Cirripèdes (*Ibla, Scapellum*), l'hermaphrodisme n'empêchait pas l'existence de mâles d'une forme particulière, les mâles complémentaires qui sont fixés comme des parasites sur le corps des individus hermaphrodites. (1)

Les recherches de BEARD et de NANSEN sur les Myzostomes ont démontré que le même fait pouvait se produire dans d'autres groupes du règne animal et chez des êtres d'un parasitisme moins complet que ceux qui nous occupent.

D'autre part, l'importante découverte de BULLAR (2), vérifiée et généralisée par P. MAYER (3), nous a appris que dans le groupe même des Isopodes et chez des formes moins complètement parasites que les Bopyriens, on trouvait des exemples incontestables d'*hermaphrodisme protandrique*. Certains Cymothoadiens sont mâles dans le jeune âge, puis traversent une phase d'hermaphrodisme imparfait et arrivent enfin à n'être plus que des femelles, lorsqu'ils atteignent le terme de leur développement.

Toutes ces données nouvelles ouvrent évidemment un champ immense aux investigations et permettent d'interpréter des faits qui, jusque dans ces derniers temps, se dressaient comme d'impénétrables énigmes devant les yeux de l'observateur.

DANA (4) et LILLJEBORG (5) ont les premiers soupçonné que la deuxième forme larvaire de *Cryptothiria* et de *Liriope* pouvait soit acquérir sans transformation ultérieure des glandes testiculaires et représenter le mâle, soit subir une métamorphose rétrograde et se transformer en femelle.

---

(1) On pourrait appeler *Androdioïques* les animaux qui présentent cette particularité d'avoir des mâles complémentaires avec une forme hermaphrodite. DARWIN a, en effet, nommé *Gynodioïques* les plantes qui ont une forme femelle en plus des pieds hermaphrodites. Aux exemples qu'il a cités nous pouvons ajouter *Erica tetralix*, L, qui dans la forêt de Montmorency présente une variété femelle (var. *anandra*) végétant à côté de la forme normale hermaphrodite.

(2) BULLAR, The generativ organs of the parasitic Isopoda. *Journal of Anatomy and Physiologie*, vol. XI, oct. 1876, pl. IV.

(3) MAYER, Ueber den Hermaphroditismus einiger Isopoden. *Mittheilungen aus der Zool. Station Neapel.* 1879. Aux groupes d'Arthropodes cités dans ce travail il conviendrait peut-être d'ajouter les Arachnides. D'après J. C. LOMANN les testicules des Opilliones (Phalangides) produisent des ovules à la fin de la période de reproduction, dans les derniers temps de la vie de l'animal comme chez les Isopodes (Zool. Anz., 1880, p. 90). D'après DE GRAAF, chez quelques mâles, le testicule se tranformerait complètement en un ovaire. (Zool. Anz., 1880, p. 42).

(4) DANA, U. S. Exploring Expedition, Crustacea, p. 801.

(5) LILLJEBORG, *Liriope* et *Peltogaster*, Nov. Act. Soc. Scien. Upsal, sér. III. vol. III, p. 1, et suppl., p. 73.

Spence Bate (1) admit cette opinion, malgré l'avis contraire de Buchholz (2) qui prit le mâle pour une jeune femelle non encore transformée.

Fraisse (3) mit hors de doute l'existence de ces mâles cryptonisciens chez plusieurs espèces de *Cryptoniscus* en montrant que par dilacération on obtenait des spermatozoïdes identiques à ceux qu'il trouvait dans le corps de la femelle dans le voisinage des ovaires.

Enfin Kossmann (4) fit faire un nouveau pas à la question en démontrant qu'il n'y a pas incompatibilité entre l'opinion de ceux qui considèrent la deuxième forme larvaire des Cryptonisciens comme des mâles et la manière de voir, *en apparence* opposée, de ceux qui en font un stade d'évolution de la femelle.

Pour établir cette proposition, le professeur d'Heidelberg reprit d'abord les observations de Dana, de Lilljeborg et de Fraisse : il découvrit les ouvertures génitales mâles au bas de la septième paire de pattes thoraciques, vit sur des coupes transverses les spermatozoïdes mobiles, prouva en un mot que chez les Cryptonisciens le mâle était mûr à la forme larvaire (notre deuxième forme) avec des pieds natatoires biramés au pléon.

Kossmann refute ensuite l'erreur de Fraisse, qui avait supposé que l'accouplement devait se faire entre individus larviformes. Par des exemples convaincants il fait comprendre que l'accouplement ne doit avoir lieu qu'après la métamorphose rétrograde de la femelle. Enfin, après avoir rappelé les travaux de Bullar et de P. Mayer, il cherche à démontrer que la découverte de l'hermaphrodisme protandrique des Cymothoadiens peut s'appliquer avec succès aux Cryptonisciens.

La preuve directe qui consisterait à suivre un même individu pendant toute son existence et à constater qu'il fonctionne successivement comme mâle et comme femelle est évidemment impossible : mais d'excellents arguments indirects peuvent être invoqués. En voici le résumé, d'après Kossmann lui-même :

Premier indice négatif : toutes les larves cryptonisciennes de la deuxième forme renferment des testicules à l'état de maturité : ce sont des mâles, on ne rencontre pas de femelles ou même de neutres.

Deuxième indice négatif : tandis que chez tous les Bopyriens et même chez les Entonisciens le mâle est sédentaire et ne quitte jamais sa femelle, les mâles de tous les Cryptonisciens sont au contraire des animaux errants, très agiles, qu'il est rare de rencontrer sur la femelle fécondée. Comment une pareille différence entre des

---

(1) Spence Bate et Westwood, British Sessile Eyed Crustacea, II, p. 267.

(2) Buchholz, *Hemioniscus balani*, Zeitschrift f. wiss. Zool. XVI, 1866, p. 325.

(3) Fraisse, Die Gattung *Cryptoniscus*, 1877, p. 30, 31 et 37.

4) Kossmann, Neueres über Cryptonisciden, 1884, p. 6 et suivantes.

êtres si voisins pourrait-elle s'expliquer si le mâle n'avait, après la fécondation, un autre rôle à remplir. Et quel autre sort pourrait lui être dévolu que celui de se transformer lui-même en femelle sur un autre hôte ?

Enfin un indice positif très important est la présence chez la femelle adulte, d'une glande que l'on peut selon toute vraisemblance considérer comme un testicule. Cette glande, découverte par Buchholz chez *Cryptothir balani*, existe d'après Kossmann chez tous les Cryptonisciens (1). Buchholz la considérait comme un organe annexe de l'appareil génital : il n'a pu réussir à trouver un canal excréteur, mais il observa un contenu granuleux semblable à celui qui existe dans la partie terminale de l'oviducte. La glande se compose d'un cylindre creux situé de chaque côté du corps, au-dessus et au dehors des ovaires, aplati en trois points et rempli d'une substance finement granuleuse ; au point où l'organe s'aplatit on observe des diverticules cellulaires.

Cette glande s'étend dans les trois derniers segments du thorax, ceux qui, chez le mâle, sont occupés par les testicules. Ces trois segments subissent, chez *Crypthothir*, une forte déformation et il n'est pas surprenant que la glande, étirée et comprimée lors du développement des ovaires, cesse de fonctionner et prenne la forme que lui attribue Buchholz.

Kossmann a constaté également l'absence de canal excréteur et l'existence d'un contenu granuleux réfringent prenant très fortement les colorants et ressemblant tout à fait sous ces divers points de vue à la substance des testicules des mâles des Bopyriens (lorsqu'il n'y a pas de sperme).

De tout cela il conclut qu'il est prouvé jusqu'à l'évidence que les Cryptonisciens sont des hermaphrodites protandriques, chez lesquels les testicules murissent au dernier stade larvaire et persistent ensuite chez la femelle adulte sous forme d'organes rudimentaires, sans canal excréteur.

Reprenons cette discussion en tenant compte des faits nouveaux que nous avons signalés dans ce travail. Le premier indice négatif nous paraît avoir une grande valeur : mais il ne s'applique pas aux seuls Cryptonisciens. Les Entonisciens de la deuxième forme larvaire, les jeunes *Cepon*, les jeunes *Phryxus paguri* au même stade nous ont également présenté le phénomène de la progénèse protandrique.

Dès lors, le deuxième indice négatif de Kossmann doit être abandonné en ce qui concerne la différence entre les mâles *agiles* des Cryptonisciens et les mâles *sédentaires* des autres Bopyriens. On pourrait d'ailleurs émettre sur le sort futur des mâles des Cryptonisciens une hypothèse différente de celle de Kossmann : supposer,

---

(1) Kossmann ajoute à tort qu'elle n'existe chez aucun Bopyrien *ni chez aucun Entoniscien*.

par exemple, que ces mâles pour la plupart périssent sans dépasser la deuxième forme larvaire et nous pensons qu'en réalité il doit souvent en être ainsi, et qu'un petit nombre de mâles seulement terminent leur évolution sous la forme femelle (1).

Quant à l'argument positif, nos observations sur les Entonisciens viennent lui donner un sérieux appui et une nouvelle extension. La découverte des vésicules séminales sur le septième segment thoracique des femelles adultes et la confirmation des indications de FRAISSE sur la présence d'un testicule rudimentaire chez les jeunes femelles non encore transformées, nous permettent de généraliser, en l'appliquant aux Entonisciens, l'hypothèse de KOSSMANN.

Mais, tandis que chez les Cryptonisciens, les mâles non transformés en femelle ne dépasseraient pas la deuxième forme larvaire, chez les Entonisciens, certains mâles subiraient, tout en gardant leur sexe, une métamorphose moins complète que celle de la femelle, mais assez grande cependant pour leur donner un aspect bien différent de cette deuxième forme ; la progénèse du mâle n'empêcherait donc pas son développemeut ultérieur en une forme adulte.

Le fait n'est nullement isolé ; il n'est pas plus étonnant de voir un Entoniscien produire des spermatozoïdes sous la forme cryptoniscienne puis sous la forme dégradée du mâle ordinaire, que de voir un Axolotl féconder sa femelle à l'état de têtard encore pourvu de branchies et produire plus tard de nouveaux spermatozoïdes sous la forme adulte Amblystome.

KOSSMANN cherche à expliquer l'hermaphrodisme protandrique des Cryptonisciens, d'abord par le petit volume que nécessite la masse spermatique et par l'avantage que cette combinaison sexuelle présente sur le dimorphisme simple. « Si, dit-il, nous admettons, tout à fait gratuitement d'ailleurs, qu'un *Cryptoniscus* mette une semaine pour arriver de l'éclosion à la maturité comme mâle, et trois semaines pour arriver de l'éclosion à la maturité comme femelle, l'éducation de 10 (ou de *n*) couvées dans le cas du dimorphisme exigera que 10 (ou *n*) individus échappent pendant une semaine, et 10 (ou *n*) autres individus pendant trois semaines aux dangers qui les menacent : ce qui fait 40 (ou 4 *n*) semaines de périls ; tandis que dans le cas de la protandrie, il faut seulement que 10 (ou *n*) individus échappent pendant trois semaines et un encore pendant une semaine, ce qui fait 31 (ou 3 *n* + 1) semaines seulement. Et l'avantage est encore plus grand qu'il ne paraît d'abord, car, la première semaine, celle pendant laquelle l'animal nage librement, est bien plus périlleuse que les deux semaines suivantes pendant

(1) C'est l'opinion de FRAISSE qui a observé lui-même plusieurs espèces de *Cryptoniscus* et se montre très affirmatif sur ce point : « nun zeigten weitere Untersuchungen freilich, dass hier die befruchteten Weibchen sich ansetzen, um zu den unförmigen Eiersack zu werden, *die Männchen aber zu Grunde gingen.* » (X, p. 32).

lesquelles il est fixé. Or, les 9 (ou $n-1$) semaines épargnées dans notre exemple par la protandrie sont justement les premières semaines de l'existence. C'est la première semaine de neuf individus femelles qui est épargnée. »

Nous n'avons pas besoin de montrer combien cette manière de raisonner est défectueuse et combien Kossmann accumule ainsi d'hypothèses sans démonstration, les unes à la suite des autres.

Nous avons parlé ailleurs des avantages de la progénèse et nous croyons que ces avantages sont consolidés par la sélection naturelle (1). Quant aux causes immédiates qui déterminent la métamorphose rétrograde dans l'un ou l'autre sexe, il faut les chercher sans doute dans les conditions de nutrition plus ou moins bonnes où se trouve le parasite.

Si l'on découpe un Entoniscien en coupes minces transversales, on trouve généralement outre le mâle ordinaire, deux, trois, six, huit mâles de la forme cryptoniscienne. L'Entoniscien femelle est sans doute l'individu le mieux placé au début et le mieux nourri : il s'est rapidement différencié comme femelle, les testicules ont avorté, les ovaires ont pris au contraire un énorme développement. Le mâle ordinaire, moins directement en rapport avec l'hôte et moins abondam-

---

(1) Giard, La castration parasitaire et son influence sur les caractères extérieurs du sexe mâle chez les Crustacés Décapodes. *Bulletin scientifique du Nord*, 2ᵉ série, Xᵉ année, 1887, p. 24.

« Chaque fois qu'il y a progénèse dans un type déterminé, on constate donc, soit momentanément, soit d'une façon définitive, un arrêt de croissance et de développement : l'animal progénétique a, par suite, l'aspect d'une larve sexuée, lorsqu'on le compare soit à l'autre sexe, soit aux formes voisines qui ne présentent pas le phénomène de la progénèse.

» Cela est en parfaite harmonie avec le principe si bien mis en lumière par Herbert Spencer, de l'*antagonisme entre la genèse et la croissance et entre la genèse et le développement*. Cet antagonisme s'explique facilement si l'on songe que les matériaux employés pour la reproduction ne peuvent servir à l'accroissement de l'individu. S'il est avantageux pour un animal de se reproduire sans acquérir des organes inutiles, la sélection naturelle déterminera bientôt une progénèse de plus en plus complète. Les animaux parasites, outre qu'ils tirent de leur hôte une nourriture abondante, n'ont guère besoin d'une foule d'organes qui servent à leurs congénères libres dans la vie de relation. Aussi voyons-nous qu'un très grand nombre d'animaux parasites sont progénétiques. Les mâles progénétiques de la Bonellie et des Cirripèdes vivent en parasites dans leurs femelles. Chez certains types (pucerons), la progénèse cesse dès que la nourriture devenant moins abondante, un déplacement pourra être nécessaire.

» En résumé, l'arrêt de développement dû à la progénèse résulte d'une dérivation des principes nourriciers au détriment de l'animal progénétique. Dans les exemples de castration parasitaire que nous avons étudiés, le parasite joue, par rapport à son hôte, absolument le même rôle que la glande génitale d'un type progénétique. Il détourne, pour sa propre subsistance, une partie des principes qui auraient servi au développement de l'animal infesté. Aussi les effets produits sont tout-à-fait de même ordre. »

Mais une fois la progénèse acquise par suite de conditions avantageuses de nutrition, la sélection tend à la fixer en supprimant les phases subséquentes du développement pour peu que l'animal soit exposé à des dangers sérieux pendant la dernière période de son existence, ou même pour peu que l'animal se trouve momentanément dans des conditions défavorables à la reproduction. C'est ce qui arrive, par exemple, pour les Copépodes observés par Herrick, qui vivent dans des mares susceptibles de se dessécher rapidement, pour les pucerons, parasites de plantes à période végétative limitée, etc.

ment nourri, a subi une métamorphose incomplète et garde son sexe ; les autres larves cryptonisciennes n'ont pu poursuivre leur évolution et jouent physiologiquement le rôle de mâles complémentaires.

Il est possible que le mâle ordinaire venant à disparaître, l'un de ces mâles complémentaires encore agiles prenne sa place et continue sa transformation en mâle ordinaire.

Certains Cymothoadiens sont au point de vue des rapports sexuels absolument comparables aux Bopyriens proprement dits. Tel est le curieux *Icthyoxenos Jellinghaussii* HERKLOTS (1) de Java, qui vit par couples dans une invagination de la paroi extérieure de l'abdomen de certains poissons. Les adultes, mâle et femelle sont trop volumineux pour pouvoir sortir par l'ouverture d'invagination qui leur amène l'eau. Il est probable que deux larves sont entrées simultanément et que l'une d'elles, mieux placée a continué son évolution au delà du stade mâle. Le fait de deux larves s'unissant ainsi en vue de rapports sexuels futurs (diœcie ou dichogamie) n'est pas très rare. SLUITER (2) a signalé récemment une Ascidie de l'île Billiton, *Ascidia diplozoon*, qui présente cette particularité. On sait que les ascidies sont généralement hermaphrodites avec protandrie ; il serait curieux d'examiner avec soin les glandes génitales d'*A. diplozoon*. Le *Diplozoon paradoxum* NORDMANN est encore un exemple du même genre emprunté à des animaux d'un autre groupe , les Trématodes. Chez les Épicarides , le fait se complique par l'hermaphrodisme partiel et de plus, comme nous l'avons vu, par l'existence des mâles complémentaires.

GRAFF (3) a remarqué que les mâles complémentaires du *Myzostomum glabrum* sont plus communs à Trieste pendant l'automne. Nous avons fait la même observation à Wimereux pour les mâles larvaires de *Portunion Mœnadis* et de *Phryxus paguri*. BEARD ajoute que les mâles complémentaires des Myzostomes se trouvent généralement sur les vieux individus de grande taille (4). C'est aussi sur les Entonisciens les plus développés que nous avons rencontré en plus grande abondance les mâles cryptonisciens.

(1) J.-A. HERKLOTS. Deux nouveaux genres de Crustacés vivant en parasites chez les poissons. *Epichthys* et *Icthyoxenos*. Archives néerlandaises des Sciences exactes et naturelles, t. V, p. 120, 1870.

(2) C.-PH. SLUITER. Ueber einige infache Ascidien von Insel Billiton, Batavia Naturh. Tijdschr. 1886. HUXLEY et GIARD ont signalé des faits de même nature chez les ascidies aggrégées (non composées) des genres *Polystyela* et *Synstyela*.,

(3) GRAFF. Das Genus *Myzostomum*. Leipzig, 1877, p. 75.

(4) J. BEARD. On the Live History and Development of the genus *Myzostoma* in Mittheil. aus der Zoologisch. Station zu Neapel, V. 1884, p. 567 et suiv.

NANSEN (1) a observé chez le seul mâle de *Myzostomum Carpenteri* qu'il a pu étudier, que l'ovaire et les oviductes existent à l'état rudimentaire à côté des testicules. L'existence de ces rudiments peut, dit-il, s'expliquer de deux façons : 1° ou bien les mâles sont la descendance d'hermaphrodites et les oviductes sont des organes témoins, vestiges de l'état ancestral ; 2° ou bien ces mâles sont de jeunes hermaphrodites dont les ovaires fonctionneront plus tard à mesure que les testicules deviendront stériles. NANSEN considère aussi les rudiments de testicules de *Myzostomum cysticolum* comme les restes d'un état androgyne.

Il est bien intéressant de noter que le dimorphisme sexuel est surtout très accentué chez les Myzostomes cavicoles. Il en est de même chez les Cymothoadiens où les espèces cavicoles (*Ichthyoxenos*) présentent aussi les différences sexuelles les plus considérables et chez les Épicarides où les Bopyriens branchiaux et les Entonisciens forment une série parallèle aux Myzostomes cysticoles, tandis que les Cryptonisciens correspondent plutôt aux Myzostomes externes.

Les rapports sexuels si complexes des Cirripèdes, des Myzostomes et des Isopodes parasites nous paraissent pouvoir être résumés par le tableau suivant :

	CIRRIPÈDES.	MYZOSTOMIDES.	ISOPODES PARASITES.
I. Hermaphrodites sans mâles ou avec stade mâle temporaire dans l'évolution.	*Scalpellum balanoides* HOEK *Ibla quadrivalvis* DARW. et la plupart des Cirripèdes.	*Myzostomum cirriferum* F. S. L. (Hermaphrodisme successif avec protandrie).	*Anilocra mediterranea* LEACH. *Nerocila bivittata* RISSO. *Cymothoa oestroides* RISSO. Divers Cymothoadiens (BULLAR et P. MAYER). (Hermaphrodisme successif avec protandrie).
II. Hermaphrodites avec mâles non dégradés.	*Scalpellum villosum* LEACH. *Sc. Peronii* GRAY.	*M. glabrum* F. S. L. *M. giganteum* NANSEN. *M. gigas* LÜTKEN. *M. Carpenteri* GRAFF. (Avec rudiments des oviductes chez le mâle).	Entonisciens et Phryxiens. (Mâles larvaires et un mâle degradé tout à la fois).
III. Hermaphrodites avec mâles dégradés.	*Scalpellrm vulgare* LEACH. *Sc. rostratum* DARWIN.	....	
IV. Hermaphrodites avec mâles larvaires.	*Sacculina carcini* THOMPSON. *Peltogaster paguri* RATHKE.	....	Cryptonisciens. *Cryptothir balani* BUCHHOLZ. (Mâles larvaires seulement).
V. Dioïques avec dimorphisme sexuel.	*Ibla cumingii* DARWIN. (Mâle non dégradé). *Scalpellum ornatum* GRAY. *Sc. regium* WYV. THOMS. *Sc. parallelogramma* HOEK. *Sc. nymphocola* HOEK.	*M. cysticolum* GRAFF. (Rudiments de testicules chez les femelles). *M. inflator* GRAFF. *M. Murrayi* GRAFF.	Bopyriens branchiaux. (Mâle dégradé).

(1) FR. NANSEN. Bidrag til Myzostomernes Anatomi og Histologi. Bergen, 1885, p. 59 et suiv. (p. 79 du résumé anglais).

La plupart des zoologistes ont admis que chez les divers types cités dans ce tableau l'hermaphrodisme est la condition primitive. Huxley (Anatomy of invertebraded animals, 1877, p. 67), Claus (Grundzüge der Zoologie), Hoek (1) et Nansen se sont prononcés dans ce sens.

Seuls Beard (l. c.) approuvé par Fr. Mueller (2) et Y. Delage (pour ce qui concerne les Rhizocéphales) ont soutenu l'opinion contraire.

La question est beaucoup plus complexe que ne l'ont supposé nos devanciers, et sans avoir la prétention de la résoudre dans son ensemble, nous croyons que les faits signalés ci-dessus jetteront quelque lumière sur plusieurs points assez obscurs.

La notion de la progénèse protandrique, la distinction entre les mâles *dégradés* et les mâles *larvaires* sont des données nouvelles qui permettent au moins de mieux poser le problème de l'origine des sexes. Le groupe des Isopodes devient ainsi l'un des plus intéressants et des plus importants à étudier pour déterminer l'influence des conditions éthologiques sur la sexualité.

---

(1) P. P. C. Hoek. Beitrage zur Kenntniss der Anatomie der Cirripedien. Tijdschrift der Nederlandsche Dierkundige Vereeniging, VI, 1885, p. 92 et suiv.

(2) F. Mueller. Die Zwitterbildung in Tierreich. Kosmos, 5 Heft, 1885. Nous n'avons pu lire ce travail que nous citons d'après Nansen.

TAXONOMIE.

FRITZ MUELLER, le créateur du genre *Entoniscus* divise les Épicarides ou Bopyriens en quatre groupes (VI, p. 69):

Le premier groupe (BOPYRIENS proprement dits) comprend toutes les espèces qui vivent en parasite dans la branchie ou sur l'abdomen des Crustacés décapodes (*Bopyrus, Ione, Phryxus*, etc.). Leurs jeunes (première forme larvaire) sont caractérisés par des pattes thoraciques toutes semblables et un prolongement impair styloïde au pygidium. (1)

Le deuxième groupe (ENTONISCIENS) renferme les espèces vivant dans la cavité du corps des Crabes ou des Porcellanes. La dernière paire de pattes thoraciques de l'embryon est différente des précédentes, les pieds abdominaux des larves ont un seul anneau terminal aplati.

Le troisième groupe (CRYPTONISCIENS) vit sur les Cirripèdes et les Rhizocéphales. Chez les jeunes, la deuxième paire de pattes est différente de celles qui précèdent, mais ne ressemble pas au membre correspondant des larves d'Entonisciens. Les pattes abdominales sont biramées.

Le quatrième groupe enfin (MICRONISCIENS) renferme le genre *Microniscus*, parasite des Copépodes, et caractérisé par la conformation singulière de la troisième paire de pattes thoraciques.

FRAISSE a eu la singulière idée (X, p. 52 et 53) de vouloir établir la systématique

---

(1) FRITZ MUELLER dit : « Sie besitzen am Schwanzende einen impaaren griffelformigen Fortsatz », ce qui est très exact. R. WALZ en citant ce passage de MUELLER le rend incompréhensible en le défigurant de la façon suivante : « das Abdomen tragt *Schwarzgriffel* (sic) als letzten Extremitäten Paar. » (WALZ, Familien der Bopyriden, p. 55).

des Bopyriens d'après les caractères de la deuxième forme larvaire (larve crypto-niscienne), alors qu'il n'avait pu observer cette forme embryonnaire chez les *Entonisciens*. Il est donc obligé de laisser de côté ce groupe important, ainsi que les *Microniscus* et il divise les autres Épicarides en deux sections correspondant respectivement au premier et au troisième groupe de M.UELLER et caractérisés de la manière suivante :

1° Les sept segments thoraciques de la seconde larve portent des membres semblablement conformés ; les cinq segments abdominaux ont des pieds lamellaires respiratoires terminés par une seule rame sétigère. — *Bopyrus, Ione,* etc.

2° Les deux premiers segments thoraciques portent des pieds très courts à demi avortés pourvus, à l'extrémité, d'une forte griffe. Les trois paires de pattes suivantes sont toutes semblables et constituées pour la marche ; la sixième et la septième sont très différemment conformées chez les diverses espèces et manquent complètement chez *Cryptoniscus curvatus.* Les pieds abdominaux sont biramés. — *Cryptoniscus.*

Le caractère tiré des pattes abdominales doit être abandonné, comme ne convenant pas à tout le premier groupe (Bopyriens proprement dits). En effet nos propres observations sur la larve cryptoniscienne de *Phryxus paguri*, celles de KOSSMANN et de WALZ sur la larve cryptoniscienne de *Bopyrina virbii* permettent d'affirmer que chez ces deux types au moins les pattes pléales de la deuxième forme larvaire sont conformées absolument comme chez les Cryptonisciens typiques (1).

Le caractère fourni par les deux premières paires de pattes thoraciques est au contraire excellent pour distinguer les Cryptonisciens. Nous ne l'avons vu manquer nulle part et nous l'avons retrouvé dans tous les Cryptonisciens que nous avons étudiés. (Genres *Liriopsis, Danalia* (2), *Cryptothir, Leponiscus* (3).)

L'absence des deux dernières pattes thoraciques n'a qu'une valeur générique : elle permet de séparer les *Danalia* des autres Cryptonisciens.

(1) KOSSMANN, Studien über Bopyriden, II, pl. XXXIV, fig. 10, 12, 13 et WALZ, Familien der Bopyriden, pl. I, fig. 6 A et 6 D.

(2) GIARD. Fragments biologiques ; VIII, Sur les *Danalia*, genre de Cryptonisciens parasites des Sacculines. Bulletin scientifique du Nord, 2ᵉ série, 10ᵉ année, p. 47.

(3) GIARD. Loc. cit. p. 52.

En laissant complètement de côté les renseignements taxonomiques fournis par la première forme larvaire, FRAISSE se privait d'une source précieuse d'informations. Il est probable que s'il eut connu la larve cryptoniscienne des Entonisciens, il eut rapproché ces animaux des Bopyriens proprement dits plutôt que des Cryptonisciens. En effet, chez la seconde larve des Entonisciens, les sept paires de pattes thoraciques sont toutes conformées de la même manière (Pl. VIII, fig. 7) et les pattes abdominales ressemblent à celles de la majorité des Bopyriens en ce sens qu'elles ont une seule rame sétigère (Pl. VIII, fig. 10). L'éthologie semble *a priori* confirmer cette opinion, car il paraît assez vraisemblable que les Entonisciens soient dérivés de Bopyriens branchiaux dont le parasitisme serait graduellement devenu plus profond.

Mais la première larve à laquelle nous attribuons une valeur prédominante indique au contraire une parenté bien plus étroite des Entonisciens avec les Cryptonisciens et permet de réunir ces deux familles dans une division systématique d'ordre plus général. L'œil nauplien, l'absence de stylet pygidial, et le polymorphisme de la sixième paire de pattes thoraciques constituent trois indices de premier ordre pour rapporter à une souche commune les rameaux des Entonisciens et des Cryptonisciens.

Le développement puissant mais indifférencié de la sixième paire de pattes thoraciques des Cryptonisciens a permis les variations si nombreuses de cet appendice chez les Entonisciens où la première larve se trouve placée dans des conditions bien différentes selon les divers hôtes infestés par le parent.

CLAUS a parfaitement compris la nécessité de rapprocher plus qu'on ne l'avait fait antérieurement les Entonisciens et les Cryptonisciens, mais il a beaucoup exagéré en confondant ces deux familles. De plus n'ayant pas une expérience personnelle des parasites en question, il a commis les erreurs les plus singulières dans les quelques lignes de son *Traité de Zoologie* consacrées aux Entonisciens.

Nous reproduisons textuellement ce passage d'après la deuxième édition française traduite par MOQUIN TANDON (p. 710) sur la quatrième édition allemande. Comme l'excellent ouvrage de CLAUS est entre les mains de tous les étudiants nous avons cru utile de rectifier en notes les inexactitudes qu'on y trouve en ce point particulier.

ENTONISCIDÆ (1).

Sacs dépourvus de membres (2) qui s'enferment par la partie antérieure seulement (tête ou partie antérieure du thorax, ou tout entiers dans la cavité viscérale d'autres crustacés (Cirripèdes, Pagurides et Crabes) (3). Les larves au sortir de l'œuf sont semblables aux larves des Bopyrides (4) et possèdent deux paires d'antennes, une trompe, six paires de pattes thoraciques, terminées à l'exception de la première (5) paire par des crochets et cinq paires de pattes natatoires abdominales. Dans le stade suivant, pendant lequel a lieu l'accouplement (6), les deux sexes sont identiquement conformés (7), allongés et possèdent tous leurs anneaux. Il peut exister aussi une septième paire de pattes thoraciques (*Cryptoniscus monophthalmus*) (8). Toujours les deux paires de gnathopodes sont courbées et pourvues de crochets (9). Après l'accouplement, les mâles semblent disparaître (10), tandis que les femelles fécondées entrent dans la phase de production des œufs et, comme les Lernéens, sont parasites ; elles perdent les antennes (11), les membres s'accroissent énormément (12) et elles revêtent la forme d'un sac asymétrique (13). De grandes lamelles, la seule partie qui ait persisté des pattes thoraciques (14), constituent une cavité incubatrice pour les œufs en voie de développement.

Cryptoniscus FRITZ MUELLER (*Liriope* RATHKE, *Hemioniscus* (15) BUCHHOLZ)... *Entoniscus*, FRITZ MUELLER. Femelle pendant la période d'accouplement recourbée comme un Lernéen avec des appendices lobes abdominaux. Parasite chez les Pagurides (16) et les Crabes.

---

(1) CLAUS réunit dans la famille des *Entoniscidæ* les Entonisciens tels que nous les comprenons et les Cryptonisciens, ce qui rend toute diagnose générale impossible ou forcément fautive.

(2) Les membres existent chez les Entonisciens.

(3) Certains Cryptonisciens (*Cryptothir balani*, par exemple), ont au contraire la partie antérieure du corps libre et non dégradée.

(4) Les larves des Entonisciens et des Cryptonisciens diffèrent de celles des autres Bopyriens surtout par la forme du pygidium.

(5) Il y a sans doute ici une erreur typographique, c'est à l'exception de la dernière qu'il faut lire.

(6) Rien ne prouve que la femelle soit fécondée sous la deuxième forme larvaire.

(7) Les sexes n'existent alors que virtuellement et sont déterminés plus tard par les conditions de nutrition.

(8) La septième paire de pattes existe chez tous les Bopyriens à la phase cryptoniscienne.

(9) Chez tous les Entonisciens à la deuxième forme larvaire, les deux premières paires de perciopodes (gnathopodes de CLAUS) sont conformées comme les cinq paires suivantes.

(10) Cela est inexact pour tous les Entonisciens.

(11) Jamais les femelles ne perdent leurs antennes.

(12) Les membres restent rudimentaires.

(13) Le corps reste toujours parfaitement symétrique.

(14) Les pattes thoraciques ont persisté à la base des oostégites.

(15) Il nous parait tout à fait impossible de réunir dans un même genre des formes aussi disparates que *Cryptoniscus planarioïdes* et *Hemioniscus balani*.

(16) On ne connait encore aucun Entoniscien parasite des Pagurides.

Sixième paire de pattes de la larve avec une main préhensile puissante (1). *E. Porcellanæ*
FR. MUELLER, vit entre le tube digestif et le cœur d'une espèce de Porcellane du Brésil.
E. cancrorum F. MUELLER , dans les espèces de *Xantho* du Brésil. *E. Cavolinii* FRAISSE (2)
dans *Carcinus Mænas* (3) et *Pachygrapsus marmoratus*, Naples.

La forme décrite sous le nom de *Microniscus* FR. MUELLER qui vit en parasite sur les
Copépodes est une forme jeune, intermédiaire entre la larve et l'individu dans la période
d'accouplement et indique que les larves d'Entoniscides, avant d'arriver à la maturité
sexuelle, vivent temporairement sur de petits crustacés, particulièrement des Copépodes (4).

Le dernier auteur qui se soit occupé de la taxonomie des Épicarides est G.-O.
SARS (5) qui nous a fait connaître une série de formes nouvelles des plus intéressantes, parasites des Copépodes, des Ostracodes, des Isopodes et des Schizopodes.
Aussi, bien que SARS n'ait rencontré sur la côte de Norwège aucun représentant
de la famille des Entonisciens nous croyons utile de discuter rapidement les décou-
vertes du savant professeur de Christiania.

SARS a créé une famille des *Cryptothiridæ* qui correspond aux *Cryptoniscidæ* de
F. MUELLER. Il admet dans cette famille le seul genre *Cryptothiria* DANA comprenant, outre *C. pygmæa* RATHKE et *C. balani* BUCHHOLZ, deux espèces nouvelles
C. cypridinæ G.-O. SARS, parasite de *Cypridina norwegica* BAIRD (îles Lofoten)
et *C. marsupialis* G.-O. SARS parasite d'*Eurycope cornuta* SARS et d'*Ilyarachne
longicornis* SARS (côtes méridionales de la Norwège).

Les embryons de ces dernières espèces sont malheureusement inconnus. Cependant nous pensons avec KOSSMANN qu'il convient de placer dans un genre spécial,
Cyproniscus KOSSMANN, le parasite des *Cypris*, *C. cypridinæ*.

Quand au *C. marsupialis*, c'est avec doute que SARS lui-même le range dans
le genre *Cryptothiria*. Ce que nous savons de la spécificité des parasites Bopyriens
nous porte à supposer que *C. marsupialis* pourrait bien comprendre deux formes
distinctes, l'une parasite d'*Eurycope cornuta*, l'autre parasite d'*Ilyarachne longicornis*. Ces deux formes devront sans doute être rapprochées des Cryptonisciens
parasites des Isopodes et notamment du genre *Cabirops*, KOSSMANN.

---

(1) La sixième paire de pattes de la première larve est de forme très variable suivant les espèces.

(2) En vertu de la loi de priorité cette espèce doit être appelée *Entoniscus Cavolinii* GIARD.

(3) L'Entoniscien de *Carcinus Mænas* est bien distinct de celui de *Pachygrapsus marmoratus*.

(4) Rien ne justifie cette hypothèse de CLAUS. SARS a décrit (*Oversigt af Norges Crustaceer*, 1882) une
deuxième espèce de *Microniscus* et d'autres formes parasites des *Cypris* et des Isopodes qui constituent sans
doute de nouvelles familles d'Épicarides bien distinctes des Entonisciens.

(5) G. O. SARS. Oversigt af Norges Crustaceer med foreloebige Bemœrkninger over de nye eller mindre
bekjendte Arter. *Vid. Selsk. Forh.* 1882, n° 18, p. 18-19 et p. 68-75.

Sars a rendu un grand service à la science en créant la famille des *Dajidæ* pour le genre *Dajus* Kroyer et un certain nombre de genres nouveaux parasites des Schizopodes. Toutes ces formes étaient naguères placées à côté des Bopyriens proprement dits dont elles diffèrent par la réduction du nombre des pattes thoraciques (généralement cinq) chez la femelle adulte et par la forme toute spéciale de la cavité incubatrice. C'est chez les *Dajidæ* et notamment chez les *Aspidophryxus* qu'il faut chercher selon nous l'explication de la curieuse cavité incubatrice des *Cryptoniscidæ*.

Enfin Sars a rencontré une et peut être deux espèces nouvelles de *Microniscus* (*Microniscus calani* Sars parasite de *Calanus finmarchicus* Gunner, et de *Pseudocalanus elongatus* Boeck). Mais il a eu le tort de placer le genre *Microniscus* dans la famille des *Bopyridæ*. Pour nous les *Microniscidæ* constituent une famille renfermant les formes les moins dégradées du groupe des Épicarides et rappellent par leur aspect général la deuxième forme larvaire des autres familles. Le *Microniscus calani* ne présente pas la troisième patte thoracique si développée de *Microniscus fuscus* F. Mueller. Mais les pléopodes sont biramés ; or nous savons que ce caractère ne se rencontre qu'exceptionnellement chez l'embryon cryptoniscien des *Entoniscidæ* et des *Bopyridæ* tandis qu'il est de règle chez les *Cryptoniscidæ*.

Le tableau suivant résume les rapports phylogéniques qui unissent les diverses familles du groupe des Epicarides :

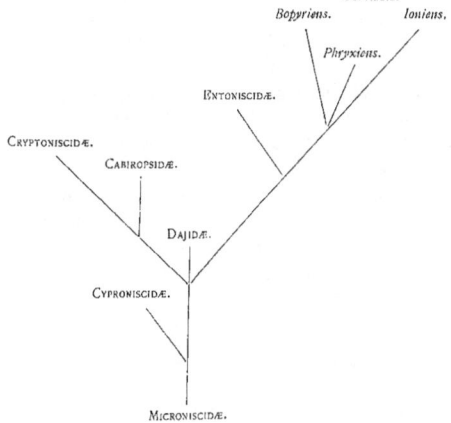

Nous avons attaché une grande importance pour la subordination des diverses formes femelles de *Bopyridæ* à ce que nous appelons le *Stade Phryxoïde*, c'est-à-dire à la forme femelle, qui suit immédiatement la phase cryptoniscienne.

L'existence de ce stade n'avait pas échappé à Cornalia et Panceri qui l'ont décrit et figuré chez *Gyge branchialis* (l. c. p. 109, Pl. I, fig. 24, 25) sous le nom de *Stadie permanente del Phryxus*.

Fraisse a également soupçonné l'importance de cette phase transitoire.

La présence d'un stade phryxoïde dans l'évolution des femelles de la plupart des *Bopyridæ* montre que le genre *Phryxus* peut être considéré comme la souche d'où sont sortis d'une part les Ioniens, qui en sont en quelque sorte l'exagération, d'autre part, les Bopyriens branchiaux. Ce stade phryxoïde (XVI, p. 3) s'observe chez *Pleurocrypta, Bopyrus, Ione, Cepon,*etc. Il a causé de nombreuses erreurs de la part des Zoologistes qui ont les premiers , étudié ces animaux. Le stade Phryxoïde de *Cepon typus* a été pris par Duvernoy et par Walz pour le mâle de ce Bopyrien. Le *Phryxus fusticaudatus* Spence Bate et Westwood est le stade phryxoïde de *Pleurocrypta Hyndmanni* Spence Bate et Westwood (1). Le *Phryxus longibranchiatus* Spence Bate et Westwood correspond en partie au stade *Phryxus* de *Pleurocrypta galatheæ* Hesse (non Spence Bate et Westwood) (2).

Chez les *Entoniscidæ*, le stade phryxoïde se présente avec beaucoup moins de netteté et cette raison, jointe à celles beaucoup plus sérieuses que nous avons indiquées en étudiant la première larve, nous conduit à penser que ce groupe a divergé de la souche à une époque antérieure à l'apparition des *Phryxus* typiques, ce qui est en rapport avec le parasitisme si profond de ces animaux.

Quant au parallélisme entre l'arbre généalogique des principaux groupes d'Epicarides et celui des hôtes qu'ils infestent, nous pouvons mieux faire que de répéter ici ce que disait Fritz Mueller il y a quinze ans (VI, p. 69) en y ajoutant quelques considérations tirées de nos recherches personnelles :

« Nous trouvons chez les Bopyriens, disait-il, un de ces cas déjà nombreux où des parasites liés les uns aux autres par une étroite parenté se rencontrent sur des hôtes également consanguins et où la parenté des parasites suit en quelque sorte les mêmes degrés que celle des hôtes qui les héberge. On peut imaginer trois explications pour rendre compte de ce parallélisme.

---

(1) Nous avons rencontré ce Bopyrien dans la cavité branchiale de *Pagurus bernhardus* à Roscoff et à Equihen, près Boulogne-sur-Mer.

(2) Nous avons étudié ce parasite de *Galathea squamifera* à Roscoff et à Fécamp.

« 1° La souche de l'hôte a été infestée par la souche du parasite et tandis que la première se divisait en plusieurs espèces, genres, familles, le parasite suivait les mêmes péripéties en s'adaptant toujours aux nouvelles transformations de son hôte.

« 2° Ou bien la souche du parasite vivait primitivement sur une espèce d'hôte déterminée, mais elle s'est, plus tard, étendue peu à peu à d'autres espèces voisines et s'est transformée ainsi sur ses hôtes nouveaux en nouvelles espèces et mêmes en nouveaux genres.

« 3° Ou bien enfin il y avait primitivement plusieurs espèces voisines d'hôtes sur lesquelles se sont fixés plusieurs espèces voisines de parasites.

« Tantôt l'une, tantôt l'autre de ces hypothèses rendra mieux compte de la distribution actuelle des parasites. Donner avec assurance la préférence exclusive à l'un ou à l'autre de ces systèmes en particulier n'est chose possible peut être dans aucun cas.

« Pour ce qui concerne l'ensemble des Bopyriens, le premier système doit être forcément rejeté : car, à l'époque où vivait la souche commune des Décapodes, des Copépodes, des Cirrhipèdes et des Rhizocéphales sur lesquels vivaient ces parasites, il n'y avait pas encore d'Onisciens.

« La plus grande vraisemblance est ici en faveur de la troisième hypothèse. Il y a eu sans doute autrefois entre les Bopyrides et les autres Crustacés des rapports analogues à ceux qui existent aujourd'hui encore entre les Cymothoïdes et les Poissons.

« Tous les Cymothoïdes paraissent chercher leur nourriture sur les Poissons. Quelques uns se précipitent sur les poissons morts ou malades ; d'autres, excellents nageurs, se fixent un instant sur les poissons vivants, mangent le mucus de la peau et sucent le sang ; quelquefois même, comme je l'ai éprouvé à mes dépens, mordent aussi l'homme qui se baigne. D'autres enfin, le plus petit nombre, sont à un certain âge des parasites sédentaires, dont les organes locomoteurs ont subi une assez forte régression. Les ancêtres de ces derniers n'étaient aussi sans doute que des visiteurs passagers et il n'est pas impossible que les descendants des nombreuses espèces qui vivent librement aujourd'hui, deviennent un jour des parasites permanents des poissons. De même les ancêtres des Bopyrides, autrefois libres, ont cherché leur nourriture sur d'autres Crustacés et ainsi se sont formées de temps à autre diverses espèces sédentaires aux dépens de ces souches errantes.

« Il en est autrement pour les divers groupes de Bopyriens considérés isolément. Il n'est pas invraisemblable que la souche commune des *Bopyrus*, il est presque sûr que la souche commune des *Entoniscus* et celle des *Cryptoniscus* étaient déjà des êtres parasites et que la plupart des crabes infestés aujourd'hui par ces parasites, les ont hérités de leurs ancêtres. »

Le groupe des Cryptonisciens, parasites à la fois des Cirripèdes et des Rhizocéphales est particulièrement instructif à cet égard, et Fritz Mueller conclut avec raison que l'origine des Rhizocéphales est plus récente que la souche des Cryptonisciens, qui, parasite d'abord des Cirripèdes, a suivi ceux-ci dans leur évolution rétrograde.

Nous avons expliqué comment (voir ci-dessus p. 206) nous étions conduits à penser que les Rhizocéphales en se fixant sur les Décapodes avaient amené chez ces derniers les Entonisciens et sans doute aussi les ancêtres Phryxoïdes des Bopyriens proprement dits.

Ainsi s'expliquerait ce fait singulier que les parasites des Schizopodes, les *Dajidæ*, paraissent très éloignés des Bopyriens proprement dits, qu'on serait tenté à priori de considérer comme leur descendance en vertu du parallélisme ordinaire de la phylogénie des parasites et de celle de leurs hôtes.

C'est du reste un point encore très obscur sur lequel nous réservons toute conclusion définitive jusqu'au moment où nous aurons pu étudier par nous même, les principaux types de la famille du *Dajidæ*.

CLASSIFICATION DES ENTONISCIENS.

ENTONISCIDÆ.

Bopyriens ectoparasites, pénétrant par la cavité branchiale dans la cavité viscérale des *Anomala* et des *Bachyura genuina*.

Femelle. — Corps très déformé par le parasitisme, allongé et recourbé le plus souvent dorsalement. *Tête* renflée en une double sphère (Cephalogaster); antennes transformées en lèvres; appareil buccal composé d'un labre, d'un hypostome et d'une paire de mandibules; pattes mâchoires lamelleuses dont le coxopodite est arrrondi. *Thorax* formé de sept segments encore visibles chez l'individu jeune; chambre incubatrice formée des cinq paires d'oostégites, ceux de la première paire situés entre les autres; le thorax, moulé sur l'ovaire et présentant sur la ligne médiane ventrale ou sur les parties dorso-latérales des prolongements qui diffèrent selon les genres. Pattes thoraciques rudimentaires. *Pléon* composé de six segments, avec des lames pleurales parfois fortement développées; pléopodes lamelleux ou en forme de sabre. *Tube digestif* composé d'un œsophage étroit, d'une double cavité stomacale remplie de longues villosités et située dans le segment céphalique (cephalogaster), d'une partie formant un typhlosolis garni de poils chitineux, se terminant par un sac musculaire pulsatile (organe de RATHKE) qui débouche dans le foie. Celui-ci se divise en une paire de cœcums parallèles. *Ovaires* formés de deux glandes symétriques qui, par leurs prolongements, déterminent la forme du thorax, et qui débouchent à la base de la cinquième patte thoracique. *Testicules* atrophiés chez l'adulte, où il ne reste plus que deux paires de vésicules séminales de part et d'autre du septième segment. *Cœur* à quatre valvules se continuant antérieurement par un gros vaisseau dorsal. *Système nerveux* composé de deux ganglions sus-œsophagiens, d'une chaîne ventrale formée de sept ganglions thoraciques plus ou moins confondus et d'un ganglion abdominal.

MÂLE. — Très réduit et toujours sur la femelle; *tête* avec deux yeux rudimentaires; les antennes externes sont atrophiées, et les internes réduites à deux bouquets de poils; appareil buccal composé d'une paire de mandibules et d'une paire de maxilles; pattes mâchoires rudimentaires. *Thorax* formé de sept segments dont les six premiers portent six paires de pattes rudimentaires chez les *Entoniscus*, bien développées dans les autres genres. Au septième segment apode débouchent les testicules. *Pléon* formé de six segments distincts sans pléopodes, garnis sur la ligne médiane de crochets chitineux (*Portunion, Grapsion*) ou de tubercules (*Cancrion*).

EMBRYON LIBRE. — Ramassé et globuleux; *tête* avec deux yeux bien développés; quelquefois un œil nauplien (*Grapsion*). Antennes internes courtes, antennes externes allongées. *Thorax* de sept segments dont les six premiers portent six paires de pattes bien développées et ornées de griffes, sauf la sixième qui varie suivant les genres. *Pléon* de six segments dont les cinq premiers portent cinq paires de pléopodes biramés, terminés par des soies, le sixième porte une paire d'uropodes bien développés.

STADE CRYPTONISCIEN OU MÂLE COMPLÉMENTAIRE. — Corps allongé, *tête* avec deux yeux très différenciés; antennes internes courtes et garnies de longs poils sensitifs; antennes externes longues; rostre aigu contenant les mandibules et les maxilles de la première paire; pattes mâchoires rudimentaires. *Thorax* formé de sept segments qui portent sept paires de pattes semblables dont l'insertion est protégée par un repli chitineux. *Pléon* de six segments dont les cinq premiers portent cinq paires de pléopodes biramés et terminés par de longs poils. Pygidium avec deux uropodes bien développés. Les *testicules* toujours développés à ce stade.

Ces parasites n'ont encore été trouvés que sur les côtes de France, d'Italie et du Brésil, mais il est de toute évidence qu'on les trouvera partout où on les recherchera avec persévérance.

Les caractères donnés par KOSSMANN pour séparer les Entonisciens des Bopyriens sont exacts en ce qui concerne le sexe mâle, erronés pour ce qui est relatif aux femelles.

Les mâles d'Entonisciens diffèrent bien de ceux des Bopyriens par l'absence du septième péreiopode et des antennes externes. Quant aux femelles, il est inexact de dire que leurs corps ne présentent, chez les Entonisciens, aucune trace de segmentation ; l'absence de dépression dorso-ventrale, la forme élargie de la tête, sont de bons caractères distinctifs, bien que le cephalogaster de *Cepon* et d'*Ione* rappelle beaucoup celui des Entonisciens. On peut dire aussi que les antennes sont moins nettement articulées que chez les Bopyriens, mais c'est par erreur que Kossmann ajoute : « Stechende Mandibeln wie es scheint fehlen ebenfals :ebenso Pereiopoden (1) ».

Enfin Kossmann a négligé de comparer les formes embryonnaires des Bopyriens et des Entonisciens ; il n'a, d'ailleurs, pas observé la deuxième larve de ces derniers ; nous avons vu qu'au point de vue embryogénique les Entonisciens se rapprochent des Cryptonisciens par la première forme larvaire et des Bopyriens par la seconde larve.

Fritz Mueller, tout en signalant les particularités qui distinguent *Entoniscus porcellanæ* d'*E. cancrorum* et des autres parasites viscéraux des Brachyoures, n'avait pas cru devoir séparer génériquement ces animaux.

Kossmann a proposé avec raison, pensons-nous, de réserver le nom d'*Entoniscus* pour *Entoniscus Porcellanæ* (et, ajoutons-nous, pour les autres espèces parasites des Porcellanes) et de créer, sous le nom d'*Entione*, un genre nouveau pour *E. cancrorum* et les espèces parasites des *Brachyura genuina*.

Les différences entre les mâles des deux genres *Entoniscus* et *Entione* sont, d'après Kossmann, les suivantes :

Chez *Entoniscus*, les péreiopodes sont réduits à des moignons arrondis presque sessiles.

Chez *Entione*, ils sont articulés et munis d'une griffe terminale.

Chez *Entoniscus*, le pléon est dépourvu de tout appendice, le dernier segment seul porte des épines.

Chez *Entione*, l'on trouve sur les segments antérieurs du pléon des saillies impaires ventrales recourbées en cornes vers le dos ; la première de ces cornes est la plus développée ; l'article terminal porte deux prolongements épineux d'une largeur supérieure à celle de l'anneau lui-même, recourbés ventralement et susceptibles, dans le mouvement de courbure de l'abdomen, d'être appliqués contre les prolongements impairs pour former, avec ces derniers, une sorte de pince qui sert à la fixation de l'animal.

---

(1) Kossmann a depuis reconnu lui-même l'existence des péreiopodes chez les femelles d'Entonisciens (XII, p. 59).

Chez *Entoniscus* enfin , la tête est petite , les lobes antennaires sont quadrangulaires et forment une large saillie de chaque côté de la tête. Chez *Entione* , au contraire , la tête est large , les antennes sont arrondies et dépassent à peine le bord frontal.

Les différences entre les femelles des deux genres sont tirées des appendices du pléon , des lames incubatrices et de la partie antérieure du cephalogaster, mais comme les notions que possédait KOSSMANN sur ces divers organes étaient en grande partie erronées, la diagnose différentielle qu'il cherche à établir est forcément très insuffisante.

Même pour ce qui concerne le mâle, KOSSMANN a généralisé trop vite ce qu'il avait observé sur un nombre très minime d'espèces d'*Entione*. Les saillies impaires ventrales n'existent pas chez tous les mâles d'*Entione* et il est inexact de dire qu'il n'y a pas de différences entre les mâles des diverses espèces d'*Entione*, du moins chez les espèces d'Europe.

« Unterschiede zwischen den Männchen der verschiedenen Entione arten scheinen nicht zu existiren ; wenigstens nicht zwischen denen der europæischen. » (XI, p. 152).

Que l'on compare sur notre Pl. VIII les figures 4 et 11 représentant les mâles d'*Entione Kossmanni* et *Entione miser*, on verra de suite combien la forme du pleon diffère dans ces deux types.

Cette différence étant accompagnée de beaucoup d'autres tirées de la comparaison des femelles et des embryons, nous avons séparé génériquement les *Entione* parasites des Portuniens, de ceux qui infestent les Cancériens ; nous avons appelé les premiers *Portunion* et les seconds *Cancrion*.

Le mâle de *Cancrion* diffère de celui de *Portunion* par la forme plus allongée de l'abdomen , par l'absence de saillies ventrales et des crochets terminaux : ces saillies et ces crochets sont remplacés par de petites squammes chitineuses disposées comme les figures 11 et 13 de la Pl. VIII.

Les femelles de *Cancrion* (Pl. IV, fig. 4) se distinguent surtout par l'existence de quatre bosses ovariennes dorsales au lieu de deux comme chez les *Portunion*, par l'absence des bosses ovariennes ventrales et par la forme de la première lame incubatrice.

L'embryon (première larve) des *Cancrion* diffère de celui des *Portunion* par la forme de la sixième paire de pattes figurée par F. MUELLER chez *Cancrion cancrorum* (voir fig. 27, I, p. 228). L'embryon étend de chaque côté du corps ce sixième appendice au lieu de le tenir appliqué sous l'abdomen comme le fait la larve de *Portunion*. Le propodite est renflé, d'une forme courte et contient, à son intérieur, une glande particulière.

Pour des raisons analogues, nous avons cru devoir créer pour *Entione Cavolinii*, parasite de *Pachygrapsus marmoratus*, une coupe générique nouvelle que nous avons nommée *Grapsion*.

Le mâle des *Grapsion* ressemble à celui des *Portunion* beaucoup plus qu'à celui des *Cancrion*, mais la femelle diffère à la fois de celle des *Portunion* et de celle des *Cancrion*. Elle possède, comme la première, deux bosses ovariennes médianes ventrales et deux latéro-dorsales antérieures, mais elle présente, en outre, quatre petits tubercules dorsaux placés vers le milieu de la région thoracique et au-dessus de la première ventrale et deux bosses latéro-dorsales postérieures.

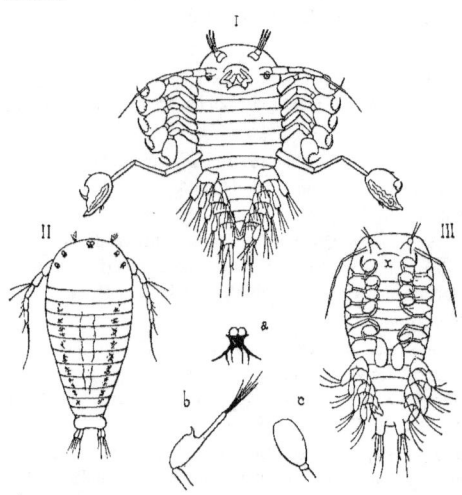

L'embryon des *Grapsion* se rapproche de celui des *Portunion* par la sixième paire de pattes ; mais il se distingue des larves des autres *Entione* par l'existence d'un œil nauplien bien développé. De plus, il garde, en nageant, la même attitude que la larve de *Cancrion* et diffère, à ce point de vue, de celle de *Portunion*. Les figures ci-contre permettent de voir, d'un seul coup d'œil, les différences considérables qui séparent la première forme larvaire des genres *Entoniscus*, *Grapsion*, *Cancrion* et *Portunion* (Pl. X).

Fig. 27.

Embryons d'Entonisciens (première forme).

I. *Cancrion cancrorum* (d'après Fritz Mueller).
II. *Grapsion Cavolinii* (d'après Giard).
    a : œil nauplien.
    b : extrémité du sixième péréiopode.
III. *Entoniscus porcellanæ* (d'après Fritz Mueller).
    c : extrémité du sixième péréiopode.

Nous rappellerons en passant que chez les Ioniens, parasites des Brachyoures, nous avons également reconnu la nécessité d'établir trois divisions génériques, *Grapsicepon, Cancricepon, Portunicepon* qui correspondent exactement aux genres d'Entonisciens dont nous venons de parler.

Enfin l'un de nous qui s'est plus spécialement occupé de l'embryogénie des Rhizocéphales est arrivé pour ces parasites à un résultat analogue. Il existe des *Grapsisacculina*, des *Cancrisacculina* et des *Portusacculina*. Et si les Sacculines des Portuniens sont, comme les *Entione* des Portuniens, les plus abondantes et par suite les plus commodes pour les recherches anatomiques, l'étude des genres *Grapsisacculina* et *Cancrisacculina* est, au point de vue embryogénique, beaucoup plus instructive (1). L'étude des *Cancricepon*, celle des *Grapsion* et des *Cancrion* nous ont fourni également des renseignements précieux que ne nous aurait jamais donnés l'examen exclusif des formes parasites des Portuniens.

Nous n'avons pas besoin d'insister sur l'importance de ce parallélisme entre l'arbre généalogique des parasites et celui de leurs hôtes et sur l'utilité pratique de semblables observations pour arriver peu à peu à éclaircir la phylogénie des Crustacés.

La position relative des principaux groupes d'Entonisciens nous paraît pouvoir être indiquée provisoirement par le diagramme suivant :

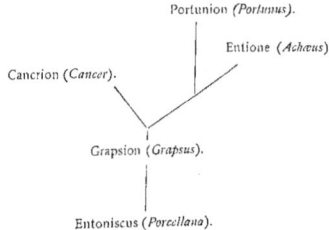

Portunion *(Portunus).*

Entione *(Achæus).*

Cancrion *(Cancer).*

Grapsion *(Grapsus).*

Entoniscus *(Porcellana).*

Le nom de genre *Entione* devra sans doute recevoir une acception plus large et devenir comme beaucoup d'anciens genres Linnéens une sous-famille ou une tribu,

---

(1) Cette étude comparative a été complètement négligée par M. Yves Delage, dans son travail sur *Sacculina carcini*. De là, bien des erreurs que l'auteur eut facilement évitées par une méthode moins étroite d'investigation.

la tribu des Entioniens. Provisoirement nous gardons ce nom pour désigner les Entonisciens parasites des Brachyoures encore insuffisamment décrits et qui devront sans doute devenir des types de genres analogues à *Cancrion*, *Grapsion*, etc. Tel est, par exemple, *Entione achæi* signalé par F. MUELLER chez un *Achæus* de la côte du Brésil.

La seule indication précise que nous possédions sur cet *Entione*, l'existence de deux pointes à l'extrémité du corps du mâle rapproche cette espèce des *Portunion* plus que des *Cancrion*.

TABLEAU

DES GENRES ET DES ESPÈCES DE LA FAMILLE

DES

ENTONISCIENS.

GENRES.	ESPÈCES.	HÔTES.	HABITAT.
I. ENTONISCUS, F. MUELLER.	1. *Entoniscus porcellanæ*, F. MUELLER	*Porcellana* sp?	Desterro (Brésil).
	2. *Entoniscus Müilleri*, GIARD et BONNIER	*Porcellana longicornis*, PENNANT	Concarneau.
	3. *Entoniscus brasiliensis*, GIARD et BONNIER	*Porcellana* sp?	Desterro.
	4. *Entoniscus Crepinii*, GIARD et BONNIER	*Porcellana Crepinii*, F. MUELLER	Desterro.
II. ENTIONE, KOSSMANN	5. *Entione acheri*, GIARD et BONNIER	*Achæus* sp?	Desterro.
III. GRAPSION, GIARD et BONNIER	6. *Grapsion Carolitii*, GIARD	*Pachygrapsus marmoratus*, FABRICIUS	Le Pouliguen, Naples.
IV. CANCRION, GIARD et BONNIER	7. *Cancrion cancrorum*, F. MUELLER	*Xantho* sp?	Desterro.
	8. *Cancrion miseri*, GIARD et BONNIER	*Pilumnus hirtellus*, LINNÉ	Wimereux.
	9. *Cancrion floridus*, GIARD et BONNIER	*Xantho floridus*, MONTAGU	Concarneau.
	10. *Portunion Mænadis*, GIARD	*Carcinus Mænas*, PENNANT	Wimereux, Fécamp, Concarneau, Naples.
	11. *Portunion Kossmanni*, GIARD et BONNIER	*Platyonichus latipes*, PENNANT	Wimereux.
V. PORTUNION, GIARD et BONNIER	12. *Portunion Salvatoris*, KOSSMANN	*Portunus arcuatus*, LEACH	Concarneau, Naples.
	13. *Portunion Montiçii*, GIARD	*Portunus puber*, LINNÉ	Le Pouliguen.
	14. *Portunion Fraissei*, GIARD et BONNIER	*Portunus holsatus*, FABRICIUS	Wimereux.

DESCRIPTION DES ESPÈCES.

I. — Genre ENTONISCUS, Fritz Mueller.

Femelle. — Courbée le plus souvent ventralement; chambre incubatrice ouverte chez l'adulte; bord distal des lames incubatrices fortement découpé. Pléon très allongé, présentant cinq paires de pléopodes en forme de sabre; cœur faisant hernie au niveau du premier segment abdominal.

Male. — Relativement plus grand que dans les autres genres; tête avec les antennes internes très prolongées; thorax avec six paires de pattes rudimentaires réduites à deux petits mamelons pédiculés. Dernier segment du pléon arrondi et non fendu.

Embryon libre. *Première forme.* — Bord frontal droit; bord interne des propodites des cinq premières paires de pereiopodes lisse; sixième paire de pereiopode courte, triarticulée avec un article terminal elliptique. Article basilaire des pléopodes avec une seule soie; cinquième paire de pléopodes peu développée.

Parasite des *Porcellanidæ*.

Quatre espèces.

1. ENTONISCUS PORCELLANÆ, Fritz Mueller.

1862. *Entoniscus porcellanæ* Fritz Mueller, Archiv für Naturgeschichte, Iahrg. XXVIII, p. 10-17, Taf. II.
1871. *Entoniscus porcellanæ* Fritz Mueller, Jenaische Zeitschrift für Naturwis. VI B^d p. 51.

Hab. : parasite d'une espèce de *Porcellana*.

Desterro (Brésil).

Cette espèce, découverte en 1862 par Fritz Mueller, est assez commune dans une petite Porcellane d'un vert noirâtre qui se trouve sous les pierres. La femelle (fig. 27, I) peut mesurer de 10 à 15 mm. Le cephalogaster et les antennes sont identiques à ceux des autres genres et l'appareil buccal que figure Mueller (IV, pl II, fig. 5) rappelle beaucoup celui des *Portunion*. Des deux bords latéraux de la partie thoracique se détachent cinq paires (et non six, comme le dit le naturaliste de Desterro) d'oostégites, dont les bords sont fort irrégulièrement découpés, et forment une cavité incubatrice qui reste toujours ouverte, même chez l'adulte. Lorsque la femelle est mûre, on trouve à l'intérieur de cette cavité des séries de pontes à divers états de développement tandis que dans les autres genres d'Entonisciens tous les œufs en incubation sont toujours identiquement au même stade. L'ovaire ne présente pas le grand développement qu'il atteint dans les autres genres et même dans d'autres espèces du même genre (*E. Mülleri*, par exemple). C'est une masse ovoïde sans prolongements située au-dessus des cœcums hépatiques.

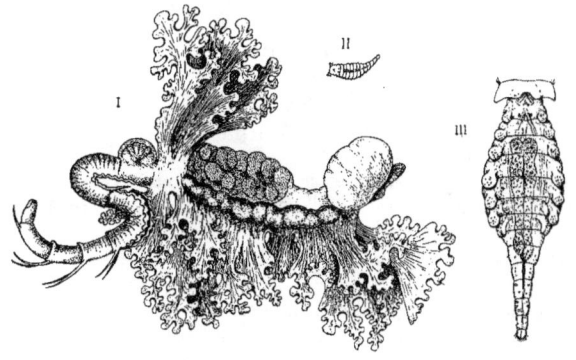

FIG. 28.

Entoniscus Porcellanæ (d'après FRITZ MUELLER).

I. Femelle adulte.
II. Mâle adulte (grandeur proportionnelle à celle de la femelle).
III. Mâle adulte fortement grossi.

Le pleon est très allongé et subulé ; les cinq premiers segments portent à leur base une paire d'appendices aigus en forme de sabre qui représentent les pléopodes, la première et la cinquième paire sont également courtes, la deuxième est un peu plus longue, et la troisième et la quatrième atteignent une longueur presque double. Les deux premiers segments du pleon sont beaucoup plus allongés que les derniers et présentent latéralement des bords ondulés qui sont probablement des homologues des lames pleurales si développées des *Entione*. Le cœur fait hernie au niveau du premier segment du pléon, à la face dorsale.

Le dernier segment du pleon est simple et légèrement tronqué à la face ventrale.

30

Le mâle (fig. 28, II, III) est long d'environ 0^{mm}, 8, à peine trois ou quatre fois plus long que la première forme larvaire. La tête a la forme d'un trapèze, de part et d'autre du côté antérieur se trouve une paire de prolongements quadrangulaires terminés par une touffe de poils : ce sont les antennes internes.

Le thorax est composé de six segments dont le dernier est apode. Les six paires de péreiopodes sont formés d'appendices très rudimentaires constitués par une petite masse arrondie pédonculée. Du dernier segment du thorax débouchent les deux glandes génitales par deux petites ouvertures. Le pléon est formé de segments arrondis, ne présentant pas d'appendices et terminé par un pygidium simple orné d'un bouquet de poils raides.

De part et d'autre du tube digestif, se trouvent les cœcums hépatiques bruns et contractiles, à l'extrémité inférieure desquels on voit battre le cœur. Au-dessus de l'intestin et du foie se trouvent les testicules.

La larve de la première forme (fig. 27, III, p. 228) mesure 0^{mm},2 de long. De chaque côté de la tête se trouvent les yeux formés de taches arrondies de pigment noir, sans cristallins ; les antennes internes sont biarticulées et très réduites, les antennes externes sont au contraire allongées et formées de cinq articles. Les cinq premières paires de péreiopodes sont armées de dactylopodites aigus ; la sixième paire est triarticulée et se termine par un article elliptique renflé, sans crochet ni batonnet. Les quatre premières paires de pléopodes sont biarticulées ; l'article basilaire triangulaire porte à son angle inférieur et interne une seule soie, tandis que le deuxième article, inséré à l'autre angle inférieur est orné de trois soies ; la cinquième et dernière paire est rudimentaire. Les uropodes ont la forme ordinaire : un article basilaire surmonté par deux autres à peu près égaux et portant une paire de poils chitineux.

2. ENTONISCUS MUELLERI, Giard et Bonnier.
(Pl. IV, fig. 6).

1886. *Entoniscus Mülleri* Giard et Bonnier, Comptes rendus de l'Académie des Sciences, 11 octobre.

1887. *Entoniscus Mülleri* Giard et Bonnier, Comptes rendus de l'Académie des Sciences, 9 mai.

Hab. : Parasite de *Porcellana longicornis* Pennant.
Concarneau (Baie de la Forest).

Nous n'avons trouvé de cette espèce qu'un seul exemplaire, la jeune femelle que nous avons représentée Planche IV, fig. 6. Sa forme générale rappelle beaucoup celle de l'espèce précédente : l'animal est très allongé surtout dans sa partie pléale ; il exécute des mouvements très vifs quand on vient de l'extraire de son hôte. Le céphalogaster et les antennes sont bien développés ; le thorax, dans lequel se voit par transparence la masse rouge de l'ovaire, présente à sa partie ventrale cinq paires de lames incubatrices à bords légèrement découpés ; la première paire, qui est à moitié recouverte par la suivante, montre une tendance manifeste à s'allonger antérieurement, la troisième, insérée beaucoup plus bas est divisée en deux parties par une légère échancrure : sa base, comme celle des suivantes, est très réduite ; la quatrième est de beaucoup la plus grande : elle est divisée en deux parties par une échancrure profonde, et chacune de ces parties l'est à son tour par deux échancrures plus petites ; enfin la cinquième assez réduite est séparée en deux lobes qui sont eux-mêmes bilobés. L'ovaire présente à sa partie antérieure une paire de bosses latéro-dorsales, et sur la ligne médiane trois bosses dont l'antérieure est de beaucoup la plus volumineuse. Au niveau du septième segment thoracique se trouvent les vésicules séminales rs très volumineuses et au nombre de deux seulement.

Le premier anneau du pléon est très allongé et arrondi. il porte le cœur qui fait une hernie saillante à la face dorsale ; les autres segments vont en diminuant de longueur jusqu'au dernier qui est très réduit ; à la partie terminale de chacun des cinq premiers anneaux se trouve une paire d'appendices en forme de sabre ; la première paire est courte , la deuxième un peu plus grande , la troisième est la plus développée et les deux dernières diminuent progressivement , quoique plus longues que les deux premières paires. Ces appendices remplacent les pléopodes. Toute la surface des segments de l'abdomen surtout sur les bords postérieurs est recouverte de petits denticules chitineux, tandis que la surface des appendices est lisse.

Nous n'avons pas trouvé le mâle.

3. ENTONISCUS BRASILIENSIS , Giard et Bonnier.

1871. *Entoniscus* n° 2, Fritz Mueller , Ienaische Zeitschrift für Naturwissenschaft , VI B^d p. 53.

Hab. : Parasite de *Porcellana* sp ?
Desterro (Brésil).

Cette espèce est parasite, d'après Fritz Mueller, d'une petite *Porcellana* qu'on rencontre assez rarement dans les rochers, entre les touffes de Sertulaires et de Bryozoaires. Il n'a rencontré qu'une seule fois un exemplaire femelle de cette espèce, et comme il l'a malheureusement déchiré en l'extrayant de l'hôte, il n'a pu dire si c'était la même espèce que celle qui infeste la *Porcellana* commune; mais comme l'hôte est d'une autre espèce il est infimement probable que le parasite aussi diffère spécifiquement des autres *Entoniscus*.

4. ENTONISCUS CREPLINII, Giard et Bonnier.

1871. *Entoniscus* nº 3, Fritz Mueller, Ienaische Zeitschrift für Naturwissenschaft, VI Bᵈ p. 54.

Hab. : Parasite de *Porcellana (Polyonyx) Creplinii* Fritz Mueller. Desterro (Brésil).

« On trouve, dit Fritz Mueller, dans presque tous les tubes de Chœtoptères, à Desterro, où d'ailleurs cet animal est assez rare, *Porcellana Creplinii* et, d'ordinaire, un couple de ces animaux. Je n'ai trouvé que trois fois l'animal isolé, une fois une femelle, les deux autres fois un mâle : chacun de ces trois animaux hébergeait un *Entoniscus*, tandis que je n'ai pu trouver de parasite dans aucun des animaux vivant par couples. On doit donc supposer que la présence de l'*Entoniscus*, qui comme celle des Rhizocéphales, entraîne la stérilité de l'animal infesté, a empêché chacun de ces trois animaux de trouver un conjoint ou que ce dernier l'a abandonné (1).

» Les *Entoniscus* femelles trouvées dans *P. Creplinii* n'ont pas les ovaires d'un rose violet comme ceux des Porcellanes communes, mais bien d'un jaune pâle. Leurs lamelles incubatrices m'ont paru un peu plus découpées et crispées. Les mâles et les embryons ressemblent à ceux de l'*Entoniscus* de la Porcellane commune. »

II. — Genre ENTIONE, Kossmann.

Nous réservons provisoirement le nom générique d'Entione, que Kossmann avait donné à tous les Entonisciens parasites des *Brachyura genuina*, aux seuls

---

(1) « Les deux entrées, un peu moins grandes qu'un tuyau de plume, du tube du Chætoptère, sont situées verticalement, quelques pouces au-dessus de la vase dans laquelle git horizontalement le tube ; elles sont trop étroites pour laisser passer la Porcellane; elle peut pourtant, comme je l'ai vu, quitter le tube en le fendant dans sa longueur. »   (F. M.).

parasites des Oxyrhynques. Malheureusement nous ne possédons que très peu de renseignements sur l'unique espèce du genre.

Parasite des *Oxyrhyncha*.

Une espèce.

5. ENTIONE ACHÆI, Giard et Bonnier.

1871. *Entoniscus* n° 4, Fritz Mueller, Ienaische Zeitschrift für Naturwissenschaft, VI B^d p. 53.

Hab. : parasite d'un *Achæus* indéterminé.
      Desterro (Brésil).

Cette espèce a été signalée par Fritz Mueller qui ne trouva qu'un seul couple dans un *Achæus* vivant dans les rochers entre les Bryozoaires et les Ascidies. La seule remarque qu'il ait faite est que le mâle avait six paires de pattes bien conformées et une extrémité caudale divisée en deux pointes aiguës : il est donc distinct par ces deux caractères du mâle d'*Entoniscus (Cancrion) cancrorum*.

III. — Genre GRAPSION, Giard et Bonnier.

Femelle. — Chambre incubatrice fermée chez l'adulte ; la lamelle ascendante de la première paire d'oostégites très peu recourbée et également étroite dans toute sa longueur ; sur la ligne médiane ventrale de l'ovaire, deux longues bosses se recourbant antérieurement ; une paire de bosses latéro-dorsales antérieures sous le cephalogaster, et une autre paire postérieure près du pléon ; entre ces deux paires, quatre petits tubercules dorsaux. Lames pleurales du pléon très développées ; pléopodes lamelleux.

Male. — Forme générale allongée, régulièment atténuée aux deux extrémités. Crochets sur la ligne médiane ventrale des segments du pléon. Sixième segment du pléon terminé par deux crochets recourbés.

Embryon. *Première forme.* — Œil nauplien ; bord interne des propodites des cinq premières paires avec deux dents ; sixième paire de pattes avec un propodite garni d'un crochet et d'un batonnet surmonté d'un bouquet de poils raides ; cinq paires de pattes abdominales semblables, l'article basilaire avec une soie.

L'embryon nage recourbé ventralement, la sixième paire de péréiopodes étendue.

Parasite des *Grapsidæ*.

Une espèce.

6. GRAPSION CAVOLINII, Giard.

(Pl. IV, fig. 4).

1787. *Oniscus squilliformis Pallas*, Cavolini, Memoria sulla generatione dei pesci e dei granchi, p. 190-134, tav. II, fig. 17 et 18.

1878. *Entoniscus Cavolini* Giard, Sur les Isopodes parasites du genre *Entoniscus*. Comptes rendus de l'Académie des Sciences, 12 août.

1878. *Entoniscus Cavolinii* Fraisse (pro parte), Arbeiten a. d. zool. zoot. Institut Würzburg. Bᵈ IV, pl. XX et XXI.

1878. *Entoniscus Cavolinii* Giard, Notes pour servir à l'histoire du genre *Entoniscus*, Journal d'Anatomie et de Physiologie, nov. déc. p. 675. Pl. XLVI, fig. 1, 2, 5, 6 a, 7 à 12.

1881. *Entione Cavolinii* Kossmann, Dei Entonisciden *in* Mittheil. aus d. Zoolog. Station zu Neapel, III Bᵈ p. 149-168, taf. VIII, fig. 4 à 6, taf. IX, fig. 1-16.

1886. *Grapsion Cavolinii* Giard et Bonnier, Sur le genre *Entione*. Comptes rendus de l'Académie des Sciences, 11 oct.

Hab. : Parasite de *Pachygrapsus marmoratus* Fabricius.

Le Pouliguen (Loire-Inférieure). Golfe de Naples (Petite baie située près de l'aquarium et aussi baie de Sta-Lucia).

Ce parasite, découvert par Cavolini il y a un siècle, à Naples, fut retrouvé presqu'en même temps en 1878, au Pouliguen, par Giard, et à Naples, par Fraisse, mais celui-ci le confondit avec le parasite du *Carcinus Mœnas*. Il n'est pas très rare dans les localités infestées et, au Pouliguen, on en trouve un exemplaire sur environ trente *Pachygrapsus*.

La forme du thorax de la femelle est très caractéristique et beaucoup plus compliquée que dans les autres genres. Sur la ligne médiane ventrale, vers la partie inférieure, se trouvent deux longs prolongements qui se recourbent vers la partie antérieure, le postérieur étant un peu plus long que l'antérieur; sur la face dorsale, sous le cephalogaster, il y a une paire de prolongements égaux allongés, mais plus courts que les protubérances ventrales; à la partie postérieure, près du pléon, se trouve une autre paire de bosses ovariennes, volumineuses et arrondies. Entre ces deux paires de prolongements se trouvent deux paires de petits tubercules beaucoup plus réduits. Les premières lames incubatrices diffèrent de celles des autres genres : la partie ascendante est à peu près aussi large vers son point d'attache que vers son extrémité libre, la partie supérieure en est renforcée par une nervure chitineuse puissante.

Les lames pleurales de l'abdomen sont bien développées et les pléopodes sont largement lamelleux. L'ovaire, quand il est mûr, est d'un jaune paille clair.

Lorsque les œufs sont sur le point d'éclore la cavité incubatrice prend une teinte plombée déjà signalée par Cavolini.

Le mâle, figuré par Kossmann (XI, Pl. VIII, fig. 4 et 5), ressemble beaucoup à celui des *Portunion* et présente une forme plus ramassée que celui des *Cancrion*. La face ventrale des deux premiers segments du pléon est armée de deux forts crochets et le dernier segment se termine par deux crochets semblables.

L'embryon (fig. 27, II, p. 228) est surtout intéressant par ce fait qu'il présente un œil nauplien très net; il nage courbé sur lui-même en étendant de part et d'autre ses pattes de la sixième paire thoracique étendues de part et d'autre.

IV. — Genre CANCRION, Giard et Bonnier.

Femelle. — Cavité incubatrice fermée chez l'adulte; lames ascendantes de la première paire d'oostégites élargie à la base, très recourbée et régulièrement découpée; le casque formé par les lames incubatrices de la seconde paire est couvert d'épaississements chitineux irréguliers. L'ovaire présente sur la partie supérieure de la face dorsale deux paires de bosses rapprochées. Le fourreau dans lequel l'animal est contenue est toujours couvert d'épaississements de chitine jaune.

Mâle. — Thorax et pléon nettement distincts, ce dernier très allongé et très mince; sixième segment du pléon plus ou moins séparé en deux pointes mousses recouvertes d'écailles chitineuses.

Embryon. *Première forme.* — Bord antérieur des propodites des cinq premières paires de périeopodes avec des denticules; sixième paire de péréiopodes longue, munie d'un propodite armé d'un crochet recourbé; cinq paires de pattes abdominales semblables et dont l'article basilaire porte deux soies.

L'embryon nage recourbé ventralement, les deux pattes thoraciques de la sixième paire étendues.

Parasite des *Canceridæ.*

Trois espèces.

7. CANCRION CANCRORUM, Fritz Mueller.

1864. *Entoniscus cancrorum* Fritz Mueller, Für Darwin, fig. 16, 41. (Traduit dans le Bulletin scientifique du Nord, XIV. 1882, pp. 422 et 449).

1871. *Entoniscus cancrorum* Fritz Mueller, Ienaische Zeitschrift für Naturwissenschaft, VI Bᵈ p. 54, pl. III, fig. 1-3.

1886. *Cancrion cancrorum* Giard et Bonnier, Sur le genre *Entione.* Comptes rendus de l'Académie des Sciences, 11 octobre.

Hab. Dans plusieurs espèces de *Xantho* de la côte de Desterro (Brésil).

Cette espèce, qui devra très probablement se subdiviser en plusieurs formes parasites des diverses espèces de Xantho sur lesquels on la trouve, est très voisine des suivantes que nous avons pu étudier par nous-mêmes.

Dans la description qu'il donne de la femelle, Fritz Mueller fournit des renseignements suffisants pour que l'on puisse à coup sûr faire rentrer ce parasite dans le genre *Cancrion*, mais l'étude n'a pas été poussée assez loin pour permettre de donner une diagnose différentielle et comparative.

Cependant la figure 16 de « *Für Darwin* », qui représente la partie terminale du mâle, montre que le dernier segment abdominal est à peine divisé et ne semble pas présenter de squammes. De plus, à la face ventrale de l'abdomen, il ne paraît pas non plus y avoir de tubercules chitineux ou de crochets.

L'embryon de la première forme que nous avons reproduit (fig. 27, I, p. 228) nous a permis de compléter la diagnose du genre.

8. CANCRION MISER, Giard et Bonnier.

(Pl. IV, fig. 5. Pl. VIII, fig. 11-14. Pl. IX, fig. 12-13).

1886. *Cancrion miser* Giard et Bonnier, Sur le genre *Entione*. Comptes rendus de l'Académie des Sciences, 11 oct.

1887. *Cancrion miser* Giard et Bonnier, Sur la phylogénie des Bopyriens. Comptes rendus de l'Académie des Sciences, 9 mai.

Hab.: Parasite de *Pilumnus hirtellus* Linné (1).
Wimereux (Pas-de-Calais).

Cette espèce est très rare, nous n'en avons trouvé que six exemplaires sur plus de quinze cents Crabes examinés et qui tous provenaient des rochers de Hermelles de la tour de Croy. De même que les autres Entonisciens, le *C. miser* infeste surtout les Crabes jeunes, le parasite arrivant à maturité au moment où son hôte devrait être mûr lui-même. N'ayant jamais trouvé à Wimereux la Sacculine du *Pilumnus* (*Sacculina Steenstrupii* Giard), nous n'avons pu observer entre

---

(1) Nous avons trouvé une seule fois chez *Pilumnus hirtellus*, sous le foie, un parasite d'une couleur rosée qu'on pourrait prendre à première vue pour un Entoniscien. Ce parasite est un cestode que nous croyons identique au *Rhynchobotrium ruficolle* Diesing (Sitzungsberichte Akad. Wien, XLVIII, Heft 4-5, p. 300, 1863).

Nous avons rencontré le même parasite, ou une espèce très voisine, une seule fois également chez un *Carcinus Mænas*, à Wimereux.

celle-ci et *Cancrion miser* la coïncidence que nous avons signalée pour d'autres espèces entre les Rhizocéphales et les Entonisciens, mais, une fois, nous avons trouvé le *Cancrion* infestant un crabe porteur de *Cepon elegans*.

La membrane d'enveloppe présente, dans les espèces de ce genre que nous avons examinées, un aspect absolument particulier : elle se chitinise rapidement, et au lieu de rester transparente comme chez *Grapsion*, *Portunion* ou *Entoniscus*, elle s'épaissit considérablement, prend une couleur jaunâtre et se couvre de dépôts épais de chitine brune qui trahissent, à première vue, la présence du parasite.

Aucune des six femelles que nous avons pu étudier ne renfermait d'œufs mûrs, aussi n'avons-nous pu avoir d'embryons libres.

La chambre incubatrice est beaucoup plus réduite que dans les autres genres ; la partie antérieure, formée par le capuchon, est seule bien développée ; pour les autres parties, comme il n'y a pas de bosses ventrales, elles s'appliquent contre le corps et donnent à l'ensemble de l'animal l'aspect plus ou moins vermiforme figuré par Fritz Mueller pour *Cancrion cancrorum* (VI, Pl. III, fig. 1). La

première lame incubatrice (Pl. IV, fig. 5) présente, sur le bord distal de sa lamelle ascendante, une série de découpures régulières formées par des petites poches secondaires de la partie interne constituée par les replis de la lamelle ascendante. Les lames de la deuxième paire, celles qui forment le casque, sont recouvertes d'épaississements chitineux et les trois dernières paires sont très réduites. L'ovaire est, quand les ovules ne sont pas encore tout à fait mûrs, d'une couleur rouge cerise, très différent du rouge orange des cœcums hépatiques ; il présente normalement quatre bosses dorsales, mais dans deux des individus que nous avons examinés, l'une des deux bosses postérieures était avortée.

Le dernier segment abdominal ou pygidium est très caractéristique dans cette espèce : il est aplati, pyriforme, profondément divisé et en deux parties symé-

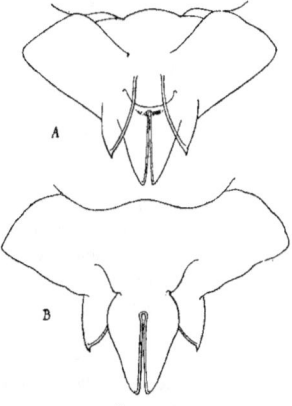

Fig. 29.
Portion terminale de l'abdomen de *Cancrion miser*.

A. Face ventrale.
B. Face dorsale.

triques par une échancrure médiane qui s'étend presque jusqu'à la base ; la lame externe des pléopodes est large et à peu près rectangulaire, tandis que la rame interne est presque triangulaire, allongée avec un bord interne épaissi et terminé par une petite pointe.

Le mâle (Pl. VIII, fig. 11-13) est beaucoup plus frêle que dans les autres genres. Les pattes thoraciques sont très courtes, avec un dactylopodite très rudimentaire ; le propodite est recouvert à la surface interne d'une brosse formée de rangées parallèles de petits tubercules épineux. Les ouvertures génitales sont situées sur une paire de petits mamelons de part et d'autre du septième anneau thoracique apode. Les segments du pléon présentent, à la face ventrale, deux rangées horizontales de petits tubercules chitineux, plus rares sur les derniers anneaux ; le pygidium est divisé, par une fente médiane, en deux mamelons couverts de squammes chitineuses. Les cœcums hépatiques sont colorés en vert.

9. CANCRION FLORIDUS, GIARD et BONNIER.

(Pl. VI, fig. 1-2).

1886. *Cancrion floridus* GIARD et BONNIER, Sur le genre *Entione*, Comptes rendus de l'Académie des Sciences, 11 octobre.

1887. *Cancrion floridus* GIARD et BONNIER, Sur la phylogénie des Bopyriens. Comptes rendus de l'Académie des Sciences, 9 mai.

Hab. Parasite de *Xantho floridus* MONTAGU.
Concarneau.

Cet Entoniscien est très rare, nous n'en avons trouvé que trois exemplaires (un sur trois cents crabes environ). Il est très voisin de l'espèce précédente. La forme générale de la femelle est plus allongée ; la partie antérieure de la cavité incubatrice (Pl. VI, fig. 1) est recouverte de forts épaississements chitineux irréguliers. Le foie, qui est d'un rouge vif, présente, surtout à sa partie antérieure, quelques gros cristaux blancs en forme de trémies, trop peu nombreux malheureusement pour que nous ayons pu les étudier. Les quatre bosses dorsales sont moins accentuées que dans *Cancrion miser*. Elles sont quelquefois réduites au nombre de trois par l'avortement de l'une d'entre elles.

Le mâle ressemble aussi beaucoup à celui de l'espèce parasite de *Pilumnus*, il est seulement plus allongé et les lignes de tubercules chitineux de la face ventrale du pléon sont moins accentuées, ainsi que les squammes chitineuses qui couvrent les extrémités du sixième segment.

V. — Genre PORTUNION, Giard et Bonnier.

Femelle. — Chambre incubatrice fermée chez l'adulte. Lamelle ascendante de la première paire de lames incubatrices régulièrement élargie à partir de la base, très recourbée au-dessus du cephalogaster, et ne présentant pas de découpures sur son bord supérieur. Ovaire avec deux bosses ventrales, très développées chez l'adulte, recourbées vers la partie inférieure, la plus longue étant la postérieure ; une paire de petites bosses latéro-dorsales antérieures.

Male. — Forme générale régulièrement atténuée aux deux extrémités ; crochets recourbés sur la ligne médiane de la face ventrale du pléon ; sixième segment du pléon terminé par deux crochets recourbés.

Embryon. *Première forme.* — Pas d'œil nauplien ; bord interne des propodites des cinq premières paires de pattes thoraciques avec deux dents ; sixième paire de péreiopodes avec un propodite armé d'un petit crochet et d'un long batonnet terminé par quelques poils flexibles. Cinq paires de pattes abdominales semblables, l'article basilaire muni de deux soies.

L'embryon nage avec la sixième paire de péreiopodes ramenée sous l'abdomen.

Parasite des *Portunidæ.*
Cinq espèces.

10. PORTUNION MÆNADIS, Giard.

(Pl. IV, fig. 2-3. Pl. V, fig. 1-5. Pl. VI, fig. 3-10. Pl. VII, fig. 1-12. Pl. VIII, fig. 1-3. Pl. IX, fig. 9-11. Pl. X, fig. 3-9).

1878. *Entoniscus Cavolinii* Fraisse (pro parte), Arbeiten a. d. zool. zoot. Institut Würzburg, p. 2, 5, etc., tab. XXI, fig. 5.

1886. *Entoniscus Mænadis* Giard, Sur l'*Entoniscus Mænadis.* Comptes rendus de l'Académie des Sciences, 3 mai.

1886. *Portunion Mænadis* Giard et Bonnier, Sur le genre *Entione.* Comptes rendus de l'Académie des Sciences, 11 octobre.

Hab.: Parasite de *Carcinus Mænas* Pennant.

Wimereux, Fécamp, Concarneau, Naples. Se trouve partout avec la même fréquence : une fois sur 100 crabes environ.

Nous ne décrirons pas cette espèce, que nous avons pris comme type de notre étude morphologique et anatomique des Entonisciens. Elle semble avoir une aire de dispersion aussi considérable que celle de l'hôte qu'elle infeste. Il est probable qu'on la retrouvera plus ou moins fréquente partout où on la recherchera.

Comme les autres parasites, elle n'infeste qu'exceptionnellement les crabes de grande taille, et c'est aussi par accident qu'on en trouve plusieurs exemplaires dans un même hôte : dans ce cas, ils ne sont jamais au même point de développement, comme si la croissance d'un individu entravait celle des autres.

Portunion Mœnadis est, après *Grapsion Cavolinii*, l'Entoniscien le plus grand que nous connaissions sur les côtes de France.

11. PORTUNION KOSSMANNI, Giard et Bonnier.

(Pl. IV, fig. 1. Pl. VIII, fig. 4-10. Pl. IX, fig. 1-4, 7, 8, 14. Pl. X, fig. 1, 2).

1886. *Entoniscus Kossmanni* Giard et Bonnier, Nouvelles remarques sur les *Entoniscus*. Comptes rendus de l'Académie des Sciences, 24 mai.

1886. *Portunion Kossmanni* Giard et Bonnier, Sur le genre *Entione*. Comptes rendus de l'Académie des Sciences, 11 octobre.

Hab : Parasite de *Platyonichus latipes* Pennant.
Wimereux.

Cette espèce (Pl. IV, fig. 1) est la seule dont on puisse dire qu'elle est commune ; presque tous les *Platyonichus* qui se trouvent enfoncés dans les bancs de sables, découverts à marée basse, de la plage de Wimereux en contiennent un ou plusieurs exemplaires qui se développent également sans paraître se gêner les uns les autres.

Cet Entoniscien n'entraîne pas forcément la stérilité de son hôte ; nous avons vu quelques cas, rares il est vrai, où les glandes génitales de crabes parasités, semblaient arrivées à l'état de maturité. De même la mue n'est pas toujours empêchée et une ou deux fois nous avons trouvé des crabes en train de muer tout en hébergeant un *Portunion* bien développé.

L'étroitesse de la cavité viscérale du *Platyonichus* détermine chez le parasite une forme beaucoup plus ramassée que celle de *Portunion Mœnadis*; seul, le capuchon céphalique qui occupe tout l'espace de l'angle antérieur de la carapace peut acquérir un très grand développement. Dans le parasite tout à fait adulte, la première bosse ovarienne, au lieu de se recourber postérieurement comme chez *P. Mœnadis*, se relève vers la partie antérieure.

Le mâle (Pl. VIII, fig. 4 et 6) ressemble à celui de l'espèce précédente, mais les pièces buccales (fig. 6) chez l'adulte, diffèrent sensiblement; la patte thoracique est plus trapue et présente sur la face interne du propodite quelques lignes régulières de petites épines chitineuses ; les deux premiers segments du pléon portent sur leur ligne ventrale médiane deux forts crochets recourbés, qui ne sont plus représentés sur les segments suivants que par des tubercules très réduits.

12. PORTUNION SALVATORIS, Kossmann.

(Pl. IX, fig. 5-6).

1881. *Entione Salvatoris* Kossmann, Mittheilungen aus der Zoolog. Station zu Neapel. III Bd 1, 2 Heft, p. 155, pl. VIII, fig. 1, 2, 3.

1881. *Entione Moniezii* Kossmann, Mittheilungen aus der Zoolog. Station zu Neapel, III Bd 1, 2 Heft, p. 155, pl. VIII, fig. 1, 2, 3.

1886. *Portunion Salvatoris* Giard et Bonnier, Sur le genre *Entione*. Comptes rendus à l'Académie des Sciences, 11 octobre.

Hab.: Parasite de *Portunus arcuatus* Leach.

Naples, Concarneau.

Cet Entoniscien a été découvert à Naples, par Kossmann qui l'a d'abord dédié à Salvatore Lo Bianco, puis l'a identifié à l'espèce signalée au Pouliguen par Giard, *Portunion Moniezii*, parasite de *Portunus puber*. Nous avons retrouvé cette espèce dans la Baie de la Forest, à Concarneau, où elle est relativement fréquente et nous avons pu nous convaincre que c'est bien une forme distincte, quoique très voisine de celles qui infestent les autres Portuniens.

La taille est beaucoup plus réduite et en rapport avec celle de son hôte ; l'ovaire est d'un jaune très pâle, presque blanc, très différent de la teinte jaune nankin de la glande ovarienne de *P. Moniezii*.

Le mâle présente une pigmentation plus variée et plus éclatante que les mâles des autres Entonisciens.

13. PORTUNION MONIEZII, Giard.

1878. *Entoniscus Moniezii* Giard, Sur les Isopodes parasites du genre *Entoniscus*. Comptes rendus de l'Académie des Sciences, 12 août.

1878. *Entoniscus Moniezii* Giard, Notes pour servir à l'histoire du genre *Entoniscus*. Journal d'anatomie et de physiologie, nov. déc. p. 698, pl. XLVI, fig. 3-14.

1886. *Portunion Moniezii* Giard et Bonnier, Sur le genre *Entione*. Comptes rendus de l'Académie des Sciences, 11 octobre.

Hab. : Parasite de *Portunus puber* Linné.
Le Pouliguen (Loire-Inférieure).

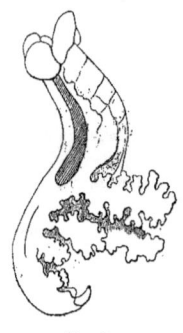

Fig. 30.

Femelle jeune de *Portunion Moniezii* (d'après Giard).

Ce parasite est excessivement rare ; l'un de nous en a trouvé deux exemplaires sur un même crabe en 1878 et depuis, malgré toutes nos recherches sur les divers points de la côte française, nous n'avons pu le retrouver.

« Cette espèce paraît très rare, écrivait Giard, (IX, p. 688), puisque je n'en ai vu que deux individus, une femelle adulte et une autre à un stade moins développé (fig. 30) trouvées toutes les deux dans un même exemplaire de *Portunus puber*; le crabe avait été recueilli à l'île Leven, en face de la pointe de Penchateau et de la grande côte du Pouliguen. J'ai vainement examiné, pour le retrouver, plusieurs centaines de *Portunus* pêchés à la côte.

» Comme différence spécifique entre *E. Cavolinii* et *E. Moniezii* j'indiquerai seulement le développement beaucoup plus grand de la première paire de lames abdominales chez *E. Moniezii*. Dans *Entoniscus Cavolinii* les quatre premières paires de lames ont alors à peu près le même développement et c'est seulement plus tard que la première paire s'accroît plus que les autres.

» L'individu adulte de *E. Moniezii* ne renfermait malheureusement que des embryons peu développés et je n'ai pu comparer ces embryons à ceux de l'espèce du *Grapsus*; les caractères différentiels m'ont été fournis par la couleur de l'ovaire et des sacs ovigères, particularités dont Fritz Mueller a dû faire usage pour distinguer les divers *Entoniscus* parasites des Porcellanes. Chez l'*E. Moniezii*, le sac est d'un jaune nankin, au lieu de présenter le jaune grisâtre de l'*E. Cavolinii* au même degré d'évolution des œufs. La glande ovarienne est d'un jaune tirant sur le rose. Elle est d'un jaune paille chez le parasite du *Grapsus*. »

14. PORTUNION FRAISSEI, Giard et Bonnier.

1886. *Entoniscus Fraissei* Giard et Bonnier, Nouvelles remarques sur les *Entoniscus*. Comptes rendus de l'Académie des Sciences, 24 mai.

1886. *Portunion Fraissei* Giard et Bonnier, Sur le genre *Entione*. Comptes rendus de l'Académie des Sciences, 11 octobre.

Hab : Parasite de *Portunus holsatus* Fabricius.
Wimereux.

Nous avons rencontré trois ou quatre fois ce parasite sur environ deux cent cinquante crabes, capturés à marée basse dans les filets à crevettes. Toujours nous l'avons trouvé très jeune et sans mâle, de sorte que nous ne pouvons donner de diagnose de cette espèce qui ressemble beaucoup aux autres *Portunion* jeunes.

Le glande hépatique est souvent d'un rouge très intense.

Nous avons rencontré une fois un jeune exemplaire sur une femelle de *P. holsatus* chargée d'œufs : l'infécondité causée par le parasite n'est donc pas absolue.

TABLE DES MATIÈRES.

32

— 250 —

TABLE DES FIGURES

INTERCALÉES DANS LE TEXTE.

———

PLANCHE I.

PLANCHE I.

CEPON ELEGANS (Femelle).

Fig. 1. Femelle adulte vue par la face dorsale (♂ : le mâle de grandeur proportion-nelle et dans sa position habituelle). *Ce*, cephalogaster. — *l*, limbe. — *c*, chambre incubatrice. — II, III, IV, V, lamelles incubatrices des deux, trois, quatre et cinquième paires. — *chr*, chromatoblastes. — *bo*, bosse ovarienne. — *ov*, ovaire vu par transparence. — *he*, lobes hépatiques. — *cœ*, cœur. — a^1 ... a^5, lames pleurales des cinq premiers anneaux de l'abdomen. — b^1 ... b^5, rame supérieure des pléopodes. — c^5, rame inférieure du pléopode du cinquième anneau adbo-minal. — a^6, rame unique du pléopode du sixième anneau abdominal.

Fig. 2. La même, moins fortement grossie. vue de profil. *Ce*, cephalogaster. — *bd*, bosse dorsale. — *c*, chambre incubatrice, II, III, IV, V, lamelles incubatrices. — *n*, nervure médiane de la quatrième lamelle.

Fig. 3. Lamelles incubatrices du côté droit détachées de la femelle adulte mais encore dans leur succession et disposition normales. I, II, III, IV, V, lamelles incubatrices des première, deuxième, troisième, quatrième et cinquième paires. — *cre*, crête externe de la première lamelle. — *n*, nervure. — *gr*, granulations chitineuses de la cinquième lamelle.

Fig. 4. Coupe longitudinale de la première lamelle incubatrice. *n*, nervure médiane. — *se*, surface externe. — *si*, surface interne. — *cr.e*, crête externe. — *cr.i*, crête interne.

Fig. 5. Femelle jeune *(Stade phryxoïde)* vue du côté dorsal. *Ce*, cephalogaster. — *ep*, épau-lette. — *bo*, bosse ovarienne.

Fig. 6. La même, vue ventralement. an^1, antenne interne. — an^2, antenne externe. — I, II,... V, lames incubatrices. — *an*, anus. — a^6, appendice du sixième anneau abdominal. — b^3, rame supérieure du pléopode du troisième segment abdominal. — c^5, rame inférieure du pléopode du cinquième segment abdominal.

Fig. 7. Tête de la même, vue ventralement. an^1, antenne interne. — an^2, antenne externe. — *œ*, tache oculaire. — *md*, mandibule. — *pm*, patte mâchoire. — I, lame incubatrice de la première paire. — *cr.e*, sa crête externe.

Fig. 8. Appendices d'un segment abdominal de la même. *a*, lame pleurale. — *b*, rame supé-rieure du pléopode. — *e*, rame inférieure du pléopode.

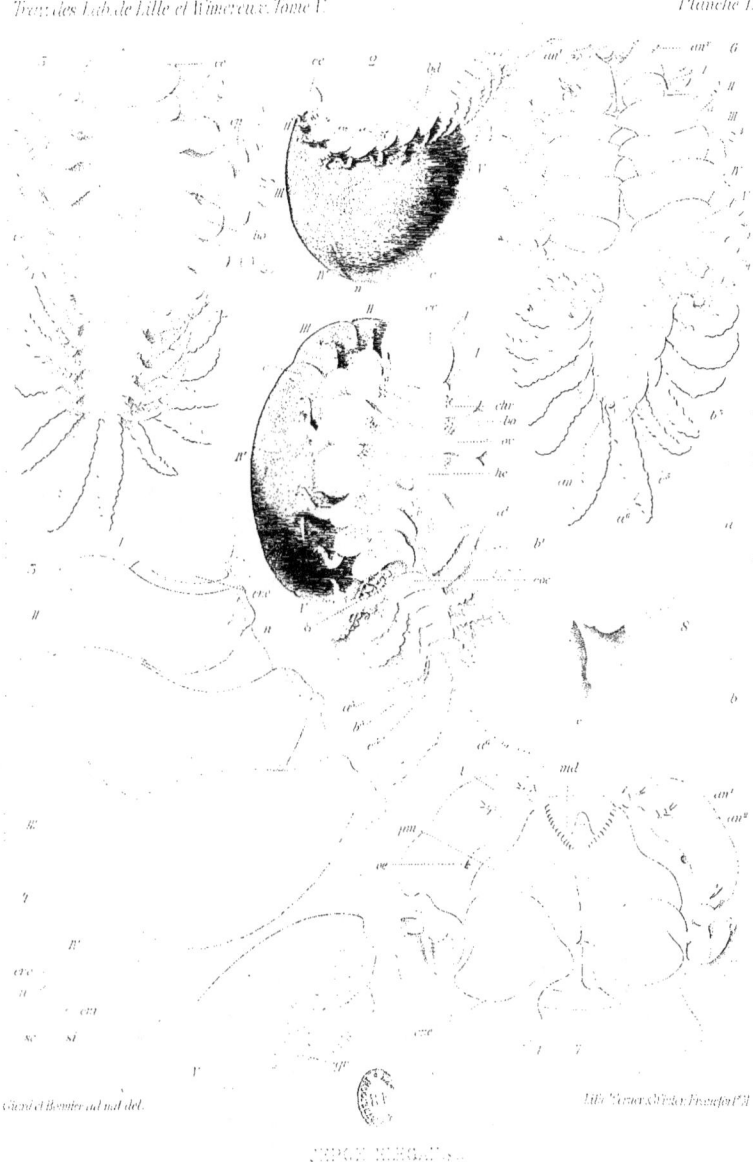

Planche II.

PLANCHE II.

CEPON PILULA (Mâle).

Fig. 1. Mâle adulte vu par la face dorsale. an^1 , antenne interne. — an^2 , antenne externe. — r, rostre. — chr, chromatoblastes. — he, cœcum hépatique. — cœ, cœur.

Fig. 2. Pléon du même, vu par la face ventrale. pl, pléopode. — pg, pygidium.

CEPON ELEGANS (Mâle).

Fig. 3. Mâle adulte vu par la face ventrale. an^1 , antenne interne. — an^2 , antenne externe. — r, rostre. — bv, bosse ventrale. — t, testicule. — he, cœcum hépatique. — pl, pléopode rudimentaire. — pg, pygidium.

Fig. 4. Patte thoracique du même.

Fig. 5. Deuxième forme larvaire (*Stade cryptoniscien*). an^1 ,antenne interne.— an^2 , antenne externe. — r, rostre. — rp, repli chitineux protégeant l'insertion de la patte thoracique. — pl, pléopode. — ur, uropode.

Fig. 6. Tête de la même , vue ventralement. an^1 , antenne interne. — an^2 , antenne externe. — md, mandibule. — mx^1 , maxille de la première paire. — hyp, hypostome. — mx^2 , patte mâchoire. — ac, angle chitineux de la base du rostre.

Fig. 7. Patte thoracique de la même. rp, repli chitineux qui en protège l'insertion.

Fig. 8. Paire de pléopodes de la même.

Fig. 9. Derniers segments de l'abdomen vus par la face ventrale. pl, pléopode. — ur, uropode.

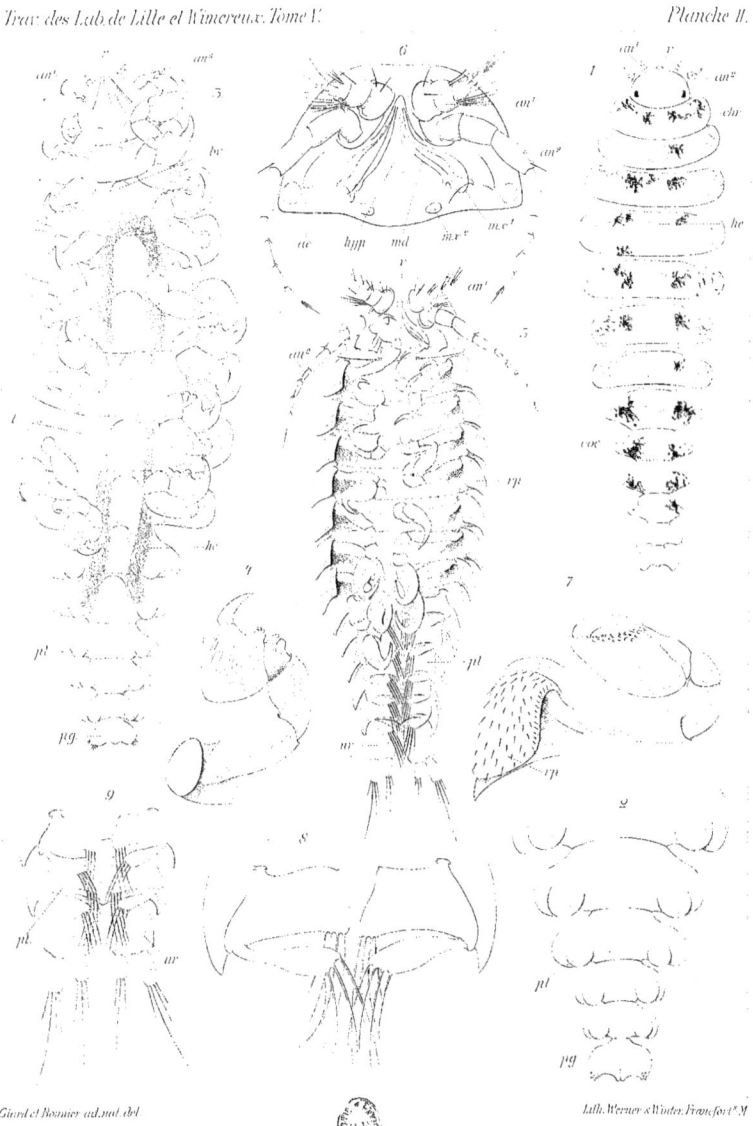

1-2 CEPON PILULA ♂. 3-9 CEPON ELEGANS ♂.

PLANCHE III.

Planche III.

DÉVELOPPEMENT DE CEPON ELEGANS.

Fig. 1. Embryon à un stade très peu avancé de son développement. *ex*, cellules exodermiques. — *en*, cellules endodermiques. — *cv*, cellules ventrales.

Fig. 2. Même stade, vu de profil. *ex*, exoderme. — *en*, endoderme. — *cv*, cellules ventrales. — *id*, ligne dorsale.

Fig. 3. Stade plus avancé. *ex*, exoderme. — *en*, endoderme. — *c*, partie céphalique. — *a¹*, antenne interne. — *a²*, antenne externe.

Fig. 4. Même stade, vu de profil. *c*, partie céphalique. — *a²*, antenne externe. — 7 à 12, appendices thoraciques rudimentaires. — *pl*, appendices du pléon.

Fig. 5. Embryon plus avancé, vu dorsalement. *c*, partie céphalique. — *a¹*, antenne interne.— *a²*, antenne externe. — 7, 8, 9, appendices thoraciques. — *pl¹*, segment du pléon. — *pl²*, appendice du pléon. — *pg*, pygidium. — *en*, masse endodermique.

Fig. 6. Le même, de profil. *c*, tête. — 2, antenne externe. — 3, mandibule. — 4, maxille de la première paire. — 5, maxille de la deuxième paire. — 6, patte mâchoire bifurquée. — 7, premier appendice thoacique. — 12, sixième appendice thoracique. — 13, septième anneau thoracique apode. — 14 à 18, appendices du pléon. — *pg*, pygidium.

Fig. 7. Le même, vu ventralement. (Mêmes lettres).

Fig. 8, 9, 10. Première forme larvaire, libre, vue ventralement, de profil et dorsalement. *a¹*, antenne interne. — *a²*, antenne externe. — *r*, rostre. — *f*, front. — *gl*, ganglion.— VII, septième anneau thoracique apode. — *pl*, pléopodes. — *ur*, uropode. — *t*, stylet anal. — *bv*, bosse ventrale. — *chr*, chromatoblastes. — *he*, cœcum hépatique. — *cœ*, cœur. — *gen*, rudiment des glandes génitales. — *in*, intestin.

Fig. 11. Partie céphalique de la même, vue par la face ventrale. *a¹*, antenne interne. — *a²*, antenne externe. — *gl*, ganglion. — *r*, rostre.

Fig. 12. Rostre de la même. *lb*, lèvre supérieure ou labre. — *md*, mandibule. — *mx¹*, maxille de la première paire. — *mx²*, maxille de la deuxième paire.

Fig. 13. Partie terminale de la même, vue ventralement. *pl*, pléopode. — *ur*, uropode. — *t*, stylet anal. — *in*, intestin.

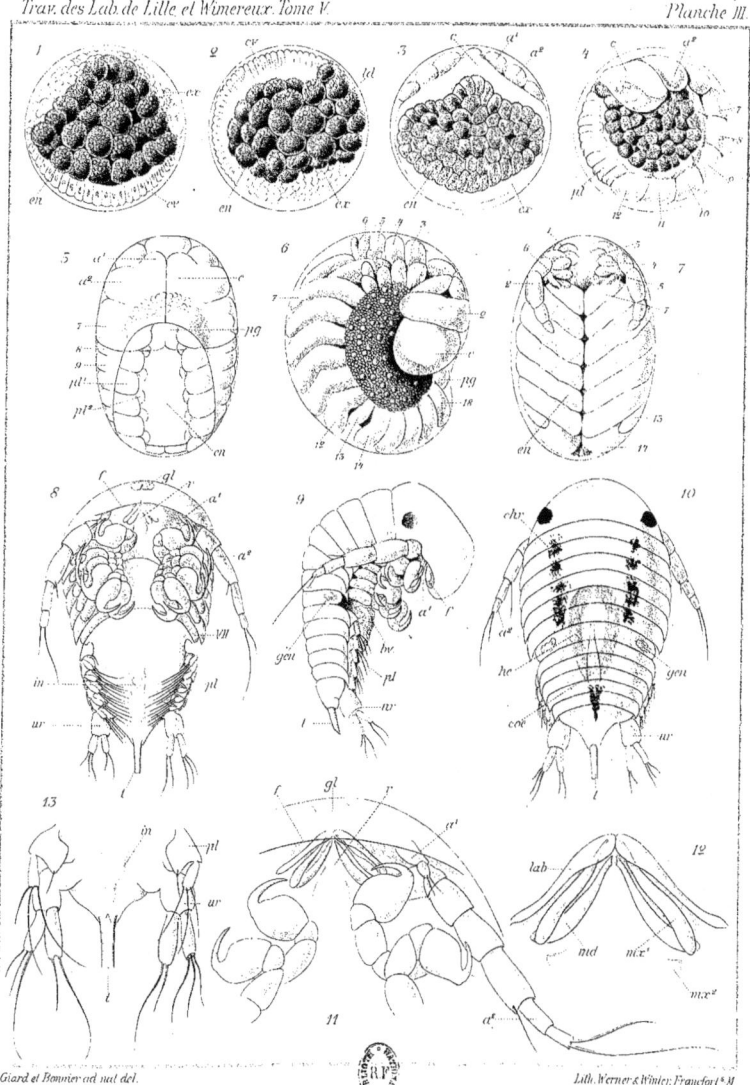

DÉVELOPPEMENT DE CEPON ELEGANS

PLANCHE IV.

Planche IV.

GENRE ENTIONE.

Fig. 1. *Portunion Kossmanni*, femelle adulte dont la cavité incubatrice est remplie d'œufs. *sc*, sac céphalique ou capuchon antérieur. — *bv¹* , bosse ventrale supérieure. — *bv²* , bosse ventrale inférieure. — *bl*, bosse latérale. — *a¹* , lame pleurale du premier segment abdominal. — *b¹* , rame externe du pléopode du même segment. — *cœ*, cœur.

Fig. 2. *Portunion Mænadis*, de grandeur naturelle dans la carapace d'un *Cancer Mænas*.

Fig. 3. *Portunion Mænadis* (toutes les lames incubatrices, sauf la première paire, sont enlevées). *Ce*, cephalogaster. — *le*, antenne externe. — *ag*, *ts*, *rg*, lamelles ascendantes transverse et recurrente de la première lame incubatrice gauche. — *ad* , lamelle ascendante de la première lame droite. — *ov*, ovaire. — *bl*, bosse latérale. — *bv¹* , bosse ventrale supérieure. *bv²* , bosse ventrale inférieure. — *rs*, vésicules séminales.

Fig. 4. *Grapsion Cavolinii* (toutes les lames incubatrices sont enlevées, sauf celles de la première paire). *Ce*, cephalogaster. — *le*, antenne externe. — *li*, antenne interne.— *pm* , patte mâchoire. — *ag* , *rg* , lamelles ascendante et recurrente de la première lame incubatrice gauche. — *ad* , *rd* , lamelles ascendante et recurrente de la première lame incubatrice droite. — *bd¹* , bosse dorsale supérieure. — *bd²* , bosse dorsale inférieure. — *td* , tubercules dorsaux. — *bv¹* , bosse ventrale supérieure. — *bv²* , bosse ventrale inférieure. — *rs* , vésicules séminales. — *b4* , *c4* , rames externe et interne du pléopode du quatrième segment abdominal.

Fig. 5. *Cancrion miser* (toutes les lames incubatrices sont enlevées, sauf la première lame droite). *Ce*, cephalogaster. — *ad* , *rd* , lamelles ascendante et recurrente de la première lame incubatrice droite. — *ov*, ovaire. — *bd¹* , bosse dorsale supérieure. — *bd²* , bosse dorsale inférieure. — *rs* , vésicules séminales.

GENRE ENTONISCUS.

Fig. 6. *Entoniscus Mülleri*, femelle très jeune. *Ce*, cephalogaster. — *le* , antenne externe. — *ov*, ovaire. — I*d*, II*d*, III*d*, IV*d*, V*d* , les cinq lames incubatrices du côté droit. — III*g* , IV*g* , V*g* , troisième, quatrième et cinquième lames incubatrices du côté gauche. — *rs*, vésicules séminales. — *cœ*, cœur. — *c2, c5*, pléopodes du deuxième et du cinquième segment abdominal.

Giard et Bonnier al.nat del.   Lith. Werner & Winter, Francfort s/M.

1-5 Genre ENTIONE. 6 Genre ENTONISCUS.

PLANCHE V.

PLANCHE V.

ÉVOLUTION DE PORTUNION MÆNADIS (Femelle).

FIG. 1. Femelle très jeune courbée ventralement (1', sa grandeur naturelle). *Ce*, cephalo-gaster. — *le*, antenne externe. — *li*, antenne interne. — *I*, première lame incubatrice. — *a*, *r*, ses lamelles ascendente et recurrente. — *II*, deuxième lame incubatrice. — *he*, cœcum hépatique. — *ep*, lame pleurale du premier segment abdominal. — *cœ*, cœur. — *v*, *v*, valvules du cœur.

FIG. 2. Femelle plus âgée dont la cavité incubatrice n'est pas encore fermée, et qui commence à se courber dorsalement (2', sa grandeur naturelle). *Ce*, cephalo-gaster. — *le*, antenne externe. — *li*, antenne interne. — *pm*, patte mâchoire. — *I*, lame incubatrice de la première paire. — *a*, *r*, ses lamelles ascendante et recurrente. — *II*, lame incubatrice de la deuxième paire. — *ep*, lames pleurales des premiers segments abdominaux.

FIG. 3. Femelle adulte, avant la première ponte (3', sa grandeur naturelle). *Ce*, cepha-logaster. — *pm*, patte mâchoire. — *sc*, sac céphalique ou capuchon antérieur. — *bl*, bosse latérale. *bv²*, bosse ventrale inférieure. — *cœ*, cœur.

FIG. 4. La même dont la cavité incubatrice a été en partie ouverte sur la ligne médiane ventrale, et dont l'abdomen a été tordu de façon à montrer sa face inférieure (4', sa grandeur naturelle). *Ce*, cephalogaster. — *le*, antenne externe. — *li*, antenne interne. — *pm*, patte mâchoire. — *Ig*, première lame incubatrice gauche. — *ag*, *tg*, *rg*, ses lamelles ascendante, transverse et recurrente. — *Id*, *ad*, *td*, *rd*, première lame incu-batrice droite avec ses lamelles ascendante, transverse et recurrente. — *IIg*, *III*, *IV*, *V*, deuxième, troisième, quatrième et cinquième lames incubatrices gauches. — *IId*, deuxième lame droite. *sp*, corps spongieux de la seconde paire de lames. — *Ov*, ovaire. — *bl*, bosse latérale. — *bv¹*, bosse ventrale supérieure. — *bv²*, bosse ventrale inférieure. — *a¹*, lame pleurale du premier segment abdominal. — *b²*, rame externe du pléopode du deuxième segment abdominal. — *c³*, rame interne du pléopode du troisième segment abdominal.

FIG. 5. Femelle adulte après la ponte (5', sa grandeur naturelle). *Sc*, sac céphalique ou capuchon antérieur de la cavité incubatrice. — *sl*, sac latéral de la même cavité.

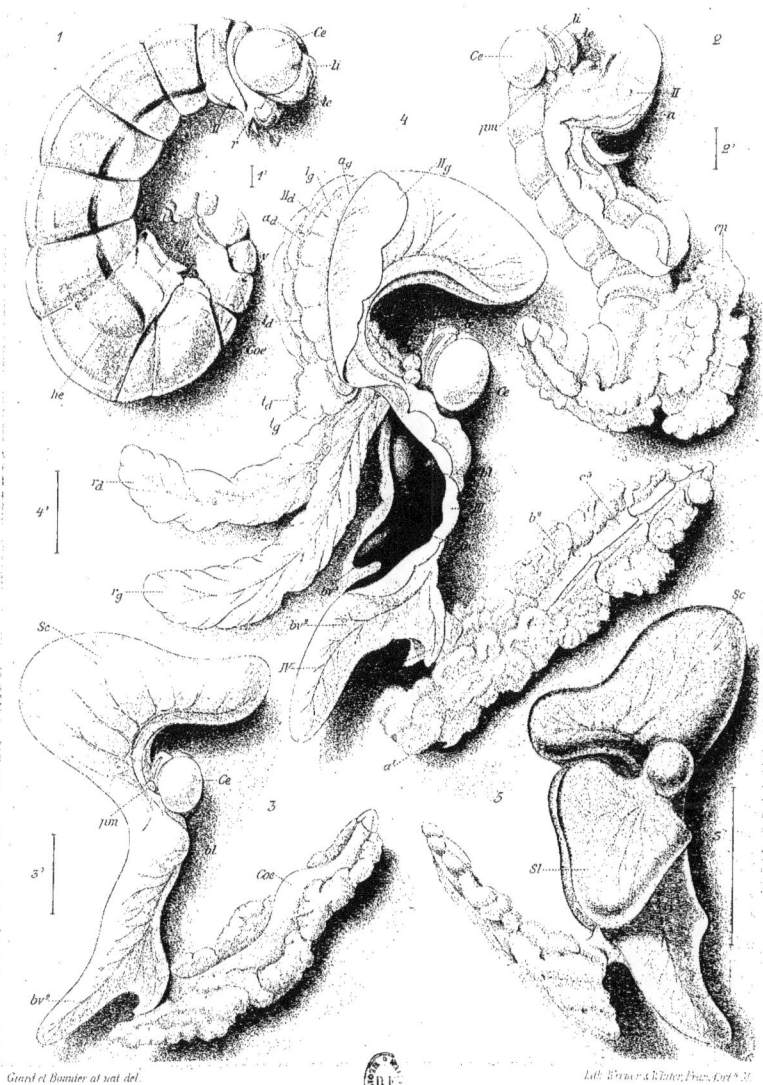

PORTUNION MAENADIS.

PLANCHE VI.

PLANCHE VI.

CANCRION FLORIDUS.

Fig. 1. Partie antérieure d'une femelle jeune. *bd1, bd2*, bosses dorsales. — *he*, foie. — *cr*, cristaux du foie. — *ch*, épaississements chitineux du capuchon antérieur.

Fig. 2. Cristaux du foie isolés.

PORTUNION MÆNADIS.

Fig. 3. Partie antérieure d'une femelle jeune, vue par la face dorsale. *Ce*, cephalogaster. — *le*, antennes externes. — *li*, antennes internes. — *cg*, corps graisseux. — *lII*, lame incubatrice de la deuxième paire. — *sp*, corps spongieux.

Fig. 4. Partie antérieure d'une très jeune femelle, vue de 3/4. *Ce*, cephalogaster. — *le*, antennes externes. — *li*, antennes internes. — *pm*, patte mâchoire. — *lI*, lame incubatrice de la première paire. — *a*, sa partie ascendante. — *r*, sa partie recurrente. — *lII, lIII*, oostégites des deuxième et troisième paires. — *cg*, corps graisseux.

Fig. 5. Partie céphalique d'une femelle adulte, vue par la face ventrale. *Ce*, cephalogaster. — *le*, antenne externe. — *li*, antenne interne. — *b*, appareil buccal. — *pm*, patte mâchoire. — *r*, renflement chitineux (typhlosolis) vu par transparence.

Fig. 6. Appareil buccal isolé. *lb*, labre ou lèvre supérieure. — *hyp*, hypostome ou lèvre inférieure. — *md*, mandibule.

Fig. 7. Coupe longitudinale médiane d'une très jeune femelle (1). *Ce*, cephalogaster. — *le, li*, antennes externes et internes. — *b*, bouche. — *pm*, patte mâchoire. — *r*, typhlosolis. — *om*, organe de RATHKE. — *he*, foie. — *cg*, corps graisseux. — *cœ*, cœur. — *v, v*, ses valvules. — *vd*, vaisseau dorsal. — *cp*, lames pleurales abdominales.

Fig. 8. Coupe transversale du cephalogaster d'une jeune femelle. *vil*, villosités du cephalogaster. — *tc*, tissu caverneux. — *b*, bouche. — *cg*, corps graisseux. — *cpb*, cavité prébuccale. — *v*, vaisseau des premières lamelles. — *lII*, lamelles de la deuxième paire. — *m*, ses muscles. — *sp*, corps spongieux.

Fig. 9. Coupe transversale de la même femelle au niveau du typhlosolis. *r*, renflement du typhlosolis. — *p*, paroi stomacale. — *cg*, corps graisseux. — *vd*, vaisseau dorsal.

Fig. 10. Coupe transversale de la même au niveau de la communication du tube digestif avec le foie. *Om*, organe contractile de RATHKE. — *o*, son ouverture dans la cavité hépatique *he*. — *e*, epithelium hépatique. — *ov*, ovaire. — *cg*, corps graisseux. — *vd*, vaisseau dorsal.

(1) Comme l'animal était légèrement contourné, la partie supérieure de la coupe, au lieu de passer entre les deux cavités du cephalogaster, passe au milieu d'une de ces cavités.

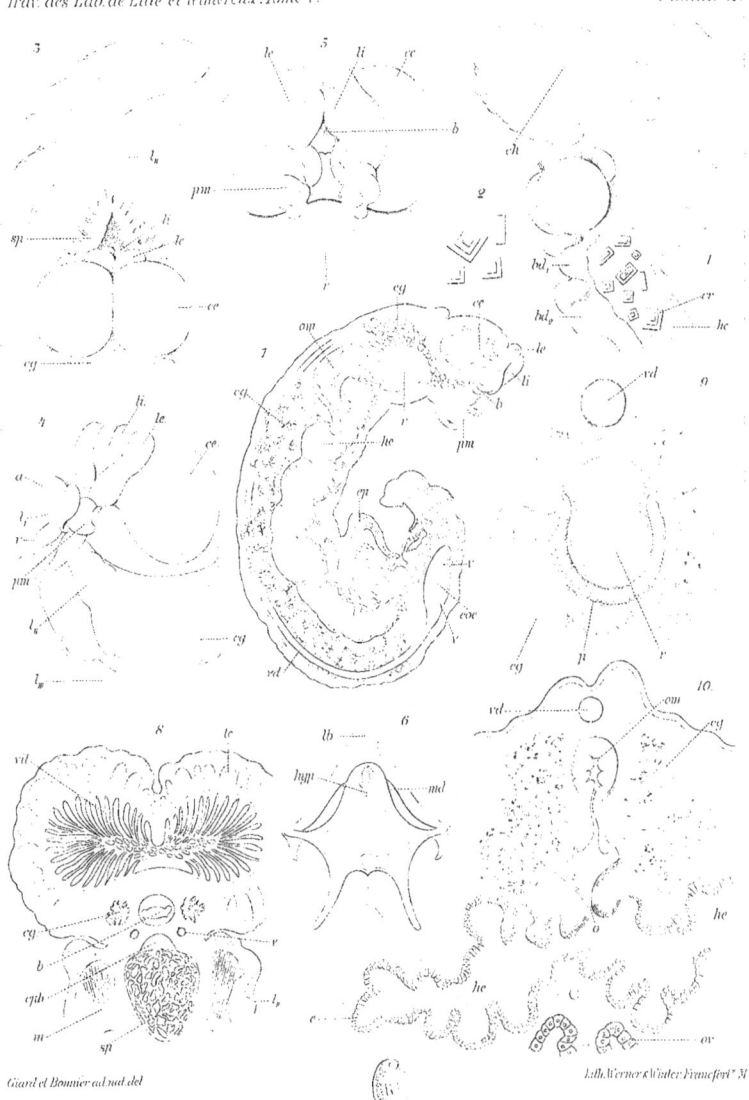

Giard et Bonnier ad.nat.del   Lith.Werner & Winter Francfort° M

P. CANCRION FLORIDUS. & 10. PORTUNION MAENADIS.

PLANCHE VII.

Planche VII.

PORTUNION MÆNADIS (suite).

Fig. 1. Tube digestif vu par la face dorsale (la partie antérieure seule a été représentée en coupe). *Vil*, villosités de la cavité stomacale. — *tc*, tissu caverneux qui l'entoure. — *r*, renflement du typhlosolis. — *m*, muscles. — *om*, organe contractile de Rathke. — *he*, foie. — *cg*, corps graisseux.

Fig. 2. Coupe longitudinale de la partie antérieure d'une jeune femelle. *ii*, antenne interne. — *cpb*, cavité prébuccale. — *b*, bouche. — *c*, cerveau. — *n*, commissure nerveuse. — *t c*, tissu caverneux. — *r*, renflement des typhlosolis. — *om*, organe contractile de Rathke. — *he*, foie. — *cg*, corps graisseux. — *l*, lamelles incubatrices. — *sp*, corps spongieux.

Fig. 3. Coupe transversale du thorax de la même. *he*, foie. — *cg*, corps graisseux. — *vd*, vaisseau dorsal. — *ov*, ovaire. — *n*, système nerveux. — *rt*, raphé ventral. — *l*, lamelle incubatrice.

Fig. 4. Coupe longitudinale au niveau de la deuxième bosse ventrale. *he*, foie. — *vd*, vaisseau dorsal. — *cg*, corps graisseux. — *ov*, ovaire. — *r*, vaisseau de la bosse ventrale. — *ep*, lame pleurale.

Fig. 5. Organes génitaux externes. *rs*, vésicule séminale. — *t*, rudiment de la septième patte thoracique. — *bva*, bosse ventrale inférieure. — *ep*, lame pleurale.

Fig. 6. Système circulatoire. *c*, cœur. — *v*, valvule. — *vs*, valvule du vaisseau dorsal. — *vd*, vaisseau dorsal. — *ao₁*, vaisseau de la première bosse ventrale. — *ao₂*, vaisseau de la deuxième bosse ventrale. — *ah*, vaisseau du foie. — *ao*, vaisseau de l'estomac. — *al*, vaisseau des lamelles. — *ac*, vaisseau du cephalogaster.

Fig. 7. Système nerveux. *cer*, cerveau. — *c*, commissure. — *gt*, *gh*, ganglions thoraciques. — *gc*, ganglion abdominal ou cardiaque.

Fig. 8. Abdomen d'une jeune femelle, vu par la face ventrale. *c₁*... *c₄*, rames internes des pléopodes. — *b₁*..., *b₄*, rames externes des pléopodes. — *pg*, pygidium. — *c*, cœur. — *vd*, vaisseau dorsal. — *he*, foie.

Fig. 9. Coupe transversale du premier segment du pléon, d'une femelle adulte. *a*, lame pleurale. — *b*, rame externe du pléopode. — *c*, rame interne du pléopode.

Fig. 10. Coupe transversale du troisième segment. *a*, lame pleurale. — *b*, rame externe du pléopode.

Fig. 11. Coupe transversale du quatrième segment. *b*, rame externe du pléopode. — *c*, rame interne.

Fig. 12. Casque ou calyce chitineux. *o*, son ouverture.

———

PLANCHE VIII.

Planche VIII.

GENRE ENTIONE (Mâle).

Portunion Mœnadis.

FIG. 1. Mâle adulte vu par la face dorsale. an_i, antenne interne. — he, foie. — t, testicule. — $cœ$, cœur.

FIG. 2. Tête d'un mâle jeune vue par la face ventrale. an_i, antenne interne. — an_2, antenne externe. — hyp, hypostome. — md, mandibule. — mx_i, maxille de la première paire. — pm, patte mâchoire.

FIG. 3. Ouverture génitale au septième segment thoracique. s. orifice. — cd, canal déférent.

Portunion Kossmanni.

FIG. 4. Mâle adulte vu de profil. an_i, antenne interne. — cr_i, cr_2, crochets ventraux.

FIG. 5. Patte thoracique du précédent.

FIG. 6. Appareil buccal. Fig. 6'. Appendices buccaux isolés. hyp, hypostome. — mx_i, maxille de la première paire. — md, mandibule.

FIG. 7. Deuxième forme larvaire du mâle, vue par la face ventrale. an_i, an_2, antennes internes et externes. — t, rostre. — pl, pléopode. — ur, uropode. — rp, repli chitineux.

FIG. 8. Tête de la même. an_i, an_2, antennes internes et externes. — md, mandibule. — mx_i, maxille de la première paire. — pt_i, première patte thoracique. — rp, repli protégeant son insertion.

FIG. 9. Patte thoracique de la même. rp, repli protégeant son insertion.

FIG. 10. Patte abdominale de la même.

Cancrion miser.

FIG. 11. Mâle adulte vu par la face ventrale. an_i, antenne interne. — r, rostre. — he, foie. — t. testicule. — o, ouverture génitale. — $cœ$, cœur.

FIG. 12. Tête de mâle vue par la face ventrale. an_i, antenne interne. — md, mandibule. — mx_i, maxille de la première paire. — pm, patte mâchoire.

FIG. 13. Dernier segment abdominal du même.

FIG. 14. Patte thoracique du même.

Trav. des Lab. de Lille et Wimereux. Tome V.

Planche VIII.

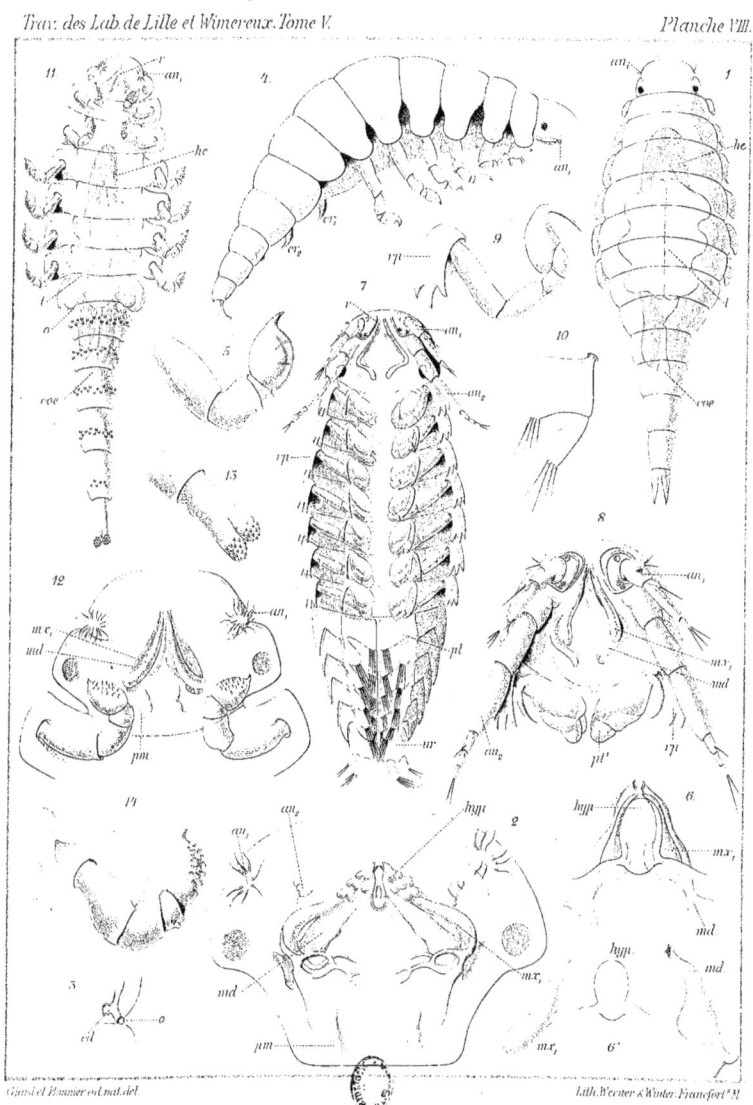

Giard et Bonnier ad.nat.del.

Lith.Werner & Winter. Francfort s/M.

Genre ENTIONE. δ.

PLANCHE IX.

Planche IX.

DÉVELOPPEMENT D'ENTIONE.

Portunion Kossmanni.

Fig. 1. Œuf au commencement de la segmentation (stade VIII) vu par la face supérieure. *ex*, cellules exodermiques. — *en*, cellules endodermiques.

Fig. 2. Même stade vu de profil.

Fig. 3. Le même œuf à un stade plus avancé vu par le pôle endodermique. *ex*, cellules exodermiques. — *en*, cellules endodermiques.

Fig. 4. Même stade en coupe optique.

Portunion Salvatoris.

Fig. 5. L'œuf de profil au moment où se termine l'épibolie. *bl*, blastopore. — *ex*, exoderme. — *en*, endoderme.

Fig. 6. Le même vu par la face supérieure.

Portunion Kossmanni.

Fig. 7. Stade plus avancé montrant la courbure de l'embryon commençante.

Fig. 8. Le même de profil.

Portunion Mænadis.

Fig. 9. Embryon au stade de formation des appendices. *an₁*, antenne interne. — *an₂*, antenne externe. — *c*, partie céphalique. — *lb*, première paire d'appendices buccaux (labre). — *md*, mandibules. — *mx₁*, maxilles de la première paire. — *pm*, patte mâchoire. — *7 à 12*, les six paires d'appendices thoraciques.

Fig. 10 et 11. Embryon plus avancé, vu de profil et dorsalement. *an₁*, antenne interne. — *an₂*, antenne externe. — *c*, partie céphalique. — *lb*, labre. — *md*, mandibule. — *mx₁*, maxille de la première paire. — *pm*, patte mâchoire. — *7 à 12*, les six paires d'appendices thoraciques. — *13*, dernier segment thoracique. — *14 à 18*, les cinq paires de pléopodes. — *pl*, pléopodes. — *pg*, pygidium. — *en*, masse endodermique.

Cancrion miser.

Fig. 12. Embryon à un stade plus avancé (mêmes lettres).

Fig. 13. Partie antérieure du même vue par la face ventrale (mêmes lettres).

Portunion Kossmanni.

Fig. 14. Embryon de profil sur le point de sortir de l'œuf. *an₁*, antenne interne. — *an₂*, antenne externe. — *mx₁*, maxille de la première paire. — *pm*, patte mâchoire. — *7 à 12*, pattes thoraciques. — *pl*, pléopodes. — *pg*, pygidium. — *ur*, uropode.

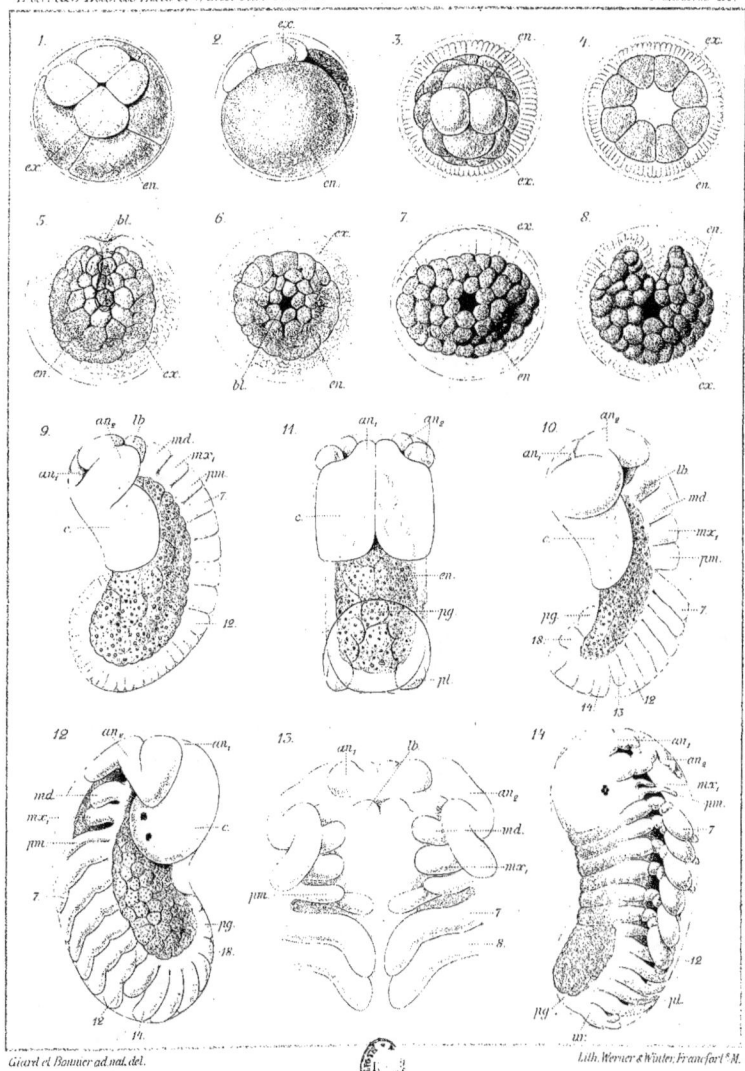

Girard et Bonnier ad. nat. del.   Lith. Werner & Winter, Francfort s/M.

DÉVELOPPEMENT D'ENTIONE.

PLANCHE X.

PLANCHE X.

DÉVELOPPEMENT D'ENTIONE (suite).

Portunion Kossmanni.

FIG. 1. Tête de l'embryon au moment où il va sortir de l'œuf. *an₁*, antenne interne. — *an₂*, antenne externe. — *lb*, labre. — *md*, mandibule. — *mx₁*, maxille de la première paire. — *pm*, patte mâchoire. — *gl*, glande. — *œ*, œil.

FIG. 2. La même, vue de profil (mêmes lettres).

Portunion Mænadis.

FIG. 3. Embryon libre vu par la face ventrale. *an₁*, antenne interne. — *an₂*, antenne externe. — *r*, rostre. — *œ*, œil. — *pt₁... pt₆*, les six paires de pattes thoraciques. — *pl₁*, pléopode du premier segment abdominal. — *r*. uropode.

FIG. 4. Le même, vu dorsalement. *chr*, chromatoblastes.

FIG. 5. Le même de profil (mêmes lettres).

FIG. 6. Tête du même, vue par la force ventrale. *an₁*, antenne interne. — *an₂*, antenne externe — *f*, bord frontal. — *lb*, labre. — *md*, mandibule. — *mx₁*, maxille de la première paire. — *pm*, patte mâchoire. — *pt₁*, patte thoracique du premier segment du thorax.

FIG. 7. Une patte thoracique des cinq premières paires.

FIG. 8. Une patte thoracique de la sixième paire.

FIG. 9. Un anneau abdominal vu par la force ventrale. *pl*, pléopode.

Lille Imp. L.Danel.

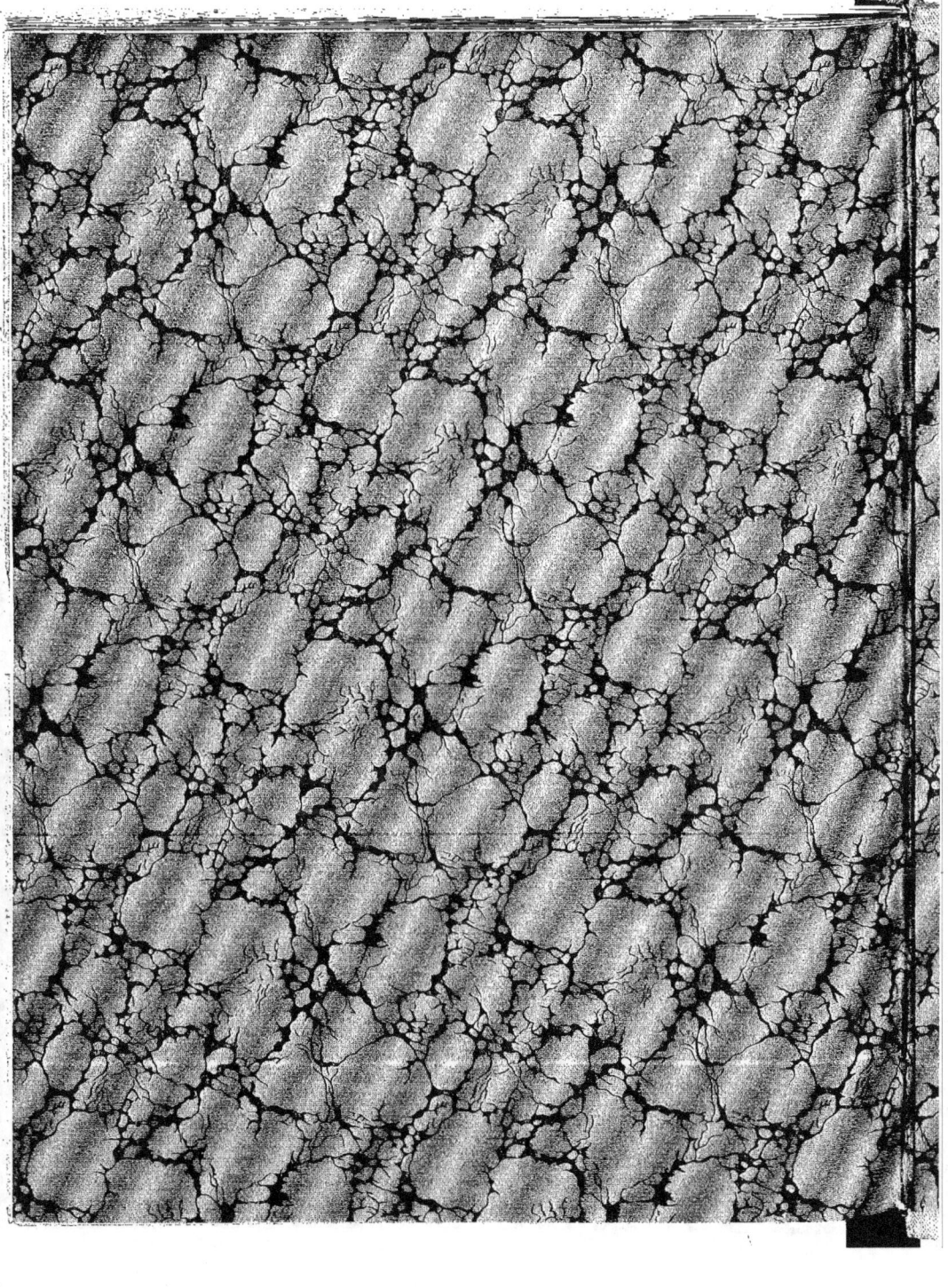

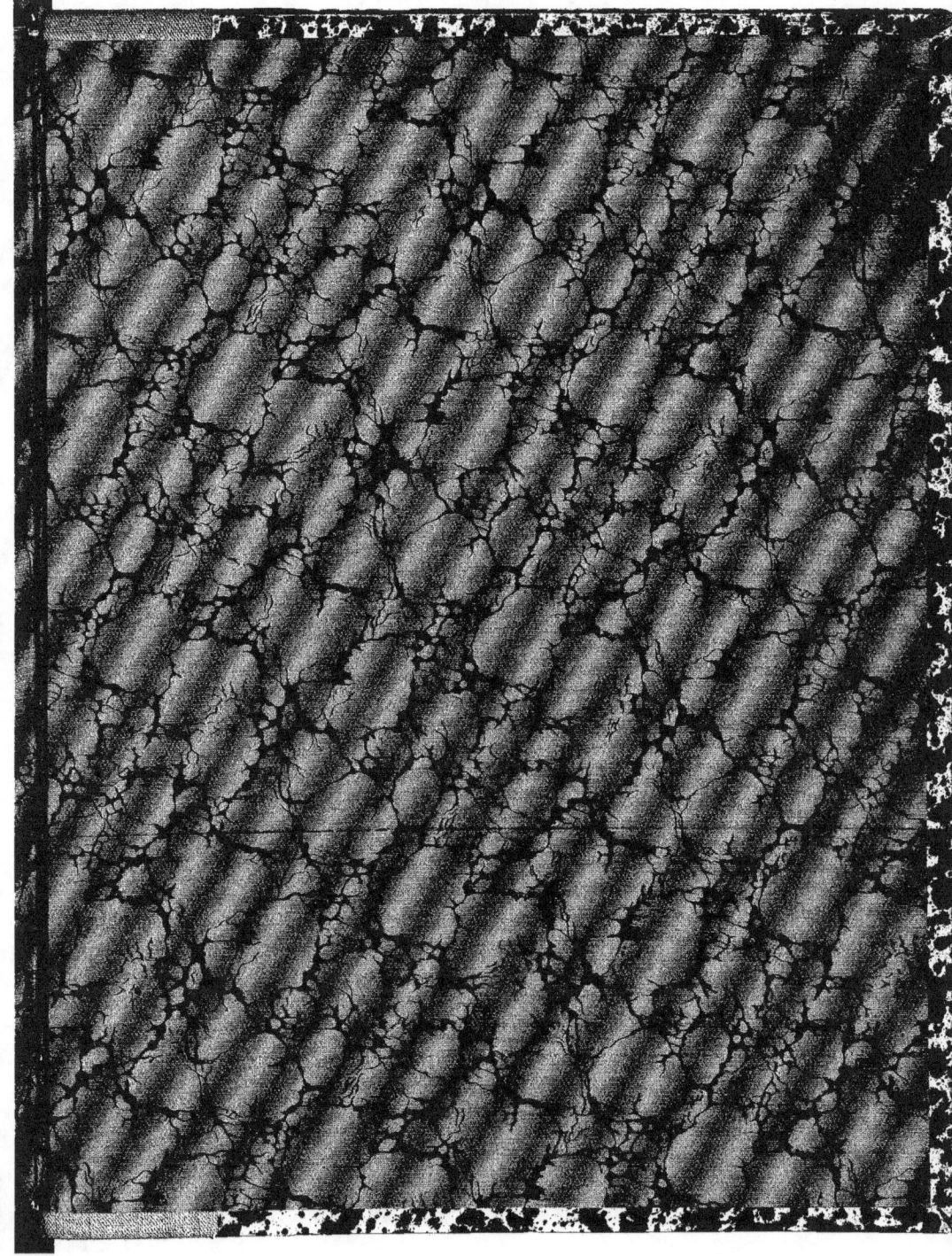

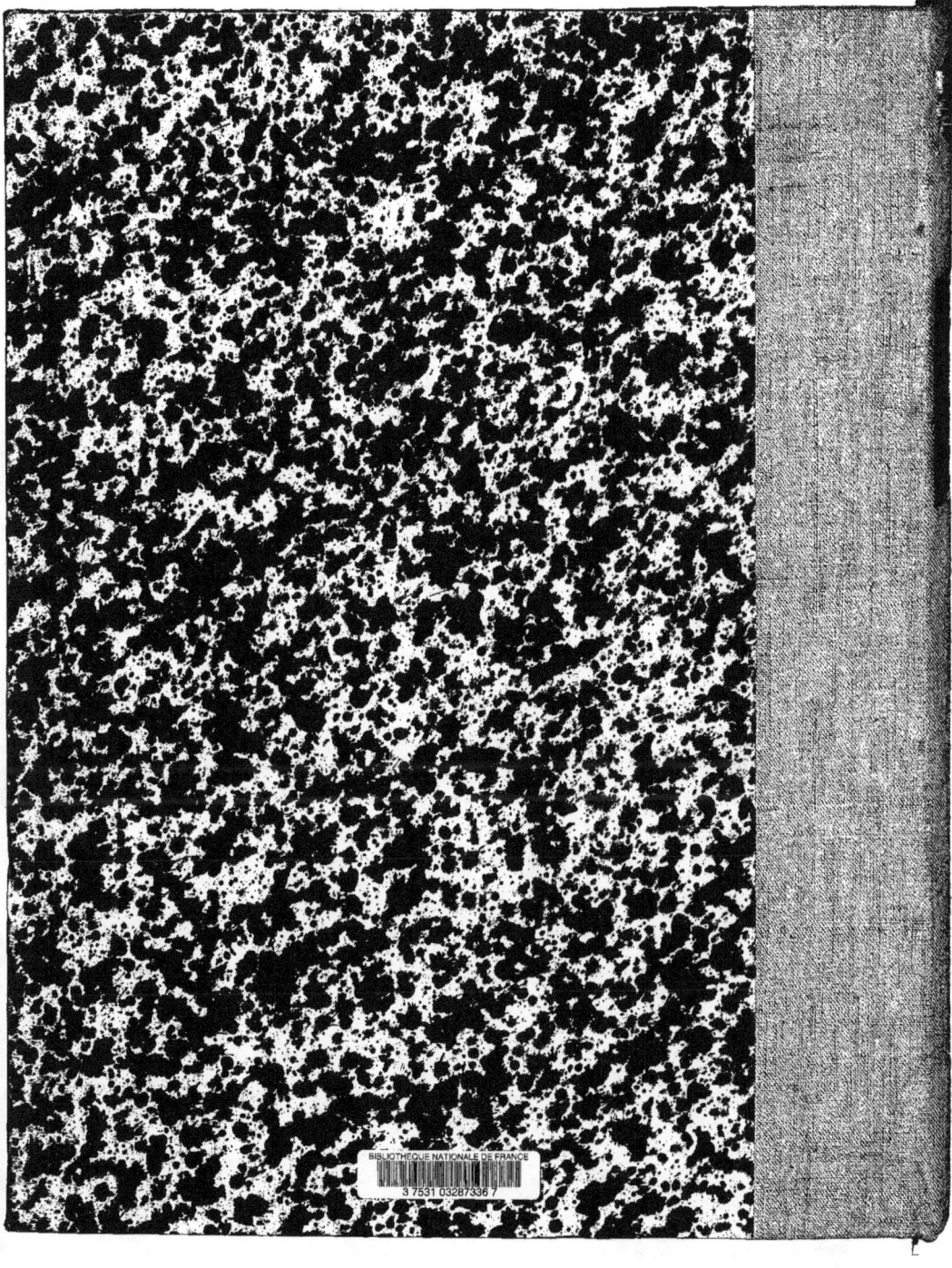

www.ingramcontent.com/pod-product-compliance
Lightning Source LLC
Chambersburg PA
CBHW071856020726
47502CB00003B/778